Las hogueras del cielo

# Las hogueras del cielo

Yolanda Fidalgo

**Roca**editorial

© 2020, Yolanda Fidalgo

Primera edición: octubre de 2020

© de esta edición: 2020, Roca Editorial de Libros, S. L.
Av. Marquès de l'Argentera 17, pral.
08003 Barcelona
actualidad@rocaeditorial.com
www.rocalibros.com

Impreso por LIBERDÚPLEX

ISBN: 978-84-17968-96-0
Depósito legal: B. 15016-2020
Código IBIC: FV

RE68960

Las mentes humanas no son odres a llenar,
sino hogueras a encender.

Plutarco

Para todos
los que aún levantan
sus ojos al cielo
y se atreven a soñar.


Para Paúl.
Gracias por haberme regalado las estrellas.

# Prefacio

$S$e arrodilló a su lado.

Le tocó la cara con la punta del dedo. Se estaba volviendo tan fría como la nieve teñida de sangre que los rodeaba, como los copos que de nuevo comenzaban a posarse sobre ellos.

Había bastado un instante de odio. Un empujón, la escarpada pendiente de la montaña, y todo había acabado.

No, no había sido premeditado, pero ya nada podía impedir que hubiera sucedido así, nada podía detener esa sangre que se derramaba, volver a recomponer los miembros rotos.

Aún tenía los ojos abiertos.

Pero ya nunca podría mirar a las estrellas.

# Cuando el brillo decae

$\mathcal{B}$lur seguía teniendo miedo. Lo tenía, sí, aunque su presencia constante lo había convertido en un compañero más, en otro astrónomo que miraba el cielo a su lado a través de esos delicados telescopios, los más grandes del mundo hasta el momento. Se subió las solapas del abrigo, se ajustó los guantes. Pronto sería primavera, pero aún hacía frío bajo ese cielo sin una sola nube. No tardaría mucho en anochecer.

La cima del monte Wilson, una de las más altas de la sierra de San Gabriel, le parecía un santuario. Descendió algunas yardas por el antiguo camino indio hasta llegar a un claro entre los árboles y apoyó su espalda en un pino que debía estar ahí desde mucho antes de que Benjamin Wilson, a mediados del siglo pasado, le cediera su nombre a la montaña. Wilson era un hombre salvaje, un cazador que comerciaba con pieles y lucía con orgullo las marcas que un oso le había dejado en el pecho. Con sus ojos acerados y sus seis pies de estatura lo dominaba todo, se movía como un puma por el monte, conocía cada recodo de esa piel de un cálido color marrón que en invierno se cubría de nieve, porque amaba la montaña tanto como Blur la amaba.

Apenas veinte años atrás, a principios del siglo xx, el monte Wilson permanecía inalterado. Nadie miraba al cielo nocturno, porque temían a las serpientes, y a los pumas, y a los osos, y a los espíritus errantes de los indios.

Hasta que un soleado día de 1903, dos hombres llegaron a la montaña. Buscaban un sitio donde poder hacer realidad sus deseos: querían construir un explorador de cristal, el más grande que nadie hubiera imaginado hasta entonces. Uno se llamaba William Campbell y dirigía el Observatorio Astronómico

Lick, en el condado de Santa Clara. Y el otro era Hale. George Ellery Hale, quien después de promover la construcción de un telescopio de cuarenta pulgadas en el Observatorio de Yerkes, quería algo más.

Alquilaron dos burros en el puesto de la base de la montaña y subieron por un sendero que casi no se veía entre la ladera escarpada y el precipicio.

Cuando llegaron a la cima, enmudecieron. Las nubes se habían quedado en la base de la montaña, la atmósfera era fría y perfecta, ajena a todo, como si la ciudad de Los Ángeles aún no hubiera surgido a sus pies. Como si nada pudiera afectarla.

Campbell se quitó el sombrero y se secó el sudor de la frente.

—Sí, las vistas son impresionantes, pero pensé que no seríamos capaces de llegar con vida —comentó—. No volveré a salir de Lick jamás.

—Tiene que ser aquí. —Hale sacó sus prismáticos, miró el paisaje.

—¡No podemos construir aquí un observatorio! ¿Es que no acaba de subir conmigo por ese camino de cabras? ¿Cómo va a traer los materiales, las estructuras, las lentes? ¿Y los espejos? ¿Por arte de magia? A nadie se le ha ocurrido hasta ahora tal idea, ¿un observatorio astronómico en la cima de una montaña?

—No hay mejor lugar. La altitud hace que la luz de las estrellas tenga menos capas de atmósfera que atravesar y no hay contaminación. Ensancharemos el sendero.

—¿De dónde va a sacar el dinero?

—Encontraremos la manera, Campbell, ya lo verá.

Lo haría. Hale buscaría el dinero debajo de las piedras si hacía falta, pero lo lograría. Dedicaría su vida a ello. Porque sabía que en aquel cielo se encontraban todas las respuestas.


Anochecía. Blur escuchó unos pasos, alguien se aproximaba. Separó su espalda del tronco rugoso del pino y se recolocó el traje y la corbata, de etiqueta, como se exigía en la cena. Luego se pondrían más cómodos para la observación nocturna.

—¡Hey, Blur!

—Qué hay, Milt. —Desde aquella maldita noche, hacía ya diez años, la voz de Blur se había convertido en un susurro ronco. Desde aquella noche en que la órbita de sus vidas se desestabilizó por completo, bajo la alargada silueta del cometa Halley. La noche en que todo cambió.

—Hace bueno, ¿eh? Lo pasaremos bien.

—Sí. La visibilidad será excelente —contestó Blur—. ¿Con qué astrónomo estarás?

—Con Shapley. —Milton Humason era el mejor asistente del observatorio. Llevaba en el monte casi toda su vida. Primero trabajó en el hotel cercano a la cima; luego como mulero; y allá por 1917, como conserje en la cúpula del cien pulgadas. Enseguida lo ascendieron. Era muy hábil para manejar el telescopio, pero no tanto para diferenciar una buena amistad de una farsa: no tenía ni idea de quién era Blur en realidad.

Porque Blur lo consideraba su amigo. Lo miró con arrepentimiento. Milt se percató de su expresión y, como siempre hacía, sacó la petaca del bolsillo interior de su chaqueta.

—Bebe, Blur, echa un trago del licor de montaña.

—¿Aún tienes? —Negó con la cabeza—. Estamos en 1920, te recuerdo que la ley seca se aprobó en enero.

—Ah, pero yo ni compro ni vendo —sonrió—. El alambique está bien escondido en el sótano de mi granja, nadie lo va a encontrar.

El sonido de la campana que avisaba de la cena rompió el silencio de la montaña.

—Vamos al Monasterio, ya tengo hambre. —Milt escupió a un lado el tabaco de mascar y comenzó a caminar seguido por Blur—. ¿Qué te parece? El Monasterio, qué buen nombre para ese edificio donde solo hay hombres ¡ja!, menos las cocineras.

Tras la cena, Blur se dirigió hacia la cúpula del telescopio de sesenta pulgadas. Había sido el más grande del mundo hasta que, en 1917, inauguraron al lado otro mayor. Empujó la puerta con suavidad y entró. Ya no olía a pino, sino a la estructura de acero, a mercurio, a metal.

Ahí estaba. La penumbra de la cúpula cobijaba al enorme espejo de sesenta pulgadas situado en la base de un cilindro

15

que no era tal, sino un esqueleto metálico y abierto de color azulado, para que no acumulara calor. Como cada noche, miró arriba, al pedazo alargado de oscuridad, y respiró hondo. Eso era toda su vida, lo que más quería.

Aunque fuera mentira, aunque no le correspondiera ese lugar.

Cerró los ojos con fuerza; no, no era el momento de tener miedo. Saludó a su asistente y lo envió a por un té caliente: le gustaba manejar al monstruo con sus propias manos. Ajustó la placa de cristal en la parte trasera de la cámara. Intentaría fotografiar alguna cefeida.

Era necesario comparar placas fotográficas de varias noches para localizar alguna de esas estrellas de brillo variable, y no era fácil, había que ser muy perspicaz para encontrar entre todos esos puntos que en las placas aparecían negros, alguno que a veces fuera pálido y otras veces algo más brillante.

Sin embargo, una mujer, Henrietta Leavitt, descubrió la primera estrella variable cefeida en la constelación de Cefeo y descifró sus secretos. Una maldita mujer lo hizo, en Harvard, a pesar de que solo las utilizaban para los cálculos más pesados, les pagaban la mitad que a un hombre y les negaban el acceso a los telescopios.

Henrietta descubrió la fórmula que permite calcular cuán lejos está una cefeida y, por lo tanto, cuán grande es el universo.

Y en el Observatorio Monte Wilson… Estaban empeñados en mirar hacia los confines de ese cielo transparente, querían encontrar cefeidas en cada nebulosa para averiguar por fin qué hay ahí fuera, en la negrura del firmamento que parece infinito.

Amanecía. Demasiado pronto, como siempre. Blur accionó el mando para cerrar la cúpula, que retornó a su posición diurna con una queja metálica. Cuando salió, ya se veía el sol entre los troncos de los abetos. Tomó su bici y comenzó la bajada. Descendió algunas millas por la carretera que habían vuelto a ampliar hacía poco, y luego continuó unas cuantas yardas más por un sendero muy poco transitado hasta la cabaña más alejada, más escondida, de las que se habían construido en la montaña.

Dejó la bici apoyada al lado del porche y entró. Colgó sin ganas la chaqueta en el perchero tras la puerta. Calentó leche y se hizo un té.

Debía acostarse y dormir.

Pero lo odiaba.

Ese momento era lo peor de toda su vida, mañana tras mañana. A la vez que se desnudaba, se iba apagando despacio, como una cefeida cuya luz palideciera tanto que acabara muriendo.

La camisa cayó al suelo de la habitación. El pantalón. La ropa interior de lino.

Fue aflojando las malditas vendas que apretaban su pecho, una tras otra. Cada vuelta dejaba ver una porción más de esa piel que se había acostumbrado a esconder y que revelaba su maldita naturaleza.

Oscura.

Blur ya estaba oscura por completo cuando dejó al aire su cuerpo.

Su brillo se había quedado bajo la cúpula, atrapado en las placas de cristal, junto al de las estrellas.

Ahora solo era una maldita sombra.

El único espejo que había en la cabaña, el del armario de la habitación, estaba tapado con una tela de color gris. Así no veía, día tras día, su cara libre de vello, ni su torso delgado, ni aquellos pequeños pechos. Nada que le recordara que era una mentira, un personaje como los del cinematógrafo: Ellie Blur, una mujer vestida de astrónomo.

No había sido intencionado.

Solo fue la vida.

La noche siguiente no le tocaba observar, pero Shapley, otro de los astrónomos, le había pedido que se uniera a él y a Milt, si le apetecía. Y sí, claro que le apetecía.

Shapley llevaba en el Observatorio Monte Wilson desde 1914. En esos seis años había descubierto que la Vía Láctea era mucho más grande de lo que nadie había imaginado, y que el Sol no estaba en su centro, sino en la periferia, como una estrella cualquiera. También pensaba que contenía todo el universo, que no existía nada más allá. Otros astrónomos afirmaban lo contrario: que la Vía Láctea era un universo-isla entre otros muchos. Y por eso Hale había organizado un encuentro en Washington, que no habían tardado en denominar el Gran Debate, en el que Shapley defendería su teoría frente a Herber Curtis, un astrónomo del Observatorio Lick.

Ellie tomó la caja de madera que guardaba debajo de la cama y sacó las vendas. Metió uno de los extremos bajo la axila y los pequeños pechos fueron desapareciendo poco a poco bajo esas tiras de nieve.

Eligió uno de los trajes que había dentro del armario repleto de ropa de hombre, el de color gris. Se colocó los pantalones, la camisa, el chaleco, la corbata. Sacudió la chaqueta, ocultó su cabello corto y rubio bajo el sombrero. Desde el espejo la observaba la mirada azul de Henry, su mellizo.

Lo había dejado bajo aquella losa, muerto.

Asesinado.

¿Qué otra opción había tenido? Ninguna. No regresaría a la casa grande de Pomona por nada del mundo. De manera que eligió el Monte Wilson, eligió ser un astrónomo.

Renunció a su identidad, se convirtió en una mentira.

No, nadie había podido diferenciarlos jamás.


Blur se dirigió al comedor para cenar con los astrónomos antes de la observación. Desde que Edwin Hubble, el mayor Hubble, como le gustaba que lo llamaran, se había incorporado al observatorio, las cenas eran mucho más interesantes. Shapley y él no se llevaban bien, y no le extrañaba: ambos contaban con una marcada personalidad, una inteligencia destacada y esa mirada penetrante que parecía ser común en los astrónomos nocturnos.

Seguía teniendo miedo, claro que sí. Pero se había acostumbrado. Confiaba en que el hecho de que fuera una mujer les resultara tan inverosímil que ninguno de ellos sospechara nada.

Como ya había pasado antes.

—Eso es una solemne tontería, ¿qué? —comentó el mayor Hubble con su acento de Oxford, a pesar de que había nacido en Missouri, igual que Shapley—. Miren ahí fuera, señores. El universo es mucho más vasto de lo que pensamos.

—El universo, el universo —murmuró Shapley—. Le parecerá poco trescientos mil años luz de universo.

—Lo demostraré —insistió Hubble—, ya lo verá.

—No discutan, señores —interrumpió el subdirector Adams—. Dejen su ímpetu para la noche. Tranquilícense.

Hubble apenas lo miró. Depositó con cuidado la cuchara sobre el mantel, tomó su pipa y con gesto de deleite comenzó a encenderla. Shapley se levantó de la mesa y con una indicación de cabeza señaló a Blur la salida. Fue tras él. Por fin era la hora.

Hacía rato que la oscuridad lo había cubierto todo. Iba a ser una noche fría, pero la estabilidad de la atmósfera parecía excelente.

—Qué se cree ese hombre —iba comentando Shapley—, con esa imitación al acento inglés y esa pinta de... de... ¿de qué, Blur? ¿A usted qué le parece?

—Bueno —contestó ella a la vez que golpeaba uno de aquellos guijarros con el pie—. Es muy hábil con el telescopio. Sabe a dónde mirar.

—¡No me diga! No sé a dónde va a mirar, con ese traje de fantoche que se pone cada noche. —Hubble acostumbraba a vestirse de militar para observar—. Me saca de quicio.

—Déjelo, Shapley. —Ambos entraron bajo la cúpula—. Mire, Humason lo tiene todo preparado.

Milt ya tenía la cámara acoplada al telescopio. Bajo aquellas bombillas Edison rojas, de bajo consumo para mantener el aire frío, su sombra apenas se podía intuir.

—Ah, perdone, Blur, se me había olvidado —comentó Shapley—. Hale me ha dicho que pase por su despacho antes de comenzar a observar. Quiere hablar con usted.

El estómago le dio un vuelco, ¿la habrían descubierto? ¿Qué querría Hale, el director?

—De acuerdo, voy para allá.

Salió de nuevo y caminó deprisa hasta el Monasterio. Golpeó con suavidad la puerta del despacho de Hale.

—Adelante. —Hale lo esperaba sentado tras el escritorio. Dejó la pluma en un pedazo hueco de cedro que tenía sobre la mesa para tal fin y apuntó con el dedo la silla que tenía delan-

19

te—. Tome asiento, Blur. Como sabe, el veintiséis de abril va a tener lugar el Gran Debate sobre la escala del universo, en el Museo de Historia Natural de Washington, entre Shapley y Curtis. Quiero que sea uno de los que acompañe a Shapley allí.

—Pero… —A Blur se le encogió el corazón.

—¿Cuánto tiempo lleva trabajando con nosotros? ¿Ocho años? —No. Llevaba seis. Los otros dos le pertenecían a Henry—. Y en esos años no ha salido de la montaña. Creo que le vendrá muy bien ver mundo, relacionarse con otros astrónomos. Así que no admito un no por respuesta. Vaya preparando el equipaje, se van el lunes que viene.

Solo pudo asentir en silencio, no le salía la voz. Salió del despacho.

Diez años. Llevaba diez años sin abandonar la montaña, no le gustaba ni tan siquiera bajar a Pasadena, y ¿ahora tenía que partir al otro lado del país? No tenía sentido.

—Maldita sea —susurró—, ¿qué voy a hacer?

Además, medio Harvard estaría en ese debate, se lo había comentado Shapley.

Y si estaba medio Harvard, se encontraría con él.

Paul Allen.

Lo conoció en 1914, el año más cruel de toda su vida. No había vuelto a tenerlo delante desde que subieron el espejo de cien pulgadas a la cumbre.

No, no quería sentir otra vez ese calor en el vientre, ese anillo de seda que le subía por la espalda, que la dejaba sin respiración. Se paró un momento, apoyó la mano en uno de los abetos y respiró hondo el aire helado del monte.

Vería a Paul Allen.

Una vez más.

# Cada setenta y seis años

— *V*amos, peque, ya falta poco.

Caminaban por aquel sendero estrecho hacia la cima del monte Wilson. Henry sentía en su mano la mano pequeña y sudorosa de su hermana melliza, y en su brazo, el latido de aquella herida aún abierta que sangraba de vez en cuando. Había sido… horrible. Aún le temblaban las piernas, y no era por la cuesta.

Se detendrían a descansar, aunque fuera un momento. En lo alto de la montaña se estaba construyendo el observatorio astronómico más grande del mundo y él se había atrevido a soñar con trabajar bajo esas cúpulas. De lo que fuera, ahora ya no podía elegir, ya no era un estudiante de Astronomía. Barrería, cavaría zanjas, lo que hiciera falta.

Porque ya no estaban en la casa grande de Pomona.

Porque se habían convertido en dos mendigos que casi no tenían qué comer.

Ellie siguió a su hermano, que se alejaba del camino. Su falda larga de color azul no le facilitaba las cosas, se tropezaba con ella casi a cada paso. Llevaban dos días andando sin parar, pero no importaba. Se habían alejado.

—Mira, peque. —Henry señaló algo frente a ellos.

Ellie se detuvo al lado de su hermano. Entre los pinos había un árbol distinto, ¿qué era? Ambos se acercaron. Henry pasó la mano por la superficie lisa y descolorida.

—Es un tótem —aclaró él—. No sé qué hace uno tan al sur, la verdad.

A Ellie le pareció muy alto, casi tanto como las estrellas. Representaba la cabeza de un perro, sobre el que se alzaba el rostro de un hombre con los ojos negros y alargados. En la parte superior, un águila de alas rojas señalaba el camino del sol en el cielo. Le gustó. Dio dos pasos a su alrededor. Le pareció que el águila quería indicarles algo, siguió la dirección de su mirada y divisó una pequeña cabaña que se levantaba un poco más abajo, en la ladera, escondida tras algunos cedros. Tiró de la manga de la camisa de su hermano y se la señaló.

—¿Qué es eso, Ellie?

Ella le hizo un gesto con la mano. Quería acercarse más. Quizá fuera una señal.

—Mira dónde pisas —advirtió Henry—. Ya sabes que hay serpientes.

Caminaron hacia la cabaña entre las piedras que de vez en cuando invadían la casi inexistente senda. Parecía que hacía mucho tiempo que nadie pasaba por allí.

Ellie pasó la mano por la madera rugosa y abandonada de la barandilla del porche. Emanaba calor.

—Ten cuidado, peque. Quizá se derrumbe.

Negó con la cabeza, apoyó su figura delgada en el marco de la puerta y esbozó una sonrisa.

—¿Quieres que nos quedemos aquí? No sé. Esto debe de tener dueño —y estaba sucio, y a través de las grietas del techo se veía el sol.

Ella abrió las palmas de las manos y apuntó a las telarañas que cubrían la entrada.

—Bueno, de todas maneras había que buscar un sitio —dijo, resignado. Tampoco podían elegir—. Servirá hasta que encontremos algo mejor. Vamos a limpiar.


Henry se tocó con cuidado la herida del brazo. Ya no sangraba, pero dolía. Tras la comida, si se le podía llamar comida al pedazo de queso y a las últimas naranjas que les quedaban, su hermana se había quedado dormida en aquel jergón recién cubierto de ramas de retama. Pero él no podía descansar. Se sentó en el suelo, bajo la ventana, y miró alrededor. Esa ruina era lo único que tenían, por su culpa. No podían quedarse en la casa grande, no después de aquello. Una de sus lágrimas cayó al suelo de madera, con lentitud, como si el tiempo se estuviera deteniendo. Su padre tenía razón: él solo era una aberración, tal y como le había dicho.

Una maldita aberración.

Habían pasado ¿cuántos días? Dos, los mismos que llevaban huyendo. Fue la noche en que la Tierra atravesaba la tenue cola del cometa Halley: la noche del 18 de mayo de 1910. Nunca podría olvidarla.

Algunos periódicos llamaban Destructor al cometa Halley.

No, maldita sea, el destructor no fue el cometa.

Salió de la cabaña. Posó sus manos en uno de aquellos pinos y apretó los dedos, quería hundirse en él, quería dejar de sentir tanta rabia y tanto dolor.

—Perdóname, Ellie —murmuró—. Perdona. Fue culpa mía.

Ya no habría más noches con aroma a azahar bajo el cielo de Pomona. No más fotos de madre, no más libros de astronomía sobre la mesita de su habitación. No más casa grande, ni pavo de Acción de Gracias. Ahora solo se tenían el uno al otro, aunque él no fuera más que una maldita aberración.

Se apartó a un lado y vomitó. Nada tenía ya arreglo. Volvió a la cabaña, mientras los ojos oblicuos y oscuros del tótem lo miraban desde su lejanía.

Había caído la noche, muy fría a pesar de que pronto llegaría el verano. Ellie se levantó del jergón, sacudió su falda hasta levantar una pequeña nube de polvo y miró a Henry, con aquellos ojos tan azules y tan claros, iguales que los suyos. Con un gesto le indicó que salía. Él la siguió: el monte podía ser peligroso, había osos, pumas, serpientes de cascabel.

Pero también estaban las estrellas. Un cielo puro y transparente, mucho mejor que el de Pomona, se extendía sobre ellos.

—Mira, peque. —Henry señaló arriba una pincelada borrosa que parecía apuntar al águila de alas rojas del tótem—. Desde aquí se ve precioso.

El cometa. Un astro errante que viene de muy lejos, se acerca apenas a un sol que despeina su cabellera y sigue su viaje a través del universo. El astrónomo Edmund Halley le regaló su nombre y le calculó una órbita: setenta y seis años de camino entre la lejanía y la Tierra, una senda elíptica que está condenado a recorrer una y otra vez hasta su muerte.

A él le gustaría verlo a través de los telescopios de la cima. Su sueño había sido formar parte del Monte Wilson, con esa esperanza estudiaba Astronomía. El de Ellie también, pero a las mujeres no se les permitía trabajar allí arriba. Según padre, se casaría de una maldita vez algún maldito año de esos y los dejaría en paz.

Pero ya no estaban en la mansión de padre.

Ya no tenían nada más que aquel dolor.

Miró a su melliza. Y la vio sonreír. La tomó de la mano y ella se la apretó.

—Míralo, Henry. Es libre, como nosotros —murmuró ella.

Henry cerró los ojos con fuerza. No quería llorar, pero eran sus primeras palabras desde aquella maldita noche; volvía a hablar, aunque fuera con ese susurro ronco, volvía a estar viva bajo la oscuridad que todo lo igualaba.

Bajo el cometa Halley, el Destructor.

Por la mañana, Henry salió de la cabaña sin hacer ruido, para no despertar a Ellie, y siguió el sendero montaña arriba. Cuando llegó a la cima, se quedó paralizado. Sí, él sabía lo que era todo aquello, lo había leído en los periódicos, pero no estaba preparado para tenerlo delante. Tenía que mirar arriba, muy arriba, para poder apreciar la altura de esas torres solares. Parecían tocar las nubes.

Y luego, bajo aquella enorme cúpula cubierta con una lona, dormitaba el gigante: un gran telescopio de ¡sesenta pulgadas! Ojalá pudiera poner el ojo en su ocular. No era capaz de imaginar cómo se vería la luz de Régulus, la estrella de color azul que marca la posición del corazón del león en la constelación de Leo, a través de él. Era su estrella preferida. Él, de pequeño, también quería ser como un león: fuerte, valiente y con ese luminoso corazón. Su corazón era azul, como Régulus, aunque de un azul oscuro, retorcido, ciego. Un corazón equivocado, eso era él. Pero no, no podía abandonar ahora: su melliza lo esperaba en esa cabaña desolada. De manera que se dirigió hacia uno de aquellos edificios.

Ƴ

A Ellie la despertó el sol que entraba por cada rendija hasta iluminarlo todo. Se levantó, aún le dolía el cuerpo, maldita sea. Tiró de la puerta de madera, que casi no se podía abrir. Había que alzarla un poco mientras se quejaba con ese extraño chirrido, las bisagras estaban oxidadas, parecía mentira que aún aguantaran su peso.

No había ni una nube en el cielo. Hacía calor, el vestido se le pegaba al cuerpo. Tenía hambre, pero no quedaba casi nada. Quizás había sido una equivocación subir a la montaña. Quizás en Pasadena, o más lejos, ella podía haber buscado trabajo, no solo Henry. Lo haría. Más adelante. Cuando se le curaran los moratones y fuera capaz de respirar con normalidad y su voz volviera a ser la misma que antes de aquella noche que los había destruido a los dos. Que los había obligado a huir.

Se sentó en una de las rocas graníticas que estaban por todas partes. Entre los pinos, divisó la rara silueta del tótem indio. Quien lo construyó haría décadas que estaría muerto, él y toda su familia y todo su mundo. Pero esa águila, aunque se hubiera quedado sola, seguía en lo alto, señalaba el luminoso camino del atardecer. Sin quejarse.

Ella tampoco se quejaría, de nada le serviría. Se ató la falda que tanto le molestaba a la cintura, cogió una de las cazuelas oxidadas que había en la cabaña. En alguna parte habría un arroyo, era lo normal en las montañas, ¿no? La lavaría con una piedra. Después encendería el fuego y buscaría algo que echar dentro. Ojalá tuviera una escopeta, quizás así podría cazar algo. O regresar a Pomona para pegarle un tiro a padre.

Le habían dicho que Hale, el director, no estaba. En su ausencia, debía hablar con Walter Adams, el subdirector, que se encontraba en la biblioteca. Henry llamó con suavidad a la puerta y apoyó una mano temblorosa en el pomo.

Dentro olía a libro, a cuero, a tabaco de pipa. Un hombre sentado en un pequeño sofá frente a una mesa llena de papeles alzó su mirada seria y penetrante hacia él.

25

—Buenos días, señor. —Henry sujetó su sombrero entre las manos, nervioso.

—¿Qué desea? —El subdirector Adams se pasó los dedos por el cabello, oscuro y engominado.

—Necesito trabajo. Había pensado que quizá…

—¿Qué formación tiene?

—Voy por el segundo año de Astronomía.

—¿Por qué no sigue usted estudiando y de aquí a unos años repetimos esta conversación?

—Señor, lo necesito.

Unos pasos frenéticos los interrumpieron. La puerta se abrió de pronto para dar paso a un hombre con una barba perfectamente recortada y gafas redondas de carey, que parecía estar aguantando las ganas de llorar.

—¿Qué sucede, Ellerman? —Adams se levantó y fue hacia él.

—Se ha roto —negó con la cabeza—. El segundo espejo de cien pulgadas se ha roto.

—No puedo creerlo. Vamos, lo hablaremos con Ritchey.

Ambos salieron de la habitación.

Henry se quedó allí, entre todo ese silencio. Las manos le sudaban, se las secó en el pantalón. Se les había roto el espejo, eso era grave. Dio un par de pasos hacia la puerta; no, no se iría aún, quizá regresaran. Echó un vistazo a todos aquellos libros. Se acercó a una de las estanterías y tomó un volumen encuadernado en tapas azules. En la portada, en letras doradas, decía: *Catalogue des Nébuleuses et des amas d'Étoiles, que l'on découvre parmi les Étoiles fixes sur l'horizon de Paris*. Vaya. En la casa grande tenían un ejemplar. Lo abrió y se encontró con una pequeña flor seca que alguien había dejado entre sus páginas ya amarillentas.

—Oiga, ¿quién es usted?

Un chico que parecía ser aún más joven que él lo miraba con cara de susto, sin atreverse a entrar en la biblioteca.

—Lo siento, lo siento. —Henry se sobresaltó y cerró el libro de golpe—. Busco trabajo, vine a hablar con el señor Adams, pero se ha ido y no sé qué hacer.

—Vale, tranquilo. Le aconsejo que deje el libro en la estantería. Se pueden enfadar mucho si le ven con él sin permiso. Tampoco puede estar aquí solo, venga conmigo.

Henry devolvió con cuidado el ejemplar a la estantería y siguió al joven al exterior.

—Trabajo aquí como asistente. —El joven le tendió la mano—. Me llamo Backus. Charles Backus. ¿Sabe? Debería volver otro día.

—Necesito el trabajo.

—Hoy no va a conseguir nada. Debería dejar pasar una semana o dos al menos. Se les ha roto el espejo.

—¿Qué espejo?

—Quieren construir otro telescopio, mucho más grande que el de sesenta pulgadas. Necesitan un espejo de cien ¿se imagina? ¡cien pulgadas! Lo estaban fundiendo en Francia, pero nadie cree que sea posible, solo Hale. Bueno, quizás Adams. Ni siquiera Ritchey, el óptico, se lo cree. Ya le costó pulir el de sesenta…

Ambos caminaban por el sendero de grava. Hacía calor, el aroma de los pinos casi se podía tocar.

—Fabricaron uno, pero no vale: tiene burbujas de aire atrapadas entre las capas de vidrio. Y este se les ha roto. Es una catástrofe. Ya no sé si fundirán un tercero. Adams ha bajado al laboratorio de Pasadena a hablar con Ritchey. Si Hale ya de por sí está nervioso, esto le debe estar volviendo loco. Por eso le digo, deje que las cosas se asienten y vuelva de aquí a unos días.

—No puedo esperar tanto.

Backus lo miró de reojo.

—¿Por qué?

—No tengo nada —dijo en voz baja—. Tan solo un pedazo de queso en la alacena.

—Baje a las granjas del valle. Quizás encuentre trabajo, no es mala época.

De la cima a los valles. Del cielo luminoso a los oscuros surcos de la tierra. El sueño se le rompía pronto.

Aquel joven seguía mirándolo. Con cara de pena.

—Puede llevarse esa bici. —Señaló a unos pinos—. Se la dejó aquí un obrero hace unos meses. Estará algo oxidada, pero aún funciona.

—Gracias. —No quería llorar, no lo haría—. Volveré.

27

# Calor de solsticio

*E*llie comenzó con el ritual una vez más. Delante del espejo tapado por una tela gris para no tener que ver esa mirada azul, esos pechos, ese pubis rubio. Llevaba algo más de cuatro meses colocándose las vendas, cuatro meses ya haciéndose pasar por su mellizo muerto; la nieve se había derretido, el monte se había cubierto de verde, pero para ella seguía siendo invierno. Era imposible quitarse el frío de su interior. Se colocó la chaqueta y salió de la habitación.

Menos mal que tenía a Ckumu. Como cada mañana, le había preparado té. Él, tan anciano, cuidaba de ella, cuando debería ser al revés. La protegía desde que llegó al monte, ¿cuánto hacía ya? ¿Cuatro años? Sí, estaban en el maldito 1914, que estaba resultando tan cruel. Se sentó a su lado y tomó una de las tazas. Era su familia, la única que le quedaba: un indio de pelo gris que vestía pantalones de pana, camisa marrón y tirantes. Sus ojos negros de águila reflejaban preocupación. Se inquietaba por ella, y ella por él: las manos habían comenzado a temblarle, incluso había perdido algo de pelo de aquella melena que le llegaba hasta la mitad de la espalda. Sí, el año estaba siendo duro para ambos.

—Gracias, Ckumu.

Él le dirigió una mirada interrogante.

—Por acompañarme, por cuidar de mí.

Ckumu asintió. Debería darle las gracias a ella. Había regresado a la tierra de sus antepasados para morir y en lugar de eso se había encontrado con esa niña vestida de muchacho, perdida en una montaña que no conocía. El deber de protegerla lo había mantenido aún caminando, aún mirando al horizonte con los ojos abiertos. Se tocó la pluma azul del collar que caía sobre su pecho.

—Me voy ya, quiero pasar por el dolmen —Ellie se había acostumbrado a llamar así a la tumba de su mellizo—, y luego subiré por el arroyo.

—Ten cuidado.

—Como siempre. Ya sabes que lo tengo.

Salió de la cabaña. Ese día era el solsticio de verano. Había cambio de estación, los rayos del sol incidían más rectos en el hemisferio norte: en los meses siguientes la montaña se sofocaría, pero ella seguiría helada.

Caminó hasta el dolmen. Después de que tomara la decisión de hacerse pasar por Henry, Ckumu y ella habían tapado la parte de delante con un montón de piedras y tierra. Un lilo de California había nacido al lado y lo cubría todo con sus pequeñas flores azules.

Pero ella sabía lo que había bajo la losa. El cadáver de su hermano asesinado, rodeado de piñas, con los brazos cruzados sobre el pecho y sus ojos fijos en un cielo que ya nunca podría ver.

—Henry, seguimos buscando variables —dijo con su voz ronca mientras las lágrimas comenzaban a caer—. No hay ni una nube, pero es la noche más corta del año, no tendremos mucho tiempo para observar. La Vía Láctea se mostrará majestuosa, con el Triángulo de Verano en el cénit. Te encantaría.

Las flores azules se agitaron con el viento.

Ellie se secó la cara con la manga de la camisa y caminó en dirección al arroyo.

29

Siempre se había sentido protegida en el monte. Ckumu le había enseñado a ocultarse entre las sombras de los pinos, a no temer a los pumas ni a las serpientes. Nunca se encontraba a nadie, y a ella le gustaba la soledad. La… soledad.

¿Había alguien en el arroyo?

Lo había. Eso sí que era una sorpresa.

Divisó la silueta de un hombre agachado cerca de la orilla. ¿De quién se trataría, de alguien del observatorio? Se aproximó despacio, no quería que la descubriera y tener que fingir también en el bosque lo que no era. Se escondió tras unos saúcos cargados de flores blancas. Desde allí veía su perfil derecho nada más, pero él no advertiría su presencia.

No, no lo conocía. Tal vez fuera ese astrónomo del que hablaban, ¿Paul Allen, se llamaba? Decían que venía de Harvard y que se quedaría todo el verano para ayudar a Hale en su proyecto de observación solar.

Estaba sentado sobre una de las rocas de la orilla. Se había descalzado, metía los pies en el agua. El sombrero se le había caído sobre una mata de hinojo, dejando al descubierto su pelo oscuro. Llevaba la camisa remangada y tenía unos prismáticos colgados del cuello con una correa de cuero negro.

Un poco de calor quiso iluminar el corazón de Ellie.

A pesar de que el hombre pareciera tan triste. Perdía la mirada en la lejanía mientras acariciaba el agua con la mano. Daba la sensación de estar muy lejos de allí, en un lugar mucho peor. Le entraron ganas de acercarse para obligarlo a regresar al presente, pero se contuvo.

Porque ese calor que no sabía de dónde provenía se le expandía en el pecho, el solsticio la llenaba con todo ese sol, y no estaba preparada para recibirlo, ella seguía en el invierno, en aquella tarde de febrero cubierta de nieve. De manera que, en silencio, se dio la vuelta y partió rumbo a la cumbre.

Blur saludó a Solar, el perrillo que siempre recibía a los astrónomos moviendo la cola, abrió la puerta del Monasterio y entró. Aún era pronto, visitaría la biblioteca para leer un poco antes de la cena.

Se sentó en una de las butacas, tomó el último ejemplar del *Astrophysical Journal*.

Hale y Adams venían hablando por el pasillo, se detuvieron justo delante de la biblioteca.

—En Europa hay mucha tensión. Como estalle la guerra, eso sí que va a estar por encima de las vidas. Ah, buenas tardes, Blur. —Hale se asomó a la biblioteca—. Ha llegado temprano.

—Buenas tardes. —Blur se levantó.

—No se levante. Esta noche prepare el sesenta para nuestro amigo Allen. Le gustará echar un vistazo antes de comenzar a trabajar con el Sol.

—¿Allen?

—Sí, viene de Harvard. A los de Harvard les gustan nuestros instrumentos, son mucho mejores que los suyos, ¿no cree? —sonrió.

—Son incomparables.

—Claro. Bien, le dejo. Estaré en mi despacho.

¿Sería Allen el hombre del arroyo? Pronto lo comprobaría.

Al cabo de un rato, se dirigió al comedor. La hora de la cena era el peor momento, porque se reunían todos alrededor de la misma mesa. Ya llevaba cuatro meses subiendo al Monte Wilson, pero no se acostumbraba. Cualquier noche, uno de esos hombres tan capaces la señalaría con el dedo y gritaría: «¿Qué hace una mujer aquí de noche? ¡Fuera del Monte Wilson! Váyase a su casa, señora, y no se le ocurra volver». O aún peor: «Avisen a las autoridades, es una impostora». De manera que se limitaba a mantener los ojos fijos sobre el plato y a hablar lo justo para no llamar la atención.

Llegó puntual. Ocupó el sitio que le correspondía, desplegó la servilleta, bajó la cabeza y se dispuso a esperar.

—Todo sigue adelante —comentó Hale—. El pulido progresa poco a poco.

—¿Para cuándo cree que estará? —preguntó Ellerman.

—Ojalá estuviera para principios de 1917, pero ya sabe, mejor con calma.

Blur entendió: hablaban del espejo de cien pulgadas que iba a desbancar al de sesenta como el mayor del mundo. Al final habían decidido comenzar a pulir el que fundieron primero, quizá sirviera a pesar de las burbujas de aire atrapadas en su interior.

Backus le hizo un gesto con la mano. Siempre la saludaba, se llevaba bien con Henry y ahora Henry era ella, así que respondió al saludo.

—¿Dónde está Allen? —preguntó Adams—. Llega tarde.

Había una única silla vacía al lado de Blur. La de Allen. Y el camarero ya estaba esperando para servir la cena.

—Qué falta de respeto —murmuró Norton, otro de los asistentes.

—Es su primera noche —dijo Hale—. Tengamos paciencia con nuestros invitados.

Aún pasaron unos minutos antes de que se escucharan los

pasos irregulares de una persona que se acercaba por el pasillo. Los pasos se detuvieron un momento tras la puerta. Y luego, Allen entró en el comedor.

Todos se levantaron y fijaron los ojos en él.

Sí, era el hombre del arroyo.

No vestía de etiqueta como era costumbre en la cena, sino que llevaba la misma camisa remangada que tenía en el arroyo, los pantalones arrugados, las botas cubiertas del polvo blanquecino que cubría los caminos.

Se quedó en la puerta, con los brazos cruzados sobre el pecho y la cabeza ladeada, intentando presentar el perfil derecho de su cara.

Pero era inevitable no fijarse en el izquierdo, salpicado por multitud de pequeñas cicatrices que lo desfiguraban, que bajaban por el cuello hasta esconderse bajo la camisa.

Estaba dañado, como ella.

Hale se acercó a él y le tendió la mano.

—Bienvenido al Observatorio Solar Monte Wilson. ¿Cómo se encuentra?

—Bien, gracias, señor. —Allen se aclaró la voz—. Buenas noches, caballeros. Siento la tardanza.

—No se preocupe, es normal, no conoce nuestras costumbres. Esta noche su operador será Henry Blur. —Hale le hizo un gesto con la mano para que se acercara—. Blur, este es Paul Allen.

Blur se acercó. Despacio. Una gota de sudor se deslizó por su espalda.

Las dos manos de Allen estaban cubiertas de esas pequeñas cicatrices y temblaban levemente. Le tendió la derecha, se la estrechó.

—Qué hay, Blur.

Ella levantó los ojos hacia los suyos. Oscuros y magnéticos, emanaban calor. Oh, maldita sea. Habría sido, era, muy atractivo, a pesar de esas marcas, ¿cómo se las habría hecho?

—Bienvenido, Allen —dijo con ese susurro ronco que era su voz desde aquella noche.

—Cenemos, pues —ordenó Hale—. Tendrán hambre, estarán deseando probar el asado de montaña.

Allen se dirigió a su sitio cojeando de forma evidente.

Blur se colocó a su lado, como correspondía: el astrónomo y el operador siempre se sentaban juntos. Desplegó la servilleta y se la puso sobre las rodillas.

No, no debía fijar la mirada en su cara. Bajó los ojos a tiempo para ver que la observaba por el rabillo del ojo, y un poco del calor del solsticio volvió a querer entrar en su interior. Nunca nadie le había producido esa sensación, ¿era eso lo que Henry sentía cuando amaba?

—Cómo tiene la cara —murmuró Norton, otro de los asistentes, a Backus, sentado algo más allá—, y no anda normal. Se atreve a aparecer aquí, en el comedor, con la ropa hecha una pena. ¿Sabe qué le ha pasado?

Allen comenzó a cenar en silencio, con la misma actitud que ella, queriendo ser invisible.

—No sé —dijo Backus—, ni idea.

—Dígame, Allen —comentó Adams—. ¿Todo bien por Harvard?

Allen lo miró, alzando una ceja.

—Ehhh… Sí. Sin novedades importantes, sin… Como sabe, seguimos avanzando con la catalogación de las estrellas. Tenemos prácticamente todo el cielo pasado y presente almacenado en miles de placas fotográficas. —Su voz recuperó la seguridad que debía ser habitual en él al hablar de su trabajo—. Perdimos a Mina Fleming en 1911, pero Henrietta Leavitt está haciendo un trabajo magnífico con las cefeidas.

—Sí, el director Pickering y sus mujeres.

—Las hay más competentes que algunos hombres —afirmó Allen.

Norton se rio por lo bajo.

—Ya sabe que con la fórmula de Leavitt podemos medir las distancias de las estrellas a la Tierra. Qué gran avance.

—Aquí Shapley se está encargando de eso, ¿no es así? —dijo Hale.

—Sí —contestó Shapley, que llevaba dos meses escasos en el Monte Wilson—. Tomo placas de los cúmulos para encontrar variables.

—¿En Harvard las mujeres pueden observar con los telescopios? —preguntó Blur.

Le respondió un coro de risas.

—Bueno, el director Pickering ya hace tiempo que encomendó a la señorita Cannon la observación de la magnitud de las estrellas variables circumpolares. —Allen la miró con esos ojos oscuros—. Es la única, en la universidad están en contra, pero su currículum es excelente y se ha convertido en una experta.

—Eso no es trabajo para una mujer —afirmó Adams—. Demasiado frío, demasiado agotador. Nuestras mujeres están a buen recaudo en Pasadena.

Blur sonrió con ironía, pero no dijo nada.

# Dónde está el norte

*P*oco a poco, el año 1910 se deslizaba ladera abajo del monte Wilson sin que ni Henry ni Ellie se dieran cuenta. El calor de verano había desaparecido y ahora solo quedaban esos días cortos, las nubes y las primeras nieves.

A Ellie le gustaba la montaña. Cada mañana se levantaba de la cama y se vestía con esa ropa de chico mucho más adecuada que la suya. A veces era ella quien reanimaba los rescoldos de la chimenea y preparaba el desayuno; otras veces era su hermano. Los dos tomaban juntos el café y luego él partía a la granja donde trabajaba desde hacía unos meses. Tras la cosecha comenzó a encargarse de los animales. No había conseguido su propósito de trabajar con esos enormes telescopios del observatorio, aunque perseveraba en su empeño. Era su norte, el camino que le indicaba la Estrella Polar.

—Mira, Ellie, la Polar —le decía cada noche—. Me recuerda que tenemos algo por lo que luchar, una meta, una esperanza. No pierdas nunca el norte de vista, algún día lo conseguiremos. Lo sé.

Cuando Henry se iba a la granja, Ellie lo acompañaba hasta el camino. Él se alejaba y ella se lo quedaba mirando durante un rato, escondida tras uno de aquellos pinos. No quería que nadie la viera: aún no estaba preparada para enfrentarse al mundo.

Esa mañana fue al arroyo a por agua, la que tenían ya se había acabado. Reforzó con barro todas las rendijas que quedaban abiertas entre los troncos de la cabaña, porque cada vez hacía más frío. Cortó algo de leña y la apiló en el porche para que no se mojara.

Sí, el invierno vendría pronto. No sabía cómo sería pasarlo

en ese mínimo alojamiento. En fin. Había cosas peores, ¿no era así? Entró en la cabaña y tomó el rifle que su hermano había conseguido cuando tuvieron algún dinero sobrante. Con aquellas pocas monedas solo pudo encontrar un viejo Winchester 92 con la culata de madera desgastada por el uso y unas iniciales grabadas a navaja, W. I., pero hacía buen uso de él. Había comenzado practicando su puntería en un viejo tronco. Y ahora cazaba conejos con facilidad. No, no le gustaba, pero les venía muy bien esa carne extra.

Salió al exterior. El sol estaba ya muy alto, así que se puso en marcha.

Caminó deprisa un par de millas arroyo arriba hasta su lugar preferido para la caza: dos enormes rocas que llamaba los Dos Hermanos. En ellas había encontrado unos agujeros circulares. Quizá los habían tallado los indios que habitaban aquellas montañas décadas atrás. Pasó la mano por el borde de uno de ellos. Le fascinaba imaginar a las mujeres moliendo grano en esos agujeros, para luego cocinar las tortas de cereal en el fuego común, junto a sus familias.

Apoyó su vientre en una de las dos rocas, como siempre hacía, de manera que su cabeza y la escopeta sobresalían lo justo para ver y disparar. Se dispuso a esperar.

No, no pensaría en Pomona, en su cama confortable, en la comida caliente. En todos esos libros de la biblioteca, ojalá pudiera traérselos. En… ese monstruo que les había hecho daño a los dos. Había perdido el norte, de nada valía que aquella estrella, la Polar, se empeñara en señalarlo cada noche, como le recordaba su hermano. ¿Qué hacía en medio de la nada, vestida con la ropa de Henry y con un fusil en las manos? No tenía ninguna lógica.

La verdad era que ya no sabía nada.

Solo que, a pesar de todo, el sol seguía saliendo cada mañana.

La montaña permanecía en silencio bajo aquel pálido sol de principios de invierno.

Demasiado en silencio.

No se dio cuenta de lo que pasaba.

No intuyó aquel puma de pelaje del color de la tierra que clavaba los ojos en su espalda. Que tensaba sus músculos y se disponía a atacar.

Solo vio una silueta de hombre que salía de detrás de los robles a su izquierda y corría hacia ella. Sin hacer un solo ruido. Parecía que sus pies no pisaban el suelo cubierto de hojas.

Ellie cayó al suelo, todo se volvió borroso. El Winchester se congeló en su mano, el cielo se tiñó de gris. Sacudió la cabeza, no, no se rendiría: ahora tenía un arma, ya no era la pobre Ellie con las alas rotas de aquella noche tan triste, ahora volaba por el monte Wilson. Abrió los ojos.

Para encontrarse con esa mirada amarilla. Era imposible, debía de estar soñando.

No podía tener un puma tan cerca de su cara. Sentía el calor de su aliento en la frente, espirando, espirando, espirando. Su lengua rosada asomaba entre los enormes colmillos. Pero no la miraba a ella, sino a aquel hombre que estaba a su lado.

Un fantasma. Era imposible que fuera real. Se volvería humo y el puma la mataría, nada podría protegerla.

El fantasma del tótem.

El puma alzó la cabeza, dio media vuelta y desapareció en el bosque, mientas aquella figura asentía sin cambiar el gesto pétreo y serio de su cara arrugada.

Un indio.

Parecía tener más de cien años.

Un indio vestido con unos pantalones sujetos por tirantes, una camisa marrón y esos ojos oscuros que la observaban como si pudieran leer en su interior. Tenía el pelo largo y gris, y un collar ¿de qué? ¿de huesos? Acabado en esa pluma azul que caía sobre su pecho como un pequeño destello de cielo.

Se incorporó despacio, dejando el fusil en el suelo.

—¿Existes de verdad? —Parecía tan viejo como el universo. Parecía que la mirada del águila del tótem había cobrado vida.

—El invierno ya vive entre nosotros —dijo sin mover los labios—, y no estáis preparados. Cazad y ahumad la carne. Guardad leña. Reservad agua. Habrá días que no podréis salir de la cabaña: la montaña no tiene piedad con quien no la conoce.

Una nube sin norte se interpuso entre ellos y el sol, la temperatura descendió de repente. Pero Ellie no notó el frío. La mirada cálida de aquel ser la protegía de todo. Lo vio desapare-

cer tras los robles sin hojas, el monte se quedó vacío, pero ese
calor prendió en su interior como una pequeña llama.

La Polar nunca está sola, porque en realidad son dos: la
enorme estrella amarilla y una pequeña compañera roja, aunque a simple vista solo sean uno. Como Henry y ella. Quizá,
sí, seguro, podría existir una tercera compañera de ojos oscuros, tan vieja como el universo. Nunca se sabe quién vela por
nosotros, quién nos obsequia con su mejor mirada.

# El cisne nocturno

*T*ras la cena, Blur y Allen se dirigieron hacia la cúpula del sesenta pulgadas. Blur con su traje azul oscuro, la corbata negra, el pelo rubio bajo el sombrero. Allen algo más alto, con las botas manchadas de polvo y la camisa un poco remangada. El sol aún no había abandonado el monte del todo, a pesar de que comenzaban a verse las primeras estrellas: Vega, Deneb, Altair, formando el Triángulo de Verano.

—Blur, va…

Miró atrás. Allen caminaba despacio con esa cojera tan acusada, pese a que se esforzaba por apurar el paso.

—Lo siento, no me he dado cuenta.

—Le iba a decir que no se preocupara por mí, pero ya veo que tiene demasiadas cosas en la cabeza para hacerlo —sonrió con tristeza—. Siga, siga, sé cuál es el camino.

En vez de eso, lo esperó.

—No hay prisa. —Señaló al cielo—. Aún hay luz.

No se explicaba cómo se las había arreglado para ir hasta el arroyo por la tarde con la pierna de esa manera.

—No me mire así —pidió él.

—¿Así cómo?

—Con lástima.

—La lástima es patrimonio de otros, no mío. Usted está vivo. —Se arrepintió de sus palabras en cuanto acabó de pronunciarlas. Henry no lo estaba, pero él no tenía la culpa—. Lo siento, no he debido decir eso.

—No se preocupe. —Allen, por fin, se puso a su altura y ambos caminaron despacio en dirección al monstruo de cristal—. Ya ve cómo estoy. Si vamos a trabajar juntos, es mejor que me mire de una vez por todas.

—Prefiero mirar a las estrellas.

Allen soltó una carcajada breve y comenzó a caminar de nuevo.

—Es usted un hombre sabio. ¿Tiene alguna preferencia?

—No. Me gusta todo.

—¿Las estrellas dobles, tal vez?

¿Se lo diría?

—Me gustan las nebulosas oscuras.

—Vaya. ¿Qué cree que son?

—Da la sensación de que tienen materia. Y solo podemos verlas si tras ellas hay un fondo luminoso donde se recorta su silueta negra. Materia oscura, ¿qué le parece?

—Interesante. Usted y yo vamos a disfrutar esta noche.

Antes de entrar en la cúpula, Allen se detuvo y miró alrededor.

—Es hermoso —murmuró.

Lo era. La Vía Láctea sujetaba la noche entera sobre su espalda blanca y brillante, se extendía del cénit al perfil irregular de la sierra de San Gabriel. Vega refulgía sobre las copas de los árboles. Marte estaba al lado de Régulus, el corazón azul del león; ambos no tardarían en ocultarse tras el horizonte oeste. Blur se estremeció.

—El viento es fresco a pesar de que ya estamos a finales de junio —comentó Allen.

Él también se había estremecido. Estar bajo ese cielo, bajo esa eternidad, siendo tan consciente de que todo era pasajero y frágil. Apretó los puños. En público sonreiría, como siempre, seguiría fingiendo que podía llevar una vida normal, que no había pasado nada. En privado se miraría las manos llenas de cicatrices que de vez en cuando temblaban, y recordaría aquel momento una y otra vez, una y otra vez, preguntándose cómo pudo suceder de aquella manera, cómo en un instante todo se fue a la mierda sin remedio posible.

Pero ahora estaba delante del instrumento óptico más grande del mundo, ese telescopio reflector de sesenta pulgadas; si él y Blur unían sus manos alrededor lo abarcarían a duras penas, así que intentaría esconder todo aquello en el rincón más apartado de su mente y se concentraría, sí, se concentraría en el cielo. No quedaba otro remedio. Ella siempre lo decía: la vida es una senda de un solo sentido, pase lo que pase hay que seguir adelante.

De manera que apartó la vista de aquel cielo que se mostraba casi oscuro entre los pinos de la entrada a la cúpula y dirigió sus pasos renqueantes hacia el interior.

—Vamos, Blur. A ver qué nos depara la noche.

Blur accionó el sistema de apertura y una porción de cielo nocturno comenzó a verse sobre ellos.

—Es... —Allen alzó una ceja—. Nunca he visto nada igual. Extraordinario, tan...

—¿Por dónde quiere que empecemos?

—A mí sí me gustan las dobles —comentó Allen—. Parece que hay una estrella, pero la miras por el telescopio y resulta que son dos, o más. Echemos un ojo a Albireo, ¿qué le parece?

—Lo que prefiera.

Albireo, la preciosa estrella doble en la cabeza de Cygnus, la constelación del cisne. Los antiguos creían que Cygnus representaba a Zeus, que tomó la forma de un cisne para seducir a la reina Leda, la madre de los gemelos Cástor y Pólux. Un dios tan poderoso como Zeus convertido en un cisne. A Blur le resultaba rara la idea.

—Eche un vistazo. —Allen se apartó del ocular. Blur lo miró un instante. Erguido y elegante a pesar de la cojera, a pesar del rostro desfigurado—. Está ligeramente desenfocado.

Dos estrellas unidas pero diferentes. La más luminosa, de un precioso color amarillo, la otra, pequeña y azulada.

—¿Sabe qué? —dijo Allen—. Albireo A, la amarilla, son dos.

—Sí. Es una binaria espectroscópica, solo se aprecia en la fotografía del espectro. Aquí también hemos detectado esa doble raya en algunas estrellas.

—Sabe mucho para ser un asistente.

—Me gustaría progresar.

—Y ¿qué va a hacer para ello? —preguntó, con esa expresión triste y cálida a la vez.

No lo sabía. Bajó los ojos al suelo y guardó silencio.

—Busque un objeto de estudio. No puede ser todo, algo

41

concreto. Y escriba un artículo, eso ayudará. ¿Tiene formación? Sería...

Que si tenía formación, preguntaba. Devoraba todo lo que caía en sus manos, todo lo que se publicaba: el *Astrophysical Journal* de Hale, las circulares de Harvard, los anales, todo.

—No la tengo.

—Deberá demostrar su valía de otra manera, entonces. No será fácil, pero ¿qué lo es?

Si fuera hombre hubiera sido, quizá no fácil, pero sí posible.

Y sin embargo, ahí estaba, mirando al pasado del universo a través de la luz que reflejaba ese espejo de vidrio verde como el de las botellas de *champagne*.

—¿Cuánto tiempo habrá tardado esa luz en llegar hasta nosotros?

—Ojalá lo supiéramos —contestó Allen mientras ajustaba la cámara al ocular—. En ello estamos, ¿verdad?

Blur asintió. Las imágenes que veían por el telescopio eran el pasado. Su luz salió de las estrellas hacía ¿cuánto? ¿Diez, cien, mil o cien mil años? Cuando esa luz nació, Henry y ella quizá jugaban juntos entre los naranjos de la casa grande, o su padre y su madre se veían por primera vez. O el planeta Tierra se estaba formando, o los átomos que componían el sol se estaban agrupando para formar esa esfera luminosa y cálida que les daba la vida.

—Miramos el pasado. Muchas de esas estrellas quizás ahora ni siquiera existan.

—Y sin embargo, para nosotros representan el presente. Es como viajar en el tiempo, ¿no le parece?

Allen colocaba con cuidado una placa en la parte trasera de la cámara. Lo hacía con extrema delicadeza a pesar del temblor suave de sus manos.

—Ayúdeme —susurró—. No quiero que se caiga o se mueva.

Blur se acercó, de manera que el brazo de Allen y el suyo se rozaban, y sus dedos ocupaban casi el mismo lugar sobre la placa.

Ambos colocaron la placa con cuidado, ambos calibraron

el telescopio y le ordenaron seguir a Albireo, la estrella bicolor.

Ambos olvidaron sus pérdidas como si de verdad esa luz los llevara al pasado, a cuando no eran nada más que un punto con todo su futuro brillante, con todo su tiempo intacto.

A medianoche, Blur preparó algo de comer, como era costumbre, ya que trabajaban hasta el amanecer.

—Hoy tenemos un vaso de cacao caliente, galletas, tostadas y algo de fruta.

—Fresas —observó él.

—¿Le gustan?

Allen apretó los puños y se forzó a sonreír. A ella, mejor dicho, a ellas, les gustaban las fresas. No había vuelto a recordarlas en todo ese rato, ¿cómo era posible?

—Sí, gracias, Blur. Es muy amable —se giró hacia el telescopio e hizo como si examinara la colocación de la cámara. Para que no viera la humedad en sus ojos.

Blur dejó la comida sobre una de las mesas. Ese hombre la intrigaba y no podía evitarlo. Tan atractivo como debía serlo Zeus, imponente y poderoso entre las estrellas y, a la vez, con esa delicadeza al manejar el instrumental, como cualquier astrónomo, ¿no? O ¿no era como los demás? Masticó con fuerza una de esas galletas. No quería saber nada de hombres, ni podía, porque se había convertido en uno de ellos. Tenía la vida de su hermano, Henry Blur, y a Henry le gustaban los hombres. Pero ella… Ella no podía permitirse ni un solo desliz. Cualquier error daría al traste con todo.

Además, su corazón estaba tan helado como el de Henry. Cuando lo dejó bajo aquella losa trató de abrigarlo. Pero sabía que era imposible.

Allen se acercó a la mesa y tomó el vaso de cacao. Con esos andares desiguales y esos ojos oscuros como la nebulosa Cabeza de Caballo, ¿qué ocultaba?

—Allen, ¿qué le pasó?

Maldita manía de pensar en voz alta, se suponía que debía ocultarse bajo ese traje y no llamar la atención.

—Perdón, no he debido preguntar.

—No se preocupe. No fue nada, un accidente, un… —Posó el vaso a medio beber y se dirigió de nuevo al telescopio—.

43

Sigamos con el trabajo. Aquí parece que formamos parte del universo. Podemos sentir la rotación del planeta, el movimiento de los astros. Como si…

Como si no hubiera sitio para nada más, como si toda la carga que llevaban sobre la espalda la pudieran dejar abajo, en el valle, entre las vides y los campos de cultivo.

# Ojos de águila

$\mathcal{H}$abían pasado casi dos años en el monte Wilson, pero Henry no había perdido la esperanza. Cada vez que tenía un día libre subía a lomos del caballo y se acercaba hasta el observatorio a ver qué se cocía por allí.

Solía encontrarse con ese chico, Backus, que le contaba cómo iba todo. La torre solar de ciento cincuenta pies por fin iba a ser inaugurada. Las mulas y el camión Mack que pertenecía al observatorio ya estaban preparados para subir su frágil espejo por el estrecho camino hasta la cima.

—Henry, puede ser tu oportunidad —le dijo Backus un día ya tibio de finales del invierno—. Van a necesitar personal para trabajar en la torre solar. A ti ya te conocen de verte por aquí, saben que esto te gusta y que aguantarás la montaña.

Sí, la montaña era dura, Ellie y él lo habían aprendido muy rápido. El primer invierno creyeron que se morirían de frío y de hambre. Sobrevivieron gracias a que de vez en cuando aparecía uno de esos animales muertos en la puerta de la cabaña. Ellie decía que se los llevaba el indio, y él la miraba como si estuviera loca. Un indio en la montaña era algo disparatado, haría décadas que habían desaparecido.

—No sé si es el momento. —No estaba arreglado, ni peinado, ni nada, y las piernas habían comenzado a temblarle.

—Lo es, lo es, Blur, vamos. —Backus lo agarró por la solapa de la chaqueta, tiró de él hacia el Monasterio—. Hola, Solar, bonito —saludó al perro que siempre andaba por ahí, moviendo la cola a cada persona que se acercaba—. Espera aquí, Henry, avisaré a Adams.

La montaña estaba más hermosa que nunca. Había un velo de nubes agarrado a sus pies, pero, en la cumbre, el sol lo entibiaba todo. Henry se apoyó en la pared del Monasterio y cruzó los dedos. Solar se sentó a su lado y le tocó la pierna con el hocico, rogándole una caricia. Se la dio.

Al cabo de un rato Backus asomó por la puerta, se ajustó las gafas sobre la nariz y le hizo un gesto.

—Vamos, Blur, Adams quiere verte. Está en la sala de billar.

Henry avanzó por el pasillo y bajó la escalera que llevaba a la sala donde los astrónomos se relajaban antes del trabajo. Solían jugar al póquer o al billar, o discutir entre ellos cómo de extenso era el universo o de dónde sacaría Hale el dinero para financiar el telescopio de cien pulgadas.

—Vamos —murmuró para darse valor—, no te rindas ahora. Llevas esperando esto casi dos años.

Adams estaba solo. Sentado en el borde de la mesa de billar, tenía en la mano uno de los tacos.

—Pase, Blur, no se quede en la puerta. Me dice Backus que quiere trabajar en el Monte Wilson.

Desde que supo que ese lugar existía. Y ahora que parecía posible, casi no podía hablar. Tomó aire, se aclaró la garganta.

—Sí, señor.

—Ya nos visitó hace tiempo pidiendo trabajo. —Adams arqueó sus pobladas cejas.

—Sí, señor.

—¿Dónde vive, Blur?

—En una cabaña a medio camino a Pasadena.

—¿No se ha cansado de la montaña? Esto es duro. La mayoría no vivimos aquí, ya sabe. Subimos, observamos, para luego bajar a nuestras confortables casas de la ciudad, con nuestras familias.

—Sí, señor. No, señor —carraspeó—. Me gusta la montaña.

—Es un trabajo duro. Estará noches sin dormir. Cuando nieve en invierno, tendrá que subir a la cúpula, descolgarse desde arriba y quitar la nieve. Tendrá que recoger el mercurio que pierden los rodamientos del telescopio para volverlo a utilizar. Tendrá que hacer té o lo que sea a la hora que se lo pidan y, además de todo ello, hacerlo con amabilidad. ¿Cree que podrá?

—Por supuesto.

—Bien. Comenzará de conserje. Irá donde haga falta, a veces a la torre solar o al Monasterio o a la cúpula. A cambio, con mi permiso, podrá estudiar algunos de los libros de la biblioteca. Porque ya sabe, se puede hacer astronomía sin telescopio, pero no se puede hacer astronomía sin biblioteca.

—Muchas gracias.

—Comienza mañana, a primera hora.

—Gracias, señor. Hasta mañana.

Henry salió del Monasterio, miró a ese cielo tan limpio, tan azul, y se sintió feliz.


Marzo ya mediaba, pero aún hacía frío. Ellie llenó de agua un pequeño pote de porcelana y lo acercó al fuego. Cuando estuvo caliente, añadió una cucharada de té y el aroma se extendió enseguida por la pequeña habitación. Henry no trabajaba ese día, pero aun así había madrugado para subir al observatorio.

Una ráfaga de aire la sobresaltó. Volvió la cabeza para ver de dónde venía.

Ckumu había abierto la puerta de la cabaña.

—Has venido pronto. Entra, siéntate al lado del fuego. —Ellie le ofreció una taza de té.

—Te lo agradezco, Libélula.

Ckumu fijó en el fuego sus ojos de águila, como los llamaba ella siempre, y se quedó callado. El fuego le recordaba épocas mejores. Épocas en las que el bosque todavía era libre y su familia se sentaba a su lado para contemplar el silencioso baile de las llamas bajo las estrellas. Miraban arriba, en la oscuridad de la noche, y pensaban que todos los puntitos brillantes eran otras hogueras como las suyas, que otras muchas familias calentarían sus manos con aquellas llamas lejanas, y nunca se sentían solos ante tanta belleza.

Pero todo aquello se perdió.

Ellos desaparecieron, las hogueras se apagaron.

Fuera de la cabaña, el día desgranaba su tiempo sobre el bosque. Dentro, parecía haberse detenido.

—Hay una constelación en lo alto del cielo nocturno de

verano, Ckumu, que me recuerda a ti —dijo Ellie con su voz ronca y suave—. Se llama Aquila. Representa al águila, el único animal que puede volar hacia el sol sin deslumbrarse.

—El águila es un animal poderoso, un ave sagrada que extiende sus alas sobre los chamanes.

Sí, hubo un tiempo en que creyó poder volar sobre el bosque con las alas extendidas y, con sus ojos de águila, como decía la niña, controlarlo todo, hasta cada paso de sus pequeños hijos. Creía, pobre imbécil, que su mundo era más poderoso que cualquier amenaza, que siempre se mantendría intacto para ellos. Que su mujer lo esperaría cada tarde cuando él regresara de la caza. Pero no fue así.

Otros habían tenido que abandonar el hogar de sus antepasados para encerrarse entre esos muros sin ladrillos llamados reservas, prisioneros como el oro dentro de las piedras.

Pero él, su bella mujer y sus tres hijos se quedaron. Él y los cuatro. Su nombre, Ckumu, significa cuatro, por ellos. Pensaron que los dejarían en paz, al fin y al cabo, solo eran un puñado de indios en medio de esas enormes montañas.

Ojalá se hubieran marchado, como su hermano, Antonio, su esposa y su sobrina, Narcisa. Sí, su mundo se habría derrumbado tras ellos, el tiempo habría borrado sus huellas, como si nunca hubieran existido.

Pero habrían sobrevivido, y las llamas nocturnas de las hogueras seguirían bailando en sus corazones.

En vez de eso, solo tuvieron muerte.

La mano de Libélula se posó sobre su hombro; el presente se hizo real otra vez: el fuego en la chimenea, las paredes de madera, el olor a té.

Había regresado al monte para caminar los últimos pasos sobre las huellas de sus antepasados y se había encontrado con una niña perdida vestida de muchacho.

A lo lejos, las alas rojizas del águila del tótem se extendían bajo la mañana nublada, y sus ojos miraban hacia el oeste, como lo llevaban haciendo siglos. Pasaban los días y las noches, las constelaciones cambiaban en cada estación, el mundo de los hombres ya no era el mismo, pero el espíritu de los indios continuaba presente, luchando por no desvanecerse en la niebla del tiempo.

El águila celeste, Aquila, pronto volvería a aparecer en la noche, y también su estrella más brillante, Altair, que indicaba la presencia del verano. Ojalá con ella solo llegara el calor.

Ningún incendio.

Ni en el alma.

# Mitad hombre, mitad animal

*E*n la primavera de 1913, todo crecía en el monte Wilson. Los pinos se estiraban hacia el cielo todavía más, los robles se cubrían de hojas verdes. La carretera se ampliaba para dar paso a los camiones que dentro de algún tiempo subirían el espejo de cien pulgadas, y el esqueleto de la enorme cúpula, poco a poco, tomaba su forma definitiva.

A Henry lo habían ascendido: ya no era conserje, sino asistente en el telescopio nocturno de sesenta pulgadas. Después del invierno, se habían mudado a una de las cabañas para el personal del observatorio. Ellie al principio se negó: estaba acostumbrada a vivir apartada y quería continuar así. Pero su hermano la convenció para que visitaran la cabaña más alejada de las otras, camino al arroyo. Resultó que tenía agua corriente y, en cada habitación, una bombilla de luz eléctrica. Podría leer hasta muy tarde los libros que Henry bajaba de la biblioteca. Además, estaba oculta tras un bosquecillo de robles. De manera que accedió.

Desde entonces, su mellizo la importunaba una y otra vez con la misma cantinela: intentaba convencerla para que subiera una noche a manejar el sesenta pulgadas en su lugar.

—Vamos, Ellie, ¿te imaginas cómo se ven las estrellas a través de ese ocular? No, ya te digo yo que no te lo puedes imaginar. —A ver si así, por fin, salía del monte de una maldita vez, aunque fuera vestida de él.

—¿Otra vez con lo mismo? ¿Estás loco? Ya te he dicho que no.

—Piénsalo. Sabes más que yo del cielo, eres muy habilidosa. Te lo he explicado todo, puedes hacerlo.

—No, no lo haré, no insistas. Ahora por fin eres asistente,

si sigues estudiando puedes llegar a formar parte de la plantilla fija de astrónomos. No vamos a arriesgar eso por esta locura.

Un par de veces, ella y Ckumu habían subido a la cima mientras los astrónomos cenaban. Él vigilaba, ella se colaba bajo la cúpula y acariciaba hasta donde podía la enorme estructura metálica del telescopio. Pasaba la mano por cada engranaje, por los mandos del enfoque, las mesas de trabajo, la caja que contenía las placas fotográficas de cristal. Sabía que podía manejarlo. Que sería como un niño dócil entre sus dedos, que la obedecería en todo.

Pero no podía, no soportaba a nadie delante de ella. Y a pesar del parecido, se darían cuenta de que no era Henry, seguro. Definitivamente, estaba loco.

—Peque, escúchame, no puedes seguir así.

—Me voy. Necesito que me dé el aire. —Salió de la cabaña, la puerta se cerró con un golpe seco.

—Ellie, espera.

Henry corrió tras ella, pero no le valió de nada. Su hermana no quería que nadie la salvara, y menos él, que era quien la había condenado.

A la mañana siguiente, Henry subió a la cima. Adams quería que ayudara a Ellerman, el astrónomo solar que llevaba con Hale desde el principio, en la torre solar de ciento cincuenta pies. Tenían visita: un astrónomo de Oxford venía a pasar unos meses en el observatorio. Solían hacerlo, todos querían tener en sus manos aquellos monstruos. Este también era de los solares, le gustaba más el día que la noche. Sí, observar la superficie granulosa del sol y esas manchas que de vez en cuando la oscurecían era muy interesante. Pero la noche estaba llena de soles. Algunos eran gigantes de cara roja; otros, pequeñas enanas blancas; otros, jóvenes de sonrisa azul. Su belleza encendía en él otra luz que le daba calor hasta en las noches más frías del frío invierno del monte, cuando todo estaba nevado y la respiración se tornaba visible y sólida como el hielo.

Esa era la magia de las estrellas.

Volvían cálido y luminoso el universo vacío y helado.

Como algunas personas.

Cuando llegó a la base de la torre solar, Ellerman y el nuevo ya estaban allí. Henry sonrió. Ellerman estaba vestido de vaquero, con su sombrero de diez galones, las botas altas, el cinturón con la pistola y el cuchillo de caza. El nuevo lo miraba con una expresión de sorpresa.

—Buenos días, Blur, le presento a Oliver Gant. Se va a quedar unos meses con nosotros. Oliver, Henry Blur es uno de nuestros asistentes más prometedores.

La cara de sorpresa del nuevo se acentuó aún más al mirar a Henry. Le tendió la mano y Henry se estremeció al estrecharla. Era cálida, suave, extraña, como si su interior pudiera mostrarle un millón de mundos distintos al suyo.

—Encantado, Blur —respondió con su acento de Oxford y una mirada seria e interrogante.

No. Otra vez, no.

El miedo se volvió denso, como si fuera barro, un barro negro y hediondo que le impidiera andar.

No permitiría que le sucediera lo mismo que con Arthur.

—Blur, vamos a enseñarle a nuestro amigo cómo funcionan las cosas por aquí. —Ellerman limpió sus gafas redondas de carey, se recolocó el sombrero, se ajustó su cinturón de vaquero y se metió en el Cubo, como llamaban al ascensor que subía a los astrónomos a los ciento cincuenta pies de altura de la torre solar. Se trataba de un pequeño elevador cuadrado que apenas les sobrepasaba la altura de la rodilla, pero ninguno de ellos temía utilizarlo, y Ellerman menos. Nadie diría que solo veía por un ojo. Subió saludando con una mano, mientras que con la otra sostenía su pipa. A medio camino detuvo el ascensor, sacó del bolsillo de la chaqueta una lupa y la utilizó para encender la pipa dirigiendo hacia ella los rayos solares que bajaban por la torre hasta los instrumentos que la recogían en la estancia situada a varias docenas de pies bajo el suelo. Sin dejar de sonreír.

Blur intentaba no apartar los ojos de esa pipa que ya humeaba. O de lo alto de la torre, o de las malditas agujas de pino que cubrían la tierra, daba igual, lo importante era no mirarlo a él.

A ese pelo oscuro que se ondulaba bajo el sombrero, a esos ojos algo rasgados. Tenía un aire interrogante, como si siempre estuviera a punto de preguntar algo, y sin embargo nada salía de sus labios carnosos.

Emanaba calor.

Como una estrella, como el sol.

La constelación del Centauro apenas asoma por el horizonte en el hemisferio norte, es exótica y hermosa, con multitud de misterios que descifrar. Él parecía eso: un centauro, ágil, salvaje, peligroso. No necesitaba una lanza o una flecha para traspasar el corazón azul de Henry. Le había bastado con su mera presencia.

Pero no lo iba a permitir. Lo había jurado, no había nada que hacer.

—El más grande del mundo, Gant, ¿qué le parece? —Ellerman bajaba de nuevo—. Aquí todo lo hacemos a lo grande. Subamos. Le mostraremos la parte de arriba de la torre. No se preocupe, ya le he demostrado que el Cubo es muy seguro, ¿no es así, Blur?

Henry separó sus ojos del hombre para decir que sí con la cabeza. Se metió en el Cubo intentando colocarse lo más lejos posible de él, pero el elevador era jodidamente pequeño. Notaba su calor, su cuerpo respondía, eso se le ponía duro.

—¿Qué le pasa, Blur? ¿Se marea? —preguntó Ellerman, preocupado, mientras Gant esbozaba una sonrisa burlona. Como si lo supiera todo. Era imposible que lo supiera, ¿lo era? Blur se aclaró la voz.

—No, no me mareo. Estoy bien.

Ya habían llegado. Habían subido muy por encima del más alto de los árboles.

—Mire, Gant —señaló Ellerman—, esa es la cima del monte de San Antonio. Pero lo interesante lo tenemos dentro y no fuera ¿no es así, Blur?

¿A qué se refería Ellerman? ¿A su maldito corazón azul? Henry se estremeció, le temblaban las manos. Debía rehacerse, debía disimular.

—Sí. El primer espejo, de diecinueve pulgadas, recoge la luz solar, la envía al segundo, de catorce, y este al triplete de lentes que la espera en la sala de observación, bajo la torre.

—Hale, que es un inventor nato, quería hacer esto desde que lo conozco. Una torre alta y sin tubo. Abajo, la temperatura es casi constante, no la altera el calor del sol. Primero hizo aquella, la de sesenta pies. —Ellerman apuntó a la otra torre solar, algo más abajo—. Y luego la mejoramos, ya lo creo que sí.

—La estructura exterior lo protege del viento, ¿verdad? —La voz de Gant era suave, elegante como él, con su melodioso acento británico. Y esa maldita sonrisa de medio lado. Solo sonreía a medias. Los ojos no sonreían: interrogaban, medían, examinaban.

—No se lo creerá —dijo Ellerman—, pero podemos obtener un espectro completamente definido incluso con vientos de treinta millas por hora. La torre exterior es un perfecto cascarón.

—Fantástico. No veo la hora de comenzar a trabajar.

El Centauro, con su elegancia inglesa y esos modales perfectos, ¿ocultaba algo? Henry intuía que sí. Tenía un lado salvaje, una parte animal e indómita, por eso a su lado se le ponía el pelo de punta. ¿O solo eran imaginaciones de un pobre loco, de un desviado que pensaba que había podido acallar esa maldita enfermedad y en realidad era mentira?

—Bajemos. Debo irme, trabajo esta noche. Pero se queda en buenas manos. Blur, enséñele las máquinas. Asístale en la observación y que haga alguna placa si le apetece.

—Estaría encantado de ello —afirmó Gant.

No cabía duda, estaba encantado, por supuesto que sí. Henry tenía un nuevo jefe. Ya podía despedirse de las noches en el sesenta pulgadas, del subdirector Adams y de sus fotografías. Ahora estaba bajo las órdenes del Centauro, a tiro de sus flechas. No podría escapar de él aunque quisiera.

Tras observar cómo Ellerman dirigía sus pasos hacia el Monasterio, Blur abrió la puerta de la sala de observación.

—Pase, señor Gant.

—Es muy amable.

Gant se dedicó a observarlo todo con atención. Blur, tras colocarse unas gafas de sol, se acercó a los controles del telescopio y los ajustó un poco. La superficie del sol se proyectó sobre una pantalla blanca, formando una circunferencia de dieciséis pulgadas y media.

—Ahí lo tiene —comentó—. Mire, hay dos grupos de manchas.

54

—Interesante. Hale es un experto en el estudio solar.

—De los mejores. Él inventó ese aparato, el espectroheliógrafo. —Henry señaló uno de los dos grandes instrumentos que ocupaban casi toda la estancia—. Está estudiando el campo magnético solar y su influencia en las manchas. ¿Piensa quedarse mucho tiempo en el Monte Wilson?

—Me quedaría para siempre, pero lamentablemente no podré hacerlo. Mi esposa espera mi regreso. —Gant sonrió, pero solo con la boca. Los ojos permanecieron tristes y oscuros. Centauro.

Blur sintió que el suelo dejaba de moverse bajo sus pies. Que todo volvía a estar en su sitio de nuevo. No importaba que se enamorara de ese inglés condenadamente guapo: si estaba casado, no había peligro, nunca le correspondería. Podría mirarlo sin que él se diera cuenta, imaginar cómo sería su cuerpo bajo ese traje tan elegante. Sería un secreto, nadie lo sabría jamás.

Tampoco se lo contaría a Ellie. Quizá ella pensara que ya estaba curado de esa locura, habían pasado años desde aquella noche en la casa grande de Pomona. Solo él sabría que su corazón no tenía remedio, que siempre miraría hacia el sitio equivocado. Como un maldito pájaro que en vez de volar se sumergiera bajo el agua, aun sabiendo que moriría por ello.

# La mirada naranja de Arcturus

*L*a fachada de la casa grande de Pomona estaba pintada de un blanco impoluto. No era tan lujosa como algunas de la zona, adornadas con columnas y frisos, pero tenía un porche lo suficientemente amplio para instalar en él dos mecedoras. Ellie y Henry solían sentarse allí al atardecer, con sendos vasos de té frío en la mano y los libros de astronomía que Henry estudiaba en la universidad de Berkeley. Cuando anocheciera, sacarían el pequeño telescopio y, un poco más allá, delante de las dos enormes palmeras canarias que flanqueaban la casa, apuntarían hacia las estrellas.

Mientras tanto, padre acostumbraba a estar en las cuadras, o en los naranjales, o corriendo tras algunas faldas en las tabernas del pueblo. Cuando eran niños, a veces se los llevaba con él. Los dos pequeños mellizos hacían gracia y ellos aprendieron a hablar como aquellos jodidos hombres, soltando tacos. Ahora solía dejarlos en paz. Aunque en ocasiones se enfadaba, sobre todo si bebía algún trago de más.

Madre había muerto hacía ya varios años. Quizá porque no soportaba haberse equivocado con padre, ella, que lo había tenido todo, o porque no podía tolerar más sus manos manoseándole el cuerpo, esas manos enormes y duras como piedras. O quizá fue porque llegó su hora. Se fue en silencio, y solo se dieron cuenta ellos.

Pero ese verano de 1909 nada era igual.

Porque estaba Arthur.

La primera vez que Henry lo vio en el salón de la casa grande, su corazón creció tanto que pensó que se ahogaría. Padre comentó que era el hijo mayor de los Drover, la familia que vivía algunas millas al oeste. Venía a trabajar en los naranjos, porque querían comenzar a cultivarlos y debía aprender. Sería su invitado en la casa.

Él se acercó hacia los dos hermanos y extendió la mano.

—Soy Arthur —dijo.

No podía ser de otra manera. Arthur, igual que Arcturus, la estrella más brillante de la constelación del Boyero.

Le había dado miedo estrechar aquella mano tendida hacia él. Ellie le dio un codazo disimulado en el costado y no le quedó más remedio. Dio un paso adelante, le miró a los ojos, a esos ojos que parecían tan naranjas como la misma Arcturus, y rozó sus dedos.

Tuvo que darse la vuelta y salir al exterior. No podía aguantar tanto calor. Su cuerpo respondió de inmediato, era absurdo, quería morirse, quería meterse bajo las raíces de los naranjos y no volver a salir jamás. No podía sentir aquello, no por Arthur.

No por... un hombre.

Desde entonces, cada mañana se levantaba con el firme propósito de no mirarlo. De no fijarse en esos músculos que se le marcaban bajo la camisa remangada y algo manchada de sudor. Es más, se dedicaba a deambular entre las muchachas que trabajaban en la granja, intentando intuir sus pechos jóvenes y esos traseros redondos bajo sus amplias ropas. Pero era como mirar a los caballos, tan hermosos pero tan ajenos. No conseguía sentir nada.

Sin darse cuenta, acababa caminando bajo aquellos naranjos de hojas verdes y frutos aún pequeños. Hasta encontrar entre los jornaleros la silueta de Arthur. Sabía que debía huir de su lado, que lo que sentía no era normal. Y se iba. Pero primero se quedaba mirando los músculos de sus brazos, que sujetaban el pulverizador de agua con el que refrescaban las copas de los árboles en los días calurosos. El agua parecía un polvo fino que se posaba en las hojas, y la luz del sol formaba un pequeño arcoíris sobre el naranjo. Luego observaba su cabello, que parecía fuego bajo la mañana. Y por fin, cuando ya no podía aguantar más esa sensación en el vientre, esa erección dura y la vergüenza en la cara, caminaba deprisa de regreso a casa para esconderse en las cuadras de los caballos, porque en la biblioteca estaría su hermana, que leería en él como en cualquier otro libro y se daría cuenta de todo, si no lo había hecho ya.

57

Uno de esos días, Arthur dejó el pulverizador bajo un árbol, se agachó para tomar un pequeño fruto de color verde que había caído al suelo y se volvió un momento para tomar impulso y lanzarlo. Intuyó una figura apoyada en uno de los postes que marcaban la linde del campo, se giró del todo para ver quién era y se encontró con él, mirándolo como un idiota. Creyó que se moría de vergüenza. Intentó largarse aprisa, pero tropezó y cayó de rodillas, apoyando las manos en aquella tierra arenosa.

—¿Henry, estás bien? —Se acercó y se agachó a su lado.

Que si estaba bien.

No lo estaba. Porque solo quería pegar los labios a los suyos, respirar su olor a sudor, a verde, a tormenta.

Arthur se sentó en el suelo y él también lo hizo, tan cerca que podía sentir el calor que emanaba de su cuerpo. Se limpió las manos en el pantalón e intentó contestar.

—Sí. Gracias.

—¿Qué haces por aquí? Creí que no trabajabas con los naranjos.

—Echaba un vistazo.

Arthur tomó un puñado de tierra en las manos y lo volvió a dejar caer.

—Yo amo la tierra. Estos árboles huelen a vida, ¿no crees? A una vida muy dulce.

—¿Dulce? —No sabía qué decir, los naranjos nunca le habían llamado demasiado la atención.

—Sí, ¿no lo notas? Son melosos y dulces como las abejas —Arthur sonrió. De un salto, se incorporó y le tendió la mano—. Vamos, arriba.

Henry agarró esa mano, que estrechó la suya con fuerza. Con demasiada fuerza. Tiró de él hasta que quedaron frente a frente. Pero Arthur prolongó el contacto. Henry creyó ver un destello en sus ojos naranjas como Arcturus, ¿qué era, deseo?

Se separó de él y se alejó rápido, sin importar a dónde. Notaba su mirada en la espalda, como si lo estuviera tocando.

Aquello era imposible. Los hombres no amaban a los hombres, esos eran otros, los pervertidos, los que no estaban bien. Él era normal ¿no? Su corazón se había equivocado. Se hizo el propósito de no volver a ver a Arthur fuera de la casa. Lo evitaría siempre que pudiera.

58

Pero padre tenía otros planes.

Porque nunca se daba cuenta de nada, a veces, ni de sus propios asuntos.

De manera que esa tarde apareció en el porche con una mecedora y la colocó al lado de las de ellos.

—Creo que aún no os habéis enterado de que tenemos invitados —hablaba tan alto que todo el valle lo sabría—. Y que hay que hacerles los honores. Sois unos putos vagos, aquí sentados todo el tiempo, no como él. Aprende, Henry. A ver si te dejas de tantas estupideces de esa mierda de ahí arriba y te pones a trabajar en los naranjos.

No acostumbraban a replicarle. Agachaban la cabeza y callaban, por si acaso.

—Voy a decirle a Arthur que baje y que se siente con vosotros. Lo merece más. Putos vagos. —Padre volvió a entrar en casa repitiendo todo el rato esas dos palabras—. Putos vagos.

Ellie tragó saliva y miró hacia los naranjales.

Henry se levantó de la mecedora y estrelló el vaso de té contra el suelo. Ese verano se habían acabado para él las tardes en el porche, ¿cómo iba a soportar tener a Arthur a su lado? Nada más verlo se le ponía dura. Lo agarraría por la nuca, lo pegaría a su cuerpo y harían…

Ellie lo miraba horrorizada. Nunca había visto a su hermano así, Henry era la persona más apacible del mundo. Se acercó a él y le puso una mano en el hombro.

—Henry, ¿qué te pasa?

Él la miró. Y ella sintió frío, y el estómago se le volvió del revés por un momento.

—¿Por qué estás tan oscuro? —susurró.

—Buenas tardes. —Un despreocupado Arthur salió de la casa y tomó asiento en la mecedora de Ellie—. El señor Blur ha insistido en que bajara. Espero no molestaros.

Sí, era guapo. Con ese aire de irlandés, esos músculos, esa voz grave que parecía acariciarlos. Los dos se lo quedaron mirando en silencio. Ya no llevaba la ropa de trabajo: se había puesto un pantalón de color café y una camisa blanca que le sentaba muy bien. Solo eso, sin chaleco ni chaqueta ni sombrero, con el pelo algo alborotado del color de Arcturus y la barba

59

que se habría afeitado por última vez haría dos o tres días. Ellie suspiró y miró a su hermano, que tenía el cuerpo en tensión.

—¿Cómo va todo, Arthur? —comentó ella.

Atardecía. El sol doraba la casa grande, las sombras de las palmeras se alargaban sobre la fachada y se hacían eternas. Henry se giró hacia la valla del porche y se apoyó en ella. Una astilla de la madera blanca se le clavó en la palma de la mano e hizo brotar una gota de sangre. Real. Todo aquello era real, no era una maldita película de cine mudo.

—Bien —contestó Arthur—. Hace calor, los naranjos están cargados de frutos.

Arthur miraba la espalda de Henry. Era algunos años mayor que aquel chico rubio y delgado, y no tenía tanto miedo. No, no lo tenía. Esos dos hermanos le daban qué pensar. Eran iguales, pero diferentes.

—¿Y vosotros? ¿Qué hacéis por aquí?

Ellie se rio.

—Es nuestra casa, Arthur, ¿qué vamos a hacer aquí? Eso lo dirás por ti.

—Lo mío ya lo sabéis. Mi familia quiere plantar naranjos y al señor Blur le ha parecido bien que pase aquí algún tiempo para aprender. Quizá me quede hasta el año que viene.

A Henry se le escapó un gemido.

Ellie se acercó hasta él.

Había dos o tres gotas de sangre sobre la barandilla del porche. Tan rojas como el sol que desaparecía tras el horizonte.

—Henry, te has clavado algo. Vamos a lavarte. Perdona, Arthur, venimos en un momento.

Ellie tiró de su hermano hacia el interior de la casa. Entró con él en el cuarto de baño y cerró la puerta.

—Mete la mano bajo el grifo.

Qué más daba la mano. Esa herida no significaba nada. Lo peor era sentir todas aquellas cosas. Tragó saliva varias veces, pero no surtió efecto. Las lágrimas comenzaron a brotar.

Ellie siguió curándole la mano. Con unas pinzas le quitó la astilla y volvió a lavarle la pequeña incisión.

—Es él, ¿verdad? —preguntó con suavidad. Tenía miedo de que le contestara—. Te pasa algo con Arthur.

¿Algo? Se había vuelto loco. Solo pensaba en tenerlo a su

lado toda la noche y en desabrocharle los pantalones, que irían cayendo al suelo poco a poco. Y lo peor era que no podía controlarlo.

—No sé qué hacer, Ellie. Esto puede conmigo, es más fuerte que yo.

Si vivieran en otro mundo, un mundo más justo, no pasaría nada. Daría igual si se enamoraban de una u otra persona. Pero en la realidad, podía acabar en uno de esos campos de trabajo para desviados. ¿Eso era él, un desviado?

—Acuéstate y descansa, mañana lo verás todo con más claridad. Yo me quedaré un rato con Arthur para que padre no se enfade.

—Nunca, ¿me oyes? Nunca me dejes a solas con él.

—De acuerdo. Cálmate.

Henry subió las escaleras hacia el primer piso y entró en su habitación. Las manos le temblaban. Puso una silla delante de la ventana. Comenzaban a brillar las primeras estrellas: Régulus, el corazón azul del león, Arcturus y su extraño brillo rojo. Aquel hombre llevaba ese brillo en su mirada. Se le metía dentro y le retorcía las tripas, y había deslumbrado tanto a su corazón que ya no sabía dónde mirar ni a qué. Ciego. Ahora tenía un corazón ciego.

Y lo que más le preocupaba era que no podría ocultarlo, no por mucho tiempo. Tarde o temprano, Arthur se daría cuenta de lo que sentía.

Y se enfadaría. Le pegaría un puñetazo y lo mandaría a la cárcel, y sería lo mejor.

O no se enfadaría. Y eso era lo que lo tenía aterrado. Porque aquella mañana, en el campo de naranjos, había visto algo en sus ojos del color de la estrella. Algo demasiado parecido al deseo, maldita sea, al deseo que tenía por él.

61

—Hola, Arthur. —Ellie se sentó frente a él de nuevo—. Perdona a Henry, está indispuesto.

Creyó notar una sombra de decepción en aquellos ojos de un marrón tan claro que parecía naranja.

—Espero que no sea nada.

Ella también lo esperaba.

—Tu hermano, ¿a qué se dedica? A los naranjos, no.

La miraba de soslayo y preguntaba por él. Mala señal. No quería ni pensarlo.

—Estudia Astronomía en la universidad.

—Me gustan las estrellas.

—¿Ah, sí? ¿Miras el cielo? —Ellie sintió curiosidad. La mayoría de la gente ni se daba cuenta de lo que había ahí arriba.

—Soy agricultor. Siembro cuando la luna está en cuarto creciente y miro qué constelación del zodíaco atraviesa.

—¿Qué quieres, Arthur? —¿De verdad había preguntado eso en voz alta?

Él la miró con los ojos entrecerrados y dejó de sonreír. Porque lo que quería era tomar la vida entera y aplastarla bajo sus pies, y volver a construir una nueva más a su manera. Porque quería que ese niño rubio no se hubiera ido de su lado, pero eso no era bueno para nadie, y menos para él. Y esa chica lo observaba como si también pudiera verlo por dentro, y no debía.

—Es muy tarde. —Se puso de pie—. Mejor nos vamos, ¿no? Mañana hay trabajo.

—Por supuesto.

Ambos subieron al primer piso, Ellie entró en su habitación. La de Arthur estaba al fondo del pasillo, no podía evitar pasar delante del dormitorio del niño rubio. Si abriera esa puerta. Si se metiera dentro. El niño rubio se asustaría tanto que quizá se escondiera debajo de la cama. Él era como uno de aquellos monstruos que aparecían en la oscuridad de la noche y se te comían el alma. Pero solo quería amar. Solo eso. ¿Era tanto pedir?

Henry se pasó todo el verano escondido tras Ellie. Intentaba mantener su ciego corazón a raya, mientras Arthur leía aquellos libros de astronomía y miraba las estrellas a través del telescopio con ellos, y él sentía el calor que emanaba de su cuerpo y su aroma a las hojas de los naranjos cada maldito segundo que pasaban juntos. No había tenido más remedio que ir acortando las observaciones nocturnas, de manera que, a finales de verano, se limitaban a montar el telescopio, echar una ojeada y largarse al interior de la casa grande, cada uno a su habitación.

Porque Arthur fijaba esos ojos naranjas en sus labios.

O ahí abajo.

O pegaba su cuerpo al de él, y no, no iba a poder aguantar; en cualquier momento, incluso con su hermana delante, lo cogería del cuello y se lo llevaría a la parte más oscura de los naranjales para ahogarse en su piel.

No esperó al equinoccio de otoño para regresar a Berkeley. Pensó que bajo la cúpula del observatorio que el decano Otto Leuschner había mandado construir hacía algunos años podría olvidarlo.

Y sí. Durante algún tiempo el deseo se agazapó dentro de su cuerpo como un tigre prisionero en una jaula que aquellas palabras tejían a su alrededor. Palabras como nebulosa, órbita, asteroides, cometas, gravedad. Ciego, desviado, loco.

Pero llegó la época de la recogida de la naranja. Padre exigía que ayudara en la recolección al menos una semana. Si no volvía, seguro que se enfadaba, y ya bastante le había costado que le permitiera estudiar esa mierda de ahí arriba, como llamaba él a la astronomía. Solo lo hacía porque le daba prestigio un hijo universitario, presumía de ello ante la gente. Él, un jornalero, se había casado con la hija de una familia pudiente y tenía que seguir aparentando. Pero no podía arriesgarse a enfadarlo porque lo dejaría en casa sin un solo titubeo.

Regresó.

Y el tigre despertó salvaje, como si aquel sueño le hubiera permitido hacerse aún más fuerte.

Despertó nada más llegar a la casa grande, aunque fuera ya de noche y solo imaginara la presencia de Arthur tras aquellas dos o tres paredes.

Despertó aún más al día siguiente, cuando padre determinó que Arthur y él trabajaran juntos, a ver si lograba aprender algo sobre los naranjos.

Despertó durante toda la jornada, y al atardecer se había hecho tan grande y tan intenso que sus garras habían desgarrado por completo su interior, no quedaba ni uno solo de aquellos barrotes que hasta entonces lo habían contenido, y estaba poseído y loco.

Ellie, que trabajaba con las otras mujeres, no se dio cuenta de nada.

Fue algo natural, como si los dos hubieran sabido de antemano que aquello iba a suceder.

Se habían lavado con el torso al aire, como el resto de jornaleros, en dos enormes tinas frente a la casa. Habían tardado un poco más que los otros, como si el frío y el agua helada pudieran aplacar ese fuego naranja.

Ambos entraron juntos en la casa grande. Ninguno de ellos dijo nada. Para qué.

Arthur subía la escalera hacia los aposentos de la planta de arriba. Y Henry iba detrás, seguía cada uno de sus pasos mientras el tigre crecía aún más en su interior.

Cuando pasaron delante del dormitorio de Henry, Arthur se volvió hacia él. Henry miró hacia la habitación de Arthur y siguió caminando hasta que llegó a ella. Abrió la puerta pensando que podría quemarla con el calor de su cuerpo. Oía la respiración agitada de Arthur tras él. Su corazón se estaba abrasando, nunca más sería el brillante corazón azul de Leo. El fuego de Arcturus lo envolvía con ese calor imposible, todo su cuerpo ardía pegado al de él, quería gritar, quería que aquello fuera eterno, se fundiría, se fundiría en aquella locura.

Permanecerían unidos para siempre.

Aunque solo fuera por un instante.

# La mujer sin alas

$\mathcal{H}$acía algunos días que Henry había partido de nuevo a Berkeley. Todavía quedaban naranjas por recoger, pero él debía continuar con sus estudios. Ellie lo envidiaba. Ella también quería ir a la universidad, pero padre no se lo permitía. Según él no había necesidad, estaba mejor en casa estudiando piano y costura, porque en unos años, no muchos, se casaría.

Lo odiaba. No quería casarse y detestaba coser. Ella estaba enamorada de la ciencia y el conocimiento, devoraba los libros que Henry le prestaba, y hubiera querido estudiar en una de esas universidades para mujeres de familia pudiente, las Siete Hermanas, las llamaban. Vassar o Radcliffe hubieran estado bien, ambas impartían Astronomía.

Sí, se lo dijo a padre. Y él se limitó a mirarla y a reír a carcajadas. Ni siquiera se molestó en decirle que no.

Así que pasaba los días deambulando entre los naranjos, tocando el piano, fingiendo que cosía. Cada vez que padre salía, se metía en la biblioteca. La biblioteca era de madre y del abuelo. Padre no se había atrevido a tocarla después de que madre muriera. Cada día daba las gracias por ello, porque esos libros permitían que siguiera viva en aquella cárcel.

Entre muchos otros estaba *El origen de las especies*, de Darwin.

*Principia mathematica*, de Newton.

Y el *Catálogo de nebulosas y cúmulos de estrellas que se observan entre las estrellas fijas sobre el horizonte de París*, del astrónomo francés Charles Messier.

Este último la fascinaba. A Messier lo llamaban «el Hurón de las estrellas», porque husmeando entre ellas había logrado catalogar multitud de objetos borrosos, pequeñas nebulosas o cúmulos estelares que denominaba «alguna cosa», para no confundirlos con lo que le interesaba, que eran los cometas. Y a ella le encantaba tomar el pequeño telescopio, como cuando estaba Henry, y salir bien abrigada bajo ese cielo de invierno, un poco más allá de las dos palmeras canarias que vigilaban la casa, para intentar encontrar un objeto tras otro.

Antes, nada la perturbaba.

Ahora, estaba Arthur y esa luz en su ventana.

A veces la luz se apagaba pronto y ella intentaba observar sin preocuparse por él. Otras, hacía rato que la luna había desaparecido tras el horizonte oeste y esa luz continuaba encendida. No quería imaginar por qué.

Aquella noche, la atmósfera estaba transparente y quieta como si la tierra hubiera dejado de respirar. Ellie había montado el telescopio y había puesto al lado una mesa pequeña sobre la que se abría el Catálogo Messier alumbrado por la escasa luz de una vela. Padre por la tarde se había largado a Pomona y había regresado algo borracho. Se habría tumbado en la cama y ya no habría podido volver a levantarse. Mejor.

Comenzó a hojear las páginas ya amarillas de aquel libro. Eligió un objeto tan brillante que se veía a simple vista: Messier 42, la Nebulosa de Orión. Apuntó con cuidado el largo y estrecho telescopio hacia la zona. Debía hacerlo a ojo, porque el pequeño buscador que iba acoplado a él mediante dos anillas metálicas se les había roto una de las veces que lo desmontaron para limpiarlo. Tenía práctica y no le llevó más que unos segundos encontrarla. Ahí estaba. Blanca como un aliento etéreo.

—Ellie.

Pegó un respingo al escuchar su nombre.

—Perdona, no quería asustarte.

—Arthur, ¿qué haces aquí?

—No podía dormir. Lo siento. Bajé a tomar el aire y vi la luz de la vela.

—¿Estás bien?

Cómo iba a estar bien. Ella era igual que Henry, se lo recordaba de forma continua, intentaba evitarla todo el tiempo porque era como tenerlo a su lado siendo mentira, y eso lo ponía enfermo. Pero esa noche estaba peor que otras. Creía ahogarse en aquella cama solitaria. Henry y él habían pasado todas las noches juntos en ella a pesar del peligro, hasta que regresó a Berkeley. Y ahora no se acostumbraba a volver a estar solo, aunque así era cómo debía ser.

Pero Ellie no tenía la culpa.

—Bien, sí. Este libro...

—Me hace compañía cuando él no está.

Arthur respiró hondo y se dio la vuelta para que ella no viera la expresión de su cara.

—Lo sé todo, Arthur. Sé lo que hay. Henry es más que mi hermano, lo supe desde siempre.

—¿Que sabes qué? —No lo podía creer. Ella no podía saber que eran dos malditos maricones que jodían juntos. Apretó los puños y sintió el sudor en su frente a pesar del frío de noviembre.

—Lo he hablado muchas veces con él. Por favor... por favor. ¿Eres consciente de que si padre se entera os mataría a los dos? —A Ellie le temblaba la voz.

Arthur no contestó. Sabía que ella tenía razón. Había intentado con todas sus fuerzas no acercarse al niño rubio. Pero lo deseaba. Había estado con otros hombres, aunque ninguno como él. Se le había metido bajo la piel casi sin que se diera cuenta. Y ahora no se lo podía quitar de la cabeza.

Debía intentarlo. Lo olvidaría poco a poco. Se acercó a la mesa y al libro que permanecía abierto sobre ella, y pasó algunas páginas con cuidado.

—Virgo —leyó—. M49, M86, M58, 59, 60. Él te llama Spica alguna vez. La espiga. Dice que es la estrella más brillante de Virgo.

Ellie sonrió.

—¿Sabes cómo te llama a ti?

—Yo tengo mi propia estrella, con mi nombre. Arcturus.

—¿Y él?

—Régulus, el brillante corazón azul de Leo. —No debía llorar, era absurdo, ¿cómo podía echarlo tanto de menos? Solo habían sido algunas noches. Pocas. Y ese verano con ellos.

Ellie intentó distraerlo.

—Virgo, sí. La mujer alada que sujeta una espiga en una mano. La dualidad entre la fertilidad y la pureza. Hay quien la asocia con esa diosa babilónica, Astarté. O con la griega Deméter. Cuando no está, solo hay oscuridad en la Tierra, y la humanidad llora por ella. Una diosa alada. A la mayoría de nosotras nos cortan las alas al nacer.

—No solo a vosotras.

—A nosotras más.

A ellas y a cualquiera que se sintiera diferente, que pensara que podía volar. Todos debían crecer con la mirada fija en el suelo, con la cabeza baja.

—Ellie, cuando acabe la recogida voy a volver a mi casa.

—Quizá sea lo mejor.

Aunque se les rompa el corazón a ambos.

—Lo siento. Puede que regrese en primavera de nuevo.

—Yo también lo siento, Arthur. Ojalá las cosas fueran diferentes. Pero tengo miedo por vosotros. —Ellie miró al cielo. Las nubes comenzaban a extenderse desde el oeste como una mortaja oscura, ya no podrían observar más—. Sería mejor que no volvieras.

Arthur sabía que tenía razón, pero ese nudo en la garganta le impedía decírselo. Dolía, la verdad dolía como si estuvieran podando su alma.

—Parece que va a llover —respondió con voz ronca—. Vamos. Recojamos el libro.

Arthur regresó en primavera. Intentó no hacerlo, de veras que lo intentó. Discutió con su padre hasta gritar tan alto que debieron oírlo en la orilla del Pacífico. Pero no logró convencerlo, porque debía aprender a injertar aquellos puñeteros naranjos de la variedad Navel. Se prometió no mirar al niño rubio y estar el tiempo justo, máximo dos o tres semanas. Con suerte, él estaría en la universidad y ni siquiera se verían.

Nadie sabe por qué pasó. Quizá fue por culpa de ese cometa que se aproximaba a la Tierra, el Halley, por el que todos estaban tan preocupados. Incluso se vendían píldoras anticometa, para contrarrestar los desastrosos efectos sobre la humanidad que algunos predecían que causaría su cercanía.

Tenían que haber tomado esas píldoras. Aunque Henry y Ellie dijeran que no eran más que patrañas.

Porque Henry tenía unos días libres. Y regresó a la casa grande cuando Arthur ya llevaba una semana allí.

Ellie presintió el desastre en cuanto vio cómo se miraban. El fuego lo abrasaba todo, eran incapaces de ocultarlo, hasta padre estando borracho se daría cuenta.

Los primeros días procuraban evitarse. Arthur se subía la comida a su habitación alegando dolor de cabeza. Henry y ella se encerraban en la biblioteca tras la cena, y ella se percataba de cómo su hermano miraba hacia la puerta deseando con todas sus fuerzas que se abriera y Arthur apareciera.

Ojalá fuera de verdad una mujer alada.

Si lo fuera, extendería sus alas sobre ellos y los protegería como una diosa del amor.

Porque lo importante, lo necesario, es amar, y cada uno ama como sabe.

Pero solo podía quedarse ahí, quieta, esperando el desastre.

Sucedió la noche que Henry debía regresar a Berkeley, la noche en que la Tierra atravesaría la tenue cola del Halley.

Arthur y Henry pensaron que padre se había largado a Pomona y que, como siempre, volvería muy tarde. Luego, ya no pensaron nada.

Sabían que no se volverían a ver.

Y ese fuego naranja los abrasó a los dos de nuevo.

Se colaron juntos en la habitación de Henry. No encontraron la manera de detener sus cuerpos, parecían tener voluntad propia, se necesitaban al menos una última vez. Se arrancaron la ropa el uno al otro con furia. Ambos lloraban, porque no era un encuentro, sino una despedida, y las lágrimas empapaban sus besos rabiosos.

No oyeron a padre regresar de Pomona. No podían oír más que sus propios gemidos.

Padre sí los escuchó a ellos.

Al principio, pensó que unos animales, quizá gatos, se habían colado sin permiso en la casa. Él los sacaría de allí a patadas. El sonido venía de arriba. Puso un pie tras otro en los peldaños de la escalera con cuidado de no tropezar, porque había bebido un par de whiskys en la taberna y sí, él estaba lúcido, pero la cabeza a veces le jugaba malas pasadas cuando bebía, se mareaba y acababa dando con las rodillas en el suelo.

El sonido provenía de la habitación de Henry.

Y no parecían gatos.

Henry estaba follando con alguien. Eso no se lo podía perder.

Abrió la puerta de golpe. Los dos cuerpos desnudos sobre la cama quedaron iluminados por la luz del pasillo.

¿Quién era esa chica pelirroja que estaba con Henry? No creía haberla visto antes. Tan alta, tan fuerte, tan...

—Joder. —Creyó que se caía, maldito mareo, pero se sujetó al marco de la puerta y comenzó a gruñir, a gritar, a rugir—. ¡Demonios! ¿Esto qué es? ¡Pervertidos! ¡Es el maldito Arthur! ¡Pervertido, fuera de mi casa!

El mareo le desapareció de golpe. Él sabría cómo quitarles esa mierda. Los mataría. Cogió la silla que siempre tenía Henry al lado de la ventana y comenzó a golpearlos con ella.

—¡Fuera, fuera de mi casa, maldita aberración!¡Fuera de mi casa! —golpeó a Arthur con fuerza, una y otra vez, y se giró hacia Henry—. Tú no, Henry, ¡a ti te voy a matar!

En su cama, Ellie creyó que tenía una pesadilla y que esas voces provenían de lo más oscuro del Hades. Un segundo. Eso fue lo que necesitó para abrir los ojos de par en par a la negrura. Casi no pudo despegar sus manos rígidas de la sábana, parecía que el alma se le estuviera helando. Se levantó deprisa y por el pasillo se cruzó con la cara ensangrentada de Arthur. El frío se le iba metiendo cada vez más adentro.

Nada más asomarse a la puerta de la habitación, el tiempo se detuvo. Henry se tapaba la cara con esos brazos que ya comenzaban a hincharse y a ponerse morados mientras su padre le golpeaba con la silla.

Ella pudo ver con todo detalle la cara desencajada y sudorosa de padre, el movimiento de sus labios.

—M i r a e s a p u t a s a l i o i g u a l q u e t ú t e v o y a e n s e ñ a r c ó m o s e h a c e m a l d i t a a b e r r a c i ó n s e f o l l a c o n m u j e r e s j o d e r.

Su mano se le hincó en el brazo y casi pudo notar su tacto en el hueso. Padre olía a alcohol, a caballo, a furia. Jadeaba como una fiera. Con un gesto la tiró sobre la cama.

—S e f o l l a c o n m u j e r e s. T e v o y a e n s e ñ a r.

Vio cómo la mano de padre buscaba los botones de su pantalón. Esos dedos gordos y sus uñas sucias desabrocharon primero un botón y luego otro y luego otro, rebuscaron, encontraron esa cosa roja y dura. La sacaron fuera.

—A p r e n d e j o d e r a p r e n d e m a l d i t a s e a.

Tras la ventana de la habitación se podían ver las estrellas. Virgo ya estaría camino del cénit, ojalá Ellie fuera como ella, la diosa. Si tuviera alas las abriría y se extenderían por toda la estancia, padre y esa saliva que le resbalaba por la barbilla desaparecerían, y ese dolor ahí abajo sería algo que nunca podría suceder, algo perteneciente a la nada.

Ese sonido, ¿qué era? Ah, Henry lloraba, sentado en el suelo, apoyado en la pared bajo la ventana. Una gota de su sangre resbaló por el codo hasta el suelo, poc, y pasó a formar parte de aquel pequeño charco rojo. Todo sería más fácil si ese pliegue de las sábanas desapareciera de su espalda, le dolía. Ah, espera. Quizá no eran las sábanas, quizás eran esas alas que por fin querían volver a crecer. Sí, había nacido con ellas, como todas las diosas, pero se las cortaron con el primer aliento.

Dura. Esa cosa de padre, no sabía por qué, estaba dura y caliente como el mango de madera de un cuchillo y quemaba dentro.

Las alas le molestaban en la espalda. Querían liberarse, hacerse grandes, moverse bajo la noche. La llevarían tan alto como Spica, al oeste de Leo, ya no habría más oscuridad, solo aquellas gotas de luz.

Pero tenía las alas rotas, toda ella se estaba rompiendo, como si fuera de cristal. ¿Alguna vez había tenido alas? ¿Alguna vez había volado alto, sobre las copas de los árboles, sobre el manto negro de oscuridad que rodea ese mundo tan opaco? ¿Por qué no podía elegir cómo vivir, ni tampoco ellos, si no hacían daño a nadie?

Cuando el peso del caballo sobre su vientre desapareció no notó nada. No se dio cuenta de que su hermano intentaba vestir esos dos cuerpos rotos, tan iguales y tan diferentes. Que le tiraba del brazo para sacarla fuera, que debían irse porque su padre había amenazado con regresar con un revólver. Que en vez de a la salida se dirigían hacia la habitación de Arthur y su hermano ahora tenía dos brazos de los que tirar.

Que, parecía mentira, tres muertos bajaban las escaleras,

un pie tras otro, para salir a la fresca noche de primavera, bajo aquel cielo impasible.

No podía engañarse. No tenía alas, solo dos pequeñas oquedades, y por ellas su alma se le había acabado vertiendo hasta empapar la cama, y la habitación entera, y la noche. Su alma derramada había cubierto las estrellas, como un sudario de nubes.

Y ella se quedó vacía.

No oyó los sollozos de su hermano tras ver desaparecer a Arthur entre las delgadas siluetas de los naranjos.

No oyó las palabras que cayeron de su boca, no las oyó, pero eran tan puntiagudas que se le clavaron como alfileres fríos.

—Vamos, Ellie, debemos irnos o nos matará.

Siguieron el camino que marcaba el cometa Halley. La Tierra pasaba por el rastro de su cola tenue, y por un momento soñaba con liberarse de esa órbita que la condena a dar vueltas al Sol por siempre, soñaba con convertirse en un astro errante y libre que viajaría más allá del sistema solar.

Qué osadía. Porque la casa es un refugio que acoge tus miedos, te engaña haciéndote creer que puedes vencerlos. Cuando te vuelves errante ya no tienes dónde posar la cabeza, cerrar los ojos y olvidar. Te conviertes en un vagabundo y, como el Halley, continúas dando vueltas, regresando al origen. Buscando tus alas muertas.

# Brillantes y efímeras

*E*llie tomó unas vendas limpias del cajón de debajo de la cama y se dispuso a prepararse para salir. Antes no solía encontrarse con nadie en el bosque, pero ahora, cada tarde, ese hombre arrastraba su pierna ladera abajo hasta el arroyo, su arroyo. No entendía cómo podía moverse con tanta facilidad con aquella cojera tan acusada, ¿no le dolía? Ella se ocultaba tras los saúcos como una tonta, observando cómo se descalzaba, metía los pies en el agua, olía las flores, cogía con cuidado una de esas ranas para soltarla de nuevo.

Sí, lo espiaba. Y lo que era peor: disfrutaba con ello.

Enrolló esas vendas en torno a su pecho, se vistió. Salió de la habitación y se despidió de Ckumu.

—Me marcho ya.

—Sí, Libélula.

—¿Te encuentras bien?

—Sí.

Todo lo bien que podía estar alguien cuyo mundo hacía mucho tiempo que había desaparecido. Viejo como una roca desgastada por el viento.

—Descansa. Te veo mañana.

Tras visitar a Henry en el dolmen, dirigió sus pasos hacia el arroyo. No había vuelto a trabajar con Allen. Él era de los solares, estudiaba el campo magnético del Sol; ella observaba la negrura de la noche. Coincidían en la cena, y sí, charlaban hasta que Blur comenzaba la observación. Se habían hecho, maldita sea, muy amigos. Más de lo debido. Si él supiera. Si le abriera la camisa y viera esas vendas que le oprimían el pecho.

Hacía calor incluso a la sombra, y un intenso aroma a la

savia de las coníferas invadía la montaña. Una ardilla se sobre-saltó al oír sus pasos y subió agarrada con sus patitas de color marrón a una de las ramas del pino más cercano.

Ya se oía el murmullo del arroyo. Caminó silenciosa hasta los saúcos, se ocultó tras ellos y se asomó con cuidado. Sí, Allen estaba en el agua.

Tumbado boca arriba en el lecho poco profundo, cerca de la orilla.

Desnudo.

De la sorpresa, cayó sentada al suelo. El calor se le subió a la cara y se la tiñó de rojo.

Y luego le llegó un ladrido, y otro, y otro más.

—Solar, ¿qué hay? —dijo Allen desde el agua.

Maldita sea, ¿se había traído al perro del observatorio? Cerró los ojos. Eso era una pesadilla.

No pasaron ni dos segundos y comenzó a sentir una lengua húmeda en las mejillas. Solar estaba frente a ella, movía la cola con frenesí, le lamía la cara.

No pasaron ni otros dos y tenía a Allen de pie, a su lado, desnudo, con esa cosa colgando entre las piernas y una larga cicatriz de la cadera a la rodilla, partiéndole el muslo derecho en dos.

Bajó la cabeza y se la cubrió con las manos.

—Pero ¿qué...? —Allen alzó una ceja—. Ah, es usted, Blur. Me había asustado. Hoy me comentó Shapley lo de las serpientes de cascabel, me...

No quería mirar. Seguiría fijándose en las malditas hormi-gas que se le estaban subiendo por las botas. Había muchas, algunas se le habían metido por dentro de los pantalones. Pero no haría nada. No se levantaría, no se las sacudiría, hasta que ese hombre no se apartara de delante.

Allen, por fin, se percató de ello.

—Ah, sí. Estaba refrescándome, hace mucho calor. ¿No se anima? El agua está buena.

—No, déjelo.

Sí, seguro. Se desnudaría delante de él, se quitaría las ven-das hasta dejar descubiertos los pezones de suave color marrón para decirle: soy una maldita mujer y nada más, dígaselo a los de arriba.

Picaban. Las hormigas picaban, eran pequeños pellizcos rojos en sus piernas.

Por fin, los pies de Allen se alejaron.

Se sacudió como pudo las hormigas sin levantarse del suelo.

—Ya puede mirar —dijo Allen—. No lo imaginaba tan pudoroso.

Era el primer hombre que veía desnudo, su hermano no contaba. Y padre... Apretó los puños. No, no dedicaría ni un solo minuto de su pensamiento a ese monstruo.

Se levantó. Echó un vistazo por encima de los saúcos. Allen se había puesto los calzones, que le llegaban a medio muslo. Nada más.

—Me he hecho amigo de Solar. Ahora me acompaña a todas partes, le gusta el monte. Acérquese, Blur, no me molesta, ya veo que también le gusta pasear.

Seguía notando la cara caliente, como si estuviera frente a una de esas estrellas novas que parece que salen de la nada, parece que antes no existieran, pero de repente se ponen a brillar más que ninguna de sus vecinas durante unas pocas semanas, hasta que desaparecen. Tan efímeras. Eso era Allen, una nova en el monte Wilson, que iluminaría su vida con su presencia y luego desaparecería. Y así debía ser.

Bien, se acercaría. No debía comportarse como una mojigata, no lo era; tampoco le valía fingir ser Henry. A Henry le gustaría Allen, con esos ojos oscuros y el porte elegante y el cuerpo delgado, tan alto como... como... un pistolero. Sonriente y a la vez serio como una nova que sabe que no le queda ya mucho tiempo.

Caminó hasta llegar a su lado. Se había apoyado en una roca cerca del agua. Blur se sentó frente a él, algo más lejos de la orilla.

Las pequeñas cicatrices de la cara le bajaban hasta acabar en el hombro. Las de las manos eran más breves, parecían quemaduras. Luego estaba la del muslo derecho. Y la espalda ancha, esa mandíbula firme, ese bulto entre las piernas. Debía cerrar la boca de una maldita vez, ¿qué pensaría de ella, mejor dicho, de él? Un hombre no miraría así a otro.

—¿Qué tal las noches? —preguntó Allen.

75

—Sí, bien, bien. Shapley toma placas de los cúmulos globulares para localizar estrellas variables. Los llama «masas vibrantes de gas». Ha descubierto que están concentrados en Sagitario, ¿sabe? Más que en cualquier otra parte.

—Interesante.

—¿Y usted?

—El estudio del campo magnético solar es apasionante. Ya sabe, el Sol es la única estrella que podemos estudiar con detalle, como dice Hale. Pero él no se encuentra bien. Tiene dolores de cabeza, está nervioso con lo del espejo del cien pulgadas.

—Sí, le sucede a menudo, ya desde hace tiempo.

—Aun así, es el mejor astrónomo solar que conozco, y más con estos medios. La torre de ciento cincuenta pies es increíble. Ayer había nubes, pero estaban pegadas a la montaña; en lo alto, el sol calentaba con fuerza.

—¿Pasan calor?

—Arriba, un poco. Abajo, en la sala, nada.

—¿No le duele? —Blur observaba la cicatriz del muslo. Debía preguntárselo. Porque tenía pinta de doler.

Allen se lo quedó mirando con fijeza y frunció el ceño. No le gustaba que le interrogaran acerca de nada relacionado con eso, pero se lo había buscado. Si se hubiera vestido, no habría quedado tan expuesto. Pero con Blur se sentía cómodo, tenía la sensación de que podía confiar en él.

—Sí, sí me duele, me…

—Y ¿cómo es capaz de andar por el monte de esa manera?

—El médico me recomendó que ejercitara la pierna. —Se levantó y metió los pies en el arroyo. De repente se agachó con rapidez y cogió algo del agua—. Mire, una *Hyla Cadaverina*, ¿no es preciosa?

Se acercó a Blur para enseñarle lo que tenía en la mano. Una ranita verrugosa con pequeñas manchas negras en el lomo.

—Es decir, una rana de coro —aclaró.

—¿Le gustan las ranas? —se sorprendió.

—Es mi otra afición. Las estrellas y las ranas. ¿Qué le parece?

Blur sonrió. Lo tenía al lado, como cuando colocaban la placa en la cámara la otra noche, brazo con brazo. Cálido y asombroso como una nova. Se humedeció los labios con la lengua y respiró hondo. Maldita sea, debía disimular.

—Interesante.

—Aquí he visto un par de especies de *hylas*. Esta, y la *Hypochondriaca*, que tiene un antifaz negro. Y algunas otras más, las…

—¿Por qué le gustan?

—¿Tiene que haber un porqué? Hay cosas que nos gustan porque sí. La vida de las ranas es interesante. Nacen de pequeños huevos bajo el agua, con cola y branquias, como si fueran peces. Luego cambian, les salen patas, desarrollan pulmones: la historia de la evolución en una sola generación.

—El tiempo condensado.

—Al revés que las estrellas, que, para una vida humana, parecen eternas.

—¿De dónde es, Allen?

—De Boston. Estudié Astronomía al otro lado del río Charles, en Harvard, claro está.

—¿Cómo es Pickering?

—¿El director del observatorio?

—No hay otro.

—Sí que lo hay, su hermano, William —Allen sonrió.

—No lo sabía. ¿También es astrónomo?

—Sí, y es bueno, pero a su manera. Tiene teorías peculiares, como que hay agua y vegetación en la Luna y, por supuesto, vida inteligente. En Marte, por citar algún lugar.

—Bueno… ¿usted no piensa que puede haber vida ahí arriba?

—El universo es muy grande, apenas hemos comenzado a conocerlo. Nunca se sabe.

—Tiene razón. Nunca se sabe.

—Edward Pickering, por el que me preguntaba, es un hombre con una gran visión. No se amilana por nada, saca fondos para el observatorio de donde no los hay, incluido su propio bolsillo. Creo que le gustaría conocerlo. ¿No se anima a viajar?

Blur miró hacia el arroyo. Viajar, decía. No sabía dar un paso fuera del monte. Cuando le tocaba bajar a Pasadena a comprar comida y ropa no lo pasaba bien. Se iba acostumbrando, pero le costaba. Además, estaban Henry y Ckumu. No los dejaría solos por nada del mundo.

—Quizá más adelante.

—Bien. Bueno, me voy a vestir. Es hora de subir, ¿no cree? No podemos llegar tarde a la cena.

—Sí, tiene razón.

Allen se levantó y movió la pierna de la cicatriz con un gesto de dolor. A Blur se le encogió el corazón al verlo. Lo ayudaría, le diría que se apoyara en su brazo, que así sería más fácil. Pero no lo hizo. No sabía si sería adecuado; no sabía nada.

Se dirigió hacia Allen, pasó a su lado y se inclinó sobre el arroyo. El agua fría bajaba con rapidez montaña abajo. Se refrescó la cara y el cabello.

—¿Sube, Blur?

—Debo pasar por la cabaña a cambiarme.

—Entonces nos vemos en la cena. Le acompañaría, pero los dos llegaríamos tarde, ya sabe —se tocó la cicatriz del muslo—, voy despacio, voy…

—De acuerdo.

Allen se alejó con dificultad por el antiguo sendero indio, el que Ckumu y sus pequeños hijos tomarían más de una vez. A Blur le hubiera gustado entender qué era lo que movía a ese hombre a seguir adelante, a caminar por el monte como si no tuviera esa cicatriz en la pierna. A ver si le ayudaba a ella a seguir, aunque su cicatriz estuviera dentro, partiéndole el alma en dos.

# Bajo el caparazón del cangrejo

—*N*o sé si es buena idea, Henry. Bueno, sí lo sé. Yo no voy, es un despropósito.

—No te lo tomes así, mujer, solo es una fiesta.

—¿El día del indio? ¿Solo una fiesta? Y ¿qué celebramos? ¿Que matamos a la mayoría y los que quedan viven en las reservas?

Ellie se acercó a la puerta de la cabaña. Saldría fuera para no tener que oír más sandeces. Al maldito calor que hacía días asfixiaba el monte Wilson, tan denso que parecía fuego. Pero cambió de idea, se dio la vuelta y apuntó a su hermano con el dedo.

—Tú deberías saber que esto no está bien.

Sí, bueno, era verdad, lo sabía. Ellie le había contado la historia de Ckumu y cómo mataron a toda su familia, suponía que el día del indio no le haría gracia a su hermana. Pero debía intentarlo.

—Lo siento, peque. Lo siento por tu amigo, de verdad, pero no tiene nada que ver con eso. Debes salir de la montaña, porque los años pasan, los años se van.

Ella le dio la espalda. Se hizo un moño con su largo cabello rubio en lo alto de la cabeza y lo ocultó bajo el sombrero.

—No me sigas, Henry Blur. Tú prepara tu disfraz y vete mañana a esa fiesta, pero a mí déjame tranquila —pidió, mientras se iba de la cabaña.

Un verano asfixiante y seco había emborronado los cielos del Observatorio Monte Wilson. La atmósfera nocturna temblaba de calor bajo los ojos de los astrónomos. Parecía que en vez de en la cumbre de la montaña observaran en el Mojave, bajo el aire ardiente del valle de la Muerte. En el arroyo, apenas corría un palmo de agua. Y aun así, Ellie se estremeció.

Porque su hermano tenía razón.

Los años pasaban.

Una vez se acercó a Pasadena, hacía ¿cuánto? ¿Seis meses? Se puso su vieja falda, aunque le quedaba algo amplia. Caminó ladera abajo hasta las primeras calles de la ciudad. Tan decidida.

Hasta que le cerró el paso el olor a caballo de padre. Fuerte como una bofetada. Sintió su peso encima de nuevo, paralizándola. Podía ver sus ojos clavados en ella, las gotas de sudor en la frente, las finas venas de la nariz. Los poros de su piel. Incluso podía oír su voz. Cada sílaba era como un golpe en el pecho.

—Maldita aberración.

Cuando dejó de temblar lo suficiente como para poder andar de nuevo, se dio la vuelta rumbo a la montaña, cuesta arriba por el camino indio, y no paró hasta llegar al arroyo y meterse en él sin tan siquiera quitarse la ropa.

Y Henry preguntaba qué iba a hacer con su vida.

No lo sabía.

80

En la noche, Cáncer, la constelación del cangrejo, entre Géminis y Leo, era casi invisible. Igual que ella, oculta en el caparazón del monte, inadvertida entre otras estrellas que de verdad brillaban. Como Henry, como esos astrónomos.

Quizá solo necesitaba un poco más de tiempo. Ese tiempo que se iba derramando tras ella como las agujas de los pinos caían a tierra con el viento. Irrecuperable.

Escuchó unos pasos a su espalda. El indio anunciaba su presencia.

—Libélula, ¿por qué vuelas tan deprisa? ¿De qué huyes?

Ckumu se sentó bajo un viejo roble y apoyó su espalda en el tronco rugoso. Ellie se quedó de pie. Cogió una agalla de roble. Para sentir algo real. Redonda, coronada y punzante. La apretaría hasta romperla y sacar la pequeña larva de avispa de su interior. Otro caparazón. Pero la larva maduraría, le crecerían las alas y podría volar donde le apeteciera, sin miedo. No como ella.

—¿Por qué me llamas Libélula? Yo soy como un cangrejo, como la constelación de Cáncer. No brillo, no tengo alas, solo me escondo.

—Pero eres fuerte y miras a lo alto. Encontrarás la manera.

Ckumu tenía rostro de tótem. Ojos de águila. Su cabello largo se derramaba en torno a los hombros igual que la niebla cubría el monte algunos días del invierno. Sentado bajo el roble con las piernas cruzadas, las manos en las rodillas, los tirantes y ese collar de hueso con la pluma azul no parecía real. ¿Cómo había podido seguir viviendo? Su mundo había sido arrasado. Las penas de Ellie no eran nada al lado de las suyas, pero él, tan viejo, sonreía al horizonte.

—Ckumu, mañana… mañana…

—Debes ir. Volver a volar cuesta, hay que empezar poco a poco.

—¿Lo sabes?

Lo sabía, claro que sí, se celebraba cada año. El día del indio. La gente se disfrazaba y salía a divertirse. A él eso le daba igual: no era su mundo. Su mundo se componía de cosas sencillas, como los atardeceres dorados en la montaña o las huellas que la Libélula dejaba en el monte. Ya no le quedaba mucho tiempo, no iba a perderlo preocupado por lo que no le pertenecía. Pero sí le preocupaba la niña.

81

—Comienza a volar de nuevo, Libélula, poco a poco. Construye unas alas falsas si crees que las tuyas aún están rotas. En el día del indio nadie es él, todos son otro. Elige quién quieres ser.

—¿Te refieres a disfrazarme?

Ckumu asintió.

—Pero me verán, y no quiero que eso pase. ¿Qué pensarán? ¿Dos Henry?

—Sabrán que Henry tiene una hermana.

—No. Aún no.

—Ve oculta.

Bajo un caparazón. Oculta como un cangrejo.

—Tengo miedo.

—No serás tú. Serás otra persona.

Un completo disfraz. Por dentro y por fuera. ¿Quién podría ser? ¿El *sheriff* del lugar? No un indio, no por Ckumu.

—Un atracador de bancos. Con el Winchester en la mano y la cara tapada. Sin que Henry lo sepa.

—Ya lo tienes, Libélula. Comienza a volar.

Quizá pudiera. Quizás hasta lograra divertirse. No sería ella, sino un maldito atracador de bancos forrado de pasta. Con un sombrero calado hasta las cejas y un pañuelo que le tapara la cara. Bebería *bourbon* a escondidas y observaría al resto de la gente sin que la vieran a ella.

—Ven conmigo, por favor, Ellie. No te dejaré sola, te lo prometo —Henry se había disfrazado de bandolero. Parecido a lo que ella tenía preparado. Un pantalón viejo, la camisa, el chaleco y una ajada manta sobre los hombros.

—Henry, no te preocupes por mí. Quiero que te diviertas. Quizás aparezca por allí al final de la tarde.

—¿Lo harías? Me alegraría mucho.

—Podría ser.

La fiesta se celebraba en el hotel, cerca de la cima del monte Wilson. Lo habían ampliado no hacía mucho, crecía a la vez que el observatorio.

El día era muy caluroso, y la manta sobre los hombros de Henry aún empeoraba más la situación. Dejaría la bici para su hermana, ojalá se animara. Él iría en el caballo. Se acercó al establo, lo ensilló y comenzó la bajada.

—Vámonos de fiesta, Orión. Veremos a Oliver, aunque sea de lejos. Nos divertiremos.

Oliver Gant. El Centauro, amable y cruel a la vez, con su cálida sonrisa y su mirada fría. Un enigma. Llevaban un par de meses observando juntos el sol. Con eso le había bastado para enamorarse como un estúpido de ese hombre y de sus aires elegantes y antiguos. Menos que eso: le bastó con el primer cruce de manos. Parecía pertenecer al siglo pasado, pero su cerebro superaba al de cualquiera de los astrónomos que había conocido hasta entonces.

Míralo, ahí estaba. Oliver Gant. Incluso vestido de indio conservaba su elegancia.

Sabía que no debía acercarse a él.

Pero aun así, lo hizo.

Cuando mediaba la tarde, Ellie se puso la camisa y los pantalones. Casi como cada día. El chaleco, la chaqueta. El cinturón de vaquero. Las botas. Se recogió el cabello rubio bajo el sombrero. Salió fuera y ocultó la cara con una capa de barro. Entró de nuevo para mirarse al espejo y sí, no parecía ella. Parecía un tipo guarro, un tal… James. Eso es: James *el Robabancos*. Tomó el pañuelo y lo anudó en la parte posterior de la cabeza, fuerte, para que no se cayera.

La pena era que no pudiera cambiar los ojos claros. Con esa salvedad, era perfecto.

James dio un portazo al salir de la cabaña. Tomó la bici, hizo sonar el timbre varias veces, la llevó hasta el camino principal y montó en ella, deprisa, como si huyera de la poli.

A James no le interesaban las estrellas, ni tenía un hermano que creía saber cuál era su norte, pero que no tenía ni idea de dónde estaba. No tenía un padre con olor a caballo. Solo le esperaba una banda de ladrones en su guarida, junto con el botín de los dos o tres últimos atracos. Un Winchester 92 le golpeaba la espalda en cada bache del camino. Eso le bastaba para ser feliz.

Dejó la bicicleta apoyada en la pared trasera del hotel, cerca de la puerta que daba a las cocinas. Olía a comida y se oía el trasiego del personal.

—Estoy lista, adelante.

Caminó despacio en dirección al sonido más fuerte, al de la fiesta y la música y las risas de las mujeres.

Se trataba de James, el bandolero. Si te descuidabas, podía meterte dos tiros en la frente.

Aun así, vaciló.

Pero esa vez lo lograría. No era una débil mujercita a merced de lo que quisieran hacer con ella. Era James, *el Robabancos*, un tipo duro con la cara cubierta de barro. Se caló un poco más el sombrero, de manera que solo quedaba una estrecha rendija por la que mirar el maldito día del indio. Y comenzó a caminar.

Dos, tres, cuatro pasos más con las botas de James, polvorientas, conocidas en todo el Viejo Oeste. Con solo oírlas, a los empleados del banco se les ponían los huevos por corbata.

Y ahí estaba, en la explanada, frente a la entrada principal del hotel.

Los banderines. La música. Las mesas con comida y bebida.

Hombres, mujeres, criaturas colgadas de las faldas de sus

madres, todos disfrazados. Parecía un maldito zoológico, como ese que Henry contaba que habían abierto en Los Ángeles el año pasado, ¿cómo se llamaba? Ah, sí: el Griffith Park.

Hubo un tiempo en que las fiestas les gustaban. Aunque Henry y ella preferían pasar el tiempo con los libros y el telescopio, de vez en cuando los invitaban a alguna, y sí, lo pasaban bien.

Ahora solo quería observar sin ser vista, oculta bajo la piel de James.

Había de todo. Las mujeres, por lo general, habían escogido disfrazarse de indias, con el largo cabello recogido en dos trenzas. Los vaqueros, *sheriffs* y por supuesto otros indios, charlaban y bebían.

Y luego estaba Henry, con un vaso en la mano, al lado de una de las mesas de las bebidas, la más próxima a la ladera y a los abetos. Miraba algo con atención, ¿qué era? Intentaría acercarse. Era cuestión de ir poniendo un pie delante del otro. Poco a poco sus botas se fueron moviendo sobre aquella tierra apisonada y suave, cubierta de huellas.

Dos mujeres pasaron a su lado, la miraron y sonrieron.

—Tiene barro en la cara —susurró una de ellas.

—Pero mira qué ojos. Es guapo. Dile algo.

—Me da vergüenza.

Las dos rieron y quedaron atrás. Ellie aceleró el paso hasta llegar cerca de su hermano, al lado de esos abetos. Henry tenía una expresión atontada, ¿habría bebido?

¿Qué sería lo que miraba? Debía aproximarse un poco más. Aunque le costara.

Llegó junto a la mesa y tomó un vaso de ponche, que estaba tibio. Aún hacía calor.

Maldita sea, ya sabía lo que miraba Henry.

Un hombre.

Problemas.

El tipo vestía una casaca de cuero acabada en flecos desiguales y un tocado de plumas grises sobre su pelo oscuro y apenas rizado. Tenía un aire distraído. Fingido. Porque tras esa pose, Ellie se dio cuenta enseguida, sus ojos lo calibraban todo. Eran profundos y oscuros, como el cielo nocturno en invierno. No perdían detalle.

Henry parecía idiota. Sonreía mientras el otro, con cara de asombro, observaba las manchas de ponche de la mesa, los niños corriendo, a Adams y a Ellerman, con sus trajes de vaqueros, que charlaban un poco más allá. Ellerman se percató de su presencia y ambos se acercaron.

Ellie también se aproximó. Solo un poco más, sin que se notara. Quería escuchar lo que decían.

—Señor Blur, señor Gant, ¿lo están pasando bien? —Ellerman se ajustó las gafas de carey y volvió a llenar su vaso de ponche.

—Muy pintoresco —respondió Gant con su acento británico—. Muy entretenido. Sí, gracias, muy amable. Lo paso bien, a pesar de este calor. ¿Y usted, Blur?

—Por supuesto, sí.

—El monte Wilson es lo que tiene, además de telescopios. Calor en verano y nieve en invierno. —Adams rio—. Y no sabe cuánta. Ya lo verá, si por fin se queda.

—A veces, no podemos salir del Monasterio durante días. Y noches. Lo peor es que suelen estar nubladas. —Ellerman fingió tristeza—. No podemos bajar a la ciudad, ni trabajar, ni nada. Es un horror. No sé si lo soportará, Gant.

¿Pensaba quedarse? Ellie apretó el vaso liso y caliente entre los dedos.

—¿Pasará aquí el invierno? —preguntó Henry—. No lo sabía.

—Quizá sí, si puedo arreglarlo con mi esposa. Lo que tienen ahí arriba no lo hay en Inglaterra. —Hizo un gesto apuntando a la cumbre—. Ni eso, ni el cielo despejado, a pesar de esas nieves que dicen.

Estaba casado. Quizá no había peligro. Ellie posó el vaso en la mesa y secó el sudor de sus manos en el pantalón. La camisa empapada se le pegaba a la espalda.

Ellerman y Adams se alejaron. Henry recordó algo y fue tras ellos.

Ellie miró al tipo vestido de indio, que se había quedado solo. Lo vio dejar el vaso sobre la mesa, ajustarse sobre el pelo aquel tocado que debía pesar varias libras, borrar de su cara la media sonrisa que siempre lucía y clavar los ojos agudos como espadas en su hermano.

El sudor se le volvió frío. Tuvo que apoyarse en la mesa. No lo miraba, lo devoraba.

Con un deseo febril.

¿Con quién estaba casado, con un maldito hombre? A ella no la engañaba. Míralo. Sacaba la lengua y se la pasaba por los labios.

De repente, cambió la expresión. Volvió a la media sonrisa, la cara de sorpresa, la postura elegante. Henry se había dado la vuelta y regresaba hacia él. Ya no lo miraba, ahora miraba la mesa, los abetos que movían sus ramas entre el aire del atardecer. A ella.

Gant la miraba a los ojos, y la sorpresa esta vez era auténtica.

—Blur —señaló a Ellie—, ¿son familia? Tiene sus ojos.

Maldita mirada clara, que destacaba como la luna en medio de la noche.

No quería que ese hombre, ni ningún otro, supiera nada de ella. Mueve el culo, James, maldito caparazón. Antes de que Henry se ponga a cantar.

—Hola, buenas tardes. —Ellie extendió la mano hacia Gant e intentó poner la voz aún más ronca que la que se le había quedado después de… aquella noche—. No, no somos familia. Al menos que yo sepa. Mi nombre es James. James *el Robabancos*.

Henry la miraba con la boca abierta.

—Un placer. Oliver Gant.

—¿No es usted de por aquí, verdad, aunque vaya vestido de indio?

Gant sonrió. Encantador. Parecía un aristócrata, ¿lo era?

—Inglaterra. Mi familia procede del condado de Essex, al sur de Londres.

—Ah, muy lejos. Y ¿qué le parece todo esto?

—Apasionante.

Henry también quería presentarse.

—Henry Blur, encantado de conocerlo, James *el Robabancos*.

Ellerman y Adams regresaron y se unieron al grupo justo a tiempo de oír su nombre.

—No recuerdo haberle visto antes por aquí —se extrañó Adams—. Creía que conocía a todo el mundo en la montaña.

—¿No trabaja usted en el observatorio? —preguntó Gant.

—No, ya se lo he dicho, no necesito trabajar. Robo bancos. —Movió el Winchester de la espalda al frente y los apuntó con él—. Entro, enseño el rifle, no tardo nada en salir con la bolsa llena. Veloz como una estrella fugaz.

—Je, je, qué gracioso —rio Gant.

—Mucho, mucho —dijo Henry—. Necesito beber algo, tengo la garganta seca. *Bourbon*, si puede ser.

Se dio la vuelta para tomar un vaso de la mesa. Adams y Ellerman fueron tras él. Gant le dedicó a Henry otra vez esa mirada. Sus ojos se desfondaban, se hacían tan grandes como un océano negro.

—¿Está bien, Blur? —le preguntó Gant a Henry.

—Sí, no se preocupe, solo necesito un trago.

—¿Ustedes sí trabajan en el observatorio? —dijo Ellie.

—Claro, James, aunque no lo parezca vestidos así —contestó Gant.

—¿Le gusta? —se lo preguntó mirando a Henry. Aunque no le hacía falta que le contestara para saberlo.

—Es fascinante. —Él también miró a Henry al responder—. Esos telescopios revelan detalles que cambiarán nuestra percepción del universo, en serio. Cambiarán el mundo. Es una suerte que nos encontremos aquí y ahora.

El aquí, el ahora, eso era lo importante para ellos. Ella también estaba aquí y ahora, y al menos sabía tanto como Henry de astronomía, o quizá más. Pero era una mujer. Solo eso.

—Bien, se me hace tarde. —Qué poco había durado el momento de libertad.

—¿Qué prisa tiene, James? ¿Hay que atracar algún banco? —Henry se acercó de nuevo—. Quédese a charlar.

—Para mí ya ha sido suficiente por hoy. Que les vaya bien.


Cuando Henry llegó a casa, hacía rato que la Vía Láctea asomaba entre las copas de los árboles. Luchaba por mantener su brillo con una Luna tan luminosa que dibujaba sobre el suelo la silueta de Henry y su caballo, del bosque, de la cabaña de madera.

Su hermana aún estaba despierta, sentada en silencio en

el primero de los tres escalones de la entrada. Ya no tenía barro en la cara, llevaba el cabello rubio recogido en una trenza, y olía a jabón.

—Hola, preciosa. —Tomó asiento a su lado.

Lo era. Parecía una diosa del bosque, incluso con esos pantalones. Por fin había salido del monte. Cuando Gant había dicho aquello de los ojos y la miró, no se lo podía creer. La felicidad le dejó sin aliento.

—¿O debo decir James?

Ella sonrió.

Y ese instante, bajo las constelaciones de verano, Cygnus, Aquila, La Lira, fue perfecto. Uno de esos instantes tan perfectos y fugaces como los meteoritos. Los meteoritos son polvo de cometa, granos de arena astrales perdidos en el espacio que, sin saber por qué, se acercan a la Tierra, se enamoran de ella y caen a través de su atmósfera; su corazón arde tan fuerte que, por un breve lapso de tiempo, son capaces de iluminar una vida entera. Igual que esa sonrisa.

# Heridas

$P$aul Allen se había puesto la camisa sin nada debajo: para caminar hasta el arroyo no era necesaria la ropa interior. Aun así notaba las gotas de sudor mojándole la espalda. Con una sola pierna todo le costaba el doble, y más en ese... ¿Alguien podía llamar sendero a ese amasijo de rocas y arbustos?

El dolor no le importaba. Le hacía sentir mejor, porque así parecía que estaba pagando lo que le había hecho a ella. A ellas. Apartó una zarza que se le había enganchado en los pantalones con aquellas manos cubiertas de cicatrices. Así eran sus manos desde hacía diez meses. No, desde hacía doscientos setenta y siete días. Cada mañana sumaba una unidad más al recuento.

En el cielo hay una constelación, muy cerca de Aquila: Sagitta, la flecha perdida entre las estrellas. Algunos creen que es una de las flechas que Hércules lanzó para matar al águila que devoraba las entrañas a Prometeo, encadenado como castigo de los dioses por robar el fuego. Otros piensan que se le escapó al intentar matar la enorme bandada de pájaros de bronce que atemorizaba a los habitantes de Estinfalia. Pero Paul sabía que esa flecha, al fin, había llegado a su destino. Hacía doscientos setenta y siete días había caído sobre él, acabando con todo lo que daba sentido a su vida, sin que hubiera podido preverlo. Y ahora caminaba cojo monte abajo; esperaba lograr uno de esos momentos de olvido que el arroyo y Blur le proporcionaban. Le caía bien el joven. En un mes que llevaba en el observatorio, se había ganado su amistad. Aunque, en ocasiones, se lo quedara mirando de esa manera tan extraña, tan...

Solar venía tras él. Acostumbraba a acompañarlo, parecía disfrutar con ello.

Era temprano, daría un rodeo, aunque el sol de primeros de agosto quisiera caer a plomo en los pocos lugares donde los árboles lo permitían. Atravesó un pequeño grupo de robles.

Se oían los golpeteos rítmicos de los pájaros carpinteros. La brisa entre las ramas de los árboles. Y… sí, parecía el sonido de unos pasos y el murmullo de una conversación. Algunas yardas más abajo, dos personas caminaban en la misma dirección que él. Uno era, ¿qué era? ¿Una mujer con el pelo largo y blanco? Tuvo curiosidad. Fue tras ellos, intentando no perderlos de vista.

—Chiss, Solar, calla. —Lo sujetó por el collar—. No hagas ruido, o nos…

Cuando llegaron frente a una pared escarpada cambiaron de rumbo. Iban deprisa, de manera que, al cabo de unos minutos, dejó de verlos. Continuó en su dirección con la esperanza de encontrarlos de nuevo, y sí: se habían detenido frente a una especie de saliente bajo las rocas, al lado de una mata verde cubierta de pequeños ramilletes de flores azules.

90

No era una mujer. Parecía un hombre anciano, pero alto y erguido, con el cabello blanco y largo suelto sobre la espalda, ¿un indio? Y el otro era Blur. Estaban conversando, pero apenas conseguía escuchar lo que decían. Tuvo curiosidad, Blur no le había hablado de ningún indio, tan…

—… Libélula —dijo el anciano.

Dio varios pasos en su dirección.

—… asesino, no podré vivir tranquila —dijo Blur.

¿Tranquila? ¿Asesino?

¿Qué significaba eso? Paul dio dos pasos atrás. No sabía si quería escuchar algo más. Se escondió tras el tronco de uno de los enormes pinos, justo a tiempo de evitar que el anciano, que se había girado, descubriera su presencia.

—Cuando estés preparada, Libélula, lo harás. —La conversación continuaba.

Quizás era algo en clave. O hablaban con una tercera persona que él no había llegado a ver. Sí, seguro, sería algo así. Se asomó otra vez, pero no vio a nadie más que a ellos caminando de nuevo. Al cabo de un momento, sus siluetas desaparecieron detrás de los árboles.

Soltó el aire que había estado reteniendo sin darse cuenta.

Dejó libre a Solar, que correteó hacia el matorral de las flores azules. Él también se acercó.

El perro parecía haber olido algo e intentaba escarbar bajo las rocas y la tierra del pequeño montículo. El lugar parecía un santuario, y le recorrió un escalofrío.

—Solar, vamos, ¡busca! —Le tiró un palo para que fuera a por él y se alejara del montículo. No valió de nada. Pegaba el hocico a la tierra, olía con pasión y continuaba escarbando.

Hasta que dejó al descubierto algo de color oscuro.

Un pedazo de tela.

Había algo escondido.

O alguien.

Quizá no significaba nada, o quizá sí. ¿Asesino, había dicho el anciano? Eso parecía pertenecer a un abrigo, se veía el comienzo del bolsillo. ¿Tal vez lo llevaba puesto alguien?

¿Tal vez había una persona enterrada bajo esas piedras?

¿La víctima de un asesino?

El miedo le recorrió la columna vertebral hasta llegar a la cicatriz de la pierna, que comenzó a palpitarle con fuerza. Sagitta, la flecha, caía sobre él de nuevo, la muerte rondaba cerca. Agarró a Solar del collar y lo arrastró lejos, ladera arriba.

Cuando se hubo alejado lo suficiente, se sentó sobre una roca. Le dolía la pierna. Necesitaba tranquilizarse, pensar en lo que había visto. ¿Había un cadáver enterrado en el monte Wilson? ¿De quién, por qué? Algo no le cuadraba, y él era un científico: su vida estaba orientada a descubrir respuestas. Investigaría, haría… Decidió no acudir esa tarde a su cita diaria con Blur. Después de aquello no se sentía capaz de ponerse delante de él y fingir que no había pasado nada: que no había anciano, ni libélula, ni pedazo de tela enterrado en el monte.

91

Ellie se despidió de Ckumu y caminó hacia el arroyo. Nunca lo hubiera pensado. Tenía un amigo. Henry tenía un amigo, ella… No quería pensar.

De todas formas, nunca habría nada entre ambos. Ni siquiera sabía qué sensación tendría si, supongamos, Allen pusiera la mano en su brazo, la acercara al pecho, la rozara con los dedos. Henry amaba, y lo envidiaba por ello. Ella… nunca podría. Pero disfrutaba con él. Podían hablar durante horas sin cansarse. Daba igual si era de estrellas, de ranas o de qué sucedería con la guerra que se acababa de declarar en Europa ese maldito año de 1914 que estaba resultando tan cruel.

No había nadie en el arroyo. Se acercó al agua y buscó una de esas ranas de coro. Dos o tres saltaron al oírla llegar a la orilla y desaparecieron con rapidez entre las algas verdes del lecho del río. Una garza levantó el vuelo y se perdió tras las altas ramas de los alisos.

Allen no apareció.

Pasó la tarde sola, como hasta hacía nada.


Al atardecer, Blur entró en el comedor del Monasterio y se sentó frente a Allen, justo a tiempo para comenzar a cenar.

—Buenas noches, ¿todo bien? —preguntó.

Él alzó una ceja y se la quedó mirando con sus ojos oscuros.

—Bueno, no lo sé, la verdad. ¿Ha… habido novedades en el monte últimamente?

—¿A qué se refiere? —inquirió Hale—. ¿Al pulido del espejo? Nuestro óptico, Ritchey, está en ello, todo va según lo esperado.

—Me alegro —respondió Allen—. ¿Para cuándo tienen prevista la inauguración?

—El año que viene comenzaremos a levantar la cúpula —dijo Adams—. Intentaremos que todo esté preparado para 1917.

—Es una obra de envergadura. Un telescopio de cien pulgadas. Será algo digno de ver. Espero estar por aquí para comprobarlo.

—Por supuesto, contamos con usted —afirmó Hale.

—¿Saben algo de la guerra de Europa? —preguntó Shapley.

—Cada vez hay más países involucrados —dijo Hale.

—¿Creen que entraremos también nosotros?

—Estamos al otro lado del Atlántico. No es probable. Pero ya se han cortado las comunicaciones con los observatorios astronómicos de Europa. ¡Qué retroceso! ¡Qué desgracia para la ciencia!

Todos asintieron.

Allen no dijo nada hasta que sirvieron el segundo plato, un aromático estofado de carne. Entonces miró a Blur con atención y preguntó:

—¿Ha habido alguna pérdida hace poco en el monte? ¿Alguna desaparición, algún… asesinato?

Todos los astrónomos clavaron sus ojos en Allen.

Norton se echó a reír.

Blur inspiró con fuerza, necesitaba aire, y el pedazo de carne que estaba masticando se le quedó en la garganta. Atascado. Se llevó las manos al cuello, abrió y cerró la boca, no, no podía emitir ningún sonido, no podía respirar.

Se levantó de forma tan brusca que tiró la silla al suelo.

—Blur, ¿qué le pasa? —Allen también se levantó, preocupado.

Debía salir. No podía quedarse allí, delante de todos ellos, la descubrirían, perdería lo que había conseguido hasta entonces.

Se largó corriendo del comedor, no oyó los pasos de Allen tras ella, quizá si salía fuera, bajo el cielo, podría respirar de nuevo. Intentó toser, pero no lo consiguió. Se apoyó en la fachada del Monasterio. Ahora, todo parecía ir más lento. Solar le lamía los pantalones mientras Allen, a su lado, decía algo que no era capaz de entender. El cielo se estaba nublando, se volvía negro, qué raro, si aún era de día, si hacía un momento todo estaba azul.

—Blur, ¿qué le pasa? Vamos, hábleme, ¿qué le pasa?

Allen no sabía qué hacer. Blur se estaba poniendo de color morado, otra vez Sagitta caía a su lado, sobre la persona que tenía más cerca. Las manos le temblaban tanto que casi no era capaz de sujetarlo contra la pared. Se desvanecía.

—Blur, ¿no respira?

Le dio un golpe, dos, tres, en la espalda, cada vez con más fuerza, se puso tras él y le apretó el diafragma en un intento de que sus pulmones expulsaran el aire y con él lo que fuera que estaba obstruyendo la tráquea.

No lo conseguía. La flecha cada vez se clavaba más adentro, y dolía, muy fuerte. Parecía que la pierna se le estaba partiendo de nuevo en dos.

93

Le quitó la corbata y le desabotonó la camisa con la esperanza de que… ¿de qué? Si no respiraba. Al tercer botón, lo vio. Unas vendas cubrían el costado de Blur, asomaban bajo la camisa interior. ¿Qué era eso?

Volvió a darle la vuelta y presionó de nuevo.

Sucedió. El pedazo de carne salió despedido de la garganta de Blur, que comenzó a toser, a inhalar con fuerza. El color morado desapareció de su cara, poco a poco. Al cabo de unos instantes, se sentó en el suelo.

Allen permanecía de pie a su lado, respirando casi tan hondo como Blur. Con las manos temblorosas y la mirada fija en esas vendas blancas.

Blur alzó los ojos hacia él, aún desorbitados por el miedo. Se levantó a duras penas y vomitó algo más allá, apoyada en uno de aquellos pinos.

Hale salió del Monasterio y tras él los demás.

—¿Qué ha pasado, Allen? —preguntó—. ¿Blur está bien?

—Creo que sí. Ha estado a punto de ahogarse. Se había atragantado.

Hale y Backus se acercaron a Blur, que se abrochaba con rapidez los botones de la camisa.

—¿Cómo se encuentra? —preguntó Hale.

—Bien, no se preocupen.

No, no lo estaba. Le temblaban tanto las piernas que casi no se tenía en pie. Allen la había descubierto, tenía la camisa entreabierta, la había visto, y en la cena había hablado de asesinato. Miró hacia él. Comentaba algo con Ellerman y los demás mientras señalaba en su dirección. Se lo estaría contando. Es una mujer con el torso vendado, alguien ha sido asesinado. Ella, ella es la culpable, puesto que finge ser quien no es.

Se sentó sobre un tronco caído.

—Vaya susto nos has dado —comentó Backus, aún pálido.

—No veo que hoy esté en condiciones de trabajar —afirmó Hale—. Allen lo acompañará hasta su cabaña, descanse, Norton lo sustituirá. ¿O prefiere quedarse en uno de los dormitorios del Monasterio?

Norton miraba hacia allí con el ceño fruncido.

Sí, Norton la sustituiría, pero ya para siempre.

Negó con la cabeza, incapaz de decir nada más.

Hale y Backus se acercaron a Allen y cruzaron unas breves palabras.

Los astrónomos regresaron al interior. Menos Allen, que, con el rostro serio, se acercó a Blur. Lo observó con detenimiento. El pelo rubio, muy corto. Los ojos azules. La cara suave, como la de una mujer.

¿Sería él el asesino? Se había alterado mucho cuando lo preguntó. Había algo raro, eso seguro; pero el solo pensamiento de que Blur hubiera matado a alguien le resultó absurdo. Y aun así...

Él era un científico, debía indagar, debía ir más allá de la superficialidad.

Allen miró alrededor para asegurarse de que estaban solos.

—Dígamelo, Blur.

—Se ha acabado, ¿verdad? —Tenía la voz ronca, más, mucho más que antes—. ¿Sabe? Llevo cinco meses viviendo una pesadilla y un sueño. Toda mi vida había deseado trabajar con esos telescopios.

—Y lo está haciendo —contestó él, con una sonrisa triste—. ¿Qué le ha pasado para llevar el pecho vendado? ¿Ha tenido un accidente?

Ellie dejó de respirar otra vez. Miró con atención la cara de Allen. Su magullada y a la vez atractiva cara.

No lo podía creer.

Que fuera una mujer le resultaba tan inverosímil que ni siquiera lo había considerado.

Y había estado a punto de revelarle ella misma su secreto.

Necesitaba salir de allí, era incapaz de pensar con claridad.

—No se preocupe, estoy bien, de verdad. Otro día, Allen, otro día se lo cuento. Cuando me cuente a mí lo suyo, ¿de acuerdo? —Apretó los puños para no llorar. Porque si comenzaba, lloraría hasta que la montaña acabara convertida en una colina sobre un lago, rodeada de niebla.

—Sabe dónde tocar —contestó él—. De acuerdo, hablaremos otro día. Vamos, le acompaño a su casa.

—No hace falta. —Blur se levantó todo lo deprisa que pudo. No iba a permitir que la acompañara.

—Oh, vamos, Blur, no está en condiciones de bajar solo.

—No bajo solo. He subido con Orión y voy a bajar con Orión.

—¿Quién es Orión?

—El caballo. Sabe el camino mejor que yo. Y además, si baja, se le va a hacer de noche.

—Amo la noche.

—Pero ama más el día, es un astrónomo solar.

—¿Qué es el sol, más que una estrella?

—Estoy bien, Allen. De verdad.

—Es una orden del jefe, es…

—Al jefe se le ha olvidado que el único medio de transporte que tiene usted son sus piernas.

—Bien, me rindo —frunció el ceño. A veces, Blur lo sacaba de quicio—. Baje usted solo si así lo desea.

Allen observó cómo se alejaba. Parecía tener prisa, como si tuviera miedo de que se arrepintiera y decidiera ir tras él. No iría, porque tenía razón. Solo tenía esas dos piernas, y una de ellas era casi inservible. Cerró los ojos y los apretó con fuerza.

—Betelgeuse, Rigel, Alnilam, Alnitak, Mintaka.

Se había acostumbrado a ello. Recitaba nombres de estrellas para no pensar.

—Bellatrix, Saiph. Sirio, Adhara, Murzim, Wezen, Aludra.

Se dio la vuelta y caminó despacio hasta la cabaña que le habían asignado a su llegada. La noche caía poco a poco sobre las montañas de San Gabriel. En Boston, aún sería de día. Gomeisa, Proción. Ella estaría allí, bajo aquel techo de madera. De vez en cuando apoyaría la mano en el cristal de la ventana, que estaría frío, y miraría hacia las calles asfaltadas. Soñaría con verlo llegar de nuevo, con la mirada levantada hacia ella. Abriría la ventana, reiría y él sentiría que el mundo era luminoso de nuevo.

Quizás algún día.

Porque ahora, no podía.

Cástor, Pólux, Wasat, Alhena.

Estaba perdido, con Sagitta aún clavada hasta el fondo en la pierna. Caminaba sin rumbo, incapaz de detenerse para ver qué se estaba perdiendo, a quién estaba dejando atrás.

# Infierno

Al día siguiente de la fiesta, Henry se levantó bien entrada la mañana. No subiría al observatorio hasta el atardecer, porque debía enseñarle el sesenta pulgadas a Gant, así que no tenía prisa.

Ellie seguía dormida. Prepararía té para los dos. Abrió las contraventanas de madera de la cocina para que entrara la luz y se encontró con un cielo cubierto de nubes. Tras el calor de los días anteriores, amenazaba tormenta. Quizás esa noche Gant se quedara con las ganas de observar. Gant, el elegante centauro oculto bajo un traje de indio. Se había enamorado de él como un cretino. Si hubiera podido, se lo hubiera llevado a una de las habitaciones del hotel. Lo hubiera empujado contra la pared y lo hubiera besado, fuerte, hasta hacerse sangre en los labios.

—¿Qué estás pensando? No, no lo digas, lo sé de sobra. —Ellie apareció de repente tras él.

—¡Uf! no me des estos sustos. ¿Quieres té? Ya está listo.

—Claro. —Ambos se sentaron frente a dos tazas humeantes.

—Henry, debemos hablar.

—¿De qué?

—¿No lo sabes?

Henry la miró, alarmado.

—Ese hombre, Gant. Te gusta.

¿Era tan evidente? Habían sido solo unos minutos, ¿cuántos? ¿Diez, quince? Su corazón azul se encogió hasta volverse un maldito punto en el pecho. Con su hermana siempre estaba expuesto, veía en su interior como si no tuviera piel.

—Lo tengo controlado. —Su voz vaciló—. No te preocupes.

—Henry, lo siento. Sé que es doloroso para ti, pero tengo miedo de que ocurra algo.

—No pasará nada. Gant está casado, él es normal, no como yo.

—Te lo digo por algo: ayer vi cómo mirabas a Gant, pero también vi cómo te miraba él a ti.

—Estás viendo fantasmas. Te repito que está casado.

—Lo esconde mejor que tú, Henry, que se te nota a la legua. Pero cuando te diste la vuelta, sus ojos cambiaron. Pensé que, si pudiera, te devoraría.

—¿Qué significa eso? —Henry palideció. Si su hermana lo decía, era verdad. ¿Gant era como él? No, no lo podía creer.

—¿Te lo explico mejor? Creo que no hace falta.

Fuera comenzaba a tronar. El olor a tierra mojada los envolvió como un sudario húmedo. Henry se levantó retirando la silla con furia, y empezó a caminar alrededor de la mesa. No, joder, no era posible.

—¿Por qué es tan malo lo que siento? Si es que no puedo sentir otra cosa. Ojalá pudiera, pero no puedo, te lo juro. No puedo.

—Para mí…

—Déjalo, no digas nada. Es mejor así. No hago daño a nadie amando, fue padre quien te lo hizo, no fui yo. Deberías salir de la montaña, Ellie. Tú eres una persona muy capaz de cuidarte sola. Estarías mejor sin mí.

—Nunca estaré mejor sin ti. Eres mi hermano y te quiero. Me da igual todo. A mí me pareces perfecto.

¿Qué había dicho? Se había vuelto loca.

—¿Perfecto? —musitó. Se estaba quedando sin voz—. Una perfecta aberración.

Salió de la cabaña dando un portazo. Quizá bajo la tormenta, que moja a todos por igual, terrorífica y fría, se sintiera más limpio.

Llovía. El cielo se rajaba sobre la sierra de San Gabriel. Esas nubes negras se lo tragarían todo: los osos, los arrendajos, el tótem de alas rojas. Su maldito corazón azul. Ojalá el agua violenta se lo llevara al mar.

Los truenos golpeaban una y otra vez, se le metían en el pecho, eran lo que movía su sangre. No había sido él quien le había hecho eso a Ellie. No, mierda, no. Cerró los puños y golpeó uno de esos malditos abetos. La lluvia cayó aún más fuerte, del cielo, de los árboles, de sus ojos deshechos.

Si era verdad lo que Ellie afirmaba, que Gant era como él, estaba perdido.

—Ckumu, estoy preocupada, ¿dónde ha podido ir mi hermano?

Ellie se sentó en el primer escalón de la cabaña, al lado de Ckumu. Ambos miraron a lo lejos. El olor a tierra húmeda seguía siendo intenso, como cuando empezó a llover.

—Volverá. A veces hay que mirar a la cara a nuestros propios demonios, sin miedo, aunque sea bajo la tormenta. Si no, nunca podremos aceptarlos.

Ellie miró con asombro al indio. Un hombre que no sabía leer, que no necesitaba saber leer para conocerlo todo de la vida. No había dicho derrotarlos, sino aceptarlos.

—¿Cómo lo haces, Ckumu? ¿Cómo sabes tanto?

—La vida es muy larga, Libélula, si tienes la suerte o la desgracia de que lo sea. Hay que abrir los ojos y aprender de cada paso.

Las nubes habían desaparecido, el cielo estaba despejado.

—Algo va mal, ¿no lo hueles? —La voz de Ckumu mostraba alarma—. Ellie, sal del monte. Baja al pueblo.

—¿Qué?

Ckumu desaparecía corriendo entre los árboles, camino al arroyo. ¿Qué sucedía? ¿Su hermano? No permitiría que le pasara nada. Salió corriendo tras él. Le costaba no perderlo de vista, pero se había acostumbrado a moverse deprisa entre la vegetación y las rocas.

Ckumu se detuvo de repente, de modo que Ellie casi chocó con su espalda. Subió a una peña algo más alta que el resto y ella lo imitó.

Ambos lo vieron a la vez.

Una columna de humo comenzaba a extenderse por el cielo del monte Wilson.

Demasiado cerca del observatorio.

—Un incendio. Vete, sal de la montaña —ordenó Ckumu—. Yo debo acudir.

—En la cabaña hay un par de mantas de lana, voy a por ellas.

—No. Es peligroso.

—Es mi mundo el que se quema, y no sé dónde está mi hermano. Voy a por las mantas.

Ellie corrió hasta la cabaña, tomó las dos mantas de lana, el sombrero y el pañuelo para volver a ser James. Una mujer que vestía pantalones corriendo por el monte y luchando contra el fuego llamaría demasiado la atención, y ella no podría soportar al resto de los hombres a su lado. Pero James sí que podría. Se lo anudó en la nuca para taparse la cara.

Subió hasta el observatorio y desde allí lo vio. Un demonio amarillo y estirado que trepaba por la ladera este y lo devoraba todo. No parecía grande, pero estaba a menos de una milla.

Corrió hacia el cortafuegos que había monte abajo. Habrían avisado por la línea del teléfono al pueblo, porque todo el mundo ya se estaba organizando: formaban una cadena humana para llevar agua desde el depósito construido en la cima.

Descendió por la ladera hasta tenerlo delante.

El incendio amenazaba con pasar al otro lado del cortafuegos. Si lo hacía, el Observatorio Solar Monte Wilson se convertiría en historia.

Casi no podía respirar. ¿Cómo sería el vientre de una estrella? ¿Algo parecido a eso? No podía existir nada peor. Bajo su aliento, los árboles se deshacían como si fueran de arena.

No veía a Ckumu ni a su hermano, pero reconoció a Ellerman un poco más abajo, junto a varios hombres, y decidió unirse a ellos. Habían cortado ramas e intentaban apagar con ellas las pavesas que caían al otro lado del cortafuegos. Pronto llegarían los bomberos voluntarios de la ciudad. O eso esperaba.

—Tenga, pruebe con esto. —Le tendió una de las mantas—. ¿No está Blur por aquí?

—No lo he visto. —Ellerman le miró el pañuelo con asombro.

Todo ardía. No podían contenerlo. Ojalá pudiera quitarse ese pañuelo, aunque la protegía del humo estaba empapado de sudor, como la camisa, como los pantalones, medio quemados. ¿Dónde estaría Henry?

ɣ

Era como mirar a los ojos del demonio. Hay una estrella que se llama así: Algol, el ojo del demonio. Está en la constelación de Perseo, el héroe. Perseo tiene en la mano la cabeza cortada de Medusa, y Algol es uno de sus ojos. Pero aquello todavía era mucho peor. El incendio avanzaba deprisa, Henry lo había visto nacer. Ese rayo que por poco lo mata. Sintió temblar el suelo y aquel enorme ruido.

Cuando un rayo cae en un árbol se alcanzan temperaturas que superan las del interior de las estrellas.

Al principio parecía que no pasaba nada. El bosque callaba, asustado, adivinando lo que iba a suceder. Una bocanada de aire se extendió entre los árboles como un susurro ardiente.

Y comenzó el infierno.

Henry había corrido montaña arriba hasta el observatorio, había entrado en el despacho de Hale y había dado la voz de alarma.

Fuego.

Había un protocolo de actuación para estas ocasiones, porque en los calurosos veranos de las montañas, el riesgo era alto. Pero nunca habían tenido el infierno tan cerca. Las serpientes de la cabeza de Medusa se habían enroscado en torno al observatorio. Si no lo remediaban, pronto todos se convertirían en piedra y luego en cenizas; en esas cenizas grises que parecían nieve que caía del cielo.

Henry había regresado al fuego, miraba de cerca a Algol, la estrella del demonio. Su inmenso calor lo derretía, pero no podían parar, debían acabar con ella.

—Vamos, Blur, ataque por ahí —dijo Adams—. Voy a dar la vuelta.

Adams quería capitanear el equipo, como acostumbraba, pero a veces no sabía qué hacer. Se limitaban a luchar, a golpear las llamas con sus chaquetas, a apagar las pavesas que caían sobre ellos.

Olía a pelo quemado. Notó un calor intenso en la frente ¿eran sus cejas lo que se quemaba? ¿O su cabello? No importaba.

Muévete. Apaga. Si los brazos ya no te responden, da igual. Sigue. No vuelvas a amar. Oliver Gant solo es un nombre que la cabeza de Medusa se traga junto a tu muerto corazón azul. Ya estás muerto, así que sigue apagando, lucha contra el monstruo, como Perseo, el héroe que salvó a la princesa Andrómeda de ser devorada por un monstruo marino. El interior de la constelación de Perseo esconde un demonio, Algol. Quizá todo lo bueno no es tan bueno; quizás en lo bueno siempre hay un punto de maldad. Una estrella del demonio en cada héroe. Solo que ha aprendido a vivir con ella, a llevarla dentro sin que se note.

Muévete. Apaga. Mira el ojo del diablo, esa llama furiosa se detiene en ti, puede ver tus entrañas, puede ver tu deformación, es como un espejo. Es tu reflejo.

—Blur, ¡ahí abajo! —gritó Adams.

El maldito sol del verano se clavaba en lo alto del cielo. Alguien le pasó a Henry una garrafa de agua.

Era una mujer. Una joven hermosa y morena, de ojos oscuros como Gant.

—Su pelo está algo quemado, refrésquese.

Ocultaría su monstruo en lo más oscuro de su mente, lo encerraría de manera que nunca pudiera volver a salir.

Habían tardado varias horas, pero lo habían logrado. El incendio no había podido atravesar el cortafuegos. Los bomberos y los voluntarios seguían trabajando para extinguir la parte más alejada al observatorio, pero ya no avanzaba.

—Descansemos un rato. Ya no puedo más. —Ellerman se sentó al borde del cortafuegos.

Ellie estaba agotada, pero no quería parar. Si paraba, ya no se podría levantar. Debía encontrar a Henry. Ckumu se habría ido ya: vivía apartado, como ella.

—Ellerman, voy a bajar por el cortafuegos, quizá necesiten ayuda ladera abajo.

—Pare un poco, Robabancos. Estará agotado.

—No se preocupe. Nos veremos. —Ellie sonrió bajo el pañuelo y estrechó la mano de aquel hombre. Le gustaba su mirada franca bajo las gafas de carey.

Si corría, llamaría la atención. De manera que caminó deprisa por la tierra blanquecina del cortafuegos sin querer mirar la superficie devastada por el fuego.

Cuando lo vio, media milla más abajo, la envolvió un alivio inmenso. Estaba vivo. No llevaba sombrero, parte de su pelo se había chamuscado, tenía la cara enrojecida. Y lo acompañaba una mujer.

Ella también tenía las mejillas rojas. Miraba de reojo a Henry alzando un poco la cabeza. La falda oscura tocaba el suelo tras sus pies. Tenía que forzar un poco el paso para no quedarse atrás, de manera que caminaba como un pequeño gorrión moreno. Con las dos manos unidas delante del pecho. ¿Estaría protegiendo su corazón?


Henry no vio a Ellie desaparecer tras los árboles que se habían salvado del monstruo. Subía al observatorio para comprobar por sí mismo que estaba intacto. A la vez, llevaría a la pequeña con su padre: Adolf Brown, uno de los ingenieros que trabajaban en la construcción de la cúpula del cien pulgadas. Ella, el pajarillo, se llamaba Hazel.

Le contaba algo relacionado con una tienda de sombreros en Pasadena. ¿Sería por su pelo chamuscado? Quizá. No importaba, tenía pinta de ser una chica agradable. Era hermosa, sí, a su manera, con el pelo moreno recogido tras la nuca y esos ojos redondos y brillantes.

—No se está enterando de nada, ¿verdad? —dijo ella.

—Sí, sí. —Henry asintió con la cabeza.

Debería decirle que se largara. Que caminaba al lado de Algol, la estrella del demonio, que era el monstruo el que dominaba en él. Pero en lugar de eso continuó a su lado.

—¿Quizá podamos volver a vernos? —preguntó el monstruo.

—Claro, señor Blur. —El pajarillo se ruborizó una vez más—. Los sábados por la tarde suelo visitar el hotel con unas amigas. Hay baile, ¿sabe usted?

Bien. Lo haría. Pasaría por el hotel, bailaría con ella.

Se casaría, tendría hijos, borraría su alma.

Haría lo que debía, lo que todos esperaban que hiciera.

# Dragón

El día posterior al hallazgo del pedazo de tela marrón, tras acabar el estudio de los polos magnéticos solares con Hale, Paul comió con prisa. Cuando acabó, pasó por su cabaña para tomar los prismáticos Carl Zeiss que su padre le había regalado el día de su boda hacía ya seis años. Se los colgó al cuello con ayuda de su correa de cuero negro, aunque le resultaban algo pesados. Luego se acercó a la plataforma que se estaba construyendo para la cúpula del telescopio de cien pulgadas y se llevó prestada una pala.

Quería comprobarlo. No se quedaría con la intriga. Él era un científico, tenía que investigar si tras el pedazo de tela del montículo había algo más que tierra: un cadáver, un...

Sí, podía preguntárselo a Blur. Pero su reacción en la cena de la noche anterior había sido muy extraña. Y además, a Paul le fascinaban las novelas del detective Sherlock Holmes. Holmes le habría pedido a su amigo, el doctor Watson, que lo acompañara y ambos habrían cavado hasta desvelar el misterio.

Había un motivo aún más importante.

Si pensaba en asesinos, cadáveres y excavaciones, no pensaba en ellas.

Las olvidaría, aunque fuera por un momento.

Y eso le hacía creer que, quizá, algún día podría seguir adelante y recuperar aquella parte de su vida que había abandonado.

A ella. La había abandonado en esa casa de Boston porque no era capaz de mirarla a la cara.

—Thuban, Rastaban, Eltanin, Altais, Til.

El viejo de cabellos blancos parecía un indio. Un... indio.

En Boston contaban muchas cosas sobre los indios, y ninguna buena. Que eran unos salvajes, que mataban inocentes con terribles mutilaciones, que... ¿Qué hacía un indio con Blur? ¿Qué dijo de una libélula? ¿Había aún indios salvajes en California?

Comenzó a descender. Si encontraba un cadáver no sería conveniente que el perro estuviera con él.

Primero pasaría cerca de la cabaña de Henry, si es que con las indicaciones que Backus le había dado la noche anterior era capaz de encontrarla. Echaría un vistazo con los prismáticos a ver qué veía.

Luego iría a la... sí, por qué no llamarla así, a la tumba.

Si estuviera con ella le diría que era un novelero, como siempre lo hacía. Que para ser un científico tenía demasiada imaginación, que mejor se hubiera dedicado a escribir historias de misterio, como ese Arthur Conan Doyle.

Sin embargo, eligió ser astrónomo. Lo hizo el día que su padre y él fueron juntos de pesca al lago Sabbatia, al sur de Boston. Los sorprendió la noche y durmieron bajo las estrellas.

Haría de eso, ¿cuánto? ¿Veintitrés años? Sí, entonces tenía seis. Era otoño, las hojas de los robles se habían teñido de rojo, de amarillo, de ocre. Se acurrucó al calor del costado de su padre, miró arriba. Una pequeña luna creciente asomaba entre las ramas, rodeada por todos esos puntos brillantes, en la negrura infinita.

Se sintió muy pequeño bajo aquel cielo tan hermoso.

Quiso saber por qué era así, por qué había ese número de estrellas y no otro, por qué la luna crecía y menguaba, por qué, por qué...

Por qué las vidas de las personas eran tan cortas en este planeta.

Los dragones existen desde siempre, con su boca oscura llena de ira y fuego. Te miran a los ojos y el mundo desaparece, y solo queda la desesperación. Draco, el dragón del cielo, enrosca su largo cuerpo de serpiente en torno a la estrella Polar y se ríe de las desgracias que los dioses causan a los mortales, tan débiles, tan dependientes del destino que las estrellas decidan para ellos.

—Maldita sea, mira por dónde vas, es... —dijo en voz alta

105

al tropezarse con una rama caída. Acabaría dando con sus huesos en el suelo si no tenía cuidado. Se paró un momento y echó una ojeada con los prismáticos. A pocas yardas delante de él, tras un bosquecillo de robles, había una cabaña que debía ser la de Blur, con lo que parecía un gallinero en la parte trasera, al lado de un huerto, y una pequeña cuadra algo más alejada. No se veía a nadie.

Se acercó un poco más sin hacer ruido.

Aunque quisiera, no podía ver el interior de la casa a través de los vidrios de la ventana. Quizás al atardecer y desde abajo, cuando la luz del oeste incidiera de manera directa sobre ellos, podría tener alguna posibilidad. Pero entonces Blur estaría en el observatorio.

Se sintió absurdo, ¿qué hacía allí? Blur había sido su amigo desde la primera noche bajo la cúpula. Pero escondía algo. Lo sabía porque él también lo hacía.

El anciano apareció tras la cabaña y se acercó al gallinero. Lo observó a través de los prismáticos. Sí, era un indio, aunque vestía normal, con una camisa blanca y unos pantalones que sujetaba con unos tirantes. Se había recogido el cabello en dos trenzas. ¿Vivía con Blur? Eso sí que era raro. No tenía pinta de ser peligroso. Quizá Blur fuera también indio a pesar de que no lo pareciera en absoluto; quizás ese indio era su padre. ¿Sería ese el misterio que escondía, su ascendencia india? Un indio astrónomo, qué…

Cuando el anciano entró en la cabaña, Paul comenzó a caminar de nuevo, todo lo deprisa que podía. Debía llegar cuanto antes al montículo, no fuera que Blur y el indio decidieran ir también.

La pierna le dolía. ¿Por qué tenía que meterse en líos? Con todo ese calor estaría mejor desnudo en el arroyo. Sí, después de cavar iría al arroyo y se bañaría.

Si no encontraba un cadáver.

Se detuvo de repente.

En realidad, no sabía lo que haría si lo encontraba. Blur parecía saber algo, ¿le preguntaría a él? ¿Iría a la policía?

Se sentaría delante del cadáver y esperaría con la pala en ristre a que aparecieran. Les pediría explicaciones, porque, quizá, nada era lo que parecía, y Henry era inocente.

Reanudó la marcha. En el fondo, tampoco creía que un indio anciano y Blur representaran ningún peligro.

No tardó mucho en encontrarse delante del montículo. Dejó la pala y los prismáticos a un lado y se acercó. No había ningún pedazo de tela asomando entre la tierra, aunque lo demás parecía seguir tal y como estaba ayer. ¿Habrían sido imaginaciones suyas? No, estaba seguro. Tomó la pala y se dispuso a cavar. La hundió en la tierra, una y otra vez, intentando no estropear el precioso arbusto con las flores azules que crecía al lado. Le costaba menos de lo que había pensado, la tierra estaba bastante suelta. Después de varias paladas encontró algo. El corazón le dio un salto en el pecho. La tela, sí, allí estaba, tan… Se agachó y apartó con las manos algunas piedras grandes de alrededor. El sudor le goteaba por la frente y se le metía en los ojos, que le escocían. Tiró de la tela y no pasó nada. Volvió a tirar con fuerza, hasta que por fin cedió. La sacó con tanto impulso que cayó sentado al suelo con ella entre las manos.

Un pedazo de tela marrón, un pedazo de la chaqueta de alguien. Correspondía a la parte del… bolsillo. Le recorrió un escalofrío. Sí, se atrevería: metió la mano. No, no contenía nada. Suspiró con alivio.

Se levantó y siguió cavando hasta dejar casi vacía la parte de debajo de una gran losa de piedra. Encontró algunas piñas, pero nada más.

No había cadáver, ni asesino, ni ninguna otra cosa.

Pero la tierra estaba demasiado suelta. Hacía un mes que había llegado al observatorio y aún no había visto llover. Elemental, doctor Watson. Alguien la habría removido antes que él y se habría llevado las pruebas dejando solo ese pedazo de tela.

¿O se lo había imaginado todo?

Sonrió sin saber qué pensar. Se metió la tela en su propio bolsillo del pantalón, volvió a llenar el vacío bajo la losa y caminó hacia el arroyo.

Draco, el dragón del cielo. Hay quien dice que era el dragón que protegía las manzanas de oro del jardín de las Hespérides que Hércules debía robar. Hércules y sus malditas flechas perdidas por el universo. Una de esas flechas mató al dragón, y Hera, su dueña, lo situó en el cielo como recompensa por su valor.

Hércules y sus trabajos. Hércules y su ira, su maldita ira de dragón, que hizo que matara a su mujer y a sus tres hijos. Luego, sí, se arrepintió, lloró durante meses, ¿le sirvió para que el tiempo volviera atrás? No. Nada vuelve atrás, nunca.

El mundo se raja, se vuelve sangre, la flecha cae y, en un segundo, el dragón lo engulle para siempre, sin remedio. De nada vale llorar después.

La vida es un sendero de un solo sentido, como decía ella. El tiempo va siempre hacia adelante.

—Ras Algethi, Kornephoros, Sarin, Maasym, Oph.

Si ahora mismo se encontraba con Blur pensaría que estaba loco, recitando en voz alta los nombres de las estrellas de la constelación de Hércules, con una pala en la mano, unos prismáticos que le estaban dejando el cuello rojo y el cuerpo cubierto de sudor y de tierra. Y esa tela en su bolsillo.

Intentó correr, pero era muy difícil con una sola pierna. Así que se conformó con su andar renqueante y asimétrico. Vamos, deprisa, deprisa. Cuando llegó al arroyo lo dejó todo en un montón, al lado de la orilla: pala, prismáticos, ropa. Se metió en el agua.

Ellie ya se había preparado. Había ajustado esas malditas vendas una vez más sobre sus pechos, con fuerza, para que no se notara nada. Aunque en ocasiones creyera que no podía respirar a causa del calor. Le picaba la piel. Ojalá pudiera quedarse desnuda y meterse en el agua fría del arroyo, libre, sin pensar, como los peces.

Allen no la había descubierto. Era tan inverosímil que fuera una mujer que ni siquiera había pensado en ello. Se rio, mientras una lágrima se deslizaba por su rostro y caía al suelo, al lado de la caja donde guardaba sus vendas debajo de la cama.

Cuando salió de la habitación vestida de Henry, Ckumu pelaba patatas en la cocina. Se acercó a él y le puso la mano en el hombro.

—¿Preparas la cena?

—Sí. ¿Vas a ir al arroyo?

—¿Debo ir?

—Las libélulas no pueden vivir sin el agua. —Ckumu dejó el cuchillo y se giró para quedar frente a ella—. ¿Qué quieres que sea para ti ese hombre?

—¿A qué te refieres?

—Mírate. —Él señaló su silueta vendada—. Bajo el traje sigue latiendo el mismo corazón, aunque te empeñes en silenciarlo. Las libélulas al agua, las polillas a la luz. Eres una mujer.

—Ya no soy una mujer.

Ckumu sonrió. Se dio la vuelta y continuó pelando las patatas.

—Él ha visto tu secreto. Es como un zorro olisqueando la presa. En cuanto acabe de abrir los ojos, se la comerá. ¿Quiere la presa acabar siendo comida? ¿O quiere huir?

No quería acabar siendo devorada por Paul Allen. Quería continuar con su vida, subir cada noche a la cima, mirar a la lejanía estrellada desde el ojo del cíclope.

—De aquí a nada, Allen se irá y yo me quedaré tranquila.

—El zorro devora al topo en solo un instante.

—No soy un topo.

—Tan débil, tan ciega.

—Oh, Ckumu —se quejó—. Se me hace tarde, me voy.

—Las polillas no pueden resistir. Se acercan a la luz artificial, aunque luego mueran por ello.

No se trataba de eso. Ckumu exageraba, ¿no? Ella podía controlarlo. No era una polilla atraída irremediablemente por una luminaria; podía aproximarse lo justo para observar sin quemarse y luego regresar a su noche segura y maravillosa.

Caminó en dirección al arroyo bajo aquel cielo sin rastro de nubes. Él no la descubriría, para eso tendría que arrancarle a la fuerza las vendas, y Allen nunca haría nada parecido. No había ningún rastro de maldad en sus ojos, complejos como las nebulosas oscuras.

Cuando llegó al arroyo, esperó un momento tras los saúcos de flores blancas. Respiró hondo. Las vendas le apretaban demasiado y le dolía la espalda. Echó una ojeada, Allen no estaba.

109

Se acercó al agua y vio el montón de ropa cubierta de polvo. Al lado, unos prismáticos y una pala.

Una pala.

Y de uno de los bolsillos del pantalón asomaba un pedazo de la chaqueta de su mellizo.

Su corazón dejó de latir por un instante.

Ckumu tenía razón.

Ayer, cuando bajó del observatorio y le relató lo que había pasado, Ckumu afirmó que debían mover a Henry. De manera que se levantó muy pronto por la mañana, sin avisarla, y trasladó sus restos cerca de las rocas de los Dos Hermanos. Cuando regresó le contó que la tierra parecía removida y que alguien había desenterrado ese pedazo de tela. Estaba claro: había sido Allen. Todo era extraño con ese hombre. Era… demasiado curioso, y por ello, más peligroso de lo que había supuesto.

Ellie miró alrededor, ¿dónde se había metido? No lo veía. Tomó los prismáticos. Estaban fríos a pesar del calor. Eran negros, pero tenían los bordes de un hermoso color dorado. Miró a través de sus oculares dobles, la óptica era de buena calidad, la imagen era luminosa y de gran campo, pero no tenía demasiados aumentos. Tampoco lo necesitaba. Vio un pequeño pájaro de pecho rojizo y cabeza azul. Enfocó río abajo y por fin descubrió dónde se escondía Allen. Caminaba por la orilla en dirección a ella. Desnudo. De vez en cuando se detenía a observar alguna planta, algún insecto, algo que le había llamado la atención.

Desnudo, sí. A través de los prismáticos podía verlo con nitidez, parecía ensimismado, ¿qué estaría pensando? No sonreía. Miraba hacia abajo y hacia la orilla, de manera que podía ver solo la parte de su cara que no tenía cicatrices. Le daba igual, le gustaban ambas. Tenía el pecho definido y fuerte, cubierto apenas por un suave vello oscuro. Los músculos se le marcaban en los brazos, ¿practicaría algún deporte? Debía preguntárselo.

No, no quería ver más. Era demasiado. Respiró hondo e inclinó los prismáticos. Sí, las caderas. La cicatriz del muslo. Y… aquello.

Retiró los prismáticos y se tumbó sobre la hierba al lado del montón de ropa. Varios mosquitos volaban alrededor de ella. No le importaba. ¿Era eso lo que sentía Henry cuando amaba?

No podía permitírselo. Porque su corazón no le pertenecía, se lo había robado a Henry. Vivía la vida de un hombre, no podía enamorarse de otro, lo sabía bien. Dejó los prismáticos en su sitio, se levantó y caminó en dirección a la cabaña.

# El copero de los dioses

*L*a atmósfera estaba clara y limpia en la cima del monte. La suave brisa de los últimos dos días se había llevado por completo cualquier rastro del incendio. Ya no olía a humo, sino a la savia pegajosa y amarilla de las coníferas.

Henry estaba preparando la observación en el telescopio de sesenta pulgadas. En esa ocasión, mirarían con sus propios ojos a través de los oculares, no harían fotos; así lo había decidido Gant, que tenía la intención de cambiarse a la noche. Recogió del suelo el poco mercurio que se había derramado, lo volvió a colocar en los rodamientos. Acercó la escalera y el taburete al telescopio. La estructura abierta de metal le permitía ver el espejo de vidrio. Se había fundido en Saint Gobain, Francia, y tenía el mismo tono verdoso que el de las botellas de *champagne*.

El hotel se había quemado en el incendio, ya no sabía cómo volver a ver a Hazel.

Era mejor así, ¿qué iba a hacer él con esa chica al lado? Por un momento creyó poder ser como una persona cualquiera, una persona normal. Qué fácil es engañarse a sí mismo. Nunca podría sacarse del pecho ese corazón errado mientras viviera.

El telescopio estaba preparado, apuntaba a Júpiter. Henry pegó el ojo al ocular. Ahí estaba, con su gran mancha roja y las bandas de color de su superficie. Tenía muy cerca a Europa, una de sus pequeñas lunas. Si Gant no se retrasaba, podría ver cómo se escondía tras la enorme silueta redonda del planeta.

Gant cerró la puerta del Monasterio y se dirigió por el camino de tierra hacia la cúpula del sesenta pulgadas. Aún tenía tiempo, quedaban al menos diez minutos para la observación.

Daría un paseo bajo esos árboles. Todavía hacía calor. Una rapaz nocturna, quizás un búho, sobrevoló el cielo bajo los largos dedos de la Vía Láctea. Era silenciosa como la montaña, como ese hombre, Blur. Seguro que ya tendría el ojo pegado al ocular. Le dejaría esos diez minutos, quizás un poco más, para que disfrutara y observara lo que quisiera. Esa noche sería un regalo para ambos, lo había planeado así. Observarían con calma esas maravillas que casi nadie sabe que existen, solo ellos, los privilegiados que miran a lo alto.

Henry sí que las sabía apreciar. Nunca había conocido a nadie tan apasionado por la astronomía. Y por otras cosas; estaba seguro. Su instinto nunca le engañaba: ese chico era como él. Ya estuvo en la cárcel por ello, en la maldita cárcel de Reading, conducta indecente y sodomía, al igual que Oscar Wilde hacía casi un par de décadas.

El poeta estuvo dos años. En su caso, y gracias a su acaudalada familia, habían sido seis meses. Seis largos meses de pesadilla en un cubículo estrecho con las paredes de ladrillo, sin ver ni hablar con nadie, sin distinguir el día de la noche, la verdad de la mentira, la locura de la cordura.

Dormía en un camastro de hierro más pequeño que su costado. Cagaba en una lata de metal, y el maldito olor de la celda se le metía dentro hasta revolverle las tripas y hacerle vomitar casi cada día.

No había sido agradable.

Gant se mordió el labio hasta hacerse sangre. Ahora, aquello era pasado.

Estaba en el monte Wilson, bajo esa atmósfera tan tenue que las estrellas se podían tocar solo con extender la mano. Muy lejos de la nublada Londres y de su familia.

El búho volaba de nuevo sobre los abetos, letal y silencioso, como los malos pensamientos.

Tomó aire dos, tres veces. Apretó los puños y caminó hacia el observatorio.

Henry levantó la vista del ocular cuando escuchó la puerta. Gant recorrió con su elegante paso el corto tramo de escaleras de color gris hasta llegar a la plataforma de observación.

A duras penas podía soportar tenerlo cerca sin tocarlo. Y ahora decía que se quedaría también en invierno. No lo aguantaría, se pondría enfermo. Ojalá pudiera volver a trabajar con Ellerman.

—Eche un vistazo, deprisa —comentó—. Tengo a Júpiter, que va a ocultar a Europa en un momento. No se lo pierda.

No, no podía separar los ojos de Gant. Observó cómo se quitaba el sombrero y lo dejaba sobre una de las mesas. Y también la chaqueta. Parecía más serio que de costumbre, y un hilillo de sangre le había manchado el labio. Ojalá se lo pudiera limpiar con la lengua.

Se aclaró la voz.

—Tiene sangre ahí —señaló.

—¿Sí? Qué raro. —Gant sacó un pañuelo de su bolsillo y se lo pasó por los labios. Miró a Blur y Blur sintió cómo su vientre se deshacía bajo esa mirada—. Veamos al dios de las tormentas, ¿no le parece, Blur?

Gant subió a la escalera portátil que estaba al lado del telescopio, puso un pie en el borde y, apoyándose con las manos, pegó el ojo al ocular.

—Fantástico. Puedo distinguir los vórtices alrededor de la mancha roja y en el ecuador. La definición es increíble.

Ni una sola vibración alteraba la visión que ofrecía el sesenta pulgadas, a pesar de que Gant tenía medio cuerpo apoyado en él. Era sólido e impecable.

Blur había dado por hecho que su hermana tenía razón. Que ese hombre también ¿qué? ¿Qué era? ¿Se atrevía siquiera a decirlo? Sus ojos se humedecieron.

—Eche un vistazo, Blur, Europa se está ocultando.

Igual que él. Siempre ocultándose, fingiendo que no pasaba nada. Se aclaró la voz para poder contestar.

—No se preocupe, disfrute de la visión.

Pero Gant bajó de la escalera y le cedió el sitio.

—Dese prisa o no lo verá.

—Gracias.

El enorme dios y sus definidas bandas de color ocultaban poco a poco al satélite, que se difuminaba en su atmósfera.

—¿A su esposa le gusta la astronomía? —¿Por qué se le había ocurrido preguntar eso?

114

—Bueno, Blur. Mi mujer tiene otros intereses más... mundanos. Ya sabe lo que les gusta a las mujeres.

Henry no lo sabía, la verdad. A su hermana sí le gustaba la astronomía, pero no podía decírselo. ·

—¿Cómo se llama?

—¿Quién, Blur?

—Su esposa.

—Se llama Helen. —La voz de Gant sonaba molesta—. Dígame, ¿qué está buscando?

Henry dio un respingo.

—No quería molestarle, lo siento.

—No me molesta. Digo que qué va a buscar con el telescopio, Blur.

Estaba haciendo el imbécil. Pero le diría a su hermana que la mujer de Gant se llamaba Helen. ¿Lo creería? Ajustó el telescopio hasta dar con lo que quería. Ahí estaba. Pequeño y reluciente.

—A ver si sabe qué es esto.

Gant se asomó con curiosidad al ocular, cuyo centro ocupaba una pequeña bola de color gris con tonos oscuros, algo más grande que Europa.

115

Blur le había puesto a Ganímedes, otro de los satélites del gran Júpiter, en campo. Gant rio. Ganímedes. El príncipe troyano que se convirtió en amante de Zeus y en copero de los dioses. Blur estaba loco. ¿Qué pasaría si bajaba ahora, apartaba la escalera de una patada, lo agarraba por la nuca y se lo pegaba al cuerpo? ¿Si lo follaba hasta que ambos no pudieran mantenerse en pie? ¿Qué pasaría?

Pero no lo haría.

No quería probar las cárceles norteamericanas, no serían mejores que la de Reading.

—¿Lo ve bien? —preguntó Blur.

—Es increíble. —Intentó ocultar su respiración agitada—. Se percibe la llanura oscura de Galileo Regio en la superficie.

—Es como volar por encima, ¿verdad?

—Casi, Blur.

Blur, su asistente, su copero rubio. Hacía tiempo que no sentía eso por alguien. Su resistencia, labrada entre los muros de ladrillo de Reading y las bofetadas de su padre, lord John Gant, se estaba desmoronando.

No lo podía permitir.

—Blur, quiero ver la Doble doble. Mientras me la busca, me voy a tomar algo al Monasterio. —Su voz sonó ronca, como un gruñido.

—¿Se encuentra bien?

—No se preocupe.

Gant salió al exterior. El corazón le golpeaba el pecho como un pájaro loco en una jaula. Necesitaba respirar el aire fresco de la noche.

No fue al Monasterio. Rodeó la cúpula y se sentó un poco más allá, sobre unas rocas. Un viento fresco acariciaba la montaña y hacía susurrar a los árboles.

Debería irse, volver de nuevo a Inglaterra, alejarse del peligro. Pero en Inglaterra no existían telescopios como aquellos. Al lado, en la verde Irlanda, se alzaba el Leviatán, ese monstruo de tres toneladas y media que solo se movía arriba y abajo, cubierto por un cielo casi siempre lluvioso. Qué diferencia con el monte Wilson. En esas noches limpias las estrellas tenían color propio, y no el gris de la niebla.

Solo serían unos meses, quizás hasta la primavera, cuando el tiempo volviera a ser bueno para viajar.

Sabía que a Blur también le gustaba, había sido evidente desde el primer momento, no fingía tan bien como él. Cuando había gente delante no lo miraba. Pero cuando estaban solos bajo la cúpula, exhalaba deseo por todos los poros de su piel.

Aun así, era tremendamente eficiente, minucioso hasta el extremo. Trabajaban muy bien juntos. ¿Se acoplarían igual de bien en otros campos?

Hacía media hora al menos que Henry tenía la Doble doble en campo. El telescopio apuntaba al cénit, casi vertical, y él podía sentarse en un taburete para mirar por el ocular. Estaba en la constelación de la Lyra, cerca de su estrella más brillante, Vega. La Doble doble era una estrella que podía parecer pálida e insulsa, sin ningún secreto. Pero ya con unos prismáticos se percibía que lo que parecía simple, no lo era. Porque la estrella tenía una compañera: no era una, sino dos. Y si la mirabas más de cerca, con ese pequeño monstruo de sesenta pulgadas, te dabas cuenta de que no eran dos, sino cuatro: cuatro pequeñas estrellas azuladas bailando juntas en la misma pista.

¿Dónde estaba el Centauro? La luna menguante con su luz lechosa no tardaría mucho en aparecer, la negrura no sería tan pura. Puso a Vega en campo. Se hizo el propósito de decirle a Gant que quizá podrían fotografiarla. Pero Oliver no aparecía, a pesar de que ni siquiera se había llevado la chaqueta.

La puerta de la cúpula se abrió con su sonido metálico.

Por fin había regresado.

Gant intentaba que su sonrisa luciera verdadera bajo esos ojos serios que parecían no tener fondo.

—¿Qué tenemos, Blur?

Se sentó en el taburete frente al ocular, se pasó las manos por la cara, ¿qué quería borrar? Blur se retiró un poco hacia las mesas de trabajo. Porque si no, pegaría su boca a esa nuca. Seguro que estaba fría y suave, olería a tierra nocturna, lo envolvería con ese aroma hasta volverlo loco.

Estaba decidido. Hablaría con Adams. No podía seguir trabajando con Gant.

117

# El pálido aliento de Lyra

Allen salió del arroyo. El agua fría calmaba el dolor de la pierna y le hacía sentirse mejor. No le apetecía ponerse la ropa polvorienta, pero no iba a subir desnudo al observatorio. Miró alrededor, Blur no había aparecido. Se sintió inquieto. Su amistad era importante para él, era el mejor conversador que había conocido. Disfrutaba mucho con su compañía. No quería perder eso, pero aun así tenía curiosidad, ¿qué pasaba con las vendas? ¿Y con el indio? ¿Y con la tierra removida y el pedazo de tela?

Se vistió. Antes de partir hacia la cima, daría una vuelta por los alrededores de la cabaña de Blur. Quizá descubriera...

Ella le llamaría inocente. Le apuntaría con uno de sus dedos largos y finos, para decir:

—Deja de imaginar cosas y céntrate.

Y él sonreiría y seguiría soñando, como siempre.

—Dubhe, Merak, Mizar, Alcor.

Olía a la pegajosa resina de los pinos. Un ciervo salió corriendo, asustado, y se perdió tras los finos troncos de los árboles.

Bel no era especialmente guapa, pero era su compañera, habían sido amigos desde niños. A pesar de todo, la echaba de menos.

—Benetnach, Megrez, Alioth.

Alguien caminaba tras él. Se detuvo de repente, y los pasos que escuchaba también se detuvieron. Retomó el camino y los pasos se volvieron a oír.

Suaves.

Se giró sin previo aviso. Ahí estaba.

El anciano.

De pie delante de él. No imaginaba que lo siguiera tan de cerca. Lo miraba con esos ojos profundos y oscuros, como si quisiera leerlo entero. ¿Sabría leer? Sintió un escalofrío.

—Buenas tardes —saludó. Se suponía que el indio era civilizado: vestía como ellos, se relacionaba con Blur, no era un salvaje con un cuchillo que...

El indio asintió.

—El sol está alto en el cielo, aunque ya comienza a mirar al horizonte.

Paul alzó una ceja, extrañado.

—Hace mucho calor, hace... —contestó.

—¿Qué quiere encontrar en esta parte de la montaña? —La voz del indio era amable, cálida; parecía no necesitar mover los labios para hablar.

—Yo...

Un misterio. A la libélula, a un asesino. Cualquier cosa que le impidiera pensar en ella, en ellas, que le sirviera para mitigar el dolor, aunque fuera tan solo producto de su imaginación.

El viejo indio miró a un punto concreto por encima de su hombro. Allen se giró para comprobar que Blur, con una escopeta en la mano, caminaba hacia ellos. Estaba rodeado en medio de ese bosque de pinos, bajo el cielo azul claro. Clavó los dedos en la pala. Si de verdad eran asesinos se había metido en un buen lío, con ese pedazo de tela que sobresalía del bolsillo de su pantalón.

—Qué hay, Blur —saludó. La voz le salió temblorosa.

—Allen, ¿cómo por aquí a estas horas? Va a llegar tarde a la cena.

—¿Qué hora es? —No llevaba el reloj. Se había olvidado de cogerlo.

Ellie sonrió. Al final, se habían encontrado. Allen, tan alto como un pistolero, tenía un aire desvalido a pesar de llevar esa pala en la mano. La sujetaba como si fuera un arma. ¿Alguna vez habría llevado en la mano un arma de verdad?

—¿Ha disparado alguna vez, Allen?

A Allen le cambió la expresión de la cara, ¿ahora la miraba con miedo? Se aproximó a él un poco más.

—No, la verdad —contestó—. No me gustan las armas, se utilizan para matar, y yo...

119

Tenía el pelo revuelto, y a ella le dieron ganas de pasarle la mano por la cabeza y alisárselo un poco. Luego le tocaría la cara. Sí, también esas cicatrices, una por una.

—¿Nunca ha matado?

Allen se puso pálido. Miró alrededor queriendo encontrar una vía de escape. Y se tocó la pierna, como si le doliera.

—Lo siento, estoy siendo grosero —dijo Blur—. Debe estar muy cansado, habrá estado caminando por la montaña, y además cargado con esa pala. Acompáñenos. Como le decía, es tarde, no puede subir andando.

—Pero ¿qué hora es? —Allen acertó a decir.

—Cerca de las seis. Si sube andando no llegará hasta más de las siete, seguro. ¿No pensará presentarse así a cenar?

Con esa ropa llena de polvo y de tierra, de la tierra que había cobijado a Henry durante meses. Un escalofrío le nació bajo las vendas y le recorrió la espalda entera, ¿por qué las cosas se complicaban tanto?

—Vendrá conmigo. Subiremos juntos. Yo en bici y usted en el caballo, porque, ¿sabe montar?

—¿Usted cree que los astrónomos de Harvard sabemos montar? —Allen recuperó el aplomo.

—Habrá de todo. De todas formas, da igual, a Orión lo puede montar hasta un niño pequeño. Ah, perdón —Blur miró a Ckumu—, no los he presentado. Allen, este es Ckumu. Ckumu, Paul Allen.

Allen estrechó la mano que el indio le tendía, rugosa como la rama de un cedro. Sentía la mirada penetrante del anciano dentro de su alma. Seguro que lo veía entero, veía su vida, su sufrimiento y sus pérdidas, igual que veía cada una de sus cicatrices.

—Encantado de conocerlo —afirmó.

Ckumu se limitó a sonreír.

—Nos vamos o se hará tarde. Allen, es por aquí. —Blur apuntó hacia su cabaña y comenzó a caminar seguido por el indio.

Paul fue tras ellos.

Que si había matado a alguien, le había preguntado Blur.

¿Quién era el asesino entonces? ¿Blur o él? De repente, se sintió muy cansado.

120

—Vega, Sheliak, Sulaphat, Aladfar —murmuró.

Blur se colgó el Winchester del hombro y se puso a su lado.

—¿La constelación de Lyra? Imagino que ha visto alguna vez M57, la Nebulosa del Anillo. Oh, debería verla con el sesenta pulgadas. Ese precioso anillo ovalado con su pálido interior parece sólido. Debe pasar alguna noche más observando. Aproveche antes de volver a Harvard.

—Cuénteme más.

Ellie lo observó de reojo, ¿por qué parecía tan triste?

—¿Le gusta observar estrellas por el telescopio? A mí, sí. Una sencilla estrella cobra un nuevo significado a través del sesenta pulgadas. Parecen desnudarse ante nosotros, nos muestran el color de su alma, diferente en cada una. Las puntas de difracción en forma de cruz que causa el espejo secundario solo aumentan su belleza. En Lyra, por ejemplo, está Vega, la azulada y perfecta Vega.

—¿Sabe qué? Vega fue la primera estrella que se fotografió en Harvard y, por ende, en todo el mundo. Creo que fue en… sí, en 1850, en… Ha pasado mucho tiempo desde entonces. Ahora tenemos miles de placas almacenadas en el edificio de ladrillo, y cada vez más. Puede usted consultar el estado de Vega o de cualquier otra estrella en la actualidad o hace veinte años, no hace falta pasar frío por la noche.

—Prefiero verlas temblar en la negrura —afirmó Blur—. Parece que respiran.

—Es usted un romántico.

—Puede. La Nebulosa del Anillo se asemeja al pálido aliento de una estrella, blanco y gaseoso. Ninguna placa es capaz de captar esa belleza. La noche hay que sentirla, hay que dejarse abrazar por ella. Solo así podremos llegar a descifrar todos sus secretos.

—¿Usted cree? Yo pienso más bien en la relación matemática entre magnitudes, distancias. En logaritmos, en curvas —no era cierto del todo, no, no lo era. Eso solo le servía de consuelo. Él había renunciado a la noche por ella, por ellas. Pero lo que Blur le contaba hacía que volviera a desear ser un astrónomo nocturno, como antes, volver a…

—Tiene que haber de todo —rio Blur—. Eso también es necesario. Pero yo soy un astrónomo de campo, no puedo vivir

121

sin el frío en la cara. Mire, ya hemos llegado. Acompañe a Ckumu a la cuadra mientras me preparo.

No iba a dejar que entrara en la cabaña mientras ella se quedaba desnuda frente al espejo de su habitación. Era demasiado.

Lo vio ir tras Ckumu con sus andares renqueantes, sin dejar la pala en el suelo ni una sola vez y ese pedazo de tela del abrigo de su hermano en el bolsillo. Qué cerca había estado, qué cerca. ¿Qué habría pasado si hubiera descubierto a Henry? Ella tendría que huir de la montaña, se convertiría en una vagabunda, sin ningún sitio al que ir o al que regresar. Su única casa era el monte Wilson y esos telescopios. Sin ellos, no sería nada.

Entró en su habitación y cerró la puerta. Apoyó tras ella la mesita que tenía al lado de la cama, por si acaso. Se quitó las ropas que se ponía para andar por el monte. Se quitó también las vendas, una tras otra cayeron al suelo, húmedas por el sudor. Dejó los pequeños pechos expuestos al aire. Se los masajeó con suavidad, la prisión les hacía daño.

Hasta ahora nunca había deseado ser acariciada por nadie.

Quitó la tela gris que cubría el espejo y se miró en él. ¿Podría resultarle atractivo a alguien ese cuerpo delgado de piel blanca? Pasó el dedo por el cuello, entre los pechos, bajó hasta el ombligo y continuó hasta el vello rubio y suave del pubis.

Qué haría Allen si la viera ahora.

Qué pensaría de ella.

Le dieron ganas de estrellar la mesita contra la superficie lisa del espejo y romperlo en mil pedazos.

Eso nunca pasaría. Nunca la vería desnuda, ni vestida, ni nada. Porque Allen solo veía a Henry. Ella era tan solo una imagen reflejada de un fantasma del pasado. Se había derretido en el monte como la nieve caída en invierno.

Tomó unas vendas limpias y se las apretó en torno al pecho, escondiendo bajo ellas todas esas absurdas ilusiones.

De la habitación volvió a salir Henry, el elegante astrónomo, y su traje color marengo.

Nadie más.


Ckumu ya había preparado a Orión, Allen lo sujetaba de la cabezada con aire inquieto.

—No se preocupe, es muy manso —Blur se dirigió hacia ellos—, no tendrá problema. Puede montar y soltar las riendas, el caballo conoce muy bien el camino a la cumbre. Venga, suba.

Allen se acercó al flanco derecho de Orión para poder impulsarse con la pierna buena. Apoyó el pie en el estribo, intentó alzarse y no lo consiguió. Sonrió avergonzado.

—Ya, ya veo que en Harvard no hay clases de equitación —rio Blur.

—Soy yo, que no estoy acostumbrado.

—Venga, pistolero. Está en el oeste, que no se diga.

Orión se mantenía quieto, esperando a que su jinete se alzara sobre él. Ckumu sujetaba la pala con aire pensativo. Allen tomó impulso de nuevo y consiguió montar.

—¿Ve? No era tan difícil. —Blur se subió a la bicicleta—. Vamos, se hace tarde.

—Huy huy huy —exclamó Allen al notar que el caballo caminaba tras Ellie.

—Apriete las piernas un poco para no caerse y déjese llevar, Orión sabe lo que hace. Ckumu, luego nos vemos.

El indio le pasó la pala a Allen, hizo un gesto de despedida con la mano y entró en la cabaña.

Cuando llegaron al camino principal, Allen se relajó un poco.

—Oiga, Blur... ¿puedo preguntarle algo?

Depende qué. Ojalá pudiera ser sincera con él, contarle toda su maldita vida.

—¿Quién es Ckumu? Es... ¿su padre?

Blur dejó de pedalear. Apoyó los pies en el suelo, Orión también se detuvo. La ronca carcajada de Blur se oyó por todas las montañas de San Gabriel, se alzó por encima de los robles y de los cedros, y se alejó camino del azul del cielo.

—Qué gracioso es usted —dijo cuando pudo parar de reír, volviéndose hacia él—, ¿cómo se le ocurre tal cosa? ¿Nos parecemos acaso?

Allen se sintió ridículo.

—No, no se parecen. Él tiene los ojos negros y usted es rubio con los ojos azules, pero podría haber salido a su madre.

Blur volvió a reír. ¿Cuántos años hacía que no reía así, diez, once?

123

—Le digo una cosa —carraspeó, la voz le había salido extrañamente femenina—. Le digo que sí, es mi padre, por qué no. Se comporta como tal desde que lo conocí hace ya… cuatro años. Es mi padre, tiene usted razón, no podría tener un padre mejor que él.

Comenzó a pedalear de nuevo.

—Apareció un día tras unas rocas al lado del arroyo, ¿se lo creerá si se lo cuento? Asustó a un puma con su mera presencia. Yo tenía al animal casi encima y él apareció y me salvó la vida.

—¿Un puma? Creí que la presencia de pumas en el monte Wilson era una leyenda.

—Estas montañas aún tienen el corazón salvaje, Allen, ¿por qué no va a haber pumas? En Boston no los hay, pero aquí sí. Y osos, coyotes y mapaches y multitud de variedades de serpientes, algunas muy venenosas, ya se lo han dicho.

—E indios.

—No. No hay indios, solo Ckumu. ¿Se imagina ser el único que queda? Cuando él muera, morirá toda una forma de vida.

—Hay más indios en las reservas.

—Sí. Pero él es único. Tiene razón, ¿sabe? Es mi padre, claro que sí.

Ambos se quedaron en silencio el resto del camino.

Allen no fue capaz de preguntar nada más. Los interrogantes sobre las vendas, la libélula y el asesino se le quedaron en la garganta, querían salir, pero no lo hicieron; permanecieron dando vueltas en su cabeza durante todo el trayecto.

Y ella… Ella no podía preguntar nada, ni por la pala ni por el pedazo de tela, ni por las cicatrices. Nada, porque quien pregunta abre una puerta al diálogo sobre sí mismo, y ella no existía, solo era Henry subiendo de nuevo a la cumbre, solo era un astrónomo que quería mirar a los ojos de las estrellas, al pálido aliento de Lyra y al brillo azulado de Vega, una noche más.

# Saturno


*L*ord Oliver Gant.

Acabó siendo lord Oliver Gant, *el sodomita*.

Su infancia transcurrió en Greenmist House, la casa seño-rial de la familia (cuya primera piedra se había colocado en 1660 a las afueras de Chelmsford, la capital del condado de Essex).

El día más feliz de su vida fue cuando le dijo adiós a esos muros que verdeaban bajo la humedad inglesa para irse a California. Recorrió cada habitación cargado con su maleta de cuero para intentar que la huella amarga de su recuerdo se quedara ahí y no lo acompañara al otro lado del charco. Como si eso fuera posible.

Porque cada estancia guardaba entre sus paredes algún momento importante de su vida.

El cuarto de juegos, por ejemplo. Su hermana Beckie y él se sentaban alrededor de la pequeña mesa de color verde claro acompañados de las tres muñecas de Beckie, sus suaves vesti-dos de terciopelo, su seria mirada fija. Fingían tomar el té y jugar al bridge como hacían los mayores. A él no le gustaban las espadas ni las figuras de soldados, como a su hermano, lord Robert, pero sí le gustaba el tiovivo que su hermana guardaba en una de las dependencias de la casa de las muñe-cas. Daban vueltas a la manilla plateada de la cuerda para que girara y girara y sonara la música, el *Danubio azul*, de Strauss.

En una ocasión, lord John Gant escuchó la música desde el pasillo. Decidió asomarse y se encontró con la niña y el pe-queño lord moviéndose al son de la melodía.

El golpe lo lanzó contra la pared. Al principio no supo de

dónde había venido, quizá se había desprendido una de esas vigas de roble del techo y se le había caído encima.

Pero enseguida, el vozarrón de su padre retumbó en sus oídos.

—¡Es un lord, por el amor de Dios! Compórtese como tal.

Le sangraba la nariz y su hermana lloraba escondida tras las muñecas. Oliver levantó los ojos hacia su padre. Debía asegurarse, le parecía imposible que eso hubiera sucedido así. Su padre se le asemejó a Saturno, el dios romano que en los libros de mitología devoraba a sus hijos, con los ojos tan abiertos, enseñando los dientes. Desde ese momento no volvió a ser su padre para él. Desde ese momento su padre se convirtió en Saturno.

Oliver no volvió a jugar en el cuarto con su hermana.

Enfrente del cuarto de juegos se encontraba la puerta de la biblioteca. Había sido la estancia más acogedora de toda la casa. Los libros no juzgan, sino que acompañan. Bajo su mirada de papel habían sucedido muchas, muchas cosas. Y ese mullido sofá de color negro, frente a la chimenea siempre encendida, también solía acompañar. La primera vez que vio a lord Francis Moore estaba casi tumbado sobre él, leyendo *Orgullo y prejuicio*, imaginando al señor Darcy y a la señorita Bennet en alguno de los salones de Greenmist. Cuando levantó la vista, se lo encontró allí. Silencioso y altanero como el mismísimo Darcy. Y atractivo, con el pelo moreno, los ojos grises y esa cicatriz en la mejilla que continuaba por el cuello y se perdía bajo la almidonada camisa. Desde esa primera mirada supo que estaba perdido. Que no pararía hasta saber hasta dónde llegaba aquella cicatriz, cómo se la había hecho, a qué sabían sus bordes algo más oscuros que el resto de la piel.

Saturno orbitaba a su alrededor, vigilándolo de forma continua. A veces podía sentir el calor de su aliento en la nuca. Pero eso no evitaba que fuera lo que era. Que sintiera esa pulsión por los hombres. Tenía la sensación de estar huyendo siempre de él; si se dejaba atrapar, se lo comería, le arrebataría su alma, dejaría de ser él y se convertiría en su pequeña réplica. Y no quería. Aunque esa rebeldía le fastidiara la vida.

La biblioteca guardaba otros secretos. Una de sus vitrinas

cobijaba el pequeño telescopio refractor de bronce de cuatro pulgadas y los dos oculares que lo acompañaban. Alguno de sus antepasados lo puso allí, y él, después de tantos años, fue el encargado de sacarlo, limpiarlo cuidadosamente y comprobar en una zona del jardín de cinco mil acres alejada de la casa el estado de sus dos lentes.

Lo primero que observó a través de él fue la Luna. Con toda la superficie horadada por sus cráteres y montañas como marcas sobre su piel blanca. Había llegado a sus oídos que un astrónomo francés, Flammarion, defendía la teoría de que en algunos lugares de la Luna, las cimas más elevadas siempre recibían la luz solar. Eran las cumbres de la luz eterna, constantemente cálidas, como islas de luz en un mar de oscuridad. Incluso creía que podrían albergar vida. Oliver estaba de acuerdo. Quizás a través de algún telescopio más grande que ese podría ver a los habitantes de esas cumbres, quizás ellos lo observaran también a él.

Esa noche, con aquel pequeño instrumento, también buscó al planeta Saturno. Pensaba que así no tendría tanto miedo del monstruo. Le costó un rato encontrarlo, pero lo consiguió. Al principio, solo vio una figura ovalada y borrosa. Luego cambió el ocular que estaba puesto por el otro, que tenía más aumentos, y ajustó el enfoque.

El pequeño planeta salió de la lejanía para mostrarse con todo detalle. La brillante bolita central rodeada por la fina capa de anillos que se mostraba casi vertical. Oliver no estaba preparado para tanta belleza. Dio un respingo y sus ojos se llenaron de lágrimas. Algo tan hermoso no podía pertenecer a un mundo tan arrugado y árido, sino a otra realidad, una mejor, una más clemente con sus habitantes, una que te permita mostrarte como lo que en realidad eres, un ser brillante.

Y él quería formar parte de esa realidad. Así que decidió estudiar Astronomía a pesar de que su padre había determinado que estudiara Derecho. Aún le faltaban tres años para la universidad, pero un día de esos se enfrentaría al engendro de ojos redondos y dientes afilados y le diría lo que pensaba.

Sí, se lo dijo. Cuando llegó la hora de inscribirse en Oxford. Oliver llamó a la puerta de su despacho, situado en la otra ala de la casa, la que apunta al este.

—Adelante.

Le sudaban tanto las manos que le costó abrir. Su padre, sentado tras el escritorio de caoba, ocultó bajo algunas hojas de papel en blanco lo que estaba escribiendo, dejó la pluma al lado del tintero y lo miró con severidad.

—Espero que me interrumpa por algo importante.

—Señor, ¿puedo sentarme?

Solo dos o tres veces en su vida, quizá menos, había entrado en el despacho de su padre.

—Siéntese, pero no se demore. Tengo cosas que hacer.

Oliver tomó asiento en una de esas sillas que aún olían a cuero. Eran más bajas que la de su padre. Le pareció más que nunca Saturno, pensó que en cualquier momento abriría la boca y lo engulliría. Aun así, tragó saliva y comenzó a hablar.

—Me quedan pocos meses para comenzar mis estudios en Oxford. He pensado que… que…

—No titubee. Es usted un lord, compórtese como tal.

128

Así no lo convencería.

—Señor, no deseo estudiar Derecho —alzó la voz—. Quiero licenciarme en Astronomía.

Lord Gant se rio. Abrió tanto la boca que Oliver le vio la campanilla; temblaba al final del paladar, como si le avisara del peligro. De repente, volvió a ponerse serio.

—Eso es una extravagancia. Usted estudiará una carrera respetable, como le corresponde. No hay más que hablar. Salga de mi despacho y no me haga perder el tiempo.

—No. Mi hermano mayor se ocupará de la hacienda con usted, y yo…

—¿Cómo dice?

—No voy a estudiar Derecho, sino Astronomía.

—Es usted un imbécil. Estudiará Derecho o no estudiará. Al fin y al cabo, nunca va a trabajar en nada, ya lo sabe.

Saturno se levantó. Pegó su sonrisa sádica y su aliento a tabaco al rostro de Oliver.

—¿Me ha oído bien? —Una pequeña lluvia de saliva roció su cara.

Saturno lo había cogido por el cuello de la camisa, uno de los botones cayó al suelo y rodó hasta desaparecer bajo la mesa.

Se lo estaba comiendo. Devoraba su sueño y su alma, su respiración se debilitaba, cada segundo que pasaba se notaba más muerto.

Salió del despacho siendo un cuerpo vacío que no sabía por qué continuaba moviéndose, qué era lo que le impulsaba; la puta inercia que no le dejaba quedarse en un rincón y no hacer nada hasta que el tiempo se lo acabara llevando del todo y se acabara el dolor.

Al cabo de unos meses, hizo la maleta y se largó a Oxford. No se despidió de su padre. Cometió el error de mirar atrás y, tras los vidrios de la ventana grande del salón, vio a su madre y a su hermana, solas, diciendo adiós con la mano.

Su primer año en Oxford hizo caso a lord Gant. Se matriculó en Derecho y pasó muchas tardes en la biblioteca, frente a los grandes ventanales, observando los breves caminos que la lluvia trazaba sobre los cristales.

Evitó durante todo el año cualquier referencia a la astronomía. Ahí, al lado, estaba el observatorio Radcliffe, con magníficos relieves mitológicos en sus paredes doradas. No quiso ni aproximarse, ni mirarlo, ni pensar en ello.

Pero la última tarde de su estancia en Oxford, una de esas raras tardes luminosas de principios de verano, se acercó. Cruzó la pradera arbolada y apoyó la mano sobre la puerta de color roble. Solo eso. No iría más allá, total, para qué.

—Buenas tardes, joven. ¿Quiere pasar?

Era él. Herbert Hall Turner, profesor de Astronomía y director del observatorio.

—No, señor. No quiero.

—¿Por qué? Es un edificio precioso, con una importante misión: conocer el mundo en el que vivimos.

—El mundo en que vivimos ya es suficientemente conocido —y no muy agradable, le faltó por añadir, mientras miraba al cielo.

—¿Usted cree? ¿Sabe cómo se formó este mundo ya conocido? ¿De dónde salió su materia? ¿Cuánto tiempo hace que nació, cómo de grande es lo que mira con tanta atención?

—¿Quién lo sabe?

—Nadie. Pero eso es lo que hacemos los astrónomos. Buscar respuestas. Conocernos mejor a nosotros mismos.

El gran mostacho del profesor Hall ocultaba casi por completo su sonrisa.

—No puedo estudiar Astronomía. Y era lo que más deseaba.

—No lo desearía tanto si no lo hizo.

—Las cosas no son tan fáciles. Mi padre paga, mi padre decide.

—Quien quiere algo, lucha por ello. Hay maneras. Trabaje en vacaciones. Matricúlese en algunas asignaturas si es capaz. No pierda el tiempo y sea valiente.

Un caballero trabajando. La verdad, ni se le había pasado por la cabeza.

¿Sería posible? ¿Se atrevería? Si se enteraba su padre, lo mataría. Pero ¿no estaba muerto de esa manera? ¿No perdería su vida, su valiosa y breve vida?

Lo hizo. En secreto. En vez de irse de vacaciones a Brighton, se fue a Londres, donde encontró trabajo sirviendo pintas de cerveza en un pub irlandés. Como si fuera un hombre común. Sí, incluso se divirtió. Ahorró todo lo que pudo. Y su segundo año en Oxford fue muy distinto del primero. Habló con el profesor Hall y se matriculó en sus clases, además de en las de Derecho. Era inteligente, tenía una gran memoria, podía hacerlo. Eso no le asustaba. Le asustaba la reacción de su padre si se enteraba.

Su padre se enteró varios años después, cuando era inevitable: en la graduación. Oliver se graduó *cum laude* en Derecho… y también en Astronomía. Lord Gant estuvo a punto de levantarse del asiento, subir al estrado, cruzarle con la mano el rostro y decirle que ya no era un lord; que no se le ocurriera acercarse jamás a Greenmist House. Pero su esposa lo agarró del brazo con una fuerza que nunca antes le había conocido. Y se quedó allí, hirviendo de rabia, mientras su hijo sonreía con aquel birrete ridículo en la cabeza.

—Ha hecho lo que tú querías —Lady Gant le susurró al oído—, no puedes negarlo. Deberías estar orgulloso.

—Tú lo sabías.

—Hace tres meses que me lo dijo. Deberías plantearte qué has hecho para que no te lo haya dicho a ti también.

—Intentar que se haga un hombre de provecho, eso es lo que he hecho, y no un blandengue que se pase las horas mirando al cielo. Qué vergüenza. Se habrá graduado en Astronomía, pero que se vaya olvidando del tema.

Ese verano, ese maldito verano, cálido como hacía años que no se veía en Essex, conoció a lord Francis Moore. El joven de ojos grises como la niebla, cicatriz en la mejilla y un cuerpo que lo acogía como una madriguera, mientras su voz algo ronca le susurraba al oído: «Ven conmigo, muchacho, te haré feliz».

131

# Como un perro

Apareció en la biblioteca una tarde tormentosa de finales de verano.

Tenía algunos años más que Oliver, no muchos, quizá cinco o seis. Su padre y él habían venido a Greenmist por negocios. Se asociarían con lord John para fundar una empresa relacionada con la minería. Mientras acordaban las condiciones, sería más fácil que se alojaran en la gran casa. Los criados prepararon dos habitaciones en el ala oeste, de las que daban a la rosaleda.

Sí, Oliver había tenido relaciones con otros hombres en Oxford. Era humano, lo necesitaba. Había llegado a enamorarse un par de veces, pero sabía que eso no podía conducir a nada. Era solo un defecto de su personalidad: había salido trastocado. Como Oscar Wilde, como otros. Saturno lo sabía, se lo demostraban las bofetadas que le daba cada vez que le veía algo… raro.

Levantó los ojos del libro y se encontró con aquel ser hermoso. Mr. Darcy en la biblioteca, delante de él. ¿Qué podía hacer que no fuera enamorarse como un imbécil, como un desesperado?

Mr. Darcy le tendió la mano.

—¿Qué tal, lord Gant? ¿Se acuerda de mí?

Oliver se levantó de un salto del sofá. Qué vergüenza. Se había quitado la chaqueta y el chaleco, que lucían desordenados al lado del fonógrafo. Tenía la camisa arrugada y descolocada, casi por fuera del pantalón. No esperaba a nadie, y menos a esa aparición. Aun así, le estrechó la mano, fuerte y fría.

—¿Debería acordarme?

—Hace mucho que no coincidimos, las otras veces estaba

usted en Oxford o en Brighton, pero ya nos habíamos visto antes, hace años. Soy lord Francis Moore.

No lo recordaba. Quizá lo conoció hacía años en alguna de las fiestas que organizaba su madre. Desde luego, debía estar muy cambiado, no hubiera podido olvidar a alguien tan... ¿atractivo? ¿Peculiar?

—Bienvenido a Greenmist, lord Moore. —No se quitaba la sorpresa de encima.

—Los viejos quieren hacer negocios juntos. Llámame Francis.

¿Los viejos? ¿De dónde había salido ese ser?

—Ya sabes que los nobles vamos a menos —continuaba—. Mucho tal, mucho cual, pero cada vez menos dinero. Las rentas agrícolas ya no son como las de antes, hay que tener nuevas miras. Están pensando en el sur de Gales, o en Derbyshire. Nos vamos a meter a carboneros.

Bonita forma de decirlo. Tenía entendido que el trabajo de minero era de lo más duro que había.

Una de las criadas llamó a la puerta.

—El té está servido.

—Bien, Gant, vayamos a tomar el té.

Fue tras él, como un perro. Como la constelación del Can Menor sigue al cazador Orión a través del firmamento, unos pasos atrás. Intentando colocarse la camisa, el chaleco, la chaqueta, la corbata, alisándose el pelo, todo a la vez. Tratando de recomponer los latidos del corazón, que ladraba como un loco suplicando: mírame otra vez, Moore, quítate la ropa, quiero saber hasta dónde llega esa cicatriz que te marca la cara, lamer todos tus lunares. Como un perro.

Era, ¿qué año? Lo sabía muy bien. 1907, el sexto año del reinado de Eduardo VII, habían transcurrido solo algunos meses desde su graduación. Cambió sus planes. Ese otoño no partió a Oxford para colaborar con el profesor Hall, tal y como había acordado con él. Se quedó en Greenmist, siguiendo como un perro que mueve la cola a lord Moore por donde quiera que iba.

Aunque solo fuera porque, de vez en cuando, lord Moore reparaba en él. Lo miraba de arriba abajo con aquellos ojos grises y sonreía como si lo conociera por dentro.

133

Luego comenzaron las caricias a escondidas. Cuando menos se lo esperaba, lord Moore le tocaba la mano y subía despacio con un dedo por el brazo lo que le permitía la chaqueta. No podía sentarse a su lado en las comidas, porque a lord Moore le daba por tocarle la pierna y él no lo soportaba; alguna vez tuvo que levantarse de la mesa deprisa para no correrse delante de todo el mundo.

Y luego le propuso ese viaje. A una de sus casas, a las afueras de Felixstowe, en el condado de Suffolk.

Una casa de madera blanca, pequeña, que podría pertenecer a cualquiera, a una familia de pescadores.

Sobre una colina, escondida entre los árboles, mirando al mar.

—No le he dicho a nadie que venimos aquí, mi pequeño amigo —comentó lord Moore abriendo la cancela pintada de azul—, de hecho, mi familia no sabe que poseo esta casa.

—¿Cómo? Y ¿qué les has dicho?

134 Lord Moore se volvió hacia Oliver, lo tomó del brazo y lo condujo a la entrada, entre todos aquellos abedules de tronco albo.

—Londres es un gran aliado para los amantes que no saben que lo son.

Oliver se quedó paralizado.

—No somos amantes —dijo con voz ronca.

Sintió el tacto de su mano en la cara. Lo sujetó por la barbilla, fuerte, y acercó la boca a una pulgada de la suya; podía notar el calor de sus labios, el aire que salía de ellos en forma de palabras.

—Claro. No todavía. Pero lo deseas, y yo muero por conocerte entero, Oliver, querido lord Gant.

Como un perro. Se dejaría hacer cualquier cosa, se habría dejado apalear, matar, solo por esa caricia. El interior de Oliver se deshacía con el contacto, acabaría siendo agua, se deslizaría colina abajo hasta desembocar en el océano.

—Aplacemos. Quiero enseñarte esto. —Lord Francis le soltó la cara, sacó un manojo de llaves del bolsillo y abrió la puerta—. Tenemos todo el fin de semana, mi querido niño. Oliver. Como el pobre niño de aquel novelista, ¿cómo se llamaba?

—Charles Dickens.

—Exacto.

Oliver siguió a lord Francis al interior de la casa.

—Mandé aviso a la mujer del pueblo que se encarga de mantenerla limpia. Cada viernes le da un repaso, pero en esta ocasión la ha preparado para nosotros.

—¿A cuántos hombres has traído aquí?

—No soy un santo, querido niño. Tampoco un libertino.

Así eran las cosas. Todavía podía tomar de nuevo la pequeña maleta y salir por la puerta, nadie le obligaba a estar allí. Pero hacía meses que estaba loco por lord Francis, por desabotonarle la camisa y ver cómo era su torso y su vientre y todo su cuerpo. Sabía que era peligroso, claro que sí. Y aun así fue tras él, como un perro sigue a su dueño, como el Can Menor camina tras el cazador Orión a través del firmamento, siempre unos pasos atrás, por toda la eternidad.

La casa no era muy grande, pero lord Francis había cuidado cada detalle. Alguien había guisado para ellos, y varias fuentes de comida estaban dispuestas sobre la mesa de la cocina. El fuego encendido en la chimenea templaba la estancia, y al lado había leña para varios días. Oliver pasó el dedo por la librería color caoba. Estaba todo tan limpio… Las cortinas blancas dejaban pasar la tenue luz de la tarde nublada.

—Vamos arriba, querido. Sube tu maleta.

Varios cuadros con motivos marinos adornaban la escalera. Atardeceres en océanos lejanos, sobre islas que tomaban un color dorado bajo el sol.

No había habitaciones en la planta alta. Era diáfana, con el suelo entero cubierto por alfombras orientales de tonalidades cálidas. Un enorme armario ocupaba parte de la pared izquierda. La cama en medio, bajo un dosel. Sería el doble que la suya, se la habrían hecho a medida. Pero no era eso lo que más le impresionó: al frente no había pared, sino un gran ventanal que miraba al Atlántico. Oliver dejó caer la maleta y se aproximó. Parecía que estaban en medio de las nubes, que podían apreciar en el horizonte marino la curvatura de la Tierra.

Si la noche estuviera despejada.

Si no hubiera nubes.

Sería como dormir entre las estrellas. Con el cazador

135

Orión entre los brazos, como si al fin el Can Menor hubiera podido atraparlo.

Apoyó la frente sobre el frío vidrio. No se oía nada, a pesar de que solo unos pocos metros más abajo las olas rompían bravas en las rocas.

¿Qué hacía allí? Se iba a meter en la cama con ese hombre. Lo deseaba, pero tenía miedo.

No oyó sus pasos acercándose sobre las alfombras. Solo notó el leve peso de su mano en el hombro. La mano se movió por su nuca y acarició su cabello.

—Sabía que lo apreciarías. Han venido otros aquí, pero ninguno como tú. Ninguno como tú, mi querido Oliver.

Lord Francis acercó la cara al cuello de Oliver, inspiró, sopló sobre su piel. Y él comenzó a temblar.

Solo un par de semanas después la policía apareció en Greenmist, la misma tarde que lord John Gant había dado libre a la mayoría de los criados y los que quedaban estaban haciendo limpieza general en las bodegas.

No llamaron a la campanilla. Lord John los estaba esperando junto a lord Oliver en los jardines próximos a la puerta principal, bajo uno de los sauces. Tampoco hubo ningún juicio. Nada. Vinieron dos agentes, se colocaron uno a cada lado, le clavaron los dedos a lord Oliver en los brazos y se lo llevaron camino de la cárcel de Reading mientras lord John murmuraba: «Toda acción tiene su consecuencia».

Las mujeres los observaban tras las ventanas de uno de los salones de la primera planta, abrazadas, secándose las lágrimas con sus pañuelos de encaje.

Lord Robert había salido.

# Vacío

$L$a casa del juez era una de las más viejas y lujosas de Chelmsford. Unos días antes de que los guardias se llevaran a Oliver, lord John Gant subió por las escaleras de mármol hasta la segunda planta y entró sin llamar en su despacho. Había madrugado para llegar antes de que partiera al trabajo en Old Bailey.

—Buenos días, John. —El juez se levantó de la silla, se acercó a él y le tendió la mano—. ¿Qué te trae por aquí?

Olía a tabaco, a cuero, a legajos viejos.

—Necesito un favor, Michael.

—Tú dirás.

—Ante todo, discreción. Es un asunto privado.

—Sabes que puedes confiar en mí.

Alguien golpeó la puerta con los nudillos.

—Adelante.

La criada depositó en la mesa dos tazas y una bandeja de pastelitos.

—Gracias, Mary. Toma asiento, John. Pensé que te apetecería un té.

No era así. Tenía el estómago revuelto y le sudaban las manos, pero asintió.

—Te lo agradezco.

El juez tomó asiento tras la enorme mesa de caoba llena de papeles.

—Cuando quieras.

—Se trata de Oliver.

El portón de la cárcel de Reading se cerró con un quejido

suave, pero él lo sintió como un puñetazo en el estómago que estuvo a punto de hacerle caer al suelo.

Lo despojaron de toda su ropa, lo vistieron con aquel traje gris de presidiario y lo llamaron Albert Grant por última vez. Llegó a pensar que todo había sido un error, que se habían confundido de hombre. Pero sabía que no. Que ese era un nombre falso que su padre había inventado para él. Querían separarlo de Francis, para acabar con su relación y con él mismo. Su padre le había dicho que la familia de Francis lo había denunciado por sodomía. Y había acabado condenado, no sabía cuándo ni dónde, porque no se había celebrado ningún juicio, a un año de reclusión.

Se había convertido en el preso C.3.3.

Cuando su padre se lo dijo, no le creyó. ¿Y el juicio? Pero ahora sí, sí se lo creía. Notaba las miradas burlonas de los carceleros en su piel y las afiladas agujas del miedo en su vientre; dolía, sí, aún estaba vivo, pero no sabía cuánto tiempo más podría seguir respirando entre esas paredes que parecían sudar orines.

Más de una vez se lo había imaginado. Acabar como Oscar Wilde, encerrado en una celda por indecente, por vicioso.

Él no era un vicioso. ¿Qué más daba con quién hiciera las cosas? Él amaba.

O sí. Sí lo era, y por eso estaba allí, sentado en esa litera de un palmo de ancho mientras el carcelero cerraba la puerta y lo dejaba solo en aquel agujero de piedra burda, cuya única ventana daba al norte, ¿cuánto tiempo estaría sin ver el sol?

Apoyó la espalda en la pared de ladrillos. No tenía nada. Una mesa, una silla. El silencio, la soledad y todas esas malditas horas que le quedaban por delante hasta morir. Oscar Wilde sobrevivió a la cárcel, si se le puede llamar sobrevivir a vagar por París como un mendigo hasta que su corazón se detuvo del todo tres años después. Él no sabía si lo lograría.

Una arcada dobló su cuerpo por la mitad. Se levantó como pudo para llegar a aquella especie de lata que llamaban inodoro y derramó allí toda su miseria.

Los días se volvieron largos y profundos como océanos. Solo le permitían salir una hora, sesenta minutos, tres mil seiscientos segundos cada vez, a dar vueltas por el patio. Si llovía, era un regalo, por un instante se quitaba de encima el olor a mierda, miraba hacia las nubes y podía llorar sin que nadie, ni él mismo, se diera cuenta.

Su vida, su maldita y preciosa vida se perdía entre aquellos muros inútilmente. ¿Para qué servía ese encierro? ¿Iba a cambiar algo en su interior? Sí. Tenía más odio.

A veces, el odio era una presencia oscura en el catre y lo sacaba del sueño nocturno para susurrarle cosas al oído.

—Fue tu padre, Saturno, quien te hizo esto —decía una voz densa como el petróleo—. Te castiga y te protege, protege el apellido, que no se manche, como siempre; y como siempre, tú no cuentas, tú no eliges.

Otras veces peleaba con el odio para no tener que escuchar sus palabras. Golpeaba la sombra informe que dejaba en la pared hasta acabar con los nudillos hechos trizas, y ese dolor no era nada, nada tenía que ver con el que causaban en su interior todas aquellas horas.

Veintitrés horas al día sin ver a nadie. La celda era tan grande como el vacío en el espacio, el vacío negro que lo rodea todo. Lo raro es la materia que tiende a agruparse, a formar estrellas y planetas entre toda esa negrura. Él se había vuelto negro, ahora solo pertenecía al vacío. Estaba solo, lejos de cualquier otra persona, tan lejos como lo estaban unas estrellas de otras, con un enorme y negro abismo entre ellas.

A veces se miraba las manos y no se las veía. No entraba luz por el ventanuco situado casi a la altura del techo. Nada. Solo la nada era real. ¿Existía la nada? Él flotaba en la nada, día tras día, incluso en los paseos por el patio lo veía todo negro. Y ya no sabía hablar, había perdido ese don, abría la boca pero de su garganta no salía ni una palabra, qué iba a salir si no tenía nada dentro, solo vacío y minutos sin ningún relieve, planos e iguales.

El día que el alguacil se presentó en su celda, ya había perdido la cuenta del tiempo que había transcurrido desde que se arruinó su vida.

—Preso C.3.3, llamado Albert Grant, venga conmigo.

Fue tras él, cómo no. No recordaba cuándo había sido la última vez que alguien le había dirigido la palabra. Caminó por aquellos pasillos de techos altos y curvos hasta llegar al despacho del director de la prisión. El alguacil abrió la puerta y le indicó que entrara.

Oliver pestañeó con fuerza, ¿estaba soñando o era su padre quien lo miraba con pena entre aquellas dos personas? El alguacil cerró la puerta tras él.

—Siéntese —ordenó Saturno ya sin rastro de aquella expresión—. Este es el juez Michael Fox, los dos hemos estado hablando con el director de la prisión. Vamos a sacarlo de aquí si usted colabora.

Sí, se sentaría. No tenía muy claro si aquello era real o un producto más del vacío. Una fluctuación de la nada, un maldito pliegue, un engaño, como todo.

Aun así, si había una posibilidad de que aquello acabara, la agarraría por si resultaba que era verdad. Se aclaró la voz para intentar hablar.

140

—¿Cuánto, ejem, cuánto tiempo llevo aquí?

Saturno miró al juez y al director antes de contestar.

—Faltan tres días para seis meses.

¿Solo seis meses? Creía que llevaba seis años, o sesenta, o seiscientos.

—Hemos convencido al juez de que está usted rehabilitado —continuaba su padre—, pero tiene que demostrarlo. Contraerá matrimonio el día doce de noviembre del presente año, de aquí a dos meses.

¿Se casaría? Oscar Wilde estuvo casado y tuvo un par de hijos, pero eso no le sirvió para evitar la cárcel. Quizá si accedía dejaría de ser un vicioso, un pervertido.

Quizá podría.

Tenía que poder.

Convertirse en alguien normal. No tener miedo. Salir de allí.

Tragó saliva y asintió con la cabeza.


Lady Helen Lee, la hija más bella de la prima segunda de lord John. Muy apropiada, porque su familia había perdido casi toda su fortuna y a lord John le constaba que la muchacha era muy ambiciosa. No protestaría por nada con tal de vivir en la lujosa Greenmist. Y era tan hermosa que quizá podría obrar un milagro en su malogrado hijo.

La boda tuvo lugar en Greenmist House, en noviembre, como había planeado lord John. Con criados vestidos de gala, fastuosos platos y mucha lluvia.

Oliver no conseguía sentir nada. Solo deseaba la niebla y la soledad. La novia lo miraba con la cabeza baja y los ojos altivos y orgullosos. Ella debía saberlo, aunque el resto de la gente pensara que había estado viajando por Europa, ella conocía sus debilidades, estaba seguro.

Pero todo le daba igual. Ya no tenía nada en el pecho, estaba vacío y negro como la oscuridad de la noche. Lo que antes había dentro se había quedado atrapado entre los muros de la cárcel de Reading, perdido allí para siempre. Así que caminó hacia el altar y dijo que sí, que quería casarse con lady Helen Lee. Saturno elegía y mandaba. Él no. Ya nunca podría.

El día se perdió en la niebla, la lluvia lo fue borrando, se lo llevó bajo la hierba verde y bajo las grietas de las piedras de Greenmist y, por la noche, Oliver se permitió pensar que había sido un sueño, que aún era libre, que Saturno no lo había devorado. Que podría tomar el telescopio de la biblioteca y salir para caminar por los cinco mil acres hasta encontrar un buen lugar donde pegar el ojo al ocular.

Pero no era así.

En su dormitorio había otra persona, que lo miraba con unos bellos ojos verdes, que se cepillaba el pelo largo y rubio sentada ante el espejo y que parecía esperar algo de él.

No solía beber. Pero la bruma de la noche había entrado hasta el dormitorio y todo se veía borroso. En la mano aún llevaba una de esas copas de champagne, de la Cave de Champagne Terre Sauve, una de las mejores de la famosa comarca francesa, que hacía años que abastecía las bodegas de su familia. La apuró de un trago, hasta el fondo, y el líquido frío descendió por la garganta y borró lo poco que quedaba de él.

—Estás muy pálido, Oliver.

Helen era guapa, una de las mujeres más bellas que había conocido. Tenía la piel muy clara, del color de la luna, pero sin sus imperfecciones oscuras. Se acercó a ella, que permanecía sentada frente al tocador, con un camisón de color vainilla que le dejaba al descubierto el cuello y parte del pecho. Le tocó la cara. Suave y cálida como una tarde de verano. Pero estaban en noviembre, ¿no era así?

Cualquier hombre mataría por estar en su lugar.

Pero él no sentía nada. Oscar Wilde había podido, tenía hijos, ¿por qué él no?

Ella se puso de pie y se aproximó a él. Con aquellas manos tan pequeñas le deslizó la chaqueta hacia el suelo.

—No va a venir el ayuda de cámara a desvestirte. Lo he ordenado así porque quiero hacerlo yo.

—Pero…

—¡Chiss! No digas nada. Lo sé todo.

—¿Cómo todo? —a Oliver le temblaba la voz.

—Tu padre me ha dicho que no estás muy bien desde tu viaje a Francia, que allí tuviste un disgusto muy grande. No te preocupes, yo te ayudaré. No importa si hoy no hacemos nada, ya habrá tiempo. Relájate.

¿Qué ideas le habría metido Saturno en la cabeza a esa mujer? ¿Francia? Ojalá.

Pero era agradable dejarse llevar por la bruma del *champagne*, por esas manos que parecían venir de muy lejos. Le habían quitado el chaleco, la pechera, la camisa. Acariciaban su pecho de forma tan suave que parecían un sueño ligero. Se enredaban en el vello, bajaban hasta el pantalón, que cayó al suelo. Como las alas de un pájaro en torno a su cuerpo. Como un pensamiento que se escapa y vuela hasta perderse en la lejanía.

Nada más.

# El héroe arrodillado

*S*í, Paul tenía que reconocerlo. Podría ser que lo que hacía desde algo menos de una semana, tras cavar aquel agujero para nada, no estuviera del todo bien.

Definitivamente, no era algo de lo que presumir.

Cada tarde, tras la comida, bajaba con los prismáticos Carl Zeiss colgados del cuello hasta los alrededores de la cabaña de Blur y echaba un vistazo. Lo espiaba, lo… La verdad era que no había avanzado nada en la investigación, seguía sin saber por qué Blur llevaba esas vendas ni de quién era el pedazo de tela que había desenterrado, ni dónde se habrían llevado el cadáver, el… Ni quién era el asesino del que hablaron Blur y el indio el día que los siguió hasta el montículo.

Eso sí, su pierna había mejorado. El trasiego le sentaba bien, la fortalecía, a ratos le dolía menos.

Tras la visita a la cabaña, partía deprisa al arroyo, se quitaba la ropa y se metía en el agua hasta que Blur llegaba. No entendía por qué él nunca se bañaba, con el calor que hacía. Intuía que las vendas tenían algo que ver. ¿Era tan grave lo que ocultaban? Llegó a pensar que quizá tuviera lesiones de lepra. Pero no se limitarían al torso, serían visibles también en el resto de la piel, así que desechó la idea enseguida.

Solían pasar la tarde conversando hasta que se hacía la hora de subir a las cúpulas.

Así empleaba el tiempo en el Monte Wilson. Hale y él habían hecho avances importantes en el estudio del magnetismo solar. Hale había descubierto que el ciclo solar duraba once años, y que luego la polaridad se invertía. Era fascinante.

Con todo eso, casi no pensaba en ella. En ellas. En el día

que Sagitta se le clavó en la pierna y su mundo acabó destrozado, maldito Hércules.

La constelación de Hércules representa un héroe arrodillado. Hércules era hijo de la reina Alcmena y de Zeus, fruto de la infidelidad de Zeus a su esposa Hera. De manera que Hera, como venganza, hizo enloquecer a Hércules, quien, en su locura, mató a sus tres hijos y a su mujer. Penó por ello el resto de su vida.

Como él.

Él no tenía tres hijos, sino una pequeña niña de pelo cobrizo y ojos verdes, iguales a los de Annabel, su madre.

Annabel y él se criaron juntos en dos casas vecinas de Boston, en el barrio de Back Bay, cuando la presa aún no había convertido al antiguo estuario del río Charles en un enorme canal de agua dulce. Él era el hijo de los dueños de los grandes almacenes Allen, situados en Haymarket Square. Ella, hija de un conocido editor. No recordaba por qué motivo entró en la casa de Bel por primera vez, pero sí recordaba con claridad la impresión que le produjo aquella estancia. Nunca había visto nada igual. Una habitación cuyas paredes estaban formadas por libros, miles de libros colocados con pulcritud en estanterías que llegaban hasta el techo. A él le encantaba leer, pero su padre no contaba con demasiados fondos. Sin embargo, el señor Curley disponía de infinitos títulos de todas las temáticas, también de astronomía, pero su fuerte eran las novelas. Edgar Allan Poe. Stevenson. Hawthorne. Y el más moderno, Bram Stocker, con sus historias de vampiros recién importadas de Londres. Era la habitación de las maravillas, la habitación de los horrores, de los mundos infinitos. Cuando el señor Curley se percató de la fascinación que sentía, lo invitó a acudir siempre que quisiera.

Al principio, la pequeña Annabel y su hermana Cecilia eran dos sombras de pelo cobrizo que saludaban al llegar y al salir. Luego, Annabel se le acabó uniendo y ambos leían juntos durante tardes enteras.

Cuando él partió a Cambridge, ella se fue a estudiar Letras a Radcliffe, la recién fundada universidad para mujeres adscrita a Harvard.

Y cuando comenzó a trabajar bajo las órdenes de Pickering, ambas familias estuvieron de acuerdo en que sería precioso que se casaran. Lo hicieron, un soleado día de la primavera de mil novecientos nueve, en la iglesia de la Trinidad.

—Polaris, Kochab, Pherkad.

Tomaría de nuevo los prismáticos y bajaría a espiar a Blur. Aunque no era lo correcto, lo distraía de toda esa mierda. Él, que siempre había sido valiente, ahora solo era un miserable que no tenía coraje para continuar con su vida, con... Hércules tuvo que hacer doce trabajos para expiar su culpa. Él no tenía salida.

Los alrededores de la cabaña de Blur estaban tranquilos, como siempre. A esas horas no se percibía ningún movimiento, solo se oía el cacarear de las gallinas y el murmullo de la brisa en las ramas de los pinos. A través de los prismáticos se apreciaba el temblor del calor en la atmósfera, nada más.

Era absurdo. O cambiaba de método, o acabaría yéndose del monte Wilson sin enterarse de nada. Caminó de nuevo hasta el lugar donde había desenterrado el pedazo de tela. La planta que crecía al lado ya no tenía flores. Hurgó con un palo para ver si encontraba algo, pero no.

Se sentó en una roca que sobresalía un poco más allá. Quizá debería bajar a otras horas. Pero por la mañana él trabajaba, y por la noche lo hacía Blur. Lo más sensato era olvidarse del tema; si no quería decir nada de las vendas, sus motivos tendría. Y lo del asesino... eso quizá fue producto de su imaginación. Además, él era astrónomo y no detective como Sherlock Holmes. Bel decía que era demasiado soñador. Que no debía imaginar tantas cosas, buenas o malas, porque siempre se estaba imaginando tanto lo mejor como lo peor. Al final fue eso lo que sucedió. Primero lo mejor, luego lo peor.

Annabel era preciosa, era...

En la noche de bodas la desnudó por primera vez. Ella cerró los ojos mientras él desabotonaba el delicado vestido de encaje y tiraba de él con cuidado hacia arriba. Siguió con la tarea hasta que acabó desnuda y ruborizada. La tomó de la mano y la

145

condujo a la cama. Ella se tumbó de espaldas, y él recorrió cada vértebra, cada recodo, con su boca, mientras la piel dorada que sabía a sal temblaba bajo sus labios. Le hizo el amor con una dulzura extrema, como un músico que tocara por primera vez el instrumento más preciado del mundo.

Después de la luna de miel en Europa, se fueron a vivir a una pequeña casa de ladrillo rojo en Cambridge, al otro lado del río Charles. A finales del verano, ya estaba embarazada. La pequeña nació en mayo de mil novecientos diez, justo la noche que la Tierra atravesaba la cola del cometa Halley. La llamaron Maia, como la mayor de las Pléyades, como la diosa de la primavera.

Paul se levantó con rabia, se secó las lágrimas y comenzó a arrastrar la pierna por el monte todo lo rápido que podía, porque todo eso se había perdido en un instante. Sí, la vida es un sendero de un solo sentido, y nunca, nunca, podemos volver atrás y cambiar lo que ya ha sucedido, por mucho que duela, que desgarre, que raje.

—Benetnasch, Megrez, Alioth, Phecda.

No podía bajar la guardia así o se volvería loco, era mejor pensar en la libélula y el asesino y en las vendas de Blur. ¿Para qué puede vendarse alguien así? ¿Qué ocultaría debajo? Nadie iba a mirar ahí si no se desnudaba, y no, no se desnudaba nunca, ni para meterse en el río; aunque lo deseaba, lo miraba con envidia cuando salía del agua.

Llegó al arroyo casi sin aliento. Se quitó las botas y los calcetines, y metió los pies en el agua. Le dolía todo.

Al cabo de un rato apareció Blur.

—Buenas tardes, Allen. Qué raro verlo vestido —saludó y tomó asiento en un tronco caído cerca de la orilla.

—Hoy le he esperado para tomar el baño —dijo con voz cansada—. Vamos, anímese.

Blur frunció el ceño, observándolo.

—¿Se encuentra bien? —preguntó.

No lo parecía. Tenía los ojos enrojecidos y las manos le temblaban más que de costumbre.

—Ande, quítese la ropa de una vez y venga a meterse en el agua. No me asustaré, sea lo que sea lo que esconde bajo esas vendas.

—No esté tan seguro.

Blur sintió la mirada de Allen en el pecho, como si la estuviera tocando, como si la estuviera desnudando. Se estremeció. Clavó los dedos en la rugosa corteza del tronco que le servía como asiento.

—Ya he visto muchas cosas en esta vida. No me incomodará, sea lo que sea. Báñese, lo está deseando.

Era verdad, lo deseaba. Allen le daba mucha envidia. Ella nunca se había bañado así en ninguna parte, ni lo haría jamás.

—Ande, déjeme, no sé por qué le ha dado hoy por esto. Báñese usted.

—¿Qué esconde bajo las vendas?

—¿Cómo se hizo eso? —Blur señaló al muslo de Paul.

Él se giró, dando una patada al agua. Comenzó a quitarse la ropa y a lanzarla a la orilla.

—No puedo con usted, a veces me saca de quicio —dijo, enfadado—. Está bien. No se bañe si no quiere, yo sí que lo haré: me meteré en el agua y me quitaré toda la mierda que me cubre ya de una vez, se lo aseguro.

Blur se preocupó. Paul no solía perder la compostura, debía estar mal de verdad. Deseó poder hacerlo. Quitarse la ropa, pegarse a él. Ambos se tumbarían sobre el lecho del río, el agua recorrería sus cuerpos desnudos.

Pero la realidad era otra.

Se levantó, dudando entre acercarse más a Allen o darse la vuelta y largarse.

—¿Qué le pasa, Paul?

—Paul, me llama ahora, llevamos todo el verano juntos y ni siquiera es capaz de tutearme, cuanto más desnudarse y bañarse conmigo, es…

—¿Quiere que lo tutee? Sea, pues. Allen, hoy estás muy mal.

—Todos los días estoy muy mal.

—Hoy peor.

—Si tú lo dices.

—¿Puedo ayudarte?

—¿Eres capaz de cambiar el pasado?

—El pasado es pasado, y hay que aprender a vivir con él.

—Sí. Yo no puedo, Henry.

Allen se alejaba río abajo, caminado despacio para no resbalar.

—Si te alejas no te oigo.

—Pues métete en el río.

Lo haría. Pero vestida. Se descalzó, se remangó los pantalones y notó en sus pies la frescura del agua y la dureza de las piedras.

—¿Cómo puedes caminar por aquí? Te resbalas, te duelen los pies —dijo con su voz ronca todo lo alto que pudo.

—Ojalá fueran los pies lo que más doliera.

Un par de decenas de yardas la separaban de él. Le gustaba su espalda, definida, sin nada de grasa.

—¿Qué deporte practicas, Paul, en Boston?

—¿A qué viene eso? Bien, te lo diré, el béisbol, me gusta el béisbol.

—¿Hay equipo en Harvard?

—Lo hay. —Quizás eso funcionara. Enumeraría a todo el jodido equipo—. Batson, Carr, Long, Minot, Brown, Pieper.

—¿Qué dices? No te oigo.

—Rogers, Kelly, Chase, Boyer. ¿A ti te gustan los deportes?

—No mucho.

—Young, Marshall, McLaughlin. Deberías probar.

—Mañana hay un eclipse de luna.

—¿Ah, sí? ¿Es mañana? —Ya no sabía ni en qué día vivía. Era muy fácil perder la noción del tiempo en el Observatorio Monte Wilson.

—Claro. Yo no subiré a trabajar.

Tenía la noche libre. Él también la tendría si quería. El eclipse de luna sería bonito de ver, pero prefería espiar. Se acercó hacia Blur, que se había quedado quieto cerca de la orilla.

—Entonces te quedarás en casa toda la noche.

—Para variar. Cuando no trabajo no sé qué hacer, porque tampoco puedo dormir. Solo duermo por la mañana.

Sería interesante, entonces, acercarse a echar una ojeada. Si encendía la luz de la cabaña y dejaba las contraventanas abiertas, podría ver qué sucedía en el interior.

148

—El indio también vive en la cabaña —más que preguntar, afirmó.

—Sí, también, también, ya lo sabes.

Allen miró de reojo al lugar donde estaban los prismáticos.

La noche del eclipse, bajo la luna roja, descubriría el enigma, estaba seguro.

# Opuestos

$\mathcal{H}$enry deambulaba por los alrededores del Monasterio. No faltaba mucho para que la campana que avisaba de la cena asustara a los arrendajos, a los cuervos, a las aves nocturnas que ya alzaban el vuelo.

Esa noche el cielo no estaba del todo nítido. Aunque el verano terminaba, seguía haciendo mucho calor y una tenue capa de color rojizo se dibujaba en el horizonte roto por el perfil abrupto de las montañas de San Gabriel.

Qué iba a decirle a Adams. Oiga, Adams, no quiero trabajar con Gant porque soy un maldito marica y me he enamorado de él.

No, no tenía ninguna excusa. Pero sí que podía intentar hablar con Ellerman. Proponerle algún proyecto, ponerse de rodillas, cualquier cosa con tal de librarse de tanta presión, era demasiado, ya no podía más. Cuando se tumbaba en la cama y cerraba los ojos tenía ahí al Centauro, a su lado, no podía quitarse su imagen de la cabeza, no podía dejar de imaginar cómo sería hacer el amor con él.

—¡Oiga! ¡Señor Blur!

Henry se volvió. Un hombre caminaba deprisa en su dirección.

—Sí, dígame.

El hombre llegó a su lado y le tendió una mano sudorosa.

—Soy Adolf Brown, el padre, ¿sabe usted? El padre, sí.

¿Quién era ese hombre? El nombre le sonaba, pero no sabía de qué. Tenía la cara sudorosa bajo su sombrero Panamá, y saltaba de un pie a otro como un… como un… pajarillo. Sí, eso era. El padre de Hazel.

—Ah, un placer conocerlo.

—Tengo un recado de Hazel, sí, para usted.

El padre lo miraba de arriba abajo, con detalle, como si quisiera fotografiar sus líneas espectrales igual que ellos hacían con las estrellas. Mientras, no dejaba de moverse, adelante, atrás, a un lado, a otro. La camisa le quedaba ajustada, parecía que los botones fueran a saltar de un momento a otro.

—Espero que se porte bien con ella, ¿eh? ¿Me lo asegura? No quiero gamberros alrededor de mi niña.

¿Qué decía ese hombre? ¿Estaba loco?

—Oiga...

—Sí, bien, sí. Ah, ah. No puede ser en el hotel, porque se ha quemado, puede ser en el Oldest Café, Oldest Café, en Pasadena. Hazel pasará allí las tardes de los domingos, nunca sola, con las amigas, ah, ah. Pórtese bien, ¿eh? Pórtese bien, sí.

Henry vio cómo se alejaba, saltaba tanto que parecía que iba a rodar monte abajo en cualquier momento.

Hazel, la niña del incendio. Por un momento se imaginó a su lado. Llevaría una vida como la de cualquier otro, una vida sin complicaciones, libre para pasear de la mano de su amada por las calles de Pasadena. Ella le llevaría un bocadillo al trabajo y él se despediría con un beso en la mejilla.

Pero para eso tenía que arrancar de su interior a Gant.

¿Podría? Quizá debiera darse una oportunidad.

La voz de Gant sonó tras él.

—Vamos, Copero, ¿no ha oído la campana? La cena está lista.

¿Copero? ¿Lo había llamado Copero?

—¿Cómo me ha llamado?

—No me haga caso, Blur.

Gant se recolocó el sombrero y salió huyendo hacia el Monasterio. Henry se quedó allí, al lado de los cedros que casi acariciaban las estrellas, viendo cómo el Centauro desaparecía en la oscuridad que caía poco a poco sobre el monte.

El miedo cada vez era más fuerte. ¿Copero? ¿Como Ganímedes, el copero de los dioses? Ellos no estaban en Roma, ni en Grecia. Estaban en Estados Unidos, y en cualquiera de los cincuenta estados serían considerados unos delincuentes y enviados a la cárcel. En el siglo pasado podían haberlos condenado a muerte.

151

Todavía olía a Gant. Debía haberlo puesto contra un árbol para pegar la boca a la suya hasta quedarse sin respiración. Hasta que sus pensamientos se unieran bajo la noche, hasta que formaran parte del mismo universo.

Estaba trastornado. Fluctuaba entre dos extremos opuestos, como Marte, el planeta rojo, y Antares, su estrella rival: cada uno a un lado del cielo peleando por ser más brillante que el otro. La razón, el amor. Y él en medio, desgarrado, sin saber hacia dónde tirar.

—Ellie, vamos, anímate.

Su hermana no le hacía ni caso. Lavaba el último vaso del fregadero una y otra vez.

—Tengo mucho trabajo, Henry. ¿No lo ves?

—No sé desde cuándo te interesa tanto la limpieza.

No le interesaba, claro está. Pero Henry no la dejaba en paz.

152

—Ya estás igual que siempre. Si quieres ir, ve tú y no molestes a nadie.

Era domingo por la tarde y Henry se había empeñado en bajar a Pasadena, a un tal Oldest Café. Ellie no sabía de dónde había sacado esa idea, pero no saldría del monte sin el disfraz de James *el Robabancos*, y no iba a ir con un pañuelo en la cara a ningún café.

—Voy a buscar a Ckumu. No lo veo desde el incendio y me preocupa. —¿Henry se estaba echando perfume? Quizá sí debería ir con él—. ¿A quién vas a ver? Espero que no sea a ese tal Gant.

Henry borró la sonrisa de su cara. Qué más quisiera él. Pero no.

—No te preocupes por eso. Precisamente es lo contrario.

Ellie intentó matar una mosca que se había colado en la cabaña con el trapo de secar los vasos.

—¿Lo contrario? ¿A qué te refieres?

—A nada.

Dejó el trapo al lado de la pila, se dio la vuelta y le apuntó con el dedo.

—¿Qué tramas, Henry?

—En el incendio conocí a una mujer, Hazel Brown.

—¡Venga ya! —Ellie tuvo que sentarse. Su hermano había perdido el norte, definitivamente.

—Voy a intentarlo.

—¿Estás seguro?

—Sí. —No lo estaba. Pero ¿qué iba a hacer?

—Claro que no. Te gusta ese tal Gant y estás muerto de miedo.

—No hagas eso, Ellie, no es necesario —siempre poniendo en palabras lo que él no podía decir—. Solo voy a dar un paseo, a tomar un café con Hazel y nada más. Si no quieres venir, tú te lo pierdes.

Henry tomó el sombrero y la chaqueta. Salió deprisa de la cabaña, no quería que su hermana siguiera diciendo verdades en voz alta: que era absurdo, que él nunca podría amar a una mujer, que incluso sería peor. La razón, el amor. Marte y Antares peleando entre ellos para ver cuál es el más brillante.

153

El Oldest Café abrió sus puertas por primera vez en 1876, dos años después de que la ciudad de Pasadena fuera fundada por Thomas Elliot y otros inmigrantes que venían del Este. Desde entonces, su propietario, al que todos llamaban Old Mex, se levantaba a las seis de la mañana, limpiaba los vidrios del gran escaparate que permitía ver el cuidado interior y dejaba que el aroma a café y a pasteles invadiera el centro de la ciudad.

Henry se estaba arrepintiendo. Le sudaba la espalda, y no solo por el calor. Dejó la bici al lado de la puerta, empujó el pomo de metal y entró en el establecimiento.

La mayor parte de las mesas de mármol blanco estaban ocupadas, pero el pajarillo no parecía haber llegado aún. Decidió sentarse en una mesa que quedaba libre al fondo. Pidió un café y algo de comer.

—¡Hombre, Blur! Qué raro verte por aquí, ¡qué alegría! —Backus se levantó de una de las mesas ocupadas por un grupo de jóvenes, se acercó a él y le tendió la mano.

—¿Qué tal, Backus? Pues no, la verdad es que no suelo, ya sabes…

—¿Has venido solo? Siéntate con nosotros.

—Gracias, no. Tomaré un café y luego daré un paseo.

—Tómalo aquí.

Blur vio cómo la puerta se abría de nuevo para dar paso a Hazel, acompañada por otras dos damas.

Qué estaba haciendo. El imbécil. Su hermana tenía razón, como siempre.

—Sí, Backus, gracias, me sentaré con vosotros. —Quizás así pudiera pasar desapercibido. Al fin y al cabo, el Oldest Café era enorme.

—Ah, mira, ahí llega la señorita Bancroft. —Backus miraba al grupo de Hazel.

—¿Las conoces?

—Sí, ¿tú no? Van de vez en cuando al observatorio. La Bancroft y la Brown son hijas de dos de los ingenieros que trabajan en la construcción del cien pulgadas; la más alta es una amiga, creo que tiene algo que ver con el laboratorio. La Bancroft es la rubia, ¿la ves? Sin el sombrero está aún más guapa. La Brown es la nerviosa, igual que su padre, que es un tipo raro de narices.

—Conocí a Hazel el día del incendio. Llevaba agua a los hombres.

—Creo que está frita por casarse, ten cuidado no te vaya a echar el lazo. Ojalá me lo echara a mí la rubia, mira qué dos… —Backus ahuecó las manos.

Ah, sí. Eso era lo que hacían los tipos normales, hablar de mujeres unos con otros. Medían las dimensiones de las curvas de las delanteras y no las del universo.

—Sí, sí —respondió Henry imitando el gesto—. También las de Hazel son así, así.

—¿Estás loco? Hazel las tiene pequeñas.

—¿Se las has visto?

—Caramba, Blur, estás fatal. ¿No te das cuenta de que no se le marcan bajo la blusa?

No, no se daba cuenta. A él le parecían grandes de todas formas.

—Mira, se acercan. Las voy a invitar a que se sienten también con nosotros, o mejor, vamos tú y yo con ellas a otra mesa. Espera.

Backus se disculpó con sus amigos, tomó a Henry del brazo y se acercó a las damas.

—Buenas tardes, señoritas. Me alegra encontrarlas por aquí.

—Ya sabe, Backus, no hay hotel, a algún sitio hay que ir. El monte es un aburrimiento —respondió la rubia.

—Les presento a Henry Blur. Es asistente en el observatorio. Mary Bancroft, Hazel, creo que se conocen, y usted es...

—Sonia Johnson —dijo la más alta—, encantada.

—Un placer, señoritas. —Henry intentó discernir cuál de las tres tenía los, ejem, pechos, más grandes. No, no lo sabía.

Ellas se miraron entre sí y rieron.

—¿Cuál de las tres le gusta más, señor Blur? —dijo Sonia—. Parece que no lo tiene claro.

—No hagan caso a mi amigo —comentó Backus—. No suele salir mucho, está demasiado pendiente de las estrellas y ahora que las tiene delante le deslumbran. ¿Quieren sentarse con nosotros?

Hazel, dando saltitos de un pie a otro, se puso al lado de Henry.

—Nos gustaría mucho sentarnos con ustedes —afirmó—. ¿No es así, chicas?

—Sí. —Mary miró a Backus y se colocó tras la oreja uno de los rizos rubios que escapaban del recogido—, nos encantaría. Vamos, Sonia.

—Vaya, no me queda más remedio que aceptar, no tengo elección.

—Señor Blur, ¿qué tal está, después del incendio?

El pajarillo lo había tomado del brazo, piaba ahí abajo, fijaba en él esos ojos negros y redondos como los de un gorrión.

—Tuve que cortarme un poco el pelo, pero todo bien.

—Me alegro mucho. Qué catástrofe, ¿verdad? El hotel quemado.

—Y todos esos árboles reducidos a cenizas.

—Sí, los árboles.

Henry apartó una silla para que Hazel tomara asiento. Luego hizo lo mismo con Sonia, mientras Backus y Mary se sentaban juntos frente a ellos. Backus la miraba y ponía cara de borrego. ¿Se suponía que tenía que poner cara de borrego?

Solo quería beberse el maldito café y subir a toda prisa la ladera del monte Wilson. Pero el pajarillo seguía sujetándolo del brazo, ni sentados lo dejaba libre.

Backus reía, Mary también. Bajaba los ojos y dejaba su mano pequeña entre las de Backus, mientras él le susurraba algo con cara de felicidad.

La felicidad. Lo que todos los seres buscaban. Henry miró a Hazel, su cabello negro y sus dos o tres pecas sobre la nariz. Estaba ruborizada, algunas gotas de sudor le brillaban sobre la frente.

¿Dónde estaba su felicidad? ¿Qué estaba haciendo allí?

De algo estaba seguro. Su felicidad no estaba con Gant.

No, no estaba seguro. Su felicidad sí estaba con Gant, pero era imposible.

El amor, la razón. Dos astros brillantes y naranjas en lados opuestos del cielo; Marte y Antares, dos lugares imposibles de reconciliar.

Ahora estaba allí, en el Oldest Café, al lado de la pequeña Hazel.

Había dejado atrás la locura, su corazón azul estaba medio muerto en lo más profundo de su pecho.

Ya había elegido.

Sería consecuente con su elección.

# El zoo

$\mathcal{N}$o era capaz de estirar bien las sábanas sobre la cama. Si tiraba por el lado de la pared, se arrugaba por el otro. Lo había intentado ya cuatro veces, pero el resultado nunca complacía ni a su madre, ni a ella.

—Hazel, ¿en qué estás pensando? Pon la mente en lo que haces, que con las manos solas no se puede.

La voz exigente de su madre. «Hazel, limpia el suelo.» «Hazel, enciende el fuego, haz la comida.» Mamá no estaba contenta desde que habían llegado a Pasadena. Antes, en San Francisco, todo era más fácil. Su padre salía muy pronto por la mañana, igual que allí, pero su madre tenía ese amigo, Peter. Él la distraía, por eso estaba siempre de buen humor. Se reía cuando esperaba su llegada, se reía cuando subían a la habitación y se reía cuando se iba. De manera que ella podía limpiar tranquila la casa sin nadie que la vigilara todo el rato.

Hasta que su padre hizo las maletas para los tres, las cargó en el coche y los condujo a ese apartado y aburrido lugar, de los peores que habían conocido hasta entonces; un pueblo pequeño que crecía a los pies de esas montañas salvajes. Seguro que en ellas todavía había indios. Si había leones de montaña, y osos, y serpientes, también habría indios. No sabía cómo los hombres que trabajaban arriba no tenían miedo. Tampoco sabía cómo se les habría ocurrido construir eso en la cima. En coche se tardaba mucho, casi más que andando. Cuando los camiones tenían que subir piezas, los debían ayudar las mulas, y a veces tardaban todo el día en un solo viaje. Su padre le había contado que una vez una mula se cayó montaña abajo. Era invierno y había mucha nieve.

Al animal no le pasó nada, pero no podía salir de allí. El dueño tuvo que ir a llevarle comida durante varias semanas, hasta que se derritió la nieve.

Bueno, en realidad para ella ya no era un sitio aburrido. Había conocido a Henry. Ese chico tan amable, de cabello rubio y hablar educado. Lo que más le complacía era colgarse de su brazo, porque bajo la ropa podía notar los músculos duros y flexibles. Después de la primera vez en el Oldest Café, hacía casi tres semanas, se habían visto ya seis veces, aunque fuera ella la que lo buscara algunas tardes antes de entrar en la cúpula, con el pretexto de esperar a su padre. Pero él era tan amable... Creía, sí, estaba segura de que le gustaba.

—¡Hazel! ¡La mente, Hazel! Deja de soñar despierta. Ya termino yo las camas, toma el cubo y el trapo y friega el suelo de la cocina. Una mujer debe ser limpia. Esa es su principal virtud. Mira la casa de una mujer y podrás ver su alma. Casa pura, mujer pura. Casa sucia, mujer sucia. No querrás ser sucia, ¿verdad, Hazel?

Ahora mismo, ya no lo tenía tan claro. La última vez que estuvo con Henry hizo como que se caía sobre él. Sintió los músculos de su pecho sobre su cara, y con el dorso de la mano le tocó... ahí, en sus partes pudendas. Él pareció no darse cuenta, pero ella creyó que se desmayaría de verdad.

Tampoco le importaba si fuera otro. Le gustaba uno de los amigos de Backus, el pelirrojo. Pero Henry era el que la había mirado primero, así que tenía prioridad, al menos de momento.

No tenía demasiada prisa por casarse. Limpiaba durante toda la mañana, pero luego su madre le daba algo de dinero, podía pasear con Sonia y con Helen por las alegres calles del centro de la ciudad. Si se casaba su deber sería estar en casa y limpiar, y quizá tener hijos, lo cual le daba un poco de miedo. Porque los hijos salían de la barriga, y eso, sí, eso debía doler.

El que tenía prisa era su padre. Quería casarla ya, con alguno de los de la cima, como decía él, antes de que se tuvieran que ir a otra parte. Porque cuando su madre se echaba uno de esos amigos, al poco tiempo se iban.

—Tienen trabajo fijo, Hazel, sí, sí, son científicos, gente

bien educada, ah, como yo. Lo mejor para una joven de tu nivel, sí, sí, de tu nivel. Tienes para elegir, ah, para elegir.

—Ella no es muy guapa, Adolf, ha salido a ti —decía mamá—. A ver si con suerte encuentra algún tonto que se la lleve, una mujer que no sabe limpiar.

Ella sí sabía limpiar, aunque su madre dijera que no. Llevaba toda su vida haciéndolo. Era lo único que sabía.

A veces, Henry le contaba cosas del cielo. Pronunciaba nombres raros, porque las estrellas tienen esos nombres que ella no conseguía repetir. Según Henry, el cielo era como un zoo. Había estrellas de todo tipo, pequeñas y encogidas, grandes y coloradas, azules como los arrendajos, de dos en dos o en pequeños grupos, y además formaban figuras que se llamaban constelaciones.

—Hazel, siempre hemos mirado arriba, al cielo. Los antiguos no sabían qué eran, pero dibujaron con las estrellas un zoológico completo. Hay aves como el cisne y el águila, animales acuáticos como los peces o la ballena, otros tan poderosos como el león, el escorpión o el toro, y algunos animales mágicos, el dragón, la hidra, el centauro. Y ya no digamos del zodíaco, es maravilloso. Siempre, Hazel, hemos tratado de buscar nuestro destino entre las estrellas.

Ella las veía todas iguales, cabezas plateadas de alfileres que sujetaban la tela negra de la noche. Pero a Henry le brillaban los ojos, su sonrisa se hacía tan grande que la incluía también a ella, y ambos se sentían felices caminando juntos.

Esa sonrisa era lo que más le gustaba de él. Además, la miraba como si valiera lo mismo que él, y eso casi la hacía llorar.

Lo que menos le gustaba era cuando parecía no estar allí. Había veces que sus ojos se perdían en la lejanía y no se daba cuenta de que no estaba solo ni aunque le hablara. Entonces pensaba que ese hombre no era para ella, que en realidad nunca podría darle lo que necesitaba.

Pero ahora estaba con él. Eso era lo importante.

Su madre aún no tenía ningún amigo, pero ella había visto a dos o tres hombres rondando la puerta de casa. De manera que no le quedaba mucho tiempo antes de que su padre los metiera de nuevo en el coche rumbo a otra ciudad donde

159

se estuviera construyendo algo. Con suerte, se irían ellos dos solos y ella podría echar raíces en las laderas empinadas del monte Wilson, no, ya no era aburrido si tenía un hombre a su lado, las noches ya no serían solitarias ni frías aunque estuviera nevando, y todo estaría bien.

## La luna sangrienta

*E*llie y Ckumu habían acabado de cenar. No tenía que subir a trabajar, era la noche del eclipse lunar. La Tierra se entrometería entre el Sol y la Luna, poco a poco. La Luna se enfurecería por ello, y su rostro se volvería rojo. Como la sangre.

Hale había determinado que cada uno disfrutara del eclipse como quisiera. Algunos de los astrónomos lo observarían con prismáticos, otros habían bajado a sus casas de Pasadena para disfrutar de la noche con sus familias. Ellie no sabía qué hacer. Por la mañana casi no había dormido y estaba de muy mal humor. Tras la comida, había pasado por la roca de los Dos Hermanos a visitar a Henry en su nuevo emplazamiento, pero con cuidado; ya ni siquiera se acercaba demasiado para que nadie, ni los lagartos que tomaban el sol en las piedras, tuviera la más mínima sospecha. Luego había visto una vez más a Paul. Desnudo en el arroyo.

—Ckumu, ¿no tienes aquella bebida que hace dormir?

Porque no quería sentir. No era bueno. Era mejor bajar y subir de la cima a la cabaña como si fuera un engranaje más del cíclope de sesenta pulgadas.

—Libélula, ¿no estás cansada?

—Sí. Pero no puedo relajarme.

—Tu naturaleza no quiere dormir.

Ya estábamos otra vez con aquello.

—Mi naturaleza es ser un astrónomo que mira la noche.

—Miramos las hogueras del cielo con los pies en la tierra, sentimos en nuestras manos el tacto del maíz, en nuestros oídos las voces de la tribu.

—Tú eres mi tribu.

—Yo soy el pasado. Tu naturaleza anhela el presente. Se

despierta en tu interior y te pide que seas lo que en realidad eres.

—Un astrónomo.

—No solo eres un astrónomo, aunque intentes silenciar la voz que te lo grita. —Señaló el corazón de Ellie.

—No puedo ser otra cosa.

—Tienes razón. Eres lo que eres, sientes lo que sientes.

¿Qué sentía, maldita sea? ¿Qué era lo que se le había despertado dentro, que le humedecía eso de ahí abajo y no la dejaba dormir? No, no quería saberlo. Una gota de sudor se deslizó por su espalda sin vendar. Hacía tanto calor... ¿Pasaría algo si se bañaba en el arroyo, como Allen lo hacía cada día?

—Ckumu, me voy al arroyo. Quizás así me relaje.

—El ciervo es prudente. Se esconde entre los árboles y nunca se expone al peligro, o muere.

—Yo también seré prudente.

162     Paul caminaba de lado a lado por el salón de su cabaña, lo cual no era mucho, cinco, seis pasos a lo sumo. Encima de la mesa estaban la linterna de pilas EverReady, con su cajita cuadrada de madera y su lente grande y redonda, y los prismáticos Carl Zeiss. Esa noche podía utilizarlos para ver la luna, o para intentar atisbar algo del interior de la cabaña de Blur.

O para ambas cosas.

Ya habían cenado. Pronto caería la noche, aunque el eclipse no comenzaría hasta pasadas las doce.

A Annabel no le gustaban los eclipses de luna, ni la astronomía, porque odiaba quedarse sola. Solía enfadarse si deseaba algo y no lo lograba. Como aquella vez que quería un piano nuevo, un precioso piano blanco que decía haber visto en una tienda del centro. Su sueldo de Harvard no daba para grandes lujos, y él se negó a pedirle nada a sus padres ni a sus suegros, y más cuando no era necesario, ya tenían un piano y funcionaba bien, aunque no fuera blanco. Primero, ella optó por llorar y él no sabía qué hacer para consolarla. Luego, dejó de hablarle. Durante días. Él regresaba a casa del trabajo y se encontraba con esa cara preciosa pero pétrea que rehuía su mirada. Ya no recordaba cómo se le pasó, probablemente se acabaría cansando.

A la niña también se lo hacía.

A su preciosa Maia.

—Lannigan, Hicks, Potter, Wyman.

Imaginó a todos los componentes del equipo de béisbol, con sus trajes blancos, posando para la foto del anuario. Con el número correspondiente y la letra H bordados en el lado izquierdo de sus camisetas.

—Jones, Reeves, Gardner, Ernst.

Con un gesto rápido tomó los prismáticos y la linterna, salió de la casa y comenzó el descenso.

La noche caía, suave y silenciosa, sobre el monte; la tierra exhalaba un tenue olor a humedad. Paul caminaba despacio en dirección a la cabaña de Blur. No tenía prisa, se sentía bien en la tenue oscuridad. Júpiter acompañaba a la Luna en su ascensión al cénit. Marte y Venus ya se habían escondido tras el horizonte oeste, y Antares, la más brillante de la constelación del Escorpión, titilaba con su extraño brillo rojo. Quizás incluso podría ver alguna Perseida, la fecha del máximo de la famosa lluvia de meteoritos ya estaba cerca.

Los alrededores de la cabaña seguían tan tranquilos como cualquier mediodía. Pero las contraventanas estaban abiertas y el interior iluminado. Se apostó tras los robles más cercanos a la entrada y miró por los prismáticos, para...

Sí, podía ver el interior. Blur y el indio conversaban sentados a la misma mesa.

Conversaban.

Como dos personas que no tuvieran nada que esconder. No parecía haber nada raro en ninguno de los dos, salvo que uno de ellos era un viejo indio fuera de la reserva.

Dejó de mirar y apoyó la espalda en el roble. ¿Qué pensaba encontrar? ¿Cuchillos manchados de sangre, cadáveres? ¿Hay algo que diferencie la cara de un asesino de la de una persona normal?

Cada vez estaba más oscuro, aunque la Luna, que ya se elevaba a la altura de las ramas más bajas de los árboles, iluminaba tanto que no se necesitaba la linterna.

Dentro de la casa había movimiento. Blur se había levantado de la mesa. La puerta de la cabaña se abrió y el asistente, con pinta de estar enfadado, salió con un rifle colgado del hombro.

163

A Paul se le encogió el corazón. ¿A dónde iba con tanta prisa a esas horas de la noche, y con un arma? ¿Sería él el asesino? Lo descubriría. Comenzó a seguirlo con cuidado, no podía dar un paso en falso, debía ser silencioso y avispado como Sherlock Holmes.

Y lento. También era lento a su pesar, si no se daba prisa lo perdería y ya no podría aprovechar esa oportunidad. Casi no lo veía. Pero… él conocía el camino. Si Blur no se desviaba acabaría en el arroyo. Se detuvo un momento para tomar aliento. Un animal se escabulló en la maleza justo detrás de él y se sobresaltó. Continuó todo lo rápido que pudo.

Lo había perdido de vista, lo… Miró por los prismáticos, pero de noche no servían más que para observar estrellas. Enfocó a la Luna. Deslumbraba. El primer contacto con la sombra de la Tierra acababa de producirse, ya se veía una ligera mancha oscura que comenzaba a avanzar por la superficie llena de cráteres.

Siguió caminando en dirección al arroyo. Con un poco de suerte, Blur estaría allí.

164

Una lechuza blanca y silenciosa alzó el vuelo justo delante de él. Parecía tan irreal como Blur, que se había perdido en la oscuridad; como el monte; como esa Luna que se teñía de rojo y como él mismo, un fantasma cojo en medio de la noche.

Debería haberse dado la vuelta, encender la linterna y emprender la subida. Pero no lo hizo. Continuó hasta el arroyo casi sin aliento, el corazón le latía tan fuerte que probablemente alertaría a Blur, al indio y a todo el observatorio, sería…

Allí estaba. Se había detenido poco antes de llegar a la orilla, al lado del tronco caído sobre el que se solía sentar cuando él se bañaba. Paul se escondió tras los mismos matorrales en que Solar lo había encontrado la primera vez. Lo recordó y sonrió, parecía que no era el único al que le gustaba espiar, y eso hizo que se sintiera mejor.

Blur apoyó el rifle sobre el tronco. Se descalzó, se remangó los pantalones y metió los pies en la orilla. Su perfil se recortaba sobre el agua apenas iluminada por la luz tenue de una Luna cada vez más roja. Su perfil. Su… Había algo extraño en él.

Paul aguantó la respiración, tenía miedo de mover ni siquiera un dedo, no quería ser descubierto. Se olvidó de todo, del dolor de la pierna, de sus manos que temblaban más de la cuenta, de ellas. Frunció el ceño para intentar ver mejor... ¿qué era? Estuvo tentado de encender la linterna y apuntar directamente a Blur, pero no, no profanaría así el momento.

El tiempo parecía ralentizarse. El agua del arroyo corría casi sin hacer ruido. Al cabo de un rato, Blur, de espaldas, comenzó a desabrocharse la camisa.

La superficie de la Luna había enrojecido por completo. Se había convertido en la luna sangrienta de agosto, la luna eclipsada, y su escasa luz apenas lograba entintar el agua.

Blur permanecía de espaldas con la camisa desabrochada.

Sin salir del agua, se quitó los pantalones y los calzones. Apenas se giró para lanzarlos a la orilla.

Estaba delgado, más de lo que Paul hubiera creído.

Dejó que la camisa cayera hacia sus manos y la arrojó al montón que formaba el resto de su ropa. Se había quedado desnudo de espaldas, se había atrevido, y no, no llevaba las vendas. A Allen le entraron muchas ganas de reír, tantas, que casi no se pudo contener.

Pero las ganas de reír se le atascaron en la garganta cuando Blur se giró. La luz rojiza de la luna brilló un momento sobre las lágrimas que le humedecían el rostro, y le caían despacio sobre...

Se derrumbó sentado a la tierra tras los saúcos.

No, no era verdad, se había confundido, la luz de la luna lo había engañado, era imposible, una estupidez más de su mente soñadora. ¿Qué había pasado? ¿No era Blur, era...?

Blur estaba demasiado delgado.

Para ser un hombre.

Casi no tenía vello en la cara, casi no, maldita sea, no era que se afeitara justo antes de subir a la cima.

Esa voz... No. Esa voz no le decía nada, ¿se podía fingir algo así?

Se frotó los ojos con las manos y volvió a asomarse.

Blur dibujaba su perfil sobre el agua rojiza.

El pelo muy corto y rubio, la línea suave del cuello. El vientre liso, las piernas finas. El trasero ligeramente redondo, y esos pequeños pechos, lo había tenido delante todo ese tiempo y había estado ciego, ¿cómo era posible? Solo vemos lo que queremos ver, lo que nos dicen que tenemos que ver: «Hola, buenos días, este es Henry Blur, de acuerdo, encantado de conocerle, señor».

Vamos por la vida con los ojos cerrados.

Blur era una mujer.

Había pasado cada tarde desde que había llegado al Monte Wilson con una mujer en el arroyo. Era una mujer la que tenía esas conversaciones tan inteligentes con él, la que se movía por el monte como un felino, la que le hacía reír de nuevo después de trescientos días de muerte.

Blur era una mujer.

El mejor operador con el que había trabajado nunca era una mujer.

Una carcajada breve se le escapó sin poder evitarlo, pero ella no se percató; solo oiría el murmullo del arroyo, el sonido leve de sus lágrimas.

Su llanto no le extrañaba, ¿cómo no iba a llorar teniendo que vendarse cada día?

Maldita sea, ¿quién le había mandado a él espiar a nadie? No tenía derecho.

Pero no podía apartar los ojos de su irreal silueta, parecía una aparición, una… La reina Berenice había aprovechado la luz roja de la luna para bajar a la Tierra y deslumbrarlo con su extraña belleza.

Debía estar soñando, era imposible que fuera real. Blur no podía ser una mujer, eso era una idea ridícula y él un estúpido, una mujer no podía amar tanto el cielo nocturno ni tener unos conocimientos tan vastos sobre astronomía, ni cargar con un rifle mientras recorría el monte de noche, ni engañarlo a él durante semanas.

Debía ser una enfermedad, claro que sí, lo que hacía que a Blur le hubieran salido pechos y tuviera esas caderas tan redondas. Y… no le colgara nada entre las piernas.

Un eunuco, eso era.

Volvió a reír y, a la vez, una lágrima bajó por su rostro y cayó a tierra, y otra, y otra.

Blur se pasaba las manos por los brazos como si tuviera frío y lloraba, y él también. Todo el llanto contenido durante

166

trescientos días amenazaba con formar otro arroyo que refle-
jara la luz rojiza de la luna eclipsada, sería enorme, anegaría
media sierra de San Gabriel.

Pero no quería que Blur supiera que era un maldito miserable que la había estado investigando, así que se alejó con cuidado, en silencio, mientras la Luna comenzaba a perder su pálido brillo rojo y clareaba de nuevo, volvía a mirar a la cara a su
amada estrella, volvía a sentir su calor.

# El río que fluye

Su hermano se había vuelto loco. Otro domingo que volvía al Oldest Café con aquella chica. Acababa de afeitarse y se empeñaba en peinar su pelo medio rizado.

—¿Por qué haces esto, Henry?

—Solo hago lo que hacen las personas normales. Relacionarme con la gente, salir con chicas. Deberías venir.

—Ya sabes a lo que me refiero. Henry, no te gustan las chicas.

Henry dejó el peine con brusquedad al lado de la palangana. Apoyó las dos manos en la pared y miró al maldito suelo de linóleo.

—Y ¿qué puedo hacer? —dijo con voz suave, sin volverse—. ¿Ser un paria toda mi vida? ¿Te parece mal que lo intente? ¿Prefieres que acabe en la cárcel por pervertido?

—No. Pero no veo cómo vas a ser feliz así.

—Déjalo. Déjame. Mira por ti. Cómprate un vestido de mujer, sal del monte. Si tú no cambias algo en tu vida, nadie lo hará.

Tomó el sombrero y la chaqueta y salió de la cabaña dando un portazo que a Ellie le dolió. Nada iba bien. ¿Cómo habían podido llegar a esto? Henry se estaba perdiendo. Y ella parecía una estatua, siempre en el mismo sitio, sin ser capaz de dar un paso adelante. Al menos, Ckumu estaba bien. La primera vez que lo encontró, tras el incendio, estaba sentado sobre una gran roca granítica muy cerca de la cima, con las piernas cruzadas. Miraba la extensión quemada con los ojos llenos de lágrimas. Ella se sentó a su lado y le puso la mano en el brazo.

—Lo siento, Ckumu. Es una desgracia.

—Antes, estas montañas cobijaban la caza y la vida de

muchas familias. Ahora se pierden los senderos, se queman los árboles, los animales huyen. Y el tiempo se escapa entre las manos como el agua fluye en el arroyo. Solo soy un viejo que ha visto demasiado. He vivido largos días de tristezas y de alegrías. He cometido errores. Pero, sobre todo, he sentido mucho, con todas mis fuerzas. Tú eres joven, pero tu tiempo también pasa.

Ckumu respiró profundamente el aire cálido de la montaña. El color azul del cielo los envolvía, intenso como un abrazo.

—Soy viejo, estoy cansado. No tardaré en reunirme con mis antepasados —continuó—. A ti aún te aguarda una larga estancia en este mundo, si tienes suerte. Tú eliges qué hacer con ella. Puedes dejarla caer montaña abajo, rodará hasta que ya no te quede nada, y entonces quizá te lamentes por haberla dejado escapar.

—Ckumu, soy feliz en la montaña. —Ellie suspiró—. Me gusta vivir así.

—Fortaleces al espíritu equivocado. No es la felicidad, sino el miedo el que te sujeta a la montaña. Temo irme y que tú aún sigas inmóvil.

No quería que se fuera. Si Ckumu no estaba, ella se perdería. Era su tótem.

—Ahora estás aquí.

—Mis ojos cada vez miran más lejos. Pronto caminaré hacia las grandes praderas, tras las huellas del coyote y del lobo, pero antes me gustaría despedirme de mi familia. Debes estar preparada para el día que me vaya, Libélula, debes perder el miedo a volar.

Cómo iba a volar. Nunca había tenido alas, esa era la realidad, por más que quisiera creer otra cosa. Era como esa pequeña estrella de las Pléyades, Sterope. A las Pléyades (las siete hermanas), el cazador Orión las perseguía sin descanso. Los dioses se apiadaron de ellas y las colocaron en lo alto del cielo de invierno, lejos de su alcance. Pero ellas lloran siempre, lloran por su hermana perdida, Sterope. Su brillo es tan débil que no pueden verla, aunque esté a su lado.

Así vivía ella, oculta como esa pobre estrella, sin fuerzas para hacer otra cosa que quedarse allí, fija y escondida en la negrura de la noche.

169

Una silueta casi transparente entre las sombras de los árboles del monte Wilson.

Tan pálida como si no tuviera alma.


Henry mantuvo abierta la puerta del Oldest Café hasta que Hazel salió, recolocándose el sombrerito que cubría sus cabellos oscuros.

—Hace viento, Henry. —Se abrochó la chaqueta.

Él también se abrigó. No tardaría en venir el invierno, la nieve y las noches más limpias del año. Quizá ya no pudiera bajar a Pasadena con tanta frecuencia, los caminos no estarían tan despejados como ahora.

Sonia y Helen no se habían presentado, ni Backus ni su grupo de amigos. Hazel y él habían estado solos toda la tarde. Ya no sabía de qué hablar para mantenerla entretenida. La acompañaría a casa antes de regresar a la cabaña, no estaría bien que fuera sola.

170

Caminaron bajo esas palmeras que se inclinaban un poco hacia la carretera. Cada vez había más coches de motor de explosión y menos carruajes; alguno incluso se había atrevido a subir por el estrecho camino hacia el observatorio y había conseguido llegar.

Henry notó algo pequeño y frío en una de sus manos. Bajó la mirada y se encontró con la mano de Hazel dentro de la suya. Ella sonreía como si estuviera haciendo una travesura y pegaba un poco su cuerpo al de él.

No conseguía sentir nada por ella. Solo algo de cariño, pero nada físico, ni la menor reacción. No se le levantaba, no se le ponía dura, ni siquiera un poco. Como si fuera… una mascota. Y eso no estaba bien. Quizá si ella le manoseara ahí abajo, podría excitarse y vivir una vida normal. Pero no se lo iba a pedir. Era demasiado.

Hizo un esfuerzo por escuchar su incesante charla.

—Ha comprado un nuevo producto para limpiar los suelos. Sonia en su casa tiene una mopa, dice que con ella no necesita agacharse y frotar con las manos para limpiar. Esa mopa tiene un mango, la mete en un cubo, la escurre y con eso limpia. Es mucho más cómodo que el trapo. Y además, no se te ponen las manos ásperas. A mí se me quedan todas rojas después de limpiar el suelo.

Caminaban a lo largo de la avenida del Colorado. Al fondo, la sierra de San Gabriel parecía estar observándolos, inmutable, muy cerca del cielo.

—Mira, es ahí.

Hazel señaló una pequeña casa de ladrillo con uno de esos árboles que tanto gustaban en la ciudad delante de la puerta, ¿cómo se llamaban? Pimenteros, de cuyas ramas colgaban multitud de bayas escarlatas. Había que apartar un poco sus ramas suaves como plumas para poder entrar.

—Ah, ah, mira quién está aquí, ah, ah. —El señor Brown salió de detrás de la casa, como si los hubiera estado esperando. Llevaba puestos el abrigo y el sombrero Panamá y tenía la respiración agitada.

—Hola, papá.

—Buenas tardes, Hazel, señor Blur. Espero que hayan tenido una agradable jornada, ah, ah, sí, agradable.

—Gracias. Encantado de saludarle —comentó Henry intentando no mirar el sombrero, que parecía que se iba a caer al suelo de un momento a otro.

—Deberías, sí, ir entrando en casa, Hazel, querida. Tu madre te espera, ah, ah.

—Bueno, adiós, Hazel, señor Brown. —Henry se despidió con una inclinación de cabeza. Pero Adolf puso una mano sudorosa en su brazo.

—Ah, usted lleva ya, ah, un mes viendo a Hazel. Sí, sí, un mes. Espero, sí, que tenga buenas intenciones, intenciones serias.

Henry miró la mano. Parecía más blanquecina aún sobre su chaqueta gris y le transmitía el inquietante balanceo de su dueño.

—Se me hace tarde, señor Brown. Aún tengo que subir a la casa.

—Sí, la casa, tan solitaria en el monte, con una esposa estaría mejor, sí, mejor. Hazel limpia, Hazel cocina, comida caliente, ah, ah, con una esposa estaría mejor.

—Gracias por el consejo.

—No tarde mucho, ah. —Adolf daba saltitos de un pie a

171

otro y miraba alrededor como si buscara a alguien—. Quizá pronto tengamos que partir. Espero, sí, espero que no me haga perder el tiempo. No sería bueno, no, no, no lo sería.

El hombre clavó su mirada en la de Henry. Parecían los ojos redondos y oscuros de un grajo loco. Henry sintió un escalofrío.

—Claro, no se preocupe. Hasta otro día, encantado.

Caminó deprisa de vuelta a la acera sin dejar de notar esos ojos en la espalda.

—No sería bueno, no, no lo sería —seguía diciendo, cada vez más alto—. No, no lo sería.


Esa semana, Hazel subió con su padre al monte Wilson cada día. Esperaba a que Henry llegara y se le pegaba al lado todo el tiempo que podía. Él ya no sabía qué hacer con ella.

—Vamos, Hazel, ya suena la campana de la cena, debo entrar. Y además tu padre te espera. Trabaja muchas horas, ¿no?

—Sí, muchas. Mamá se queda sola en la casa. Pero tiene amigos, dos, que la van a ver, uno por la tarde y otro por la mañana.

—Ah, me alegro —Henry no supo qué pensar al respecto—. Adiós, Hazel.

Mientras se despedía de Hazel, lo vio. Al Centauro. Se había quedado parado algo más allá, tras los abetos que flanqueaban el Monasterio. Estaba serio y los observaba con una expresión ¿de qué? ¿De enfado? Al darse cuenta de que Henry lo miraba movió la cabeza de lado a lado como diciendo que no, se dio la vuelta y desapareció.

Esa noche volverían a compartir el mismo aire bajo la cúpula. Seguían trabajando juntos, pero cada vez le costaba más: ahora se mantenían en silencio, hablaban lo justo y solo sobre lo que estaban haciendo, y no se miraban ni una sola vez.

Parecía la única forma de mantener a raya lo que había crecido entre ellos.


Tras la cena, Henry se dirigió hacia la cúpula para preparar el telescopio. Era una de esas noches perfectas de finales del otoño, frías y transparentes. Las estrellas parecían estar más cerca que nunca; el aroma de las coníferas era tan intenso que se podía saborear. No se oía nada, salvo… unos pasos.

Se dio la vuelta.

Una figura alta y elegante caminaba deprisa tras sus huellas.

Era él. Gant.

Galopaba por el camino con su cuerpo de centauro, ágil y poderoso. ¿A dónde iría tan deprisa? En un momento se puso a su altura.

—Buenas noches, Gant, ¿dónde va, tan…?

El Centauro lo agarró del brazo con fuerza y lo arrastró fuera del camino. Monte abajo. Diez, veinte, cien yardas entre las piedras graníticas y los abetos y los cedros, hasta desaparecer de la vista de cualquiera.

No había ninguna nube, pero olía a tierra mojada. Como si un río invisible naciera en la cumbre y serpenteara entre los abetos; como la constelación que representa al río Erídano fluye entre las estrellas.

173

—¿Qué pasa, Gant? —La voz le tembló al preguntar—. El telescopio, debemos…

Gant lo empujó contra un árbol, él sintió la corteza en su espalda, lo mantenía pegado al cuerpo de Oliver, se había aproximado tanto a él que ambos respiraban el mismo aire, su aliento caliente se le metía en la boca, le bajaba por el pecho.

No pudo evitarlo. Lo besó.

Gant respondió al beso, pegó su boca más todavía, tan fuerte como solo un centauro puede hacerlo, y él se dejó fluir entre su cuerpo y el árbol, pensó que había crecido, que de verdad era como el río Erídano, tan grande que recorría todo el cielo nocturno; se había extendido tanto que alcanzaba el monte y sus árboles y el alma entera de Oliver, si se estiraba pasaría como con la constelación, podrían verlo desde cualquier parte del mundo.

Separaron las bocas, pero Oliver mantuvo la frente pegada a la suya.

—Qué haces, Henry, qué haces. Me estás volviendo loco —susurró con voz ronca—. Dime, ¿qué haces con esa mujer?

Su sombrero había caído al suelo, también el de Henry.

Sentía el calor de su respiración agitada, no quería hablar, solo quería besarlo hasta tocar su alma, poseerlo entero, allí, sobre la tierra salvaje del monte Wilson. Alzó la mano y le acarició la nuca, hundió los dedos en el pelo negro y rebelde del Centauro. Y lo atrajo hacia sí aún más. Sintió su excitación dura al lado de la suya. Debía fluir. No podía ponerle más barreras al amor, ni al deseo. Se volvería líquido, se metería por cada poro de su cuerpo.

Pero Gant se separó de él. Pegó un puñetazo al abeto que tenían al lado y una leve lluvia de acículas cayó sobre ellos. Se dio la vuelta, recogió su sombrero y caminó monte arriba, de vuelta al observatorio.

Henry acabó sentado en el suelo. Ya nada contenía su río, se había quedado solo. Un viento ligero se enredó en las ramas de los abetos, en las hojas caídas, en la piel del monte.

Poco a poco, su maldito corazón se fue sosegando. Se quedó tan débil que pensó que no se podría levantar. Por primera vez desde que comenzó a trabajar en el observatorio deseó que estuviera nublado. ¿Cómo iba a enfrentarse al Centauro después de lo que acababa de pasar?

Su hermana, como siempre, tenía razón.

El fino creciente lunar había muerto tras la silueta de las montañas. No podía faltar al trabajo, aunque él también se estuviera muriendo. Así que recogió toda su mierda, se levantó como pudo y se dirigió al observatorio, monte arriba.

No se detuvo hasta llegar a la cúpula. Posó su mano en el pomo de la puerta, inspiró hondo y entró.

Divisó la silueta de Gant apenas iluminada bajo la pálida luz rojiza de las bombillas Edison. Se había sentado en la escalera portátil que usaban para llegar al ocular del telescopio; tenía la cabeza entre las manos.

—Pasa, pasa, Copero, acércate, no tengas miedo —dijo en voz baja, de manera que a Henry le costaba entenderlo—. Debo decirte que hace dos días hablé con Adams, y hace un rato me dio el visto bueno para pasarme al día. Vuelvo al sol y te dejo aquí, en la oscuridad del invierno. Me cuesta, lo confieso; pero no podemos seguir así, es una locura.

Gant movía la cabeza diciendo que no. Alzó la mirada y la clavó en Henry. Tenía los ojos enrojecidos.

—He estado en la cárcel una vez y no quiero volver. No es un sitio agradable, te lo aseguro, mi querido Copero. Pero no puedo verte con esa chica. Es demasiado para mí. Perdona.

Henry se acercó a él. Despacio. Porque el suelo se le movía más y más a cada paso que daba.

—¿La cárcel? —Quería tocarlo. Poner sus dedos otra vez en ese cabello oscuro.

—Parece una broma, ¿verdad? Ya sabes lo que somos. He luchado mucho para estar aquí. —Señaló al telescopio—. Pronto este observatorio va a cambiar la visión del universo. Y tú y yo formamos parte de ello. Escribiremos la historia, eso es lo que cuenta.

—Sí, es verdad. —Henry se acercó aún más a él—. No debemos hacer nada que lo ponga en peligro.

—¿Por qué estás temblando? —Gant se puso de pie, a su lado. Sus bocas quedaban a la misma altura.

Temblaba porque iba a besarlo. Sin remedio. El Erídano fluía de nuevo, se había convertido en una corriente imperiosa que lo arrastraba a su lado.

175

Gant parecía desarmado.

—Henry, no puedo volver a la cárcel —susurró—. Si comenzamos, esta vez no voy a poder parar.

—Sí, es verdad —Henry cada vez estaba más cerca de él. Si movían sus manos apenas una pulgada se rozarían—, Centauro, no haremos nada.

Las leves sombras de sus siluetas se multiplicaban a su alrededor, sobre el mismo suelo que sostenía al gigante de vidrio. Dos, cuatro, seis, ocho sombras pálidas que ya se amaban antes de que ellos se hubieran tocado.

El Erídano se había vuelto mar. Ya nada lo contenía.

—Henry. —La voz de Gant se había convertido en un susurro ronco.

—No te preocupes. No haremos nada —dijo muy cerca de su oído.

Rozó la piel un poco áspera de su mejilla con la punta de la nariz, aspiró hondo.

El río se unió a la niebla. Ya no podía ver.

—No haremos nada, Oliver —murmuró.

—Basta ya, Blur —rugió Gant—. ¡No puedo más!

Gant hundió la cara en el cuello de Blur. Sus manos buscaron la camisa, la arrancaron del pantalón y se metieron bajo ella hasta fundirse con la piel cálida de su copero.

—No, no haremos nada. —Henry apenas podía hablar. El río Erídano se extendía bajo la cúpula y lo anegaba todo, se había desbordado, envolvía a Gant con sus brazos de agua, ya nada podría contenerlo.

Esa noche, esa transparente noche, la mejor que habían tenido en todo el mes y casi en todo el verano, no la pasarían mirando las estrellas.

Esa noche, las estrellas los mirarían a ellos.

# Sin redención

La tarde había pasado y Paul no había aparecido por el arroyo. Ellie echó un último vistazo a los árboles de ribera que alzaban sus ramas verdes hacia el cielo y comenzó el regreso a la cabaña. Esa mañana no había dormido nada y no se sentía del todo bien.

Se había bañado bajo la luz de un eclipse de luna porque quería sentirse viva por una vez. Y aun así no había dejado de llorar, ni cuando empalideció la luna, ni cuando volvió a iluminar con su luz blanca el regreso a casa. Era prisionera de su propia mentira. Ella sola, con sus propias decisiones, se había metido ahí.

Ckumu tenía razón. Su naturaleza había despertado y ahora también quería otras cosas. A Paul Allen, por ejemplo. ¿No le tenía envidia a Henry por amar? Pues ahora sabía lo que se sentía y cómo dolía.

—Olvídalo, no puedes tener nada con nadie, solo eres una sombra —murmuró—. Dejaste a Henry bajo esa losa, te disfrazaste de hombre. Renunciaste al amor. Tú lo elegiste, no te quejes.

Ckumu la saludó al llegar a la cabaña.

—Hola, Libélula. —Su voz sonaba preocupada.

Ella posó la mano en su brazo y se lo apretó.

—Tranquilo, Ckumu. Es la vida que se apodera de mí. Podré con ello, siempre lo he hecho.

Él asintió.

Se preparó deprisa y subió al observatorio con la esperanza de encontrarse con Paul un poco antes de la cena, pero no aparecía por ningún sitio.

Entró en el Monasterio y ocupó su sitio en la mesa. Poco a poco, todos fueron llegando, pero Paul no. Paul no.

—¿Alguien sabe dónde está Allen? —preguntó Adams—. Ha trabajado esta mañana, pero tampoco ha venido a comer.

Nadie contestó.

Paul Allen no apareció en toda la cena.

Quizá le había pasado algo en el monte, él y su manía de andar por ahí a todas horas con esa pierna a rastras.

—Blur —dijo Adams cuando acabaron de cenar—, vaya a la cabaña de Allen, quizá no se encuentre bien. Avíseme si necesita algo. Estaré en mi despacho.

—De acuerdo.

Paul había encendido el fuego, aunque agosto aún no mediara, solo para ver cómo las llamas se alzaban y decaían. Se había sentado delante de la chimenea al acabar la mañana y ya no se había podido levantar de nuevo. La pierna le dolía como si Sagitta se le acabara de clavar; como si aquellos primeros días de muerte hubieran regresado.

178

La vida era absurda. Y él, un estúpido que había visto lo que no debía. Hércules arrodillado. Él no tenía el pie sobre la cabeza del dragón; a él el dragón lo había derrotado, el león lo había abierto en dos de un solo zarpazo, Cerbero se lo había llevado al infierno sin salida posible.

Blur era una mujer.

No se quitaba de la cabeza el perfil de sus pechos recortado sobre el agua, sus lágrimas apenas iluminadas por la luz rojiza de la luna.

La única mujer desnuda que había visto hasta entonces había sido Annabel, en la penumbra del dormitorio.

No había vuelto a hacer el amor con ella desde unos meses antes del nacimiento de Maia.

Su preciosa Maia, que se sentaba en sus rodillas y le cogía la cara con esas pequeñas manos.

—Cuéntame una historia, papi.

Él le hablaba del gran héroe Hércules, de sus doce trabajos, del león, de la hidra y del jardín de las manzanas de oro, mientras ella abría mucho sus preciosos ojos verdes y le escuchaba con toda la atención con la que puede escuchar una niña de tres años.

La había dejado en la casa de su tía Cecilia en Boston, diciéndole adiós tras la ventana. No había sido capaz de regresar.

—Mirfak, Menkib, Miram. —Nada funcionaba. De todas formas, ya no podía olvidar. Había descubierto el secreto de Blur, debía ser consecuente.

Dio un bote en la silla. Alguien golpeaba con suavidad la puerta. Maldita sea, no quería contestar.

—¿Allen?

El susurro ronco de Blur pronunciaba su nombre.

Se levantó con lentitud, la pierna casi no le respondía, y abrió la puerta.

—¿Te encuentras bien? —Era una pregunta tonta, saltaba a la vista que no se encontraba bien. Tenía los ojos enrojecidos y un rictus de dolor en la cara—. ¿Puedo pasar?

No respondió, dejó la puerta abierta y volvió a sentarse en la silla frente al fuego casi apagado, solo quedaban dos o tres rescoldos.

Cerró la puerta, se acercó y le puso la mano en el hombro un instante. La retiró enseguida; no debía, no estaba acostumbrada a tocar a nadie que no fuera Ckumu.

—Hola, Blur —dijo él en voz baja sin dejar de mirar las brasas—. Solo quiero que me digas una cosa. Dime por qué subes cada noche al observatorio.

—Es mi trabajo.

—Qué supone para ti.

—Creo que ya te lo he dicho alguna vez.

—Vuelve a decirlo.

—Todo el mundo tiene un motivo para levantarse cada día. El mío es mirar al cielo nocturno.

—¿Por qué?

—Cada vez que apoyo la mano en el tirador de la puerta de la cúpula, mi corazón se sobrecoge. Entras ahí, accionas el mando y la cúpula comienza a abrirse con ese quejido metálico. Se hace de noche, todo huele a la resina de los pinos, a la humedad del monte. Pero miras a lo alto y ves el infinito. Puedes sentir cómo la Tierra gira perdida en la negrura del universo, puedes ver la luz de todas esas estrellas, cada una con su color, y te preguntas ¿de qué están hechas para brillar así? ¿Cuántos mundos como el nuestro orbitarán alrededor de cada una de ellas? ¿Te imaginas, Paul, a seres de otros planetas apuntando con sus telescopios a nuestro sol? No podría vivir sin esa sensación de infinito. Es como el agua, debo beberla cada noche para seguir viva, ejem, vivo.

Maldita sea, había bajado la guardia.

Él se limpió las lágrimas una vez más.

—Puedes decirlo, Blur. Viva.

—¿Qué? —Apoyó su mano en el respaldo de la silla tan fuerte que se le pusieron los nudillos blancos. Había oído mal, seguro.

—Ayer por la noche me di un paseo por el monte.

—No. No —musitó. Maldita sea, ¿cómo no había pensado en ello?

Se dejó caer al suelo, porque las piernas se negaban a sostenerla. Apoyó la espalda en la pared contigua a la chimenea y miró a Paul. Ckumu tenía razón, el zorro la había devorado en un solo instante como a un maldito topo ciego. Pero no parecía muy contento de ello, porque no podía contener las lágrimas.

—Eres una mujer. —Su voz sonó sorprendida, aún le costaba creerlo—. Me has engañado durante todo este tiempo. A mí y a todos. Debería estar enfadado, pero no sé si lo estoy.

Ellie sintió que su alma se llenaba de plomo, pesado y asfixiante; se le metía por los pulmones, por el estómago, por los ojos. Ya no veía nada. Se cubrió la cara con las manos, aunque sabía que el plomo ya nunca desaparecería.

—Hace doscientos ochenta y tres días que maté a mi mujer.

El corazón se le detuvo en el pecho, ¿qué estaba diciendo ese hombre? ¿Matar, mujer? El plomo se le acumuló en el estómago, le dio ganas de vomitar. Se frotó los ojos para intentar enfocar con claridad.

—Secreto por secreto, Blur. Así fue como me hice estas cicatrices por las que me has preguntado.

No, no podía ser, Paul parecía incapaz de matar una mosca. ¿Estaba casado? Apretó la espalda contra la pared para no acabar cayendo del todo al suelo.

—Es imposible —se sorprendió; podía articular una palabra entera, aunque fuera mucho más ronca que de costumbre.

—Nada es imposible, tú eres una mujer, te he visto desnuda, te he… —A pesar de las lágrimas se le escapó una carcajada breve, como si no pudiera creer lo que decía.

Blur tuvo ganas de echar a correr. Pero el plomo se le había metido en las venas y el cuerpo le pesaba tanto que no se podía mover. Tosió.

—Otoño, era otoño y las hojas de los sicomoros cubrían las calles de Cambridge. —Paul se había levantado y había comenzado a andar por la habitación, con la cojera más acusada que de costumbre—. Ni siquiera recuerdo de quién era la motocicleta. Todos quisimos montar. Yo también. Era divertido, muy divertido. Me daba el aire en la cara, la velocidad me hacía sentir vivo y libre. Me entusiasmé tanto que fui a buscar a Annabel. Ella no quería ni mirarme. Era uno de esos días en los que estaba enfadada, cada vez pasaba más tiempo enfadada que… En fin. La saqué de casa casi a rastras. Dejé a Maia, mi hija, con la vecina. La obligué, ¡oh, sí!, la obligué a montarse en la maldita motocicleta, yo subí delante y comencé a conducirla entusiasmado, cada vez más deprisa.

Paul apoyó las manos en la pared y miró al suelo.

—Cómo puede cambiar tanto la vida en un solo instante. Ahora respiras, ahora ya no… El automóvil salió de la nada. Dicen que la gente gritó, que el ruido de mi cuerpo hundiéndose en los cristales del coche fue espantoso. Yo no lo oí. Tampoco el sonido del cuerpo de Annabel cayendo al suelo, ni rompiéndose cuando la rueda pasó sobre su cabeza, nada. Todo comenzó a girar como si el universo se hubiera vuelto loco, y la oscuridad se apoderó de mí. Hasta ahora. Me ibas a decir qué escondías bajo las vendas cuando yo te contara cómo me había hecho las cicatrices, ahora ya lo sabemos todo. Preferías no haberlo sabido, lo sé, conozco esa sensación.

Se sentó de nuevo frente a las ascuas y añadió un par de troncos. Sí, porque parecía que había nevado dentro de la cabaña y ambos estaban cubiertos por un helado manto de silencio.

Fuera, la Luna comenzaba su camino y el brillante Júpiter ya se había alzado sobre las copas de los árboles.

Ellie intentó tomar aire. Una, dos veces. Se quedó de rodillas, con las palmas de las manos apoyadas en el suelo. ¿Qué le diría Ckumu? ¿Qué le decía su corazón?

181

Se levantó, intentando no marearse. Se acercó a la cocina y abrió los armarios. Sí, ahí estaba. Calentó leche, preparó dos tazas de cacao y le pasó una a Paul, quien la miró sorprendido.

—No tuviste la culpa —le dijo—. Fue un accidente.

No estaba de acuerdo, pero no tenía fuerzas para contestar. Ambos bebieron.

—Ya nunca… —A Ellie no le salían las palabras—. Lo he perdido todo.

—No soy quién para juzgar eso.

—¿Cómo?

—No soy quién para decidir sobre nadie.

—¿Eso qué significa? —La taza se le deshacía entre las manos, ya no notaba nada, todo el mundo se volvía borroso como ella.

—Lo que haya debajo de las vendas es cosa tuya. Tú decides. Yo no diré nada.

Ellie rugió. El sollozo la rompió por dentro, tuvo el tiempo justo para dejar la taza sobre la mesa, cayó de nuevo al suelo y lloró, una y otra vez, lloró por Henry, muerto y solo al lado de aquella roca, por ella y por Paul, por todos esos telescopios que no quería perder, por Ckumu y su familia, lloró hasta que Paul se levantó por fin de la silla, le puso la mano en el hombro, le tendió un pañuelo y la ayudó a levantarse.

—Vamos. Debes irte o vendrán a por ti. La noche te espera. ¿Podréis observar algo hoy, con esa Luna tan brillante? Seguro que sí, algún planeta, algún…

Ella asintió, incapaz de añadir nada más. Fue a la cocina, se lavó la cara y salió a la frescura de la noche, bajo los ojos atentos y amarillos de un pequeño mochuelo.

# Gravedad

$\mathcal{H}$acía un rato que habían acabado de comer. Ellie leía una de las publicaciones del director Hale sobre magnetismo solar bajo la luz de una pequeña lámpara eléctrica.

Henry miraba por la ventana al exterior de la cabaña. El vidrio estaba helado. Las primeras nevadas de noviembre habían cubierto la tierra parda del monte, unos cuantos copos se habían posado en el alféizar de madera.

Si no mejoraba el tiempo, no podrían observar. Las cúpulas permanecerían cerradas bajo aquel cielo blanquecino.

No se había acumulado mucha nieve, no aún. Quizás un par de pulgadas. Henry podría bajar al pueblo sin problemas, como tenía pensado. Porque Oliver se había mudado. Hasta entonces había vivido en una de las cabañas cercanas a la cima, reservadas a los astrónomos visitantes, pero ahora necesitaban privacidad. Con la excusa de la llegada del invierno había alquilado una casita al inicio de la avenida Hudson, en Pasadena, no muy grande, pero sí apartada y escondida tras dos enormes tilos.

—Ellie, voy a bajar un rato a la ciudad.

—Con el frío que hace, ¿es necesario? —Ellie levantó los ojos del artículo y lo miró con ironía—. ¿Vas a ver a Hazel?

Nunca había mentido a su hermana. Si lo hacía, ella lo notaría. Optó por callar. Se dio la vuelta y se metió en la habitación para vestirse. Ella fue detrás.

—Henry, no le digas a nadie que estoy aquí.

—Pues ya sería hora.

—No te vas con Hazel, ¿verdad?

—Ellie. No te merezco —contestó con voz triste—. ¿Sabes? Si un escorpión se está ahogando y lo sacas del agua, te picará. No puede escapar a su propia naturaleza.

—No me vengas con historias.

—Lo siento, peque. No me esperes para dormir.

—Está nublado, no se puede observar.

—Lo sé.

—Por favor… Ten cuidado.

Ellie mostraba el miedo en sus ojos. Su preciosa melliza estaba asustada. Por su culpa.

Pero no podía dejar de ir, Gant lo esperaba. Estaba atrapado por su campo gravitatorio, caería en su mismo centro hasta fundirse por completo en cada una de sus células.

—Lo siento. Tendré mucho cuidado. Nadie me verá, no saldremos de su casa, te lo prometo.

—Es Gant, ¿verdad? Tarde o temprano ibas a acabar con él, estaba claro desde el principio. Guapo, elegante, inteligente. Lo de la esposa, ¿qué? ¿Era mentira?

—No lo sé. —Se metió la camisa por dentro de los pantalones y se puso el chaleco.

—¿Sabes algo de él? ¿O no te ha dicho ninguna verdad?

—Sé lo que necesito saber. No hay más.

Henry se envolvió en el abrigo, se colocó el sombrero, la bufanda y los guantes y ensilló a Orión, que bajó trotando sobre la fina capa de nieve. La gravedad tiraba de él, no se desviaría ni una pulgada del camino; ese hilo invisible lo conduciría directo al corazón del Centauro.

Ellie salió al porche de la cabaña para verlo marchar. Tenía miedo. Porque Henry estaba loco por Gant, y cuando Henry se enamoraba, no era capaz de razonar. La última vez todo acabó en esa horrible noche del Halley. ¿Qué sucedería ahora?

En noviembre, las granjas que se extendían entre la ciudad y el monte parecían deshabitadas. Solo el humo que salía de los hogares indicaba que no era así. Bajo las palmeras que flanqueaban la Avenida Hudson tampoco se veía a nadie. En esa zona tan apartada estarían seguros.

Alrededor de la casa de Oliver olía a humo de chimenea, a piñas quemadas. Acomodó a Orión en el pequeño establo de la parte trasera y llamó con los nudillos a la puerta.

Oliver descorrió el pestillo y abrió enseguida.

Estaba desnudo. O casi. Solo llevaba los calzones de franela. Su cabello oscuro le caía revuelto sobre la frente.

—Entra, Copero. Me alegra que hayas podido venir, no creí que lo hicieras. ¿Hay mucha nieve en la montaña?

—Una ligera capa.

Hacía calor en la acogedora estancia. Aun así, Oliver se acercó a la chimenea y añadió algunos leños y dos o tres piñas.

—¿Quieres un café?

No quería.

A su lado la gravedad era tan fuerte que era imposible escapar, estaba condenado a pegar su cuerpo al de Oliver. Henry sabía que aquello, en realidad, no era buena idea, pero ya se había rendido. Lo tenía tan dentro que aunque estuviera lejos era su prisionero.

—No me mires con la boca abierta y ponte cómodo. —Oliver sonrió—. Deja tus cosas en la percha de detrás de la puerta. Déjalo todo, Copero, deja la vergüenza y el miedo, ahora estamos solos tú y yo. Aquí no hay nada malo.

Henry tuvo ganas de llorar. Ojalá pudiera hacerlo, dejar colgadas en el perchero las capas y capas de miedo que hacían que su corazón estuviera asfixiado y cianótico. Así volvería a ser Régulus, el brillante corazón azul de Leo.

Se quitó el abrigo, la chaqueta, el chaleco, la camisa. Desató los cordones de las botas, se las sacó y metió los calcetines en su interior. El suelo de madera de la cabaña se notaba cálido bajo sus pies. Dejó que sus pantalones cayeran al suelo mientras Oliver se sentaba al lado de la mesa sin quitarle los ojos de encima. Se quitó también la camiseta interior, para quedarse como el Centauro.

—Blur, para ser astrónomo estás fuerte —dijo Gant al ver sus músculos marcados.

—No soy astrónomo, soy asistente. Y además vivo en el bosque. Ya sabes lo que significa eso: cortar leña, ir de caza…

—¿Has ido de caza alguna vez? A mí me repugna.

—Hace mucho, cuando llegué al monte. Ahora ya no. —No era él el que había ido de caza, sino Ellie, porque pasaban hambre. Pero no se lo podía contar. Tomó asiento frente a él.

—¿Cómo llegaste al monte Wilson?

Henry se puso serio. Se levantó de nuevo, se acercó a la

ventana y fijó la vista en el exterior, en las hojas amarillas de los tilos que habían caído sobre la poca nieve. Oliver se puso a su lado.

—¿Qué pasa, Copero? —dijo con suavidad—. ¿Malos recuerdos?

—Tú estuviste en la cárcel. Yo no salgo de ella.

—¿Tu… condición te trajo aquí?

Si pudiera decirlo en voz alta, lo haría. «Mi maldito padre violó a mi hermana, porque me vio a mí follando con un hombre. No nos íbamos a quedar en su casa después de aquello, ¿no? Tuvimos que irnos sin nada en los bolsillos y caminar casi treinta millas hacia el oeste hasta acabar en esa cabaña ruinosa y malvivir como mendigos durante meses, sí, querido Centauro, y todo por mi condición, por mi maldita condición». Pero las palabras le apretaban la garganta como una horca.

Oliver se puso frente a él y le pasó un dedo por la cara.

—Lo siento —susurró, acercando la boca a su oído—. Lo siento. Hagamos como que no hay pasado. Hagamos como que solo hay presente, que nada nos precede y nada nos prosigue, que no hay más en el mundo que este instante en el que te estoy tocando. Voy a besarte, Copero.

Lo hizo. Bajó rozando la mejilla con sus labios hasta llegar a la boca.

La gravedad fue tan intensa que Henry lo olvidó todo. El alma de Oliver tiraba de él de tal manera que su corazón azul comenzó a brillar y a estirarse en torno a cada pulgada de su piel. Y supo que solo por ese instante, ese largo instante, había merecido la pena seguir vivo.


Cuando despertó, no había amanecido. No sabía qué hora era, había dejado el reloj en el bolsillo del chaleco. El rojo resplandor de las brasas que quedaban en la chimenea apenas iluminaba la habitación. Aun así, hacía calor. Sobre todo en su alma. Extendió la mano buscando el cuerpo de Oliver, pero la cama estaba vacía.

No se oía nada.

Henry se levantó. Estaba desnudo y no encontraba su ropa. Estaría en la sala contigua, donde todo comenzó. ¿Cuánto tiempo habría pasado? Tomó una manta, se la puso por los hombros y caminó despacio en la tenue oscuridad.

Oliver estaba sentado en la misma silla de ayer. La había puesto frente a la ventana y miraba afuera, aunque el vidrio estaba empañado. Henry regresó a por otra manta, se acercó a él y se la puso por encima.

—¿No duermes? —dijo, quedándose a su lado.

—Copero, soy astrónomo. No lo sería si me gustara dormir.

—Eres de los solares, al menos antes lo eras.

—Cuando estuve en la cárcel, no había día ni noche. Cada segundo era igual al anterior y al posterior. Sabes que lo nuestro va a acabar algún día, ¿verdad? Sabes que en un futuro cercano regresaré a Inglaterra.

Henry se sintió morir.

—¿Cómo de cercano?

—Demasiado cercano, como todos los momentos malos. La felicidad es breve; cuando sonríes, el tiempo se escurre entre los dedos. Pasará el invierno y la primavera llegará sin que nos demos cuenta. Y yo me iré.

—Podrías quedarte.

—No, no lo creo.

—Voy a dejar a Hazel.

—No vas a dejar a Hazel. —Oliver giró la silla y quedó frente a él.

—¿Por qué?

—¿No lo entiendes? Somos una mierda en Inglaterra, aquí y en cualquier sitio de este mundo absurdo. Hazel es tu coartada. Cuanto más te vean con ella, mejor.

—Eso no es justo. Ella no sabe nada de esto.

—Ni debe saberlo. ¿Quieres estar conmigo? Sigue con Hazel. No la dejes hasta que yo me vaya. Si lo haces, esto se acaba.

—Tienes esposa, ¿verdad?

—Eso no te compete. —Oliver, contrariado, se levantó de la silla y comenzó a caminar por el salón.

—Lo mismo que a ti lo de Hazel.

—No, Copero. Tú no has tenido un padre que te ha hecho la vida imposible desde que naciste. Que te ha molido a tortas. Que te ha metido en la cárcel por lo que eres. Sí, fue él, fue él —asintió como si aún no lo creyera—. Que te ha jodido la vida

187

entera, que te ha obligado a casarte con alguien a quien no conocías. Solo la astronomía me mantenía vivo hasta que hice las maletas y me vine aquí. Te encontré y, aun así, sé que tengo que regresar a aquella maldita vida, porque a una sola palabra de mi padre, volveré a la cárcel, esté donde esté.

¿Qué era peor? ¿Eso, o lo suyo? Daba igual. Eran prisioneros, aunque pareciera que podían subir y bajar del Monte Wilson, aunque les diera el aire frío de la noche en la cara.

—Así que sigue con Hazel, hazme ese maldito favor. —A Oliver le temblaban las manos.

—Vale, Centauro. De acuerdo. —Henry se acercó a él, puso la mano en su nuca y lo atrajo hacia sí. Notó su respiración agitada en el pecho—. Haré lo que quieras. Tranquilo.

Oliver gimió. No quería perder toda la cordura, debía protegerse, proteger a ambos, o si no, lo que tenían se acabaría muy pronto.

Pero ahora estaban en esa casa de madera escondida tras los tilos, al agradable calor de la estufa, y aún faltaban algunas horas para que él tuviera que subir al Monte Wilson.

—Es el presente lo que importa, Henry. El presente es todo lo que tenemos.

# Girando

*O*liver salió poco a poco del sueño. Estaba a gusto en el calor de la cama, a pesar de que tenía la boca seca y pastosa. Y de ese dolor de cabeza. Extendió la mano, encontró un cuerpo a su lado. Francis. Esa fina cicatriz que comenzaba en la cara y le llegaba casi hasta la cintura. Le había preguntado sobre ella y se había negado a decir nada. «Mejor que no lo sepas, querido niño, Londres puede ser un lugar peligroso para los que son como nosotros», le susurró quitándole la ropa sobre las alfombras de aquella habitación, mientras tres o cuatro yardas más abajo el mar rompía sobre las rocas de Felixstowe.

Se giró hacia él y la realidad lo golpeó tan fuerte que lo tiró de la cama. Cayó al suelo con un ruido sordo que despertó a Helen.

—¿Oliver? —murmuró ella.

Si hubiera hueco bajo la cama, se metería en él y no volvería a salir jamás. Nada tenía sentido. ¿Qué iba a hacer con esa mujer, con una mujer? ¿Cómo había sido capaz de acceder a las exigencias del maldito Saturno?

Ah, sí. Para salir de la cárcel.

Oliver apretó los puños, se clavó las uñas en las palmas de las manos.

Se acababa de dar cuenta de que no hacía falta traspasar la puerta de Reading para estar en la cárcel.

Creyó que el techo se le caía encima. Era el prisionero de su padre, vivía una vida que no le pertenecía, la vida que Saturno le había impuesto.

Unos cabellos rubios asomaron por el borde de la cama y casi tocaron su pecho.

—¿Te encuentras bien? ¿Has tenido una pesadilla? ¿Estás enfermo?

Oliver se secó los ojos. Estaba desnudo. Con ese maldito pene flácido delante de ella.

Se levantó deprisa, tomó el batín que el ayuda de cámara colocaba siempre en el galán de noche a los pies de la cama y salió de la habitación.

Fue la primera y la última vez que durmieron juntos. Oliver se mudó a una de las habitaciones de invitados del ala oeste.

A partir de entonces, su vida se convirtió en una sucesión de días iguales. Como uno de esos autómatas que siempre hacían los mismos movimientos. Levantarse. Comer. Sentarse en la butaca del salón mirando a la lejanía mientras el mundo daba vueltas a su alrededor. Era como la Osa Mayor. Giraba alrededor de la estrella Polar a lo largo del año para regresar siempre al mismo lugar. Sin moverse aunque lo pareciera. Igual que todo el maldito firmamento.

En realidad, no estaba vivo. Todo era un engaño. Uno no está vivo si no vive como desea. Se le puede llamar otra cosa, pero no vida.

190

Cuando pasaba a su lado, su padre se limitaba a mirarlo con el ceño fruncido. Su madre a veces se escondía para limpiarse los ojos con el pañuelo bordado. Y Helen pululaba de un salón a otro, con un vestido nuevo casi cada día, sonriendo cuando veía su imagen reflejada en el espejo de plata del recibidor, o del pasillo, o de la alcoba. No tuvo que pasar mucho tiempo, apenas dos o tres semanas, para que perdiera todo su interés por él y se centrara por completo en el guardarropa.

Aun así, de vez en cuando lo visitaba en la habitación de invitados. Y siempre se repetía la misma historia: la Osa Mayor dando vueltas una y otra vez alrededor de la Polar. Sin ningún resultado.

—Oliver, tu padre dice que...

—No, Helen. Esta noche no.

—Tal vez otro día.

—Tal vez.

Ella sonreía y volvía a cerrar la puerta despacio. Con la satisfacción del deber cumplido.

Él cerraba los ojos, sentía esas cadenas oprimiéndole el cuello, el vientre, las piernas y solo quería meterse en la cama para intentar olvidar.

Pero no dormía. Nunca dormía.

Imaginaba cómo sería su vida, la de verdad, si la pudiera vivir.

Haría la maleta y regresaría a Oxford. Se encerraría en la biblioteca, tomaría todos los libros de astronomía y los leería despacio, uno a uno, y solo saldría de ella para caminar hacia el observatorio, acariciar el largo tubo metálico del telescopio y pegar el ojo al ocular noche tras noche. Miraría al cielo aunque estuviera nublado. Y cuando lloviera, saldría para que la lluvia le mojara la cara.

El tiempo se iba perdiendo entre las nubes que el viento no era capaz de llevarse. Parecían siempre las mismas, sucias por las horas y los días y los meses. Oliver ya no sabía cuántas veces se había ocultado Orión tras el horizonte de invierno, cuántas vueltas había dado la Osa, lomo arriba, lomo abajo, alrededor de la Polar, detrás de esas nubes oscuras. Daba igual. Esa no era su vida. Él ya estaba muerto.

191

Pero su madre no había dejado de limpiarse los ojos con el pañuelo. Y ahora era ella la que fruncía el ceño al ver a su padre.

Hasta que una mañana como otra cualquiera, los escuchó. Tras la puerta del despacho, donde ni siquiera ella acostumbraba a entrar.

Saturno intentaba controlar el tono de su voz. Lady Gant, no.

—Siempre tienes que hacer lo que quieres —decía ella casi gritando, aunque fuera impropio de una dama—. No cuentas con nadie. Eres un egoísta, eso es lo que eres.

—¡Chisst! Mantén la compostura, por el amor de Dios.

—¿Estás contento de lo que has logrado? Míralo ahora. Parece un fantasma, siempre sentado en esa butaca.

—Es un atontado, por eso está así.

—Tú sabes bien por qué está así, John, ¿verdad que sí?

—¿Qué quieres decir?

—Lo enviaste a ese horrible lugar con ayuda de tu amigo el juez. Y mira lo que has logrado.

—¿Querías que lo dejara haciendo lo que quiera que hagan, Dios mío, con aquel fantoche? Era la única manera de hacerlo un hombre.

—Vaya manera. Enviarlo a la cárcel, ¡a cualquiera que se le diga! Solo a ti se te puede ocurrir algo así.

Oliver apoyó la espalda en la pared.

No quería, no podía seguir escuchando.

Lo sabía, lo había sabido siempre. Había sido su padre, el maldito Saturno, el que lo había enviado a Reading, a la celda de ladrillo, al olor a orín.

Las paredes de Greenmist se rajaban, las piedras caían sobre él y sobre lo que quedaba de su alma; lo rompían todo, lo destrozaban todo.

Empujó la puerta del despacho. Quería verle la cara al monstruo por última vez.

—Lo he sabido siempre —dijo con voz ronca—, desde la primera vez que me llamaron Albert Grant, pero no quería creerlo. Cómo alguien le puede hacer algo así a su propio hijo.

Lord Gant palideció al verlo.

—Era por su bien. ¿Pensaba que iba a dejar que se comportara de aquella manera?

—¿De qué manera, lord Gant, maldito Saturno? ¿No te gusta que me gusten los hombres? Tienes un hijo sodomita, pervertido, indecente, llámalo como quieras, mira mi cara, mira lo que has engendrado, lo que ha salido de ti. ¿No te gusta? A mí tampoco. No te preocupes. Me largo de esta cárcel. Ya no tendrás que ver más a la mierda que tienes de hijo.

—¡No! —gritó lady Gant.

Lord Gant la tomó del brazo.

—Deja que se vaya. Vete, sal ahí fuera, al mundo real. No durarás ni dos minutos —sentenció.

Las lágrimas no le dejaban ver por dónde iba. Lo había sabido desde el primer momento, pero se había negado a creerlo.

Las piedras de Greenmist seguían cayendo a su alrededor como si el cielo se estuviera derrumbando en torno a él, como si la Osa hubiera abandonado su sitio alrededor de la Polar y se dedicara a caminar por el firmamento, arrasándolo todo.

Pero ya no le hacían daño. Dejaría de dar vueltas sin rumbo, ahora la puerta estaba abierta. Algo más de treinta millas lo separaban de Londres, tomaría uno de los caballos de las cuadras de su padre y se lo dejaría en la casa del juez Fox.

No lo pensó, lo hizo. Metió cuatro cosas en una maleta, pasó por las cocinas para aprovisionarse, ensilló el caballo y se largó al galope hacia la ciudad antes de que su padre reconstruyera los muros de la cárcel de Greenmist y lo volviera a encerrar.

Por primera vez en muchos días notó el aire fresco en el rostro. Una fina lluvia caía sobre los campos, pero no le importó.

Estaba vivo de nuevo.

De vez en cuando se paraba a descansar. El cielo se despejaba poco a poco, el sol podía con las nubes.

Ya nada podía ir peor. A partir de entonces levantaría la cabeza, miraría siempre arriba y no se avergonzaría de quién era. No, no era verdad. Ocultaría su verdadera naturaleza, guardaría en su interior ese doble fondo bien escondido para que nadie más pudiera herirlo.

Cuando llegó la noche, acampó bajo dos o tres robles. Mientras el cielo se despejaba del todo, miró arriba por primera vez en mucho tiempo y lo vio.

¿Qué era aquella estrella borrosa que se estiraba apenas una pulgada por el cielo?

Recordó las conversaciones con el director de Radcliffe en Oxford, Herbert Hall Turner, cuando tras cerrar la cúpula del observatorio salían a la explanada y miraban al cielo nocturno las pocas veces que no estaba nublado. 193

No podía haber transcurrido tanto tiempo desde aquello. ¿Ya estaban en el año del cometa Halley? ¿En la primavera de 1910?

Sí. Lo tenía ahí, entre las hojas de los robles, en ese cielo que se extendía sobre el maldito mundo y todas sus miserias, sobre su corazón, que ya estaba tan viejo como el Halley, pero que pugnaba por volver a sentir.

Londres seguía siendo una ciudad bulliciosa. Tras dejar la montura en la casa del juez, Oliver deambulaba por Picadilly Circus asombrado por los rápidos cambios en la ciudad. En las esquinas de la plaza habían instalado grandes anuncios iluminados con electricidad, y los automóviles cada vez les ganaban más terreno a los coches de caballos.

Ni siquiera sabía qué día era. Tuvo que preguntar a un grupo de mujeres que paseaba bajo esos enormes sombreros y que lo miraban como si estuviera loco. Dieciocho de mayo de 1910.

Había pasado año y medio desde su boda.

Año y medio sentado en esa butaca, muerto.

Pero ahora estaba vivo de nuevo. Para mirar al cielo bajo el Halley.

Para volver a ser astrónomo.

Se sentó en un banco frente al Támesis. Alguien se había dejado un periódico. En la portada, una preciosa ilustración anunciaba el paso del cometa bajo un llamativo titular: El fin del mundo. Lo tomó para ojearlo. Decía que la gente tenía miedo del Halley. Que había quien creía que había matado al rey Eduardo VII. Que probablemente todos morirían porque la Tierra atravesaría su cola compuesta de gases tóxicos, como el cianógeno. Era una locura, de nada valía que los científicos dijeran que no había peligro. El artículo se acompañaba de un anuncio de máscaras de gas, ¿cuántas habrían vendido? Y acababa hablando de que varias personas se habían suicidado para escapar de esa terrible noche.

Si la gente estudiara, eso no pasaría. No temerían a los cometas, ni a otras cosas absurdas. Temerían al maldito futuro una vez que rompen su cárcel y buscan una salida.

Porque lo había decidido. No se quedaría en Londres, tomaría el ferrocarril y seguiría camino hasta Oxford.

194

# Invierno

$\mathcal{H}$acía frío. Mucho frío. La carretera hacia la cumbre del monte Wilson se había ocultado bajo un espeso abrigo de nieve. No se podía bajar, ni subir.

Adolf Brown caminaba nervioso alrededor de la cúpula del sesenta pulgadas. Había dado ya dos o tres vueltas, formando un pequeño sendero de pisadas grises. No, ese hombre, ese tal Blur, no se decidía. Iba y venía con su hija Hazel al lado, pero no se atrevía a dar el paso, siempre con ese aire taciturno y distraído, como si estuviera donde no debía estar.

—Brown, venga aquí —dijo Adams—. Tome la cuerda.

Adolf sujetó la cuerda, sí, frente a la puerta de la cúpula del sesenta pulgadas, moviéndose de un pie a otro, entrecerrando los ojos para no quedar deslumbrado por el resplandor blanco de la nieve.

Llevaban dos días, dos días, sí, sin salir del monte. La nieve no los dejaba. Menos mal que en el Monasterio lo tenían previsto, porque no era la primera vez. Todos los inviernos sucedía en varias ocasiones; los astrónomos lo sabían, pero él no. Nunca había visto tanta nieve junta, el frío se le había metido en los huesos y comenzaba, sí, comenzaba a odiar ese lugar. Su esposa estaría sola en la casa. Se lo pasaría de miedo con los amigos, tendría calor, se reiría con la cara de esos hombres pegada a la suya, olería su aliento y lamería el sudor de su entrepierna mientras él, sí, no podía bajar del monte, ni hacer las maletas para irse ya a otro lado, porque aquel hombre, ah, no se decidía.

Su mujer tenía amigos con frecuencia y él lo consentía, sí. No era capaz de ponerla en su sitio como hacían otros. Bastaría con un puñetazo en el vientre y quizás otro en la cara, bastaría con no darle dinero, o cerrar la puerta de casa con llave. Encerrada, sí, encerrada estaría mejor.

A veces lo había intentado. Pero se quedaba mirando su cara sonriente, como la de una niña, con el trapo de limpiar en la mano y esa bata de color rosa con los botones de nácar abrochados, y no podía, no.

Prefería que fuera feliz, porque en realidad él trabajaba mucho. Y ella se portaba muy bien con él por la noche, cuando llegaba a casa. La cena estaba caliente, la cama tibia y su piel olía a ese bizcocho de canela que horneaba cada mañana. Le sonreía como si fuera una niña, y él no podía, no, no podía ponerla en su sitio. Todo se lo consentía.

Cuando se hartaba, hacían las maletas y se iban a otro lugar. No solía tardar en encontrar trabajo. Una vez, en Fénix, llegó por la mañana y al mediodía ya estaba trabajando en la construcción de la presa Roosevelt. En Fénix siempre necesitaban agua. Una vez, sí, tardó un mes. Lo normal era una o dos semanas.

196

Hacía frío en el Monte Wilson. Sería como en aquel mundo del que hablaban los astrónomos la otra mañana. Lo llamaban el planeta X, y según ellos un tal Lowell lo buscaba más allá de la órbita de Neptuno. Estaría tan lejos del Sol que solo conocería el invierno, un invierno extremo mucho más duro que aquel.

El invierno eterno.

—Vamos, Brown, todo está listo. Entremos —dijo Adams.

La cúpula se había cubierto de nieve. Ese chico, el distraído, iba a subir ahí arriba y a colgarse del extremo superior para limpiarla. Menos mal que su pequeña Hazel no estaba ahí para verlo, porque, sí, se pondría nerviosa.

Adolf movió los brazos. Un extremo de la cuerda cayó a la nieve y dejó una fina herida en su superficie, mientras él caminaba hacia el interior de la cúpula.

El invierno también se había metido bajo el enorme armazón de acero. Nadie se libraba de él, ni siquiera la maravillosa obra de ingeniería que cobijaba: el telescopio y su enorme montura apoyada en los tanques de mercurio.

La cúpula se había desplazado sobre sus raíles metálicos, dejaba ver el cielo blanquecino.

—Ya está listo, y la otra cuerda también. Vamos, Brown, asegúrelo.

Adolf se acercó a aquel hombre, el señor Henry Blur. Decían que pronto lo ascenderían a astrónomo, porque era hábil con el telescopio y había hecho algunos estudios sobre las estrellas. Muy buen partido, ah, para su Hazel. Pero no se decidía, y así, él no se podía ir.

—Lo ato, Blur, lo ato. —Pasó la cuerda alrededor de su cintura—. No se preocupe, que no se caerá, está atado y bien atado, ah, ah, sí.

La cuerda solo valía para asegurarse de que no caía al suelo hasta que no se amarrara a lo alto de la cúpula. Era una doble medida de seguridad. A él le parecía perfecta, una cuerda áspera alrededor de la cintura de aquel hombre, ah, no lo soltaría hasta dejarlo en la iglesia de San Gabriel bien casado con su Hazel. Luego iría a casa con su mujer, harían las maletas y partirían los dos solos por primera vez desde que Hazel nació hacía, sí, casi veintiún años. Quizá podrían ir a una ciudad a orillas del mar. Él dejaría de trabajar, durante, sí, dos o tres meses. La sacaría de paseo por la playa, mojaría sus pequeños pies en el agua salada y luego los lamería hasta limpiar la última partícula de sal. La llevaría de compras, tomarían café y tortitas al atardecer. Ella olvidaría a los amigos y solo pensaría en él.

—Lo ato, Blur.

—Gracias, Brown —contestó Henry, que ya salía fuera, a aquel invierno que todo lo ocupaba. El planeta X no podía ser más frío ¿o quizá sí? Suspendido por la gravedad en un lugar del espacio donde el sol parecería un lejano y pequeño copo de nieve. Adolf subió hasta la plataforma donde se situaban los carriles de la cúpula, se asomó al exterior y volvió a repetir:

—Lo ato, Blur, lo ato, sí.

Blur tenía la cara roja. Intentaba no resbalar en la superficie metálica mientras alcanzaba la parte superior de la cúpula, donde aseguraría la otra cuerda. Luego cerrarían de nuevo la cúpula y limpiaría la nieve con una pala, para que no cayera por la abertura sobre el telescopio.

—Lo ato, Blur.

—Gracias, Brown.

197

Casi no podía oírlo con ese viento y las quejas de los abetos. Lo tenía atado. No se caería, ni se iría a ningún lado, lejos de su Hazel. No lo haría, porque si se iba, soltaría la cuerda y ese hombre resbalaría, caería y se partiría el cuello. Una mancha de sangre teñiría la nieve de oscuro. Adolf se estremeció, y no fue debido al frío.

—Te ato, Blur.

# Lágrimas fugaces

*E*l sol ya había sobrepasado el cénit, caminaba despacio hacia el horizonte oeste. Paul, con los ojos entrecerrados, notaba el calor en la cara apoyado en la puerta de su cabaña.

No quería bajar al arroyo. Se moría de vergüenza, llevaba un mes y medio bañándose desnudo delante de una mujer, qué...

Una mujer.

Cómo cambia la perspectiva cuando uno se da cuenta de la verdad. Era como observar un cilindro. Quien lo mira de lado, percibe un círculo, quien lo mira de frente, percibe un rectángulo. Y ambos tienen razón. Blur, la persona más interesante que había conocido en mucho tiempo, era una mujer, una... Con sus pequeños pechos suaves bajo la luz de la luna.

Separó la espalda de la pared y comenzó a caminar deprisa alrededor de la cabaña, un paso, otro paso, como si huyera de alguien.

No, no debía bajar al arroyo, no...

Porque vería sus ojos azules y hermosos de otra manera. Charlarían de las estrellas y él acabaría por dejar el sol y regresar a la astronomía nocturna.

Cada vez que se aproximaba a la senda que conducía al arroyo, sus pasos se hacían más lentos. Como si hubiera un enorme imán que lo atrajera, lo estirara, no lo dejara pensar en nada más que en la silueta desnuda de esa mujer.

Hasta que no pudo resistirse. Caminó monte abajo, apartando las ramas bajas, los helechos y las zarzas. Sin saber cómo, se encontró en la orilla del río, maldita sea, era... Metió la mano en el agua helada, se la pasó por la nuca. Daba igual, nada apagaría ese calor imposible.

—Betelheuse, Bellatrix, Rigel, Saiph.

Buscó alguna de esas preciosas Hylas Cadaverinas entre las plantas acuáticas sin perder de vista el camino que conducía a la cabaña de Blur.

Pero el agua del arroyo se llevó poco a poco la tarde montaña abajo. Cuando ella apareció, ya casi era la hora de regresar a la cima. La vio llegar con su traje de etiqueta. Ahora sabía por qué nunca se cambiaba de ropa en el Monasterio: porque debajo de ese traje ocultaba un cuerpo femenino, esos senos vendados, la curva de las caderas, el pubis rubio.

—Alnitak, Alnilam, Mintaka. —Esbozó una sonrisa triste. Ahora enumeraba estrellas no para olvidar cómo murió Annabel, sino para quitarse de la cabeza el cuerpo desnudo de Blur, esos… no, no debía pensar en…

—Buenas tardes, Allen.

—Hola, Blur.

Se quedó de pie, delante de ella, torpe como una rana en tierra. Cruzó los brazos delante del pecho y la miró con aire interrogante.

Ella suspiró. Cuando estuvo preparada para subir al trabajo, decidió acercarse un momento solo para cerciorarse de que él hubiera partido a tiempo al observatorio, y no, no lo había hecho, el muy despistado seguía ahí, mirándola como nunca nadie lo había hecho antes.

Como si la estuviera desnudando.

—Ellie —esa voz ronca decidió decir su nombre.

—¿Cómo dices? —contestó él.

—Me llamo Ellie, pero te rogaría que siempre me llames Blur, para evitar equívocos.

—¿Ellie? ¿Te llamas Eleanor? —Parecía cada vez más sorprendido.

—Eso creo. —Había pasado mucho tiempo sin que nadie la llamara Eleanor. Quizá desde que su madre se enfadaba con ella, cuando era tan pequeña que aún no llegaba a ver qué había de comer sobre la mesa de la cocina.

—Eleanor… Es un nombre hermoso, es…

No debía haber dicho nada. Debía haber subido monte arriba para encerrarse bajo la cúpula del sesenta pulgadas hasta que el verano acabara y ese hombre se fuera. Ahora parecía aún más sorprendido, él, que solía ser tan desenvuelto como un pistolero del viejo oeste, de esos que medían más de seis pies de altura y siempre iban con el cinturón apoyado en las caderas y el arma cargada. Sonrió, a su pesar.

—Se hace tarde, Allen. Si seguimos aquí, nos perderemos la cena y yo llegaré con retraso a trabajar.

Paul asintió. Se apoyó en el tronco donde ella se solía sentar mientras él se bañaba, para ponerse las botas. Cuando acabó, Blur comenzó a caminar y él la siguió. Eleanor, se llamaba Eleanor. Y supo que la sensación de que ir detrás de aquella mujer vestida de hombre era algo de lo que nunca podría, o querría, librarse.

—Shapley quiere encontrar cefeidas en los cúmulos globulares. —Ella lo esperó y caminaron juntos—. Esta noche pasada hemos fotografiado M13, el cúmulo de Hércules.

—Sería todo un éxito encontrar cefeidas en los cúmulos.

—Lo haremos, estoy segur… segura. —Podía hablar en femenino, él lo sabía y no iba a decir nada; no sabía si reír o llorar.

—Polaris, Kochab, Pherkad —murmuraba él.

—¿No has pensado en volver a la astronomía nocturna? A observar todas esas estrellas que nombras.

—Lo he pensado, sí. Quizá lo haga —aunque Annabel, donde quiera que estuviera, se enfadara con él.

Se atrevió. Ese mismo día habló con Hale y llegaron al acuerdo de que pasaría algunas noches en el sesenta pulgadas. De momento sustituiría a Shapley, que se había quedado en Pasadena porque su mujer, Martha, se encontraba mal. Le daría la sorpresa a Blur. Además, esa no era una noche cualquiera. Era la noche del máximo de las Perseidas, cuando la Tierra atraviesa la tenue nube de polvo que el cometa Swift-Tuttle deja cada 133 años, en sus visitas al vecindario del sol.

Cuando Paul comenzó a trabajar en Harvard a las órdenes del director Pickering, lo hizo en la astronomía nocturna. Cada noche tomaba su bicicleta y paseaba por las calles de Cambridge hasta llegar bajo la cúpula, feliz de poder mirar arriba.

Hasta que, no mucho tiempo después de la boda, Annabel comenzó a quejarse.

201

—¡Me dejas sola! —La ira refulgía en sus preciosos ojos verdes—. Yo no quiero estar sola, no me he casado para dormir en una cama vacía.

—Pero, Bel, soy astrónomo, ya lo sabías.

Ella bajaba los ojos, apretaba los labios y no volvía a hablarle hasta que se le pasaba el enfado.

Tras regresar del observatorio, una de esas noches claras de agosto, con la luna casi llena al lado de Urano y un luminoso Antares bajo las pinzas de la constelación del Escorpión, Bel lo estaba esperando detrás de la puerta, sentada en una de las sillas tapizadas con flores del recibidor. Mientras él dejaba la chaqueta y el sombrero en el perchero, se lo dijo. Primero se llevó la mano al vientre, acariciándolo con expresión extasiada. Luego levantó la cabeza y clavó los ojos verdes en él.

—Tengo una criatura en el vientre.

Paul se acercó a ella y alzó las cejas, sin entender.

—¿Qué?

—Embarazada.

Fue como si una estrella le naciera en el pecho, el calor le inundó por completo, lo dejó sin aliento. Se sentó a su lado y le cogió una de sus pequeñas manos blancas.

—¿Estás segura?

—Lo estoy. Una mujer sabe eso.

Él se quedó ahí, pegado a ellos, sin hacer otra cosa que sonreír, sintiendo que a veces hace falta muy poco para ser feliz, apenas unas palabras, apenas unas pocas células que se agrupan, crecen y se multiplican hasta formar algo vivo, un pequeño ser.

Al cabo de un mes, ella le dijo que no volvería a comer nada si no dejaba la noche. Y él, temiendo por el pequeño ser, decidió dejar su trabajo en el observatorio. Solo gracias al director Pickering pudo ocupar un puesto de astrónomo solar y conservar su sueldo.


Ellie accionó los controles y la cúpula se abrió con su sonido metálico dejando el telescopio de sesenta pulgadas expuesto a la tibia noche de las Perseidas. En la cena se había enterado de que esa noche no trabajaría con Shapley, sino con Allen. Fotografiarían otro cúmulo globular en Hércules, M92, más pálido que M13 pero igual de hermoso.

Alguien abrió la puerta, Blur levantó la vista.

Ahí estaba.

—Buenas noches —sonrió—. Parece que te has animado a pasar frío y sueño, enhorabuena. ¿Seguimos con los planes? Se supone que vamos a fotografiar M92.

Allen se aproximó al telescopio y pasó la mano por su frío esqueleto metálico.

—Es precioso, ¿verdad? Un gigante hermoso, un cíclope que devora la lejana luz de las estrellas —dijo Blur.

—Lo es. —Esa mujer tenía el don de hacerlo todo más fácil. Como la primera noche que pasó en el observatorio, hacía ya mes y medio.

—Voy a poner a M92 en campo. —El telescopio se movió despacio sobre sus cojinetes de mercurio, casi sin hacer ruido—. Bien, echa un vistazo antes de situar la cámara —Blur acercó el ojo al ocular y miró por él—, parece un copo de algodón.

Se apartó y le cedió el sitio.

—Sí… Pero lo estoy perdiendo, no has puesto el seguimiento. Se sale del campo del ocular.

Blur lo comprobó. El mecanismo de reloj que hacía que el telescopio se moviera siguiendo al objeto para compensar la rotación de la Tierra crujió con un chasquido raro. Un chasquido que no debía emitir.

—No va, ¿verdad, Paul? No va —le tembló la voz.

—No va, Eleanor.

El corazón le dejó de latir por un momento al escuchar su nombre en los labios de él. Se le acercó, lo tomó por el brazo para que la mirara.

—No me llames así nunca. Por favor, Paul, solo Blur, ¿me oyes? —dijo, seria—, solo Blur.

A él le dieron ganas de enumerar todas las estrellas del universo para intentar olvidar esa mirada azul.

—Bien, Blur, tranquila.

—Aquí soy Henry Blur, él. ¿Lo entiendes? Nada más. No quiero perder todo esto, he hecho cosas horribles para poder estar aquí.

203

Paul dejó de respirar. Recordó el pedazo de tela marrón, la tierra suelta bajo la losa, las palabras del indio. Ahora entendía por qué la llamaba libélula, tan frágil bajo ese traje de hombre. Lo que aún no sabía era a qué se refería con lo de asesino.

—¿Has matado a alguien?

—Oh, vamos, Paul Allen, ¿no lo dirás en serio?

Dejó de clavarle esa mirada azul y regresó a los controles del sesenta pulgadas, movió, ajustó, accionó el encendido.

—No va, se nos ha estropeado el seguimiento. Por favor, avisa a Hale, quizá pueda enviar a alguien.

Paul arrastró la pierna hasta la salida. ¿Qué cosas horribles había hecho Eleanor para estar donde estaba? La palabra se le atravesaba en el pecho, no dejaba que el aire entrara, asesinato, decía el anciano indio, asesinato. Sherlock Holmes lo sabría de inmediato. Él solo podía creer que era imposible que una mujer tan hermosa pudiera matar a nadie. Quizás el indio lo hizo. O quizá no tenía nada que ver.

Ya había cometido demasiados errores en su vida. No juzgaría, al fin y al cabo, él no era un ejemplo de nada, por su culpa Bel había acabado en… No, no lo haría.

—Capella, Menkalinam, Alnath.

Entró en el Monasterio y llamó a la puerta del despacho de Hale. No le contestó nadie. Caminó hasta el comedor, donde Adams, el subdirector, se estaba tomando un té.

—Tenemos un problema. El motor de seguimiento del sesenta pulgadas no funciona.

—¿Cómo que no funciona? —Adams frunció el ceño.

—No, no va.

—Muéstremelo. —El subdirector se dirigió hacia la cúpula deprisa, sin esperarlo.

Cuando Paul llegó, Adams ya comprobaba la maraña de cables que salían del cuadro eléctrico. Blur estaba a su lado, sujetando unos alicates y una linterna. Él se acercó también.

—¿Puedo ayudar?

—No tengo ni idea de qué pasa —comentó Adams—, no parece que haya ningún cable en mal estado. Blur, apunte con la linterna. No, no veo de dónde puede venir la avería.

Se dirigió hacia los controles del seguimiento. Los accionó, pero no sucedió nada.

—Parece que no van a poder tomar placas esta noche, porque no hay ningún técnico en el observatorio. Para una vez que se estropea nadie puede arreglarlo hasta mañana por la mañana. En fin. Pueden irse. Cierren la cúpula. Blur, acuéstese en una de las camas del Monasterio, no vaya a bajar a su casa de noche, sería capaz de ello.

—No se preocupe.

—Bien, mañana será otro día —saludó con la mano mientras salía de la cúpula.

—Qué desolación —dijo Ellie—. Nunca me había sucedido.

—¿Cuánto tiempo llevas aquí?

—Tan solo… —medio maldito año, desde que su hermano desapareció—. Un tiempo, Allen, un tiempo. Y te aseguro que no suele estropearse. Vamos, cerremos la cúpula.

Ellie accionó el mecanismo y la cúpula se cernió sobre ellos como un anochecer rojizo de metal. Cuando salieron, ya se veía la claridad de la Luna sobre el horizonte este.

Pero a él no le apetecía meterse en la cabaña, su cabeza comenzaría a dar vueltas como una peonza pensando en Bel, en Maia. En Eleanor Blur, la misteriosa Eleanor y sus secretos ocultos.

—Paseemos —pidió—. Al menos un rato. Intentemos ver alguna de esas Perseidas, o, como las llamaba mi abuela, las Lágrimas de San Lorenzo.

—¿Lágrimas de qué? —Comenzaron a caminar monte abajo.

—De San Lorenzo. Mi abuela es de origen italiano, profesa la religión católica. El diez de agosto, que coincide algunos años con el máximo de las Perseidas, es el día de San Lorenzo. A san Lorenzo los romanos lo pusieron en una parrilla y lo quemaron a fuego lento en una hoguera. Las lágrimas que derramó se convirtieron en estrellas fugaces que caen del cielo cada año para conmemorar su martirio.

—Mira, una. —Blur señaló cerca de la constelación de Perseo—. San Lorenzo ya está llorando, pobre, vaya destino.

—Los humanos somos así, con tantas historias terribles en cada cultura. Muertes, asesinatos, torturas. —La miró de reojo—. Inocentes que parecen culpables y héroes que no lo son. Como en las novelas de Arthur Conan Doyle. Se ha inventado una especie de detective científico que analiza las escenas del crimen como nosotros analizamos los espectros de las estrellas, intentando leer todo lo que el asesino ha dejado escrito en él.

—A veces, nada es lo que parece.

Se sentaron sobre un tronco caído que alguien había colocado al borde del sendero para ese fin.

La miraba, no podía apartar los ojos del perfil suave de su cara; se preguntaba cómo había estado tan ciego si ella era tan hermosa.

Deliraba. Mes y medio en el Monte Wilson y ya no era capaz de razonar. Sacudió la cabeza y alzó la vista a la oscuridad, solo un momento, para volver de nuevo a ella. Parecía no poder...

En ese instante, ella abrió mucho los ojos y apuntó arriba.

—Ohhhh, ¿la ves?

Sí. La había visto, allí, frente a él. Un enorme trazo de luz que parecía extenderse por medio cielo; una partícula de polvo de cometa incendiada por la atmósfera, no, por la mirada de Eleanor, se había incendiado dentro del cielo azul de sus ojos. Era... ¿de dónde venía, del cielo o de su alma?

—Eleanor, he... No, no es posible —murmuró.

Había visto una Perseida reflejada en sus pupilas. Ella contenía el universo. Ya no notaba la pierna herida, ni el temblor de las manos, ni la tirantez de las cicatrices de su cara; se había convertido de nuevo en Hércules, un Hércules que se sabía frágil y loco, que no era un héroe, pero que no debía permanecer arrodillado, si esa mujer había sido capaz de vestirse de hombre y subir ahí arriba, él no tenía ninguna excusa para no seguir adelante.

Le rozó la mano con la suya solo un instante, como por casualidad. Luego se levantó y, todo lo deprisa que le permitía su pierna mala, se dirigió a la cabaña, se secó una maldita lágrima que se empeñó en caer, porque si se quedaba junto a ella se enamoraría sin remedio, si es que no lo estaba ya, y no podía, no...

Ella se quedó bajo el silencioso cielo de agosto. La Luna trepaba hasta las ramas más altas de los pinos persiguiendo al gran Júpiter, que exhibía su rostro rojo cerca del cénit. Apretó las manos sobre la corteza rugosa del árbol caído que le servía de asiento y sonrió, aunque no debiera, aunque no se lo mereciera.

Porque hay momentos que, aunque breves, parecen eternos, extienden sus largos dedos hasta el atardecer y son capaces, incluso, de iluminar el pasado.

207

# Gigantes azules

*L*a Navidad cayó sobre el monte Wilson, rápida, fría y silenciosa como una tormenta de nieve. Los días de felicidad desaparecían poco a poco, el invierno se los llevaba demasiado deprisa y algunas noches, las que no tenía el cuerpo cálido de Oliver a su lado, Henry lloraba. A veces también lloraba cuando estaba con él, no podía evitarlo. Porque cuando se terminara el invierno, partiría. Sería como un sueño que se pierde en la nieve. Parecería que todo había sido una invención de su maldito corazón azul, que ahora brillaba y se expandía en su pecho como Rigel, la estrella azul de la constelación de Orión, el cazador.

Hazel le dio un codazo.

—A veces no sé si me escuchas, querido Henry. Ya sabes que esta vez no voy a admitir un no por respuesta, de manera que ve haciéndote a la idea.

En el Oldest Café olía a esa tarta de arándanos que horneaban los sábados. Quedaban cuatro días para la maldita Nochevieja y Hazel se empeñaba en que cenara en su casa, con toda la familia. Pero él quería pasar esa noche con el Centauro.

—Vamos, querido Henry. —Se calentó las manos con la taza de porcelana blanca que contenía un humeante té—. No pensarás que te voy a dejar solo ahí arriba en el bosque la noche de fin de año. Si no vienes a casa, voy yo a la cabaña, seguro que a mi padre le parece bien.

El pajarillo se estremeció mientras se imaginaba camino arriba hasta llegar a esa cabaña que parecía prohibida, porque Henry no la invitaba nunca, no sabía por qué motivo. Se pasó la lengua por los labios pensando en esa puerta que se abriría, en el calor del fuego, en Henry esperándola anhelante. Se des-

208

nudaría delante de él. Se desabrocharía despacio la blusa, se bajaría la falda y se quitaría la ropa interior, y él no podría hacer otra cosa que eso que hacen los hombres, fuera lo que fuera. Y luego su padre se pondría muy contento porque se casarían por fin.

—¿Te encuentras bien, Hazel?

Le temblaba el labio inferior, unas gotitas de sudor le habían humedecido la frente.

—Henry, ya te lo he dicho. Si no vienes tú, subiré yo.

—Puede que tenga trabajo. —Debía decirle la verdad de una maldita vez. Pero el Centauro no quería.

—La última noche del año nadie trabaja. —Hazel daba vueltas a la taza en sus manos. Las luces blancas del Oldest Café se reflejaban en el té, y el vapor que despedía brillaba y desaparecía al acercarse a ellas.

—Eso no lo sabes. Puede ser que los astrónomos sí trabajen. Quizás esté despejado. Ya te he contado que las noches de invierno son las mejores, porque el aire está muy frío y quieto, y eso aumenta la…

—No quiero saber nada —lo interrumpió—. O vienes, o voy.

209

No había nieve en el camino a la cabaña. Había hielo en las umbrías y barro que se pegaba a los cascos de Orión y casi no le dejaba andar. Debía de haber tomado la bici, ambos hubieran pasado menos frío.

Le recibió el cacareo de las cuatro gallinas que su hermana se había empeñado en criar en un gallinero que había construido ella sola tras la cabaña. Bueno, con ese indio. Todavía no se había encontrado cara a cara con él, pero sí que había reconocido su silueta entre los árboles. Parecía un abeto más, con ese cabello largo del color de la nieve.

Henry acomodó al caballo en el establo y entró en la casa.

Su hermana leía uno de aquellos artículos sobre el sol que no hacía mucho que Hale había publicado. Al oírlo levantó la cabeza, pero no sonrió.

—Qué pálido vienes —dijo con su susurro ronco teñido de ironía—. Acércate al fuego, debes estar helado.

Henry dejó el sombrero y la ropa de abrigo en el perchero tras la puerta. Se quitó las botas y se acercó a la chimenea. Sus calcetines de lana dejaban una huella húmeda en el suelo de linóleo.

Cómo se lo pediría para que ella le hiciera caso. Cómo podría convencerla.

—Ayúdame, Ellie, ayúdame.

Ella tomó una silla. Se sentó junto a él, frente al fuego que templaba la estancia.

—Henry, ¿qué necesitas? No, no me contestes. Quieres una vez más que me disfrace de ti, lo sé. Pero sabes lo que pienso al respecto.

—Me quedo sin vida. Cuando él se vaya, yo no existiré más.

—No podemos basar nuestra existencia en las personas que nos rodean. Tú eres tú. No deberíamos necesitar a nadie para vivir, debería bastarnos con nosotros mismos.

—Yo no me basto. Ya sabes lo que le pasa a mi corazón, está equivocado y roto. Y Oliver —se le quebró la voz al nombrarlo— le da sentido, lo hace latir, lo transforma en el brillante corazón de Régulus otra vez. Cuando se vaya...

—Se irá. Y tú recogerás tus pedazos y te reconstruirás. Hemos pasado momentos más duros.

—Nunca había amado tanto.

—Eres afortunado: conoces el amor. Muchos no pueden decir eso. —Ella. Ella no podía decirlo, quizá nunca lo haría.

—Duele.

—Estar vivo duele. Amar duele, y no amar también. No hay quien se libre.

—Hazel quiere que vaya a su casa en Nochevieja. Dice que si no voy vendrá ella. ¿Cuántas noches me quedan con él, Ellie? ¿Cuántos momentos de felicidad?

Ellie miró cómo las llamas se movían, cómo la combustión consumía la madera que había estado viva y la convertía en cenizas frías y grises.

—Los humanos somos los únicos que nos preocupamos más por el pasado y por el futuro, que por el presente. Eso dice Ckumu, y tiene razón.

—Ve tú por mí. Ocupa mi lugar, nadie se dará cuenta.

210

—Me visto de ti, bajo a casa de mis futuros suegros y, si quieres, me caso con ella. ¡Maldita sea, Henry!

—Sí, bien, perdona. He asumido que no me vas a ayudar. Me voy al observatorio, Ellie, tengo trabajo. Solo he entrado para calentarme un poco.

—¿No vas a comer algo?

—No tengo hambre. Hasta mañana.


Había más estrellas azules en el cielo nocturno, no solo Régulus. Algunas estaban en la constelación del gigante griego Orión, el rey del cielo de invierno. El cazador que podía matar cualquier animal, hasta que la diosa Gea, harta de su orgullo, le envió al escorpión, pequeño y poderoso. Ellie miraba al cazador, sentada en los escalones del porche de la cabaña. Orión, el solitario, siempre perseguía a las Pléyades. Orión y Rigel, su imponente pie de color azul, Orión y Bellatrix, la preciosa estrella azul de su hombro.

El escorpión picó al gran Orión, que cayó a tierra, muerto. Pero Ofiuco, el encantador de serpientes, aplastó al pequeño animal con el pie y reanimó al gigante para que cada invierno volviera a aparecer en el este iluminando de nuevo las noches con su fría belleza.

Las noches de invierno no serían nada sin el gigante Orión. Y ella no sería nada sin Henry, debía reconocerlo.

El aire se enredaba entre las copas de los abetos. En aquel cielo despejado, las estrellas parecían copos de nieve que nunca llegan a caer, heladas e infinitas. Los astrónomos pasarían frío bajo aquellas cúpulas metálicas. Eran gigantes en el cielo, como Orión.

Ellie se levantó y sacudió la trasera de sus pantalones. Dirigió la mirada a lo alto de nuevo y apuntó con el dedo hacia el cazador.

—Tú tienes la culpa.

Se dio la vuelta y entró en la cabaña.

—Lo haré. Lo haré, me vestiré de ti, bajaré a Pasadena y celebraré la entrada del año con tu falsa novia; un falso Henry y una falsa novia, mira qué bien. Estoy cansada de estar muerta, eso es lo que pasa. Quiero mirar por el sesenta, quiero disfrutar un poco.

211

Se quitó despacio la ropa de hombre hasta quedarse con los calzones de franela y la camisa interior. Afiló las tijeras en el asentador de cuero que Henry usaba para la navaja de afeitar y se puso frente al espejo. Limpió con los dedos el vapor que lo empañaba y miró el rostro de Henry, no, el suyo, sus mejillas enrojecidas por el frío y esa expresión de determinación que había aparecido en su mirada azul desde hacía algún tiempo. Solo tenía que tomar otro maldito disfraz. Sería Henry y tendría novia. Iría en Nochevieja a cenar con ella y su familia, comería pavo y pastel, echaría atrás la cabeza para reír.

Como un maldito hombre.

No le dio pena. En realidad estaba harta de ese pelo tan largo, solo era una molestia en la montaña.

Cuando la claridad del sol apagó la luz de las estrellas, Henry y Adams se despidieron del sesenta pulgadas.

—Buen trabajo, Blur, hemos tomado unas placas estupendas. A ver qué podemos sacar de ellas.

—Hasta la noche, Adams.

Henry cerró la puerta de la cúpula, se abrigó bien, tomó su bici y comenzó a bajar por el estrecho sendero.

En el trabajo se olvidaba de todo. Pero ahora ya no estaba mirando por el ocular. Observaba aquel cielo transparente y la ligera capa de niebla que se quedaba en el valle y apenas rozaba la ladera de la montaña. Pronto, los astrónomos solares comenzarían a llegar. Y con ellos, Oliver, *el Centauro*.

No sabía cómo podría volver a subir al sesenta pulgadas cuando él ya no estuviera allí.

Al llegar a la cabaña, el sol naranja ya extendía sus dedos hasta tocar los troncos de los abetos. Aparcó la bici al lado de las escaleras del porche, las subió despacio y abrió la puerta. Se quedó paralizado. Con la mano pegada al frío metálico del pomo.

Un hombre se había quedado dormido, sentado, con la cabeza apoyada en los brazos cruzados sobre la mesa.

No, no era un hombre. En décimas de segundo lo comprendió.

Las piernas le flaquearon, tuvo que apoyarse en el marco de la puerta para no caer.

Su querida Ellie.

Se había cortado su preciosa melena rubia, que ahora parecía un pequeño animal muerto, barrido bajo una de las ventanas.

Cerró la puerta para que el frío no entrara con él, se limpió los ojos con la manga del abrigo y se acercó. Ella tenía la boca entreabierta, como si fuera a decir algo. Su respiración pausada transmitía calma.

Se sentó a su lado, intentando no hacer ruido. El corte de pelo solo podía significar una cosa. No se atrevía a creerlo.

Ellie abrió los ojos. Estiró los brazos desperezándose y lo miró.

—Henry —dijo con su voz ronca teñida de sueño—, ¿ya has llegado? ¿Ya es de día?

Alargó la mano. Henry sintió su tacto suave en la cara limpiándole esas malditas lágrimas.

—¿Qué has hecho, peque?

Ella rio. Una breve carcajada que cayó al suelo.

—Sientes, Henry, amas, y lloras, y ríes. Yo también quiero sentirme viva, aunque tenga miedo. Llevo tanto tiempo en la montaña... No quiero ser una maldita mujer a merced de lo que los demás quieran hacer con ella. No quiero que alguien como padre vuelva a... a...

—Lo siento tanto, Ellie.

—No digas nada. Voy a ser tú. Voy a bajar a Pasadena a cenar con Hazel. A cambio, quiero subir ahí arriba y mirar por el maldito telescopio. Si las mujeres no pueden porque el director Hale no lo aprueba o porque no es adecuado que las mujeres pasen frío y que estén fuera de su casa de noche, seré un hombre. Quiero ver a Bellatrix, a Betelheuse, a Sirio y a todas las estrellas como las veis vosotros; quiero tomar placas de su luz. Quiero ser astrónomo.

Henry la miraba con la boca abierta.

—Te lo he ofrecido muchas veces.

—Quizá no era el momento. Quizás ahora sí lo sea.

—¿Por qué?

¿Se lo diría? ¿Sería sincera? Sí, lo sería.

—Te envidio.

Henry la miró como si estuviera loca. ¿Envidia de qué? ¿De un maldito marica que no hacía más que equivocarse y sufrir?

213

—¿Te has vuelto loca?

—No, mi querido hermano. —El susurro de su voz parecía acariciarlo—. Tengo envidia de tu amor. De cómo la vida se hace contigo y te posee, mientras que en mi caso se limita a pasar de largo. Tú vives, yo no. En tres días comienza 1914. Estos cuatro años se me han perdido entre los abetos del monte, ya no quiero dejar que se me pierdan más.

—¿Ha sido mi amor el que te ha…? —Henry fue incapaz de acabar la pregunta.

—Tu precioso, tu maravilloso amor. Lo envidio. Quizá yo no sea capaz de sentir nunca algo tan poderoso.

—Ellie, mi amor está equivocado, ya lo sabes.

—Sonríes cada vez que piensas en Oliver. Lloras cuando imaginas su ausencia. Si amas, da igual a quién ames, está bien. Yo no siento nada. Como si estuviera hecha de madera. Igual que el tótem de Ckumu, siempre quieta, mirando a la lejanía. Deja de llorar, Henry. Te vas a deshidratar.

Ellie abrazó a su hermano. Dos seres iguales, con corazones distintos.

El viento, que pegaba su rostro frío en la ventana, no fue capaz de distinguir quién era quién.

# Anillo de seda

*E*llie bajó por el sendero del monte aún de noche, acompañada por las partículas de polvo de cometa que de vez en cuando brillaban al contacto con la atmósfera. No eran muchas, la Luna casi llena impedía ver las más tenues. Ese año, san Lorenzo, como decía Paul, no lloraba demasiado, la parrilla estaba siendo clemente con él. Paul tenía una abuela italiana; quizá de ella venían los ojos oscuros, la nariz recta, la barbilla con ese casi imperceptible hoyuelo.

Entró en la cabaña sin hacer ruido, Ckumu dormía en una litera al lado de la chimenea. Pero el indio tenía oído de coyote y abrió los ojos enseguida.

—Libélula, ¿qué haces aquí? —se incorporó.

—Se ha estropeado el telescopio. Duerme, Ckumu, me voy a acostar.

—¿Todo bien?

—Sí.

Ckumu se recostó de nuevo, ella entró en su habitación. No encendió la bombilla sino las dos velas que siempre tenía en la mesita por si se iba la luz. Dos pequeñas velas sobre dos láminas de madera de cedro ya manchadas de cera.

Retiró la tela gris que solía cubrir la superficie lisa del espejo del armario. Reflejaba otra habitación, en ella, dos llamitas iluminaban a un hombre que se desabotonaba la camisa, la dejaba caer al suelo. Se quitaba los pantalones, la camiseta interior, para descubrir unos pechos vendados y unos calzones que no ocultaban ninguna protuberancia. Se desnudó del todo, como cada día.

Pero ahora algo había cambiado.

Paul Allen, el hombre dañado igual que ella, el hombre

que soñaba bajo la escasa luz de las estrellas, la conocía. Había visto su cuerpo a la luz de la luna eclipsada. Pasó un dedo por el cuello, por uno de sus pechos, por el ombligo, por el pubis, hasta dentro de la hendidura, notó el calor, la humedad resbaladiza.

Qué habría pensado Paul de ella aquella noche. De su cuerpo. Desde entonces la miraba como si estuviera desnuda, como si imaginara de manera constante lo que había debajo de su ropa de hombre. Con una ceja alzada y esa expresión de sorpresa, con una mirada tan profunda como la oscuridad de la noche. Y a ella se le volvía agua el vientre sin poder evitarlo.

Hundió aún más el dedo en su interior, se le escapó un gemido suave. Jamás habría creído que después de que se la comiera el monstruo aquella horrible noche, después de que el frío de febrero se le instalara en el vientre cuando Henry desapareció, podría ser capaz de sentir. Su dedo se movía dentro y la otra mano buscó uno de sus senos. Sí, sentía, podía hacerlo. Era como si él la estuviera tocando, permitía que el calor creciera en su vientre y se expandiera por todo su cuerpo, que la envolviera como un halo luminoso, como la nebulosa del Anillo en la constelación de Lyra, un pequeño aliento cálido y brillante que la recorría por completo, que le susurraba cosas al oído, que bajaba con su lengua por el cuello hasta detenerse en los pezones. Un anillo de seda que se enredaba en su vientre, que se deslizaba por las nalgas y rodeaba los muslos, que rozaba una y otra vez el pequeño botón de la hendidura y la hacía gemir, sí, rugir, Paul, como una nebulosa anular, que si te acercas a ella se vuelve tan grande que no hay lugar para nada más, solo para esa estrella en el centro que crece y crece y palpita y explota, se extiende en oleadas para luego atenuarse y dejarte ahí, flotando, en medio de un halo de luz.

Cuando se despertó ya era mediodía. La luz solar entraba sin permiso por las rendijas de las contraventanas cerradas, pero ella aún se sentía envuelta por el anillo de seda y las lágrimas comenzaron a caer sobre la almohada. Estaba viva, sí, viva, aquella noche lejana en Pomona no había logrado robarle toda su alma. Ahora su interior estallaba, reclamaba el espacio que nunca había tenido y ella se moría de miedo, le temblaban las manos, el sudor le bañaba la espalda, porque no quería; porque el amor te deja ciego, como a Henry, ya no sabes cuál es tu camino y te pierdes.

No, no podía perder la cordura, tenía que subir cada noche vestida de hombre montaña arriba porque eso era lo que había elegido. Así que haría un rebujo con el anillo de seda hasta volverlo pequeño de nuevo, muy pequeño, como M57 con bajos aumentos, que casi ni se ve, y no dejaría que creciera jamás, lo guardaría debajo de la almohada, lo echaría a las pocas llamas de la chimenea, lo tiraría montaña abajo y ya no volvería a perturbarla.

Si eso fuera posible.

Pero quién puede esconder un aliento tan poderoso.

—Maldita sea. —Hundió la cara en la almohada aún más—. He caído como una tonta. No podía quedarme quieta mirando cada noche al cielo, subir, bajar y ya está. Tenía que ir a ver quién era el nuevo. Maldito arroyo.

217

—¿Dices algo? —preguntó Ckumu desde el comedor.

—Digo de todo y nada bueno. No hay nada peor que el desconocimiento. Si yo hubiera sabido que esto era así, no me hubiera dejado llevar.

Se limpió las lágrimas con la sábana. Se levantó, se vistió y se colocó frente a Ckumu, que estaba sentado al lado de la mesa. Él la miró y alzó las cejas.

—Sí, he llorado. Y más que voy a llorar.

—Lloramos porque estamos vivos.

—Yo sí tengo que escapar a mi propia naturaleza, Ckumu, no puedo sucumbir a ella.

Ckumu tomó una navaja que había sobre la mesa, la abrió y la volvió a cerrar.

—Di algo —pidió Ellie.

—No oyes más que el sonido del viento en los árboles.

—Tengo que subir cada día vestida de hombre a la cima si quiero comer.

—¿Y? —Ckumu clavó sus ojos de águila en ella—. La serpiente falsa coral se disfraza de lo que no es para sobrevivir. Esa es su naturaleza y la acepta.

—¿Qué quieres decir? ¿Que yo soy así? —Señaló a su ropa de hombre.

Ckumu abrió las manos con las palmas hacia arriba en señal de asentimiento.

—Eso solo tú puedes saberlo.

—Esta soy yo. Me pongo este traje porque como mujer no puedo hacer nada y no me conformo, no me conformo. ¿Debo aceptarme tal como soy? ¿Una rebelde a la que no le importa engañar para conseguir lo que quiere?

Ckumu volvió a centrar su atención en la navaja. La abrió, sacó una piedra lisa de su bolsillo y pasó el filo por ella en un movimiento circular y constante.

—Soy una persona que necesita mirar al cielo cada noche. Pero algo se me ha despertado aquí dentro, Ckumu. —Se señaló el vientre primero y luego el corazón—. Y ahora, ¿cómo me las apaño con eso?

—Él te conoce.

—¿Y lo de Henry?

—Cuéntaselo.

—No.

—No preguntes si ya sabes la respuesta.

—Es que no sé qué hacer.

—Cada elección implica una renuncia.

Sí. Ella ahora quería todo, los telescopios de la cima y a Paul. Pero eso era imposible. Ojalá fuera ya septiembre. Paul se iría y ella se quedaría tranquila de nuevo. Sin él. Con esa maldita angustia que ocuparía el hueco que ya estaba dejando la ausencia en su pecho. Cuánto se acordaba de su hermano, cómo lo comprendía.

—Ya no me necesitas, Libélula. Pronto me iré. Antes, me gustaría despedirme de mi familia.

Los ojos de Ellie volvieron a llenarse de lágrimas.

—¿De tu familia? Yo soy tu familia. No puedes irte, eres mi padre.

—Los padres también se van.

—No. No. Aún no, Ckumu, no me dejes sola.

—Eres fuerte. No estás sola. La montaña, el agua y la noche no te abandonarán nunca. Yo soy demasiado viejo.

Su mirada de águila se perdió en la lejanía, como si ya pudiera ver el mundo de los espíritus. Ellie lo abrazó y enterró la cara en aquel pelo blanco que olía a salvia.

—No puedes irte todavía. Prométemelo.

—Hay cosas que no se pueden prometer, que no dependen de la voluntad. Mira siempre adelante, Libélula, tus alas son fuertes, aunque caigas al agua, siempre remontarás el vuelo.

Tras la comida, Ellie subió a la cumbre para comprobar si habían conseguido arreglar el seguimiento del telescopio.

Bajo uno de los abetos próximos a la cúpula, Ellerman miraba con atención al suelo.

—Buenas tardes. —Blur se aproximó—. ¿Se le ha perdido algo?

—Hola, Blur. No, nada. Estoy estudiando las hormigas.

—¿Las hormigas?

Blur se agachó y observó una hilera de hormigas negras.

—Sí. Es un encargo de Shapley. Por la noche mira las estrellas y por el día, las hormigas. No le queda tiempo para dormir. —Ellerman emitió una carcajada breve—. Tiene la teoría de que la velocidad de las hormigas depende de la temperatura ambiente. Me ha dicho que contabilice cuántas hormigas pasan por un punto concreto durante un minuto y que mida la temperatura.

—Ah —contestó Blur—. Parece interesante.

—Pues sí.

—¿Sabe si han podido arreglar el seguimiento? —Blur dirigió la mirada hacia la cúpula de color blanco.

—Claro. Sería una pena que no lo hicieran. Esta noche podrán tomar todas las placas que les permita la atmósfera.

Blur sonrió.

—¿Allen está por aquí?

—No lo sé. Mire, parece que a la sombra van más lento. El sol da energía hasta a las hormigas, ¡qué curioso!

—Lo es. Adiós, Ellerman.

—Que lo pase bien.

Blur dirigió sus pasos hacia la cabaña de Allen. Podía haber bajado de nuevo hasta que fuera la hora, podía haber caminado hasta el Monasterio para tomar un té, pero no. Llegó a la cabaña y llamó a la puerta. Mientras el anillo de seda se extendía de nuevo por su cuerpo, le tocaba la espalda, le acariciaba el interior de los muslos.

Abrió un Paul Allen ojeroso, con pinta de no haber dormido nada.

—Ya está arreglado, Paul, esta noche podremos observar. —Ellie frunció el ceño al ver su aspecto—. ¿Qué te pasa? ¿Estás cansado?

Lo estaba. De sentirse culpable. Del dolor de la pierna, de huir todo el rato, de… Lo estaba, sí, muy cansado.

—Estoy bien —respiró hondo—. ¿Se ha solucionado el problema, qué era?

—No lo sé. Me lo ha dicho Ellerman, pero no le he preguntado por la avería. No bajes hoy al arroyo, deberías descansar un poco.

Y quedarse solo de nuevo bajo ese techo que parecía aplastarlo.

—Pasa. Voy a hacer café.

—¿Tienes café? Hale no lo permite en el observatorio.

—No se lo digas.

—Vale.

Paul se acercó a la cocina y puso agua a calentar.

—Dime, Eleanor —dijo sin volverse hacia ella—, ¿alguna vez te has planteado vivir una vida normal?

—¿Qué es para ti una vida normal?

—Vestida de mujer, con un marido e hijos. —Porque se la imaginaba en Boston con él, aunque no quisiera, aunque no estuviera preparado, se la imaginaba bajo el mismo techo, en la misma cama.

—¿Tú podrías hacer eso?

—Yo ya lo hacía.

—No, tú hacías otra cosa. Perdona, pero ¿podrías dejar la astronomía y quedarte en una casa cuidando de tus hijos y de tu mujer? ¿No? Pues yo tampoco. Para mí esta es una vida normal, la de cualquier otro astrónomo.

Paul se sentó frente a ella.

—¿No quieres tener hijos?

—No puedo tener hijos. Soy un hombre. —Se frotó las manos, le sudaban.

—No lo eres, doy fe.

—Oh, maldita sea. —Se levantó y se dirigió hacia la puerta—. Nos vemos esta noche ahí arriba, y olvida lo que viste; solo soy Henry Blur, el asistente, el que pone en estación el telescopio, el que se ocupa del trabajo duro mientras vosotros, los astrónomos, teorizáis sobre el universo.

—No te vayas, Eleanor, no me dejes solo de nuevo —Paul murmuró al espacio vacío que dejó Blur en la cabaña, a la puerta entreabierta por la que se colaba el calor de las primeras horas de la tarde.

221

# Unidos e iguales

*E*llie abrió su armario. La única prenda de mujer que había en él era la falda de color azul con la que llegó al monte hacía cuatro años, descolorida y rota por varios sitios, porque se le solía enganchar con las ramas bajas de los matorrales antes de que se pusiera pantalones por primera vez. No sabía por qué la guardaba, quizá porque le recordaba lo que no quería volver a ser.

Esa noche, su disfraz sería completo. Henry le había prestado su traje más elegante. Un conjunto de pantalón, chaqueta y chaleco azul cobalto acompañado por una camisa blanca y una pajarita negra.

No podía echarse atrás, aunque las manos le temblaran, aunque se le formaran finas gotas de sudor en la frente, en la espalda. Aunque tuviera un puño enganchado a las tripas, no se quedaría en la cabaña. Porque Henry canturreaba en su habitación. Habían calentado agua y se habían bañado por turnos, y a él no se le había borrado la sonrisa de la cara en toda la tarde. Ahora no le podía decir que el miedo la tenía paralizada, que no sabía si en realidad podría hacerlo.

De manera que sacó las vendas que había preparado con una tela de algodón que Henry había comprado en Pasadena.

Mientras él canturreaba en su cuarto y el fuego parecía un pequeño pájaro que aleteaba en la chimenea.

Henry paró de cantar. Rio. Y continuó con la cancioncilla que se había hecho tan famosa hacía un par de años. *Oh my honey…* ¿Cómo se llamaba? Ah, sí, Alexander's Ragtime Band. Parecía que la felicidad lo había poseído por completo.

Como a ella el miedo.

No habría luna esa noche. Solo un fino creciente que desaparecería pronto por el horizonte. El cazador Orión brillaría como nunca tras el ligero velo de nubes que cubría el cielo.

—Vamos, Ellie, mueve las alas, despierta —susurró a la imagen que la miraba desde el espejo—. Tú puedes. Solo comienza.

Las vendas blancas comenzaron a temblar en sus manos. Dejó caer uno de sus extremos, metió el otro bajo la axila ligeramente húmeda. La sujetó y la giró una, dos, tres veces. Poco a poco los pechos desaparecieron bajo la blancura de aquel cinturón de nieve.

Se acabó de vestir con rapidez; la ropa tenía un tacto frío sobre su piel cálida.

Cuando se miró de nuevo en el espejo, ya no era ella. Henry había ocupado su lugar. Se había convertido en Blur, el operador de telescopios; Blur, el que sabía amar, el que no tenía miedo, el que cada noche subía montaña arriba para tocar las estrellas.

Sus labios dibujaron una sonrisa. Tomó el sombrero y se lo colocó. Parecía magia.

—Estoy listo, adelante.

223

Alta en el cielo, cerca de Orión, brilla la constelación de Géminis: los gemelos, Cástor y Pólux. Nacieron de un huevo que puso Leda, la reina de Esparta, después de amarse con Zeus convertido en cisne. Cástor era mortal, Pólux era un dios. Pero eran gemelos, habían compartido el mismo útero duro de calcio; habían nacido juntos. De manera que cuando Cástor fue asesinado, Pólux ya no quiso vivir. Renunció a su condición de inmortal, su vida no tenía sentido sin su hermano. Zeus se apiadó de ellos y los colocó en el cielo para que estuvieran juntos toda la eternidad.

Dos hermanos unidos e iguales a pesar de su diferente naturaleza. Como ellos.

Cuando Henry la vio no se lo podía creer.

—Vaya, Ellie…

Nadie pensaría que era una mujer.

—Imagino que tendré que dormir en esa casa. Espero que tu Hazel no se meta en mi cama.

Henry la miraba con la boca abierta.

—Nadie notará la diferencia —afirmó.

—Nooo. Ni en la cama, ya lo verás.

—Hazel no hará eso bajo el mismo techo que sus padres. Creo.

—Eso espero. Más te vale, querido Henry.

—La voz. Es un poco diferente. Habla bajo y di que estás algo afónica. Afónico. ¿Sabes quién es el señor Brown?

—Sé quiénes son todos en la montaña.

—Es un tipo extraño, ya lo sabes. A la señora Brown no la conozco aún, nunca he querido cruzar el umbral.

—Y lo voy a hacer yo, ¡qué curiosa es la vida!

—La señora Brown tiene amigos. Creo que se acuesta con varios hombres, aunque Hazel no me lo haya contado exactamente así. Los sube a su habitación.

—Con qué familia tan peculiar vas a emparentar.

—No tiene gracia, Ellie.

—Pues no sé qué estás haciendo con ella.

Él tampoco lo sabía. O sí, sí lo sabía. Estaba con Hazel porque Oliver se lo había impuesto.

—Bien, se hace tarde. Bajas tú primero con la bici y después de un rato yo con Orión. ¿Te parece bien?

—Ya sabes que sí. Henry —se puso seria—, disfruta. Intenta ser feliz sin pensar en el mañana. Hoy es hoy, gózalo.

—Hoy es hoy, peque. Gracias por regalarme esta noche.

Cástor y Pólux son dos estrellas de brillo semejante, dos gemelas, una frente a la otra. Cástor brilla con un pálido color azul y, sin embargo, Pólux fija su mirada rojiza sobre su hermano, quizá recordando lo que fue en el pasado: un dios.

Ellos nunca fueron dioses. Eran dos seres únicos e iguales que se atrevían a levantar la mirada al cielo. Dos inocentes que pensaban que la felicidad podía existir.


Blur dejó la bici apoyada bajo una de las ventanas de la casa de los Brown. El árbol que crecía en el jardín, muy cerca de la puerta, era impresionante, con esas hojitas verdes y afiladas. No tuvo tiempo de fijarse más a fondo, enseguida la puerta se abrió para dar paso al pajarillo.

—¡Ohhh, Henry! Bienvenido a nuestra humilde morada.

Hazel parecía haberse tragado el palo de la escoba. Permanecía tiesa y solemne en el umbral de la casa, con ese vestido color rosa y el lazo en la cintura. Se había dado un toque de color en las mejillas, tenía los labios pintados de carmín. Todo era tan extraño que Blur no sabía qué hacer.

—Gracias, querida Hazel —habló aún más bajo que de costumbre.

—¿Estás ronco? —El pajarillo tenía los ojos fijos en ella.

Tuvo miedo. Era absurdo, la descubriría, sabría que no se trataba de Henry, la denunciaría a la policía. Su espalda se cubrió de sudor.

—Un poco.

—Entra, te prepararé algo caliente. —Se acercó y posó una de sus manos sobre el brazo de Blur—. Estás muy guapo esta noche. Charla con papá mientras mamá y yo terminamos de cocinar. Dame, dame la chaqueta.

Vaya, parecía que se lo había tragado. ¿Podría hacerlo? ¿Podía hacerse pasar por un hombre y que colara? Qué curioso. Se quitó el abrigo y Hazel lo colgó bien estiradito en el perchero.

Y ahí estaba el resto de la familia. El padre daba saltos de un pie a otro y se frotaba las manos. La madre sonreía. Todo su cuerpo lo hacía. Blur nunca había visto nada igual, incluso se olvidó de quién era en realidad. Ella sonreía, con el cabello color canela flotándole alrededor de la cara y ese vestido verde menta que dejaba ver los zapatos de tacón y unos tobillos finos. Sonreía ahí, quieta, sin decir nada. Le sonreía a él, a Blur, le sonreía como se sonríe a una golosina antes de comérsela.

El señor Brown la miraba serio, y luego a Blur, y luego a Hazel, sin parar de moverse.

—Henry, te presento a mamá. A papá ya lo conoces.

Ambos dieron un paso adelante con ceremonia. El señor Brown le tendió la mano primero.

—Bienvenido a nuestra humilde morada, sí, bienvenido.

—Se lo agradezco. —Blur estrechó aquella mano fría y algo húmeda.

—Encantada de conocerlo, Henry. —Ella alargó también la mano—. Deseamos que esta noche se sienta a gusto entre nosotros.

Blur dudó qué hacer. ¿Le besaría la mano? ¿O se la estrecharía? Optó por lo segundo.

—Muchas gracias —susurró—. Seguro que sí.

Su mano era suave y cálida, muy diferente a la del señor Brown.

—Está afónico, sí, afónico. ¿Se encuentra bien? Siéntese, por favor, sí.

—No se preocupe. —Blur y el señor Brown tomaron asiento frente a la mesa—. Me pasa algunas veces, con el frío. No es nada.

—Un *bourbon*. Querida, sírvenos un *bourbon*.

—No suelo beber alcohol.

—¿Es usted de esos? —preguntó ella, de pie con los brazos cruzados sobre el pecho. Hazel, a su lado, era su polluelo. La miraba con los ojos muy abiertos, con cara de admiración.

—¿De cuáles?

—De los de la templanza.

—Esas son mujeres, querida, sí, mujeres locas, que van con hachas a atacar negocios ajenos, ah.

—Mi marido tiene razón. Una vez, en el este, las vimos. Eran cinco, armadas de hachas. Entraron en una taberna e hicieron añicos todas las botellas.

—*Bourbon*, sí, mujer, *bourbon*.

Ella sacó del armario del salón una botella color ámbar. Puso dos vasos sobre la mesa y vertió en ellos el líquido. Muy cerca de Blur, demasiado cerca, tanto que le rozó la cara con uno de sus senos. Olía a canela, como las tartas de madre cuando ellos aún eran pequeños y no sabían nada de la vida.

Maldita sea, mejor no pensar.

Todo era un disparate. ¿Qué hacía con esas personas, fingiendo ser quien no era? La descubrirían. Tomó el vaso de *bourbon* y lo apuró de un trago.

Quemaba.

—No soy de los de la templanza —dijo cuando se le pasó la tos, mientras todos la miraban con sorpresa.

—Henry, nunca antes te había visto beber alcohol —afirmó Hazel.

—Y no me verás más. Gracias, señora Brown, señor. Me viene bien para la garganta.

Era vergonzoso, no sabía qué decir. Pero, al poco, el *bourbon* le calentó el estómago y una ligera bruma comenzó a emborronar sus pensamientos. Sí, solo era Henry, un hombre sentado a la mesa de su futuro suegro, atendido por las mujeres de la casa. Debería estar a gusto así, sin mover un dedo. El papel pintado de la pared estaba cubierto de flores, de pequeñas flores rosas que formaban guirnaldas, parecía que ya había llegado la primavera. Blur sonrió.

—¿Para cuándo la boda? Sí, sí, la boda.

La sonrisa se le heló. La maldita nieve, Blur. Aún no había llegado enero.

—¡Papáaa! ¿Cómo puedes decir eso?

—Hazel, hija, ah. Un pequeño empujón, sí. Hay que irse ya.

—No agobies a nuestro invitado. —La señora Brown se dirigió a la cocina—. Es pronto, querido, no te preocupes. Hay tiempo.

Adolf se frotaba las manos frías debajo de la mesa. Tragó el *bourbon* y se sirvió otro vasito.

Quizá fuera por el calor de la chimenea o del *bourbon* que nunca bebía, pero Blur tenía la sensación de estar soñando. La silla se había vuelto blanda y los contornos de esas florecillas de la pared se estaban difuminando. Todo era de ese color rosa, hasta la mesa y el *bourbon* y el fuego de la chimenea. Todo menos el miedo, que le clavaba sus uñas sucias en el estómago.

Entre sueños, la madre y la hija le sirvieron la cena. Hazel se sentó a su lado, la señora Brown, frente a ella. Sus miradas le tocaban el cuerpo como un extraño masaje. Una de las dos, no supo quién, le acarició la pierna con el pie y subió hasta el muslo.

Entre sueños recibió el año 1914 mientras el señor Brown seguía frotándose las manos y murmurando entre dientes, hay que irse, sí, con una mujer estaría mejor.

Entre sueños se acostó en una cama que no era la suya.

En cuanto amaneció, antes de que nadie estuviera despierto, salió huyendo, pasando rápido bajo las hojas verdes y afiladas del pimentero, camino del monte.

# Distancias

*P*aul Allen se preparó para la observación. Por primera vez desde que había llegado al Monte Wilson tuvo cuidado de su atuendo. Se puso los mejores pantalones que tenía, la camisa, el chaleco, limpió el polvo blanquecino que solía cubrir sus botas.

Mostró al espejo el lado bueno de la cara, no el otro, el de las cicatrices, ese no quería ni mirarlo. Se peinó el cabello oscuro.

El exterior podía prepararlo. El interior, no. No sabía cómo comportarse con Eleanor, cuál era la manera de no ofenderla. Quizá solo era cuestión de tiempo. Se acostumbraría; cuando ya no fuera novedad las cosas se calmarían, dejaría de oír el latido de su corazón en el pecho, tan fuerte como un temblor de tierra. Sí, solamente estaba sorprendido.

Salió de la cabaña y se dirigió hacia la cúpula. Ella ya habría puesto en estación el sesenta pulgadas. Se había levantado algo de viento, los árboles agitaban sus ramas bajo el cielo nocturno.

Aquel día de otoño también hacía viento en Cambridge, las hojas amarillas de los sicomoros se arremolinaban sobre las aceras. Cuando Sagitta atravesó su pierna, estuvo un tiempo que no podía recordar tumbado en la carretera, incapaz de hablar, cubierto por aquellas hojas que caían sobre él como si ya estuviera muerto.

No se acordaba de cómo había llegado al hospital.

Tan solo despertó bajo aquella luz blanca. Creyó que estaba sobrevolando la luna, y no fue capaz de despertar de ese sueño hasta que notó el tacto de una mano en la suya. Era Chiara, su abuela.

—*Nonna, stiamo sorvolando la Luna?* —dijo, en italiano.

—Sí, hijo, muy alto y muy cerca, aquí todo es posible. Cierra los ojos y duerme.

Lo hizo. Cuando volvió a despertar, todo fue dolor.

Paul apretó los puños, bajó la cabeza y se concentró en caminar todo lo rápido que podía hasta la cúpula.

—Rasalgheti, Ruticulus, Sarin, Maasym.

Las estrellas de Hércules, el héroe que no era tal, el arrodillado.

Aún no había encontrado fuerza para levantar, por fin, la cabeza.

Le temblaban las malditas manos llenas de marcas, llovían hojas, llovían cristales, la flecha de Sagitta lo rajaba por completo, su vida desaparecía mientras una fina luna creciente se reía con su boca torcida en el cielo aún azul.

Tras el accidente, no volvió a casa: se mudó con su abuela. Allí seguía cuando Pickering lo envió a pasar el verano en el Monte Wilson. Se tocó la cara, y sí, le ardía de vergüenza al recordarlo. Cómo podía ser tan cobarde.

Presionó su frente sobre la superficie blanca de la puerta de la cúpula. Aquello se había convertido en pasado. Ya era de noche y esa mujer lo esperaba tras el frío de la puerta.

Respiró hondo y entró.

Blur estaba inclinada sobre el ocular del telescopio, ajustando el enfoque. No pareció darse cuenta de que ya no estaba sola. Se acercó a ella intentando no hacer ruido.

No podía evitar pensar en lo que había debajo de aquellos pantalones. No se notaba nada, ¿cómo era posible? Parecía un chico alto, no tanto como él, pero no era pequeño, eso sí, bastante delgado, pero nada más. Movía sus manos de manera precisa y metódica. Sin embargo, él lo había visto aquella noche bajo la Luna. La curva suave de sus caderas. El pubis.

Una vez más el calor se le subió a la cara. Porque ahí abajo se le estaba poniendo duro, ¿se había vuelto estúpido? Nunca se dejaba llevar por esas cosas, no miraba a las mujeres así, ni siquiera a Bel.

Debería volver a salir bajo la noche, a ver si el relente le templaba el maldito calor y le hacía recuperar la cordura.

Blur alzó la cabeza.

—Ah, estás ya aquí. No te he oído llegar. Ya tengo a M92 en campo, podemos poner la cámara.

Estaría bien si pudiera quitar las manos de delante del bulto de la entrepierna. Se dio la vuelta un momento, fingiendo que tosía, y se abotonó la chaqueta para disimular el...

—¿Qué te pasa, tienes frío?

—No sé. Hace un poco de aire fuera.

—Acerca la caja de placas, por favor. La atmósfera está transparente, no perdamos tiempo.

Le hizo caso. Acercó la caja, colocaron la cámara, la cargaron. Los dos juntos. Sus brazos se tocaban. Sus manos se rozaban de vez en cuando. Observaba sus labios finos; los preciosos ojos azules.

—¿Sabes qué? —Blur miró al pedazo de cielo alargado que asomaba a través de la abertura de la cúpula—. Dicen que el cien pulgadas podrá detectar la luz de una vela en Nueva York.

—Es increíble. —No funcionaba, su cerebro se había vuelto lento, menudo científico era él si una mujer vestida de hombre le hacía sentirse así. ¿Cómo se definiría? ¿Aturdido?

—Ritchey está puliendo el espejo en el edificio Hooker de Pasadena. No quería, pensaba que era imposible. Además, tiene una idea muy buena con un diseño nuevo para los telescopios, pero Hale manda.

—¿Lo conseguirá?

—Probablemente no lo sepan hasta que lo instalen bajo la cúpula y apunten al cielo. Pero yo creo que sí. Si funciona este, ¿por qué no el otro? En este lugar todo es posible.

—Todo, sí.

—¿No tienes calor con la chaqueta tan abrochada? —Lo miró de reojo, parecía algo nervioso—. Aquí no hace frío hoy.

—No, no hace.

—¿Y entonces?

No sabía qué responder. Echó un vistazo alrededor y encontró la solución. Le dio la espalda, se quitó la chaqueta y se sentó en la escalera que utilizaban para observar cuando el telescopio apuntaba a objetos alejados del cénit.

—¿Hace frío en las noches de Boston?

—Bastante, sí. Lo peor es la lluvia. En realidad, hay sitios mejores para observar las estrellas.

—Como este.

—Sí. O como en esa ciudad de Perú, Arequipa. Harvard tiene allí un observatorio. ¿No te gustaría viajar?

Ella frunció el ceño. No se lo planteaba. Viajar, salir del Monte Wilson, dejar a Henry, después de lo que le había hecho. No, no podía.

—No, la verdad.

—Quieren trasladarlo a Sudáfrica. Yo sí que lo había pensado.

—¿Irte a Sudáfrica? ¿Con tu hija Maia?

Paul dio un respingo. No se esperaba oír ese nombre en los labios de Eleanor. Clavó la mirada en el frío esqueleto del telescopio. No, claro que no. Se iría solo, para escapar del dolor. ¿Se puede hacer eso, escapar del dolor? ¿O lo llevamos dentro donde quiera que vayamos? Lo cierto era que sí, que en el Monte Wilson, con Blur al lado, dolía menos. Bel comenzaba a quedarse en el pasado, el presente tomaba otra forma, comenzaba de nuevo a parecer un camino transitable y no un maldito precipicio. Pero la niña era otra historia.

—No, con Maia no —musitó.

Ella le puso la mano en el brazo un instante. Cálida y blanca sobre la camisa oscura. Él se levantó, ya podía hacerlo sin miedo a que se le notara nada.

—Maia se quedaría.

—Tienes una hija. —Su voz ronca sonó sorprendida—. ¿Cómo es?

—Pequeña.

—¿Cuántos años tiene?

—Nació el año del Halley, el mes del Halley.

—¿Con el paso del cometa? Tiene casi cuatro años. ¿Dónde está?

—Con su tía Cecilia, la hermana de Annabel.

—La echarás de menos.

Procuraba no hacerlo. Procuraba no pensar en esa niña que miraría por la ventana en la casa de Boston esperando a su padre, como lo hacía antes en la pequeña casa de ladrillo rojo. Volvió a sentarse en la escalera. La pierna le dolía.

—Te has puesto pálido.

¿Pálido? Se ponía enfermo al pensar en ella.

—¿Cómo puedes vestirte así y subir aquí cada día? ¿De dónde sacas la valentía para ponerte delante de todos esos hombres y fingirte uno más? Lo sé, te gusta el cielo. Pero no todo el mundo tendría el valor necesario para hacerlo. Dímelo, por favor, quizás entonces yo pueda continuar adelante. —Las lágrimas le nublaron los ojos—. Dime de dónde saco el valor para volver a buscar a mi hija.

—¿A buscarla?

—No he vuelto a verla, Eleanor. Desde el día que la dejé en casa de la vecina, agarré a Annabel del brazo y la monté en la motocicleta. Es imperdonable, pero no puedo ponerme delante de ella, me miraría con los mismos ojos verdes de su madre y me preguntaría por ella, ¿qué le voy a decir yo?

—¿No has vuelto a ver a tu hija desde el día del accidente?

—No hagas que lo repita.

Ellie tomó la silla y se sentó también.

—Pero, pero, desde eso, ¿cuánto hace?

—Trescientos dos días.

—Y ¿a qué estás esperando? ¿Crees que ella te va a reclamar nada? Eres su padre, podrías, podrías… Quiero decir, ella nunca te va a echar nada en cara, es… muy pequeña.

Cómo se complica a veces la vida. Nos une, nos separa, desaparece. Los que quedan deben rehacerse por completo y eso es tan difícil… Más que descubrir cuán vasto es el universo, más que conocer de qué están hechas las estrellas.

—Descubriremos cefeidas en los cúmulos, estoy segura. Mediremos la distancia que nos separa de M97 y de cualquiera de las estrellas del universo, pero nos quedaremos sin saber qué hacer con nuestras vidas, Paul. Somos un desastre.

Se acercó a él. Lo abrazaría. Le acariciaría la cara, acercaría los labios a su oído y le susurraría las palabras que necesitaba oír. Pero la distancia era demasiado grande, había que caminar mucho, todo el camino desde aquella noche en Pomona, toda la muerte de su hermano Henry. Así que se quedó de pie, a su lado, y le tendió un pañuelo.

Él lo tomó y se limpió las lágrimas.

—No hiciste nada, fue un accidente. Pero ahora sí lo estás haciendo. Si yo fuera Ckumu, te diría que lo aceptaras. Aquello pasó, lo llevarás dentro toda tu vida. Acéptalo, no luches. Llora, cuídate, sigue adelante y deja de huir. Hay distancias que nunca podremos cruzar, no hay tiempo en una vida. Pero otras… hay que cruzarlas, cueste lo que cueste. —Ellie hizo una pausa. Respiró hondo, volvió a sentarse y se agarró a la silla con sus manos temblorosas—. Conozco a una niña. Hace años, su padre le hizo algo malo, muy malo. Ni te imaginas lo malo que fue. Y ¿sabes una cosa? Esa niña perdonaría a su padre con los ojos cerrados. Si él se acercara a ella y fuera capaz de decirle, sé que aquello estuvo mal, no volveré a hacer algo así, lo perdonaría sin un solo titubeo. Tú no has hecho nada más que tener miedo, por ahora. Soluciónalo. Tienes una vida que depende de ti.

—No sé cómo cubrir esa distancia, está fuera de mi alcance.

—Todo comienza con un paso. No pienses, camina.

Paul se secó los ojos, guardó el pañuelo en el bolsillo, se levantó y miró arriba, a la franja negra de cielo que la cúpula abierta permitía ver.

—Están lejos, Eleanor, a muchos años luz. Y aun así hay cosas que están mucho más lejos aún, que parecen más improbables de conseguir que llegar hasta las estrellas.

Ponerse delante de esa niña, tomarla de la mano y llevársela consigo, donde debería estar. Acercarse a Eleanor y depositar un beso en su mejilla.

Distancias imposibles.

233

# El Centauro y el Lobo

*H*acía frío. Las dos nubes blancas que salían de los ollares de Orión parecían helarse al contacto con la noche, pero Henry no lo notaba. Se agachó sobre el cuello del caballo, le gustaba su olor. Un viento ligero le recordaba que estaba vivo como nunca; su corazón azul reía como un loco, se elevaba por encima de todo aquel maravilloso monte Wilson; era capaz de tocar con las yemas de los dedos las cimas más altas de toda la sierra de San Gabriel, seguiría subiendo y recorrería el firmamento hasta llegar a la constelación del Centauro en el hemisferio sur. Hasta morir a su lado, como Lupus, la constelación que lo acompaña. Centaurus ensartó a Lupus en su lanza y se lo ofreció a los dioses en su altar, Ara. Él también acabaría esa noche ensartado en la lanza del Centauro. Rio, y el caballo volvió las orejas hacia él.

—No te preocupes, Orión —susurró—. Sí, estoy loco, pero qué más da. Hoy es hoy, recuérdalo. Hoy es la noche de fin de año, y la tenemos para los dos.

Tras varios enormes tilos, humeaba la chimenea de la casa de Gant. Había llegado rápido. Acomodó a Orión en el establo. Dio dos golpes suaves con los nudillos en la puerta, que se abrió enseguida, como si Oliver lo hubiera estado esperando tras ella.

—Buenas noches, Copero —dijo con su acento inglés—. Bienvenido a Greenmist.

—¿De dónde...? —¿De qué estaba vestido?—. ¿Así te vistes en Inglaterra?

—Solo en ocasiones especiales, mi querido Henry. Esto es

lo que soy. Mi nombre es Oliver Gant, hijo de lord John Gant. Mi maldita cárcel, aparte de la de Reading, es Greenmist House y sus cinco mil acres de estupidez, y todo, absolutamente todo el mundo a su alrededor.

Henry entró, Oliver cerró la puerta tras él. Ambos quedaron frente a frente.

—¿Lord qué? ¿Eso es un frac? —dijo con asombro. Estaba… elegante. Raro. No había encendido la luz, el suave calor del fuego proyectaba sombras grises que se movían como fantasmas sobre la pared.

—Un frac, querido. Con toda la compañía. El chaleco blanco de piqué, la pechera, a juego con los puños y el cuello de la camisa, y el sombrero de copa. Mi padre estaría contento con la elegancia y lo acertado del atuendo.

Joder. Le quitaría una a una todas esas prendas, ya. Pero Gant tenía la mandíbula tensa, sus ojos reflejaban miedo.

—¿Qué te pasa, Oliver?

—¿No te gusta, mi querido Copero?

—Deja la ironía. —Henry se acercó a él. Le pasó la mano con suavidad por la cara perfectamente afeitada, queriendo borrar esa expresión, queriendo traerlo de vuelta.

—¿Algo no va bien? —volvió a preguntar—. ¿Por qué tienes la luz apagada?

Oliver cruzó los brazos. Sus ojos comenzaron a reflejar otra cosa. Ira. Miró hacia la mesa y Henry siguió su mirada.

Una caja de regalo, cerrada con un enorme lazo de color verde que parecía pardo en la penumbra.

—¿Eso qué es?

—Es él. —Oliver comenzó a caminar por la estancia negando con la cabeza—. No me puede dejar en paz ni un solo momento de mi vida. Tiene que estar ahí, estropeándolo todo. ¿Lo entiendes? Debes irte.

A Henry se le apagó el corazón. Su luz azul se le volvió gris, negra, nada.

—Vaya, Copero, no pongas esa cara. Sal de la casa y ya.

—No puedes jugar conmigo así. —Casi no le salía la voz.

—No estoy jugando. Es el gato quien juega con nosotros. Somos sus ratones, nos atrapa, nos suelta, hasta que acaba comiéndonos.

Frío. Toda la habitación se heló al escuchar esas palabras.

—Haz el favor de sentarte y contarme qué te pasa —fue capaz de decir.

Oliver le dio la espalda y apoyó las manos en la pared. Bajó los ojos al suelo. Limpio, ni una mota de polvo, ni una sola partícula de ceniza en la chimenea. Como a su padre le gustaba.

—Abre la caja que hay sobre la mesa —susurró.

Henry se quitó el abrigo y la chaqueta. No se iría, claro que no. Se acercó a la mesa. Parecía un paquete normal, con el envoltorio de cartón decorado con esos trineos de Santa Claus. Nada raro. Tiró del lazo, que se deshizo con suavidad. Al quitarlo, cayeron también los lados de la caja, dejando en medio una especie de bizcocho de color dorado.

—Parece delicioso. ¿Por qué es tan malo?

Oliver respiró hondo varias veces. Tomó su sombrero y lo arrojó al fuego.

—Estoy cansado. —Se sentó en el suelo, al lado de la chimenea, y se quitó el frac. Henry llegó justo a tiempo para evitar que lo echara también a las llamas. Se arrodilló a su lado, apoyó la mano en su hombro—. Cansado de todo, ya, Henry. Esto es absurdo, una lucha para nada. Eso que ves ahí es un Christmas Pudding a la manera de Greenmist. Viene de allí.

—¿Qué es Greenmist? ¿Algo de Inglaterra?

—No lo entiendes. Yo sí. Mi padre juega con nosotros. La primera vez que recibí uno de estos, trabajaba en el observatorio de Oxford. No había vuelto a Greenmist desde…

Desde que escuchó a su madre y a su padre hablando en el maldito despacho. Desde que miró a la realidad de frente para darse cuenta de todo.

Su padre soltaba un poco las riendas, para, cuando más confiado estaba, volver a apretarlas. Incluso a más de cinco mil millas de distancia. El sombrero de copa aún se retorcía en la chimenea, negro y encogido; moría poco a poco entre las llamas. Olía tanto a quemado… Sintió el apretón de la mano del Copero en su hombro. Se acercó a él, a su cuello, lo acarició con la boca. No, no quería que se marchara. Quería que todo fuera mentira, una maldita historia de las que se cuentan a los niños el Día de Todos los Santos. Que se quedara él, que todo lo demás se hundiera en el frío vacío del cielo.

Ya no les quedaba tiempo, pronto partiría. Junto con el pastel, le habían entregado un sobre que contenía un pasaje de barco de primera clase en el transatlántico Lusitania para el día veintisiete de febrero. Su padre siempre viajaba en la Cunard Line desde que aquel barco, el Titanic, de la White Star, se fue a pique casi dos años atrás.

Y una hoja de papel en la que lord Gant, con su elegante caligrafía, le escribía sobre la tensa situación política en Europa. «Debe regresar a Greenmist, hay que estar preparados para lo peor.»

Cuando leyó «toda acción tiene su consecuencia», las manos comenzaron a temblarle y la espalda se le cubrió de sudor frío. Dejó caer el papel, que se posó sobre el suelo de madera como una hoja muerta. Ya había escuchado esas palabras antes. Pronto tomaría un tren al otro lado del país y dejaría atrás los pocos momentos de felicidad plena que le había deparado su maldita vida de lord.

Pero ahora tenía al copero ahí, a su lado, tenía su cuerpo, su vello rubio y esa mirada del color del cielo despejado. Cómo respondía a sus caricias. Ambos gimieron. Lo quería, lo deseaba.

Todo desapareció alrededor. Ya no había carta, ni pasajes, ni pastel de Navidad. Ni frac, ni camisa, ni pantalones. Solo estaba la piel de un centauro y un lobo que se miraban a los ojos antes de devorarse.

Henry besó a Oliver. Primero en la boca, luego en el pecho. Su piel sabía a sal, temblaba bajo su tacto, le quemaba los dedos. Su vientre era duro y liso a pesar de ser el vientre de un lord, un lord ¿todavía existía eso? Estaba hundiendo la lengua en el ombligo del Centauro y el Centauro era un lord desnudo tumbado sobre la negrura de un frac; el miembro se le había puesto tan duro que no sabía cuánto iba a poder aguantar. Su boca bajó un poco más. La piel del Centauro brillaba bajo la luz rojiza del fuego. Notó su mano en la nuca, lo empujaba hacia el pubis. Respiró sobre él y Oliver rugió.

—Tómalo, Copero. Es tuyo.

Sí, eso buscaba, estaba allí para complacerlo, para complacerse, para que ambos olvidaran que fuera había un mundo que dolía. Ojalá pudieran fundirse juntos bajo los ojos

237

rojos y azules de las llamas, ojalá sus átomos se unieran, estallaran en un instante de combustión y de ellos solo quedaran cenizas que se llevaría el viento del monte Wilson hacia las estrellas.

Cuando Henry despertó, solo quedaban las brasas en la chimenea. Oliver seguía dormido encima del frac, con el pelo oscuro revuelto sobre la frente. Tuvo ganas de besarlo de nuevo. En vez de eso, lo tapó con su chaqueta, se levantó con cuidado y añadió un par de troncos más. Pronto las llamas volvieron a templar la estancia. Tomó su chaleco, sacó el reloj: algo más de la una. No habían cenado, ni siquiera habían celebrado la entrada del año. Y luego estaba toda esa historia… ¿Cómo era? ¿Greenmist? El bizcocho dorado olía a especias y a algún tipo de licor. No podía venir de Inglaterra, era absurdo. Tuvo ganas de despertar a Oliver y pedirle explicaciones. En lugar de eso, se sentó de nuevo a su lado.

238

Ya no eran un lobo y un centauro. Nunca lo habían sido. Solo eran dos tipos desnudos frente al fuego, dos tipos que habían perdido el rumbo o que nunca lo tuvieron. Nacieron equivocados. Pero no quería pensar en esa tristeza.

Al fin y al cabo, el universo es demasiado grande para que nada importe. Él, como astrónomo, lo sabía.

Al cabo de un rato, Oliver abrió los ojos y se incorporó de repente. Como si no fuera verdad que dormía. Henry se sobresaltó.

—Creí que estabas dormido.

Oliver miró alrededor, como si no reconociera nada.

—¿Dónde estoy? —murmuró.

Henry puso la mano sobre su brazo.

—Conmigo, Centauro. Aquí los dos en esta noche de invierno, ¿te acuerdas? La última y la primera, como todas, al fin y al cabo.

—Henry —suspiró, aliviado—. Eres tú.

—¿Quién pensabas que era?

Había soñado con esa enorme casa de piedra, sus paredes, sus espejos que reflejaban un hombre con las cuencas vacías y las manos esposadas.

Miró hacia la mesa. El *Christmas pudding* era real. Su estómago le dio un vuelco, sintió una arcada.

—Perdona, Henry.

Se levantó deprisa. Cerró la puerta del cuarto de baño y se miró al espejo, a uno de verdad, con la superficie fría y dura. Casi podía ver reflejada su angustia, la otra sombra negra que siempre estaba a su lado.

Abrió el grifo y se lavó la cara con el agua helada.

—¿Te encuentras bien? —Henry golpeó con suavidad la puerta.

No. No se encontraba bien. No quería regresar a Reading, de ninguna manera. Mataría para no volver allí.

—¿Oliver?

Apretó los puños hasta clavarse las uñas en las palmas de las manos. No derramaría ni una sola lágrima, ya había llorado bastante a causa de su padre.

Salió del baño.

—Siéntate, Henry.

Se sentó frente a la mesa. Él se quedó de pie, para no derrumbarse delante del maldito *Christmas pudding*.

—Ese pastel me lo envía mi padre. La primera vez que lo hizo yo estaba en Oxford, trabajando en el observatorio. Me lo trajo un criado de confianza de Greenmist. Me llevó aparte y me dijo: «Tu padre te observa, no lo olvides nunca. Sabe lo que comes cada día, dónde duermes, con quién te acuestas. Ya sabes que cada acción tiene su consecuencia». Por entonces tenía un amigo, Alfred, y de vez en cuando nos veíamos en Londres. Al día siguiente, lo encontraron flotando en el Támesis con un puñal clavado en el pecho.

—No puede ser, ¿piensas que fue tu padre quien lo hizo? ¿Qué clase de padre tienes, no es un lord?

—No seas ingenuo. ¿Crees que por ser un lord su moralidad está por encima de la gente común? —Oliver hablaba en susurros, como si tuviera miedo de que alguien los estuviera escuchando—. Lord Gant es poderoso. De unos años a esta parte se ha enriquecido aún más gracias al carbón. Tiene negocios en medio mundo, incluido tu país. Siempre ha hecho lo que le ha venido en gana. Y ahora me ha enviado el pastel. Esta vez no le hacen falta ni las palabras, ya sé lo que quiere.

—¿Qué quiere?

—Que vuelva a Inglaterra.

—No puedes irte.

—No quiero que derrames ni una sola lágrima por su causa —la voz de Oliver sonaba fría como la helada que caía fuera—. Sería darle otra victoria.

—Me iré contigo.

—¿Has escuchado una sola palabra de lo que te he dicho? —Oliver dio una palmada en la mesa—. No voy a volver a la cárcel ni tú vas a acabar en el Támesis o en cualquier otro río con el cuerpo morado. Me iré en febrero. Primero a la costa Este, a Boston. Y luego tomaré un barco y regresaré a Oxford.

—¿Y nosotros?

—Nosotros nada. Ya sabíamos que esto iba a acabar.

—No tan pronto, por favor. No tan pronto.

—Lo siento. Esta es la realidad. Te acuestas con una marioneta y mi padre mueve los hilos. No hemos nacido afortunados, mi querido Copero. Ninguno de nosotros puede hacer lo que quiere.

—¿Cuántas millas hay de aquí a Inglaterra?

—Una eternidad. Un abismo que no podemos volver a cruzar.

—¿Me escribirás alguna vez?

—Sería peor. Ambos miraríamos a un pasado que es imposible recuperar. Y no quiero arriesgarme a volver a la cárcel. Lo siento. —Gant cerró los ojos—. No debí permitir que esto sucediera. Debí marcharme inmediatamente después de bajar de la torre de ciento cincuenta pies, el día que te conocí.

Pero se lo hubiera perdido. Y había sido lo mejor que había tenido hasta entonces.

—¿Te acuerdas de aquel día? —preguntó Henry.

—Como si fuera hace un rato.

—Entonces no me pidas perdón. Además, tu padre no puede saber que estamos juntos —afirmó Henry.

—No seas ingenuo.

—Porque yo no estoy aquí ahora. En realidad, estoy en la casa de los Brown.

—¿Te has vuelto loco?

—Hay algo que no te he contado. Tengo una hermana melliza, Oliver, aunque no lo creas. Es idéntica a mí.

—¿Y dónde la escondes? ¿Bajo las piedras del monte?

—Es una historia muy larga. Pero esta noche ella se ha hecho pasar por mí en casa de Hazel. ¿Lo entiendes? Henry ha pasado la Nochevieja cenando con los Brown. En ningún caso puedo estar aquí.

Oliver negaba con la cabeza. Era demasiado absurdo. Tan absurdo que quizá podría funcionar, si fuera cierto.

—¿Me estás diciendo la verdad?

—Yo no miento, Centauro. Hablaré con ella y podrás conocerla. —Si la lograba convencer, le faltó por decir.

—Aun así, regresaré en febrero.

—Aprovechemos lo que nos queda. Hoy es hoy, recuérdalo, y hoy estamos juntos. —Henry se levantó y se acercó a Oliver—. Voy a hacerte el amor hasta que no queden estrellas en la noche. Se lo prometí a mi melliza, maldita sea, vamos a disfrutar del poco tiempo que pasemos juntos. Ella ha sufrido mucho por mí, y hoy ha salido del monte por primera vez en años para que yo pueda ser feliz contigo.

—No llores.

—No lloro.

Oliver sujetó a Henry por la nuca. Acercó la boca a la suya para respirar el mismo aire. Sus labios eran cálidos como debía serlo el fuego azul de Régulus. Veía su alma en aquellos ojos del color del cielo, lo envolvía hasta devenir él también azul, hasta conseguir que todo lo que los rodeaba se volviera borroso y desapareciera, y que ambos no tuvieran más límites que el cuerpo del otro.

# La estrella solitaria

gosto ya se iba. ¿Cómo podía el tiempo pasar tan rápido en algunas ocasiones, y tan lento en otras? Ellie se esforzaba por caminar sobre las piedras del lecho del arroyo sin hacerse daño, con los pantalones remangados, siguiendo a Paul. Como dos críos que jugaran juntos.

—¿Cómo es el monte en invierno? —preguntó él.

—Blanco y helado. Las cúpulas parecen montículos de nieve, a veces no podemos distinguir dónde están.

llen alzó una ceja y la miró con incredulidad.

—¿Lo dices en serio?

—No —rio—. Pero si hace falta, nos descolgamos por fuera de la cúpula para quitar la nieve y que no caiga al interior. En ocasiones hay tanto hielo que no podemos trabajar por el riesgo de que se desprendan placas. Nos hemos quedado aislados semanas enteras, menos mal que Hale lo tiene todo previsto y siempre hay suministros. El cielo es… ohh, Paul, deberías verlo. Orión luce magnífico sobre las cumbres de la sierra, con el Can Mayor a sus pies y Procyon al lado. Puedes ver el pequeño carro de las Pléyades y su tenue nebulosidad. Deberías visitarnos algún invierno.

Pero ¿qué estaba diciendo? ¿Se había vuelto majara? Si lo que quería era que se fuera del monte, ya, hoy mejor que mañana. Le costaba un triunfo no tocarle la cara, no recorrer una a una todas sus cicatrices, no pegar su cuerpo al de él.

—Mira, ¡una culebra!

Paul señaló al agua, dio dos pasos rápidos y metió la mano en el río para cogerla. En vez de eso, resbaló y cayó de rodillas, riendo.

—Te has mojado los pantalones. —Ellie rio también.

—Se me ha escapado.

Se acercó y le tendió la mano. Se apoyó en ella para levantarse y se quedó cerca de su cara, de sus labios, de su cuerpo. Demasiado cerca. Ellie observó su mandíbula tensa, su respiración agitada. Estaba segura de que si en esos momentos le ponía la mano en el pecho, los latidos de su corazón la golpearían, demasiado fuertes, demasiado rápidos.

—Se hace tarde. Debes subir. —Se alejó de él.

—Subamos juntos. Ellerman y Adams lo hacen muchas veces —se quejó.

—Ellos no tienen nada que ocultar. Yo sí. Venga, pistolero, sube la montaña, a ver si se te secan los pantalones.

—Eleanor.

—Luego nos vemos, Paul Allen. —Mientras se alejaba, sentía su mirada sobre su cuerpo, la recorría, la tocaba por dentro.

El bosque susurraba a su paso. El aroma de las coníferas se abrazaba al monte y al cielo de un intenso color azul. Un aguilucho de cola roja volaba hacia la lejanía.

No lo vio hasta que lo tuvo delante.

Alguien había montado un tipi indio frente a su cabaña. Las paredes eran de una especie de lona de color marrón claro, como las de una tienda de campaña, lisas, sin ninguna decoración; apoyadas sobre unas altas varas de madera que sobresalían por el techo. Una enorme piel oscura que parecía de oso hacía las veces de puerta. Dos caballos pacían sueltos cerca de los árboles.

Había alguien en su interior. Se escuchaban tres voces, una de ellas era la de Ckumu.

Hablaban en una lengua que Ellie no conocía.

Se quedó delante de la piel de oso escuchando la extraña cadencia durante un rato, hasta que cayó en la cuenta de que se le hacía tarde. Entró en la cabaña para prepararse y se percató de que las cuatro cosas de Ckumu ya no estaban. Un escalofrío le recorrió la espalda.

Salió disparada de la cabaña, apartó la piel de oso y se coló en el interior.

Había dos personas además de Ckumu, sentadas alrededor de una pequeña hoguera. Una de ellas era un hombre casi tan

243

viejo como él, con su misma mirada de águila. Y la otra, una mujer delgada de cabello negro y largo, que la observó de arriba abajo sin ningún disimulo.

—Libélula, has llegado. ¿Quieres sentarte con nosotros?

Lo hizo. Intentó aguantar las lágrimas, sabía que Ckumu se iba, que esa era la poca familia que le quedaba. Habían venido a llevárselo.

—Este es mi hermano, Antonio.

El hombre movió la cabeza, saludando.

—Ella es mi sobrina, Narcisa.

La mujer sonrió. Tenía la misma mirada profunda que ellos, parecía conocerlo todo, y a eso se añadía algo más: dulzura. Parecía… parecía… una madre.

Ambos iban vestidos a la manera occidental. Él, con una camisa y unos pantalones, sin ningún adorno. Narcisa, con una falda larga y azul que se extendía en torno a ella como un pedazo de cielo, una blusa de color claro y un pañuelo enlazado en torno al cuello.

Ckumu comenzó a hablar.

—Damos gracias al padre cielo por el aire que respiramos, por la comida que comemos y por el suelo que nos soporta. No somos dueños de la Tierra, ella es nuestra dueña. Gracias por todo lo que nos das, guíanos en el camino que emprendamos. Bendice nuestro tiempo aquí, hasta que regresemos otra vez a ti. —Alzó los ojos y miró a Ellie—. Libélula, ellos han venido para acompañarme en las últimas horas del viaje.

—¿A dónde?

—Al Padre Cielo y a la Madre Tierra.

—Ahí ya estás, no necesitas irte.

Todos sonrieron. Ella no.

—Todo tiene un comienzo y un fin. Tú lo sabes igual que yo, igual que todos. Ya no me necesitas.

—Claro que te necesito. —Los ojos de Ellie se llenaron de lágrimas—. No puedes irte, eres mi padre.

—Los hijos vuelan y los padres se van. Tus alas han crecido, se han fortalecido. Debes perder el miedo. La montaña, el agua y la noche no te abandonarán nunca. Yo soy demasiado viejo.

Su mirada de águila se volvió gris. Se perdió en la lejanía, como si ya estuviera viendo el mundo de los espíritus; como si ya hubiera comenzado a recorrer el camino de regreso.

Ellie miró a Narcisa pidiendo ayuda, pero ella mantenía los ojos fijos en la hoguera. Su rostro estaba en calma, casi sonreía, aunque tenía las mejillas cubiertas de lágrimas, como una estatua bajo la lluvia.

Solo se oía la queja leve de la madera al convertirse en cenizas.

Al cabo de un rato, Ckumu pareció volver a la realidad.

—Gracias, Libélula, por dejarme andar a tu lado, por alargar mi camino cuando lo creía ya acabado. Por darme la oportunidad de volver a ver a mi hermano y a mi sobrina. Me has ayudado a perdonarme.

—Lo único que has hecho ha sido cuidarme —lloró ella—, como un padre, no, como… como… oh, Ckumu…

Narcisa se aproximó a ella y la tomó de la mano.

—Deja que vuelva junto a nosotros. Deja que su familia lo acoja de nuevo, que pueda despedirse de todos. No creímos que lo encontraríamos, y mucho menos vivo. Gracias por mantenerlo aquí.

—El lobo bueno y el lobo malo que habitan mi alma han hecho las paces —dijo Ckumu—. He podido volver a alzar los ojos a las hogueras del cielo sin sentir que me moría por dentro porque los cuatro no estaban. Cuando me reúna con ellos seré feliz. Ahora vuelvo a estar aquí, en torno al fuego, con mi hermano, mi sobrina y mi hija. Me gustaría despedirme del resto de la familia que me queda antes de partir.

Ellie seguía llorando. Se quedaba sola, sola en la tierra cubierta de árboles del monte Wilson, sola en las noches oscuras y hermosas. Como Fomalhaut, la estrella más brillante de la constelación del Pez Austral. A Fomalhaut la llaman la solitaria, única en una zona deshabitada del cielo: un pequeño faro azulado que tiembla sobre el horizonte, abandonado por todos en medio de la oscuridad del océano.

—Vamos, Libélula, no llores —continuó Ckumu con voz suave—. Te esperan en la cumbre, no dejes de volar.

—No puedo.

—Cuántas veces has caído. Los golpes han sido fuertes, muy fuertes. Aun así, has levantado la cabeza y has seguido caminando. Continuarás haciéndolo, eres valiente, nada puede contigo.

Una luz, Fomalhaut, que apenas alcanza a levantar por el horizonte de otoño. Solitaria bajo Acuario y Capricornio. Abandonada a su destino en ese cielo tan negro.

Paul Allen también le había dicho que era valiente. Ninguno la conocía: era tan cobarde que ni siquiera se atrevía a vivir su vida, se escondía tras el disfraz de Henry.

Aun así, se levantó en silencio, se secó las lágrimas, puso la montura a Orión y se dirigió arriba, siempre arriba, todo lo cerca que podía de las estrellas.

No acudió a la cena en el Monasterio. Fue directamente a la cúpula, accionó los mandos para exponer el cíclope a la noche. Antes de que llegara Allen, ya tenía la placa puesta y la cámara preparada.

Esta vez sí que lo oyó entrar.

—Eleanor, has estado llorando.

—¿Cuándo te vas? —preguntó ella—. No, no me lo digas, que ya lo sé. El veinte de septiembre, la próxima luna nueva. Cuando Fomalhaut consiga por fin asomar por encima de las montañas, solitaria y perdida.

Se aproximó a Ellie.

Pasó el dedo por su mejilla; no quería que llorara, lo haría llorar también a él. Ella puso la mano sobre la suya.

—Eleanor.

—No digas así mi nombre, no lo digas. Es imposible, Paul Allen.

Se acercó todavía más, su frente quedó apenas a una pulgada de la de ella; inspiró profundo, si se dejaba llevar la abrazaría tan fuerte que Hércules en su lugar parecería un enclenque.

Eleanor retiró la mano y se la puso en el pecho, donde el corazón latía más fuerte.

—Eleanor... —volvió a susurrar. Su mano seguía en su cara húmeda por las lágrimas. Le tocó los labios con el pulgar, ella cerró los ojos. Él no. Quería mirarla, aprender el nombre de cada línea de su piel, nunca había tenido a nadie tan cerca del corazón. No se parecía en nada a lo que había sentido por Bel.

Cuando ella abrió los ojos, ya no lloraba. Su color azul se había vuelto frío, y él tembló.

—Se nos pasa la noche —Ellie se alejó hacia el telescopio—, hay que sacar esas placas. Venga, Allen, hagámoslo.

En el exterior, la luna creciente caía hacia el horizonte oeste. Fomalhaut se escondía tras los perfiles rocosos de las montañas de San Gabriel. Sola.

# Pequeño monstruo

*E*l primer día de 1914 había llegado al Monte Wilson acompañado de esos rumores sobre la tensa situación política en Europa. Quizá por eso el Centauro había recibido su pastel, para que regresara por culpa de la guerra que parecía estar fraguándose, y no por él. Podría ser. Henry subía hacia la cabaña con un estado de ánimo muy distinto al que tenía cuando bajaba. Oliver partiría en breve. Y él… desaparecería como lo hacía la fina luna creciente ese atardecer; se la comían las cuatro nubes que había en el cielo, se la comía el abrupto perfil de las montañas.

A pesar del frío, su hermana lo esperaba sentada en los dos escalones de la cabaña. Al verlo llegar, se levantó de un salto.

—Henry, esta noche ha pasado algo.

Se estremeció. La habían descubierto, el pajarillo se habría metido en su cama y se habría dado cuenta de todo.

—Un puma se ha comido a las gallinas, hermano. Ha destrozado la valla, la caseta, todo. Hay huellas por todas partes.

—¿No te han descubierto? Menos mal.

Ellie clavó su mirada azul en él.

—¿Pensabas que me podían descubrir y aun así me dejaste ir?

—No, no lo pensaba. —Henry desmontó a Orión. Al posar el pie, casi cayó al suelo helado. Estaba tan cansado…

—Me llevo a Orión al establo —Ellie cogió las riendas—. Entra en casa, hay sopa recién hecha. No sé, espero que no regrese el puma y se coma también al caballo. O a nosotros. O que no suban Hazel y su madre para devorarnos. Parecían tener ambas mucha hambre, y no de comida. Tendré el Winchester cerca por si acaso.

¿Qué había dicho de Hazel? No quería pensar en eso, no ahora. Debía convencer a su hermana para que conociera a Oliver, y seguro que no iba a ser fácil.

Antes de entrar en casa se acercó al gallinero. Estaba arrasado. Había huellas de un gran felino en la nieve, plumas por todas partes, algunas gotas de sangre, no muchas. Eso era todo lo que quedaba. Como si uno de esos asteroides, las rocas que vagan entre las órbitas de Marte y Júpiter, se hubiera estrellado contra él. Pero no. Esas rocas eran enormes. En el supuesto de que una de ellas cayera, destruiría todo el monte. O medio planeta. Ya no habría telescopios, ni Pasadena, ni naranjos en Pomona. Quizá también ese sitio donde estaba lord Gant y la maldita cárcel de Reading dejarían de existir.

Se secó esa lágrima que nunca lograba retener. Ellie se aproximaba.

—Nos hemos quedado sin gallinas. —Posó la mano en su hombro—. Menos mal que hicimos de madera el establo de Orión, no creo que el puma pueda entrar. Aun así, creo que haré guardia una o dos noches. Henry, estás helado. Vamos dentro, por favor.

—¿Que harás qué? —Henry imaginó a su hermana delante de los enormes colmillos del puma y se sintió aún más desolado—. Es una locura. Nunca debí traerte aquí.

—No exageres, hermanito. Esto no está tan mal. Sobre todo delante del fuego.

Ambos se refugiaron en el interior de la cabaña. Ellie sirvió la sopa, comenzaron a cenar.

—¿Cómo ha ido todo con Gant?

Henry dejó la cuchara. Se lo diría.

—Bien. —Joder, no era capaz.

—¿Cómo de bien? No parece que las cosas te vayan bien en absoluto. Quizá deberías plantearte cambiar de bando y probar con Hazel. Va, en serio. No puedes continuar con eso; debes decirle la verdad a la chica.

Henry cerró los puños y se aclaró la voz.

—No puedo.

—Pues no parece que Gant te haga muy feliz.

—No es Gant el que no me hace feliz. Es complicado de explicar. Ha recibido una especie de mensaje de su padre y tie-

249

ne miedo. No sé, lo espía o algo así. Oliver dice que lo envió a la cárcel, que es capaz de… matar.

Ellie se acordó de padre. Ese dolor rancio y oxidado como un viejo machete se le clavó en el vientre de nuevo. Cerró los ojos un momento y cuando los abrió vio a Henry acariciarse el brazo en el lugar donde tenía la cicatriz.

—Así que quiere regresar de inmediato para que no me pase nada malo, dice. Como si quedarme solo no fuera suficiente. Tienes que ayudarme, Ellie, le he hablado de ti. No me mires así, por favor. Es como si me mirara el invierno. Me hielas.

Que no lo mirara así, decía. Ese primer día de 1914 había dejado de ser un fantasma que se movía a su antojo por el monte. Había comenzado a vivir en la imaginación del maldito Oliver, tomaba existencia de nuevo en la mente de otro hombre, y no quería, no aún.

—¿A quién has pedido permiso? ¿Por qué haces siempre lo que te da la gana? Actúas con egoísmo, solo piensas en tu amor, como si fuera lo único que existe en el mundo. No sé, Henry, no sé en qué líos me quieres meter.

—Es que… me dijo que… esa era la última vez. Lo siento, Ellie. Y yo… no pude soportarlo. Tienes razón, soy un egoísta. Perdona, perdona.

Su hermano no pensaba, no era como ella, que lo meditaba todo una y otra vez hasta quedarse paralizada, como el tótem.

—Ya no podría verlo más, ¿lo entiendes? —continuaba Henry—. Era la última vez, porque si no su padre enviaría a alguien a por nosotros, o eso dice ¿lo crees? Es una barbaridad. Así que le conté que yo no estaba allí, sino con Hazel. Porque si tú eres yo, yo no existo.

—Me lías.

—Quiere comprobarlo, Ellie, por favor. Quiere conocerte.

Cómo no. No podía dejarla tranquila en su montaña, con las gallinas y el puma. Se levantó de la mesa, caminó alrededor de la habitación. Ya había bajado a Pasadena, quizá podría subir a la cima. Quizás ese era el momento.

—¿Tu amigo Oliver es de los solares?

—Sí.

—¿Y no puede pasar una noche con el sesenta pulgadas?

—Si lo solicita, sí.

—Pues que lo solicite. Que solicite esa noche con el sesenta, que se prepare para pasarla conmigo.

Henry la miró con la boca abierta. Parecía más alta, como uno de esos cedros que extendían sus ramas al lado de las cúpulas. Con el pelo corto y rubio, los pantalones, la camisa y esa mirada de nieve. Su hermana había crecido delante de él.

—Tal vez esto sea una mala idea, Henry. Es mejor que subas tú.

—Otra vez no, Ellie. Llevas así semanas. Es tu última oportunidad, Oliver se va.

Su hermano se detuvo delante de la puerta cerrada de la habitación de su melliza. Era la tercera vez que Gant y él planeaban la observación de Ellie, pero siempre se había negado en el último momento.

—Ellie, por favor. Debes ir. No hay luna. La noche será de leyenda en el Monte Wilson, mediados de febrero, sin nubes ni niebla y la atmósfera tan estable que parece que no existe. Es perfecto. Si no vas, Oliver no estará allí para ayudarte.

Sí, Gant ya se iba. Debía aprovechar esa oportunidad si de verdad quería subir ahí arriba, mirar de una maldita vez las luces y las sombras que rodean a Orión.

—Gant me ha dicho que vais a observar la nebulosa Cabeza de Caballo.

Ellie se sentó un momento al borde de la cama, con las vendas en la mano. Cabeza de Caballo era una nebulosa oscura bajo Alnitak, una de las estrellas del cinturón de Orión. Una silueta negra en el cielo que solo se podía ver en contraste con la tenue nube blanca e iluminada que tenía detrás.

En el universo, todo era brillante, menos el vacío. ¿Qué ocultaban, pues, esas zonas oscuras como ella?

—¿Te imaginas cómo se ve todo por el sesenta? ¡Es increíble! Tan hermoso, Ellie, M42, la Nebulosa de Orión, parece una enorme mariposa de alas blancas que se fuera a posar sobre M43, redonda como una flor.

Iría. Aunque le temblara todo. Lo había decidido ella, ¿no era así? O esa noche o nunca. Respiró hondo. Se levantó de la cama, comenzó a vendarse. Vio cómo los pequeños pechos de-

251

saparecían tras una y otra y otra vuelta de las vendas. Tan blancas como su piel. Parecían formar parte de su cuerpo.

Cuando salió de la habitación, Henry la miró y negó con la cabeza.

—Me sorprende tanto —exclamó—. No me acostumbro a verte así. En fin. Ya sabes que no necesitas ir al Monasterio, he puesto una excusa y puedes ir directo a la cúpula, Oliver estará allí poniendo en estación el telescopio.

A Ellie no le salían las palabras. Se puso el abrigo de Henry, sus guantes, su bufanda. Tuvo que carraspear para poder susurrar:

—Estoy lista, adelante.

—De acuerdo, hermana. Disfruta de la noche.

La nieve se acumulaba a los lados del camino despejado por los voluntarios. Ellie pedaleó con fuerza. Llegó a la cima casi sin aliento, con la garganta irritada por el aire frío. Escondió la bici tras unos abetos. Algo más arriba, el asentamiento de la cúpula que albergaría el cien pulgadas ya estaba en proceso de acondicionamiento.

Aún era pronto, comenzaba a atardecer. Había pensado pasear un rato antes de entrar, pero todo estaba cubierto de nieve. Así que caminó despacio las diez o quince yardas que la separaban del sesenta pulgadas. Los astrónomos estarían acabando de cenar, no tardarían en ocupar sus puestos.

—Hola, Copero.

Ellie dio un respingo. Gant había aparecido a su lado y ni siquiera le había oído llegar. Tuvo que aclararse la voz antes de contestar.

—Copero. ¿Lo llama Copero? Es increíble.

Gant se detuvo y la observó con atención. La voz era distinta, aunque hablara en un tono bajo y ronco, era más... ¿femenina?

—Deje de observarme así, Gant. Parece lelo. Ya me conoce, ¿no se acuerda? Soy James, *el Robabancos*.

—¿James *el Robabancos*? —murmuró—. ¿De verdad no es él? No sabía si creerlo o no.

Sí, lo recordaba, ese ¿hombre? con la misma mirada azul que su Copero, en la fiesta del indio. Una mirada tan igual y tan distinta: la de él era honda como un refugio, la de ¿ella? Era fría.

—Nadie podría distinguirlos —negó con la cabeza, asombrado—. Al final, ha decidido venir.

—Llámeme Blur —Ellie miró a aquel hombre con aire interrogante y cejas alzadas bajo el sombrero— y no se plantee nada más. ¿Podemos entrar?

—Imagino que sí. Se supone que usted ha preparado el telescopio, aunque en realidad he sido yo, sin que nadie se percatara —Gant sonrió.

—¿Le divierte? —La voz de Ellie era un susurro ronco, aún más bajo que el habitual.

—Tengo que reconocer que al menos la situación es peculiar. Un astrónomo de Oxford perdido en una montaña de California llena de nieve, poniendo en estación el telescopio más grande del mundo para una mujer disfrazada de... —Se calló a tiempo. De su amante. Igual a su amante. Esa noche iba a tener que luchar para no olvidar que en realidad no lo era y no meterle mano bajo los pantalones.

—Siento que le resulte tan incómodo. Una mujer disfrazada de astrónomo, sí. Pero no se equivoque. He estudiado toda mi vida los mismos libros que Henry y algunos más.

—Lo siento, no me refería a...

—No se preocupe. No tiene que dar explicaciones.

—Su hermano afirma que le gusta la astronomía. En el observatorio astronómico de Harvard trabajan mujeres.

—El Harén de Pickering. Así lo llaman. ¿Le parece bien? A mí no. ¿Dirigen su propia investigación? No. ¿Publican sus estudios? Los firma Pickering. Ellas hacen el trabajo sucio y los méritos se los llevan los hombres.

—No es tan extremo. Tome como ejemplo a Mina Fleming o a Antonia Maury. Ambas han hecho aportes muy interesantes.

—Sobre las placas fotográficas. No manejan los telescopios, no miran arriba.

—Annie Jump Cannon sí, y además ahora mismo tienen todo un universo guardado en el laboratorio. Del hemisferio norte y del sur, de ahora y de hace cincuenta años. No necesitan pasar el frío que se pasa en las cúpulas.

—Hace el mismo frío para un hombre que para una mujer.

—La fortaleza no es la misma, no es seguro.

253

—No me venga con historias, Gant. —Si él supiera la de noches que había pasado en vela junto a la cabaña mirando las estrellas. Si supiera quién tomaba el Winchester y cazaba en el monte, quién cortaba la leña, construía el gallinero y reparaba la casa.

Una figura se acercaba deprisa por el sendero.

—Ah, señor Blur, ah. Está con el señor Gant, sí, está mucho con Gant y poco con Hazel, sí. ¿Qué hace con el señor Gant?

Brown tenía el rostro sudoroso a pesar del frío.

—¿Aún no ha bajado al pueblo, señor Brown? —preguntó Gant, pálido—. Se le va a hacer tarde.

—El jefe Dowd, el jefe. Hay que hacer cosas, sí, mucho trabajo, ampliar el camino, mejorar las líneas eléctricas, sí.

—¿Jerry Dowd, el ingeniero eléctrico?

—Sí, mucho trabajo, sí. Señor Blur, venga a casa algún día, mañana si puede ser, debe ver a Hazel, sí. Queda poco tiempo.

—¿Poco tiempo para qué, Brown? —preguntó Gant.

Una voz que parecía provenir de los alrededores del Monasterio llamó a Brown, y este bajó con prisa por el sendero. Blur negó con la cabeza y suspiró con alivio. No la había descubierto, como tampoco lo hizo la noche de fin de año.

—Vamos, Cop… Blur. Es hora de entrar.

Gant se dirigió a la cúpula. Abrió la puerta con cuidado, ambos entraron.

Blur se quedó sin respiración.

—¿Se imagina lo difícil que tuvo que ser subirlo hasta aquí arriba? —comentó Gant—. Pieza a pieza en las mulas. Para las partes más grandes tuvieron que ensanchar el camino y usar un camión de gas, y aun así en los lugares más escarpados debían enganchar las mulas al camión para que tiraran de él, me lo contó Hale. Lo lograron, ¿qué le parece?

Blur no podía hablar. Bajo la penumbra que creaba la luz rojiza de las bombillas Edison todo a su alrededor se difuminaba, ya no veía la cúpula del color del hierro, solo quedaba el esqueleto del monstruo, la oscuridad de la noche y todos esos astros. Se acercó despacio hasta quedar frente al telescopio. Extendió la mano y tocó uno de los fríos huesos azulados de su estructura metálica. Respiró hondo. Olía a la nieve del exterior, a acero, a mercurio.

Gant debía estar hablando, pero no era capaz de entender qué decía. Movió los controles del telescopio y este comenzó a desplazarse, dócil, bajo sus manos.

—Ascensión recta, cinco horas, treinta y cinco minutos, diecisiete segundos. Declinación, menos cinco grados, veintitrés minutos, veintiocho segundos —murmuró—. Estoy lista, adelante.

El monstruo se movió con un quejido suave, apoyado en sus seiscientas cincuenta libras de mercurio. Al cabo de unos segundos, se detuvo. Gant se acercó y colocó un ocular.

—Mírelo, Blur. Mire tan lejos como se puede mirar en este mundo.

Blur subió un par de peldaños de la escalerilla que utilizaban para llegar al ocular, pegó el ojo y ajustó el enfoque.

De la oscuridad borrosa surgió esa mariposa blanca de la que hablaba Henry.

La nebulosa de Orión. Acompañada por un mosaico de estrellas de todos los tamaños.

Con su corazón brillante y ese halo etéreo derramado a su alrededor parecía tener estructura sólida, parecía que, si extendía la mano lo suficiente, podría hundirla en su luz sedosa. Parpadeó para que las lágrimas no le impidieran ver tanta belleza.

—Es hermoso, ¿verdad? —murmuró Gant—. Sea lo que sea lo que observa, es hermoso. Lo sé.

Tras unos instantes, Blur se apartó del ocular.

—Eche un vistazo, Gant.

Él se aproximó. Subió el par de peldaños de la escalera y se inclinó sobre el ocular.

—M42. Se ve como si tuviera relieve, ¿verdad? ¿Lo tendrá? ¿De qué estará compuesto? ¿A cuánta distancia se encontrará?

—Disfrute primero. Pregunte después.

Separó el ojo un momento, la miró y esbozó una sonrisa.

—Por supuesto, es usted su hermana, claro. El hoy es hoy, ¿verdad? Disfrutemos ahora, pensemos después. No es mala filosofía.

Bajó de la escalera y le ofreció de nuevo los mandos.

—¿No busca Cabeza de Caballo? —preguntó Blur.

—¿Le llama la atención?

255

—Hágame el honor.

Gant no tardó más que unos minutos en poner en campo la nebulosa oscura.

Blur inspiró hondo y se dispuso a mirar.

Ahí estaba. Una mancha oscura con forma de cabeza de caballo recortada sobre un tenue velo de luz. Un pequeño monstruo tenebroso en la lejanía del cielo.

En un universo de luminarias, las sombras no tienen cabida, son errores cósmicos que no deberían haber existido jamás; seres que solo se ven porque el brillo de otros ilumina su perfil negro.

Como su maldita vida, perdida entre los árboles del monte.

Ahora, en ese preciso instante, era luminosa porque la vida de Henry hacía que fuera real y no una sombra más. Lástima que fuera tan efímero.

Una sola noche.

# La diosa Astrea

*E*ra extraño tener tanta compañía: lo habitual era estar sola con Ckumu. Antonio y Narcisa habían alzado el tipi frente a la cabaña hacía un par de días. Ckumu ya no dormía bajo el techo de madera, sino en el interior del alojamiento de lona. Le habían contado que sus casas tradicionales no eran así, sino construcciones elaboradas con cañas y materiales vegetales, sobre todo las de los indios que habitaban las zonas cercanas a la costa; se llamaban Ki.

Acababan de comer todos juntos alrededor de la hoguera que habían encendido delante del tipi. Ellie había sacado una de las cazuelas llena de agua de la cabaña, Narcisa se había encargado de ponerla a calentar al fuego y de añadir un par de cucharadas de un café amargo que habían traído de la reserva. Luego lo había colado, lo había vertido en las tazas de Ellie y había entregado una a cada uno con esos ademanes elegantes.

Era muy hermosa, con el rostro ovalado enmarcado por la melena negra a pesar de que ya no parecía joven. Ellie no era capaz de adivinar su edad, ¿tendría cuarenta, cincuenta años?

Tras la comida, Antonio y Ckumu se fueron a pasear por el bosque. Ella se quedó con la india. Otra mujer, que además llevaba puesto un vestido de florecillas. No le debería extrañar tanto, era lo normal, ella debería vestir así.

No estaba acostumbrada a compartir su tiempo con otra mujer. Recogió las tazas sucias y entró en la cabaña para lavarlas. Narcisa la siguió.

Notaba su mirada en la espalda mientras enjuagaba las tazas. Las dejó al lado del fregadero, sobre un paño de algodón, y se giró hacia ella.

Ambas se observaron durante un rato con curiosidad.

—Mmmm. No sé si Ckumu va a estar bien allá donde se lo quieren llevar —dijo Ellie—. ¿Cómo es ese lugar?

—Nuestro pueblo ha sido esclavizado desde hace siglos, porque para ustedes no somos humanos, sus leyes no nos protegen. Antes vivíamos de las montañas al mar, de los ríos a las islas. Todo eso hace tiempo que se perdió. Permanecimos en las montañas mientras pudimos. Luego nos trasladamos a la misión de San Gabriel. Ahora nos hemos mudado a la reserva del río Tule, unas tierras tranquilas en un valle donde las nubes tocan las cumbres de las montañas. Ckumu estará bien junto a los suyos.

—¿Dónde está eso?

—Al norte de Santa Bárbara.

—Es un largo viaje.

—Lo cuidaremos.

A Ellie se le escapó otra lágrima más. Narcisa se acercó a ella y le puso la mano en el brazo.

—Debe estar con los suyos, ¿lo entiende?

—Yo soy uno de los suyos.

—No. Usted es uno de los otros. De los que nos han echado de nuestra casa, de los que prometen cosas que no cumplen. De los que tratan de vendernos el alcohol que pudre el alma de nuestros jóvenes.

—Se confunde, Narcisa. No puede juzgar a todos por igual.

—Sufro eso en mis propias carnes. Una india, un ser inferior que solo sabe tejer cestas. He robado periódicos para poder aprender a leer.

—¿Sabe leer? —Ellie alzó las cejas.

—Se sorprende, ¿ve? Está juzgando. Leo, escribo, estudio y trabajo con mis manos de sol a sol. He criado a dos hijos que necesitan conocer a Ckumu. Es una leyenda para nuestra familia, posee la sabiduría de los ancestros.

—Cierto.

—Él la quiere y la respeta. No creo que sea como todos, su alma debe ser buena si Ckumu se ha quedado con usted todo este tiempo.

—Es mi padre.

—No. Es el hermano de mi padre. Aun así, le estoy agradecida.

258

—¿Por qué?

Narcisa se sentó y le hizo un gesto para que hiciera lo mismo.

—Yo era una niña pequeña cuando sucedió todo aquello, mi padre me lo contó después. Nunca quisimos que Ckumu y su familia se quedaran en las montañas. Era peligroso, pero se empeñaron. Ella dijo que se moriría lejos de aquí y él subestimó el peligro, la gente mala, la gente que se cree dueña de todo, hasta de las vidas de otros. Aún vivíamos en la misión de San Gabriel cuando nos llegaron las noticias. Unos hombres habían matado a su mujer y a sus tres hijos, a los cuatro; a él no porque estaba de caza, pero se había convertido en un espíritu errante, un fantasma, un loco. También estaba muerto. Veinte años muerto, perdido entre las tinieblas de la desgracia. Veinte años de su vida arrastrándose por la tierra del monte como una serpiente, buscando el espíritu de los que se habían ido, de los que ya nunca mirarían a las estrellas que a usted tanto le gustan.

La voz le temblaba. Ellie se levantó, llenó dos vasos de agua y los puso sobre la mesa. Se sentó de nuevo frente a ella.

—Una mañana, estaba tejiendo cestas con mi madre sentada bajo un árbol, cerca de la iglesia de la misión. De repente, vi aparecer un fantasma gris que caminaba como flotando, como si no se sujetara, al lado del cementerio. Me levanté de un salto y comencé a gritar señalándolo con el dedo. Cuando mi madre lo vio, se puso pálida, se levantó también y comenzó a llamar a gritos a mi padre: ¡Antonio! ¡Antonio! ¡Tu hermano! Lo metieron en casa y lo cuidaron durante semanas, hasta que al menos su cuerpo recuperó la salud. Luego, mi padre fue con él a los manantiales de Puvungna y el agua lo purificó y trajo de vuelta su alma. Nunca quisimos que regresara al monte, pensamos que venía para morir aquí. Pero la encontró a usted y le dio un motivo para seguir vivo.

—¿Por qué han decidido venir a por él justo ahora?

La mirada de la india se volvió aún más profunda y dulce.

—Antonio soñó con él. Lo vio sentado en la roca donde mis antepasadas molían el maíz, arroyo arriba, y supo que estaba vivo. Vio cómo Ckumu se levantaba de la roca, lo llamaba con la mano y señalaba el tótem de alas rojas. Luego cerró los ojos y desapareció. Debía al menos intentar encontrarlo, y sí, lo hemos logrado. Le pido por favor que le deje regresar con nosotros. Mis hijos, los hijos de mis hermanos, tienen que conocerlo.

—¿Cuántos hijos tiene?

—Dos. Ya casi son hombres. Deben escuchar las palabras de Ckumu para saber de dónde vienen. Necesitan saber quiénes son, cuáles son sus raíces. Deben darse cuenta de que no son lo que el hombre blanco dice que son; son mucho más. Equilibremos la balanza, que conozcan el orgullo de su pueblo. Y Ckumu debe saber que aún quedan personas que llevan su sangre en la tierra de California, que aún no está todo perdido. ¿Está orgullosa de lo que es?

Ellie negó con la cabeza.

—¿No? ¿Por qué?

Casi no sabía ni lo que era. No contestó.

—Le falta mucho por aprender. Pero deberá hacerlo sola. A veces es lo que necesitamos: que nos dejen solos, no tener apoyo. Si caemos, no tendremos más remedio que aprender a volar.

Narcisa se levantó y salió de la cabaña.

260

Tal vez tuviera razón. Tal vez Ckumu quisiera ver a los suyos, a la familia que hacía tanto tiempo dejó las montañas de San Gabriel porque ya no eran seguras; tal vez ellos le necesitaran de verdad. Para equilibrar la balanza, decía Narcisa. No creía que con la partida de Ckumu se pudiera equilibrar nada. Para eso hacía falta mucho más, la deuda era demasiado grande.

Pero Ckumu era un hombre sabio. Cualquiera estaría orgulloso de ser su descendiente. Comprendía a Narcisa.

Fue tras ella, al exterior. Era uno de esos días de finales de verano, luminoso y tranquilo, sin apenas aire. La india se había sentado a la sombra bajo uno de aquellos robles. Se acomodó a su lado. Con ella se sentía como una niña de nuevo, como si se hubiera vuelto pequeña, de repente, otra vez.

—Libélula, ¿puedo preguntarle una cosa?

Dos arrendajos azules se posaron cerca y comenzaron a picotear algo en el suelo.

—Claro, Narcisa.

—Va vestida de hombre y sin embargo no lo es.

—Sí, es cierto.

—Allí arriba —señaló a la cumbre—, ¿piensan que es un hombre?

—Lo piensan.

—Están ciegos. Los blancos no ven más allá de sus narices —rio—. Es evidente que no es un hombre.

—¿Usted cree?

—Niña, hágame caso.

—Pues llevo ya seis meses haciéndome pasar por uno y no se han dado cuenta. —Las dos rieron. Hacía tanto que no se reía así, con una mujer al lado, ¿lo había hecho alguna vez?—. Solo uno lo sabe. Paul Allen. Me descubrió.

—Ese quizá sea el único listo.

—Se sorprendería, Narcisa. Todos son muy listos, son científicos, mentes brillantes.

—Lo serán, lo serán, no digo que no.

—Paul Allen lo sabe porque me vio desnuda en el río, no porque se diera cuenta.

—¡Ah! Con lo seria que es usted, no me la imagino desnuda en el río.

—Fue un desliz. —Ellie se ruborizó—. Nunca lo había hecho antes y nunca lo volveré a hacer. Para una vez que me atrevo, van y me descubren.

—¿Por qué no la deben descubrir? ¿Qué esconde?

—Se supone que una mujer no debe trabajar de noche, ni estudiar el cielo más allá del laboratorio. Deben hacer caso de lo que digan los hombres, cobrando un salario mísero.

—El primero, el hombre blanco. Todo lo demás a sus pies, aunque sea su propia mujer. Hace bien en no conformarse. Pero... —Narcisa tomó una agalla de roble y la apretó en la mano—. Si está vestida de hombre y todos piensan que es un hombre, nunca va a encontrar compañero.

—Es verdad.

—Paul Allen lo sabe, ¿es su compañero?

Ojalá lo fuera. Pero en eso Ellie no se parecía a su hermano, que se bebía la vida como si fuera agua, sin pensarlo. Ella se quedaba parada, rumiándolo todo.

—No sé si es necesario tener un compañero.

—En la vida necesarias hay muy pocas cosas, Libélula. El aire, la tierra, el agua. Nada más. ¿Nunca ha...? —Narcisa hizo un gesto con la cabeza, señalando más abajo del vientre de Ellie, que volvió a ruborizarse.

—No. —No, maldita sea, lo del monstruo no contaba, eso fue otra cosa, no placer, no amor. Cruzó los brazos delante del pecho.

—No sabe nada, niña. Abra su corazón, porque si no, hará de todo menos vivir.

—Tampoco sufriré.

—La carencia también puede ser un sufrimiento. Es necesario un equilibro.

Ellie la miró. Le recordó a Astrea, la diosa de la justicia, sujetando en su mano la balanza que da nombre a la constelación de Libra. El equilibrio. Ella era incapaz de conseguir un equilibrio, la balanza estaba inclinada del todo. En uno de los platos estaba Allen y en el otro, el monte Wilson entero, con todos los telescopios, con la tumba de Henry. Paul no podía ganar.

—El amor puede pesar más que cualquier cosa —dijo Narcisa. Ella la miró asombrada, era la diosa Astrea, estaba claro, podía leer sus pensamientos.

# El pastor de bueyes

Cuando acabó la noche, Ellie se despidió de Gant con un gesto y salió de la cúpula. Que no la viera nadie disfrazada de Henry, la reconocerían, echarían a su hermano del observatorio por mentiroso y ambos tendrían que huir. Qué diferentes se veían las cosas a la luz del día; maldito miedo. Montó en la bici y se alejó de allí todo lo deprisa que pudo.

—Mujer. —Apretó con fuerza el manillar—. Eres una mujer. Resígnate. Esa no es tu vida, es la de Henry.

Entró en la cabaña. Henry estaría en Pasadena esperando que Gant bajara. Tomó una taza de té, pero no podía dormir. Salió al huerto, cortó leña, comió algo. A media tarde cogió el Winchester, caminó hasta el arroyo y encendió una pequeña hoguera con las ramas secas que Ckumu y ella guardaban en una bolsa de lona bajo unas rocas. Lo hacían para indicar al otro su presencia allí.

Al cabo de un rato, Ckumu descendió por la ladera. Ambos se sentaron junto al fuego sobre dos piedras graníticas.

Cómo podía tener tantas arrugas y seguir vivo. Parecía más viejo que el tótem, más que la montaña. A Ellie se le encogió el corazón.

—Me gustaría que vinieras conmigo a la cabaña.

Ya se lo había dicho muchas veces, cada invierno, pero nunca le hacía caso.

—¿A qué?

—No quiero que pases el invierno solo. Hace mucho frío.

—No estoy solo. Tengo a la montaña. —Señaló el paisaje—. Tú tienes a tu hermano. Cada uno de nosotros sabe dónde está su lugar.

—Yo no.

La miró con sus ojos de águila.

—¿Dónde está mi lugar, Ckumu? No quiero ser una mujer en un mundo de hombres, pero es lo que soy. Quiero subir ahí arriba, trabajar.

—¿Qué es ser una mujer? ¿Qué es ser un hombre? Mira adentro, Libélula, mira adentro y acepta lo que veas. Solo adentro.

—¿Qué me estás diciendo? ¿Que sea lo que no soy?

—Una libélula es una libélula si sobrevuela el arroyo o si se aleja camino arriba de la montaña. Nunca deja de ser lo que es, y lo sabe. Acéptalo.

—Yo lo acepto, pero los demás no.

—Los demás no están en ti. No mires afuera, sino a lo que hay en tu interior; solo cuando lo conozcas y lo aceptes sabrás cuál es tu lugar.

Ellie miró a la lejanía, a las nubes blancas que poco a poco cubrían la montaña. No, no lo entendía, maldita sea. Y tampoco que se quedara a la intemperie, solo.

264

—Ckumu, hazme caso. En la cabaña hay sitio, me preocupa que estés en el monte en invierno.

Ckumu rio y la pluma azul del collar de hueso se movió sobre su pecho. Si ella supiera todos los inviernos que había pasado solo. Sí, los años habían caído sobre él como los copos de nieve caían sobre la montaña, pero aquella era su casa. Él cuidaría de ella, no ella de él. Se levantó deprisa, aún estaba ágil a pesar de que sus huesos dolían con el frío, y con un gesto de la cabeza se despidió.

Lo vio desaparecer entre las siluetas de los abetos.

Conocer, aceptar.

Cómo se puede conocer algo velado por tanto miedo.

Ellie apagó el poco fuego que quedaba y emprendió el camino de regreso a la cabaña. Se ajustó la correa del Winchester para que no le presionara los pechos, los tenía demasiado sensibles, quizá no tardara mucho en tener el período. Se caló el sombrero, comenzaba a nevar otra vez.

Cuando se percató de las dos personas que estaban delante de la cabaña mirando alrededor como si buscaran a alguien era demasiado tarde. La habían visto, señalaban hacia ella, le hacían gestos.

Uno era Backus, el joven asistente que trabajaba en la cima. Al otro no lo reconoció.

Pero ya no podía dar la vuelta y salir corriendo. Resultaría demasiado raro si hiciera eso, a pesar de que era lo que sus piernas querían: ocultarse en el monte, huir.

Se quitó la correa del Winchester y lo agarró con la mano. Sin pensarlo. Cuando vio la cara de sorpresa de Backus, se agachó un momento fingiendo atar una de sus botas. Tomó aire. Debía tranquilizarse, nadie la conocía.

—¡Henry! —llamaba el asistente.

Era verdad. La había tomado por su hermano, claro que sí.

Dos segundos más para respirar. Levantaría la cabeza y sería Henry una vez más. Ya lo había hecho antes. No pasaría nada.

Caminó hacia ellos intentando sonreír.

—Hey, Backus, ¿qué tal?

—Vaya, Blur, estás afónico. ¿Te encuentras bien?

No. No se encontraba bien. Porque había reconocido al otro hombre, con ese cabello naranja bajo el sombrero. Se había dejado crecer la barba, pero sí, era él.

Arthur.

Ellie palideció. Todo aquello se le vino encima de repente, los golpes, los gritos, las venillas rojas de la nariz de su padre montado sobre ella. Tuvo que sentarse en el suelo, despacio; los copos de nieve volaban a su alrededor sin llegar a caer sobre su abrigo negro. Esos hombres abrían la boca, decían algo, pero no podía oír, solo podía sentir el aire en la cara, tan frío, tan suave.

Notó una presión en el hombro.

—Vamos, Henry, ¿qué te pasa? Vuelve en ti. Señor Drover, cójalo del brazo, vamos a meterlo en la cabaña.

Eso sí que lo oyó. Si la tocaban, seguro que notarían sus pechos sueltos bajo la ropa.

—No, no, estoy bien —se forzó a decir—. Sí, es el resfriado, a veces me pasa. Ya me levanto, ya voy.

Tosió un par de veces, apretó los puños y se incorporó. Con el Winchester en la mano.

—Nunca te había visto con un arma, Blur —dijo Backus, asombrado—. ¿Se te da bien disparar?

—Más o menos. —Tenía a Arthur delante. A un par de pa-

265

sos. Con esa mirada que su hermano decía que era naranja llena de tristeza. Aun así, seguía siendo guapo, quizá más que antes.

Él se aproximó despacio y le tendió la mano.

—¿Me recuerda, Blur?

—Claro, Drover, un placer verlo de nuevo —intentó sonreír—. Qué sorpresa.

—Bueno, ya se han encontrado, yo me voy —comentó Backus—. Adiós, Henry. Esta noche te veo, ¿no?

—Sí, en un rato, quizá despeje y podamos echar un vistazo.

Backus se alejó sendero arriba. Hasta el camino principal habría al menos media hora, y aun así habían encontrado su cabaña. Conocía las casas, cómo no. Nunca se había dado cuenta de que estaban tan expuestos. Las piernas le volvieron a temblar. Había sido una incauta, era cuestión de tiempo que la descubrieran.

—Hola, Henry —Arthur clavaba su mirada naranja en ella. Le temblaba la voz—. Espero no incomodarte con mi presencia.

No sabía qué decir. Con un gesto de la cabeza le indicó que la siguiera, ambos entraron a la cabaña. Se acercó a la chimenea y añadió un par de troncos. Se aclaró la voz.

—Deja tus cosas en el perchero y siéntate. Mi hermano no tardará en venir.

Arthur dio un respingo.

—¿Tu hermano? ¿Acaso…?

—Mírame bien. —Ellie se puso delante de él. Se quitó el abrigo y el jersey y se quedó en camisa.

—No… Aun así, no logro ver la diferencia.

—¡Ja! ¿Me desnudo más?

—No hace falta, Ellie. —Arthur se sonrojó—. ¿Eres Ellie, entonces? Tu voz no es la misma, te has cortado el pelo. ¿Por qué lo has hecho?

Que por qué lo hacía. Ellie se acercó a la cocina y puso agua a calentar, prepararía té.

—¿Me ves tan mal?

—No es que estés mal. Lo contrario, pareces más fuerte. Pero vas vestida de hombre y el astrónomo te confundió con Henry.

—Backus. No es astrónomo, es asistente.

—Lo que sea. Tenía muy claro que eras Henry y no Ellie.

—Conoce a Henry, a mí no. —Porque ella no existía. Había dejado de existir aquel día en que padre se le subió encima.

—¿Cómo es posible? ¿No vivís aquí los dos?

—Es muy largo de contar, Arthur. Ya hablarás con Henry.

—¿Dónde está? No estaba en el observatorio.

Con su otro amante, maldita sea, ¿qué hacían los dos amantes de Henry en el monte Wilson? Pero no, no se lo iba a decir. Lo miró con atención. Bajo esa barba rala y pelirroja apretaba la mandíbula, como si estuviera nervioso.

—En Pasadena. No tardará en subir, esta noche trabaja. ¿Cómo has dado con nosotros?

—Ha sido fácil. —Arthur sonrió por primera vez—. Es el primer sitio donde he venido a buscar. Si no os hubiera encontrado aquí, no hubiera sabido por dónde continuar.

Ellie sirvió el té en dos tazas de porcelana blanca. Ofreció una a Arthur y se sentó frente a él.

—Hubieras tenido que recorrer todos los observatorios del país, ¿no?

Arthur acercó la mano y rozó con ella su brazo.

—¿Cómo estás, Ellie?

Ella removió el líquido oscuro con la cuchara.

—Aquí, Arthur, estamos aquí. —Señaló con la cuchara alrededor—. Lo cual no es poco. Estamos aquí, vivos todavía. Henry trabaja con los telescopios, como quería.

—¿Y tú?

—¿Yo? —Ellie suspiró—. ¿Acaso importa?

—Es muy triste eso que dices. Cómo no va a importar.

—¿A quién?

—A ti. Te debe importar a ti.

Ellie se levantó de la mesa y se acercó a la ventana. Limpió el vidrio con la mano. Ya no nevaba. Las nubes comenzaban a abrirse y a dejar pasar un poco de aquel sol que apenas calentaba la montaña.

Tenía razón. ¿Le importaba? Se suponía que sí. Pero había olvidado quién era. Debía reconstruirse del todo de nuevo y no sabía cómo.

—¿Qué hiciste después de aquello, Arthur?

—Al principio no pude volver a casa. Crucé la frontera de

México. Estuve unos meses por allí, luego regresé. Yo... no tengo problemas con mi familia. Ellos callan, yo también. De vez en cuando viajo. Ahora me voy a San Francisco, pero acabaré volviendo.

—¿Has visto a mi padre? —preguntó, retornando a la mesa.

—No. Evito verlo.

—¿Pero tienes noticias de él?

—¿Quieres que te cuente lo que sé?

—Sí. —Ellie tomó aire y se sentó de nuevo.

—Bien. Lo haré. Lo siento. Se ha casado de nuevo. Con una mujer muy joven, mucho más que él. Tienen un hijo, un bebé de casi un año. Dicen que no la trata muy bien. Al niño sí, lo tiene siempre consigo.

Qué rápido se había olvidado de ellos. Qué rápido.

No lo oyeron llegar. Abrió la puerta con los ojos fijos en el suelo. Se sacudió las botas, colgó el abrigo en el perchero y se giró.

Henry.

Tenía los ojos rojos, como si hubiera llorado durante todo el camino.

Se quedó blanco, pálido, con la boca abierta mirando a Arthur. Se tuvo que apoyar en la pared para no caer.

—Bueno, voy un momento afuera, al gallinero; me falta arreglar uno de los muros y quiero hacerlo hoy. Luego os veo. —Ellie se abrigó y salió. Los dejó solos.

—¿Cómo...? —murmuró Henry.

No lo podía creer. Tenía delante la mirada naranja de Arcturus, que se había levantado de un salto y había volcado la silla. La recogía despacio susurrando una disculpa.

Arcturus es la estrella más brillante de la constelación de Bootes, el pastor de bueyes. Hay quien dice que representa a Icario, a quien el dios Baco le mostró los placeres del vino y de su elaboración. Él, generoso, compartió ese placer con sus invitados, que al emborracharse pensaron que los había envenenado y lo mataron. Zeus se apiadó de él y lo puso en el cielo. Ese hombre le había enseñado lo que era el placer, claro que sí. Y su padre casi lo mata. Se libraron por poco.

—Arcturus. Qué haces aquí.

—Quería... quería saber... Henry...

Ya no le quedaba tiempo con el Centauro, no podía pensar en otra cosa. Su maldito corazón azul estaba destrozado y justo ese día aparecía Arthur. Era incomprensible.

Lo observó. No parecía quedar rastro de las heridas de aquella noche. Al menos por fuera. Por dentro era diferente, él lo sabía. Por dentro estaban llenos de cicatrices, de grietas por donde la felicidad se les escapaba como el agua.

La pared de madera tras su espalda, parecía mentira, estaba caliente. Lo mataron. Al boyero lo mataron los mismos a quien invitó. Arthur había conseguido sobrevivir. Recordaba cada golpe de la silla en su cabeza hasta que aquel maldito se había cebado con él y Arthur pudo huir. Y al poco apareció Ellie, su pobre Ellie.

Se limpió otra de las lágrimas que nunca conseguía retener. Arthur parecía paralizado, de pie delante de él con esa cara de tristeza. Aquella noche apretaba fuerte el brazo de Arthur, muy fuerte, hasta que lo soltó para que desapareciera entre los naranjos bajo aquel cielo cubierto de nubes, ni una sola estrella fue testigo de su partida, ni una sola. Ni el Halley.

—Sobreviviste —se escuchó decir con asombro.

—Tú también.

—Para qué has venido.

—¿Puedo sentarme?

¿Podía? No lo sabía. Ni tampoco por qué esa ira absurda estaba ocupando su interior. ¿Por qué aparecía ahora, justo ese maldito día? ¿Por qué no antes, por qué no dentro de un año?

—Siéntate.

—Ellie... —dijo Arthur.

—No la menciones. ¿Qué haces aquí?

—Lo siento. —Arthur se puso serio—. No quería molestar. Solo necesitaba saber cómo estabas. Solo eso. Para poder seguir adelante con mi vida. Verte una vez más. Pedirte disculpas. Solo eso. Aquella noche...

—No. Es demasiado. No digas nada, ¡nada! Ya me has visto, me alegro de saber que sigues adelante, sí, de verdad. Ahora debo ir a trabajar. Se me hace tarde.

Salió de la cabaña dando un portazo y tomó el camino a la cima. No podía, era demasiado. Gant se iba, Arthur volvía y con él todos los fantasmas, sobre todo el de ese maldito en el

269

que siempre evitaba pensar. Se había esforzado en no recordarlo todos esos años y ahora regresaba de nuevo, el maldito y sus
palabras que caían como piedras afiladas sobre él, tan despacio
y tan profundo, m a l d i t a a b e r r a c i ó n.


Cuando Ellie entró de nuevo a la cabaña Arthur seguía allí,
sentado con los brazos sobre la mesa y la cabeza entre las manos. Se acercó y le puso la mano en el hombro.

—¿Se ha ido? —preguntó.

Él asintió.

—Lo siento, Arthur. Henry está… —no sabía qué decirle—
raro estos días, no es su mejor momento. No te preocupes.

—Debía venir, debía verlo, lo siento si os molesto. He pensado demasiado en él durante estos años. Debía venir.

Aquella noche se había marchado corriendo con miedo de
que el señor Blur lo persiguiera con el revólver en la mano y le
metiera un tiro en la nuca. Había huido durante varios días,
muerto de pánico, sin parar hasta caer rendido a la entrada de
aquel pueblo polvoriento que olía a tequila.

Había pasado meses en ese lugar. Por la mañana, trabajaba
en la destilería; por las noches, se la bebía.

Para no recordar al niño rubio bajo su piel.

Para no darse cuenta de lo que había causado.

Para olvidar al señor Blur con la cara desencajada blandien-
do la silla que dejaba caer una u otra vez sobre su cabeza mientras los llamaba pervertidos. Hasta entonces nadie le había llamado de ninguna manera por su afición a los hombres. Sí,
había visto fotografías de los campos de trabajo donde llevaban
a algunos, los castigaban a vestirse de mujer y a acarrear piedras durante todo el día, bajo el sol. Pero pensaba que eran
otros diferentes a él.

Aquella noche se vio tal y como era bajo los golpes de aquella silla.

Y por eso no pudo parar de correr.

Hasta encontrar la destilería y quedarse en ella; el único
contacto que tenía con otros hombres eran las peleas continuas
en las que se metía estando borracho, porque beber lo ponía
violento, lo reconocía.

Tras el verano se tuvo que ir también de allí. Lo echaron después de una noche en que le dio por destrozar media plantación de agave azul.

Migró de nuevo al norte, hasta su casa en Pomona. Sus padres lo acogieron sin preguntar nada. Cuando quiso hablar, le ordenaron que callara. Nada pasaba si no se sabía, eso decía su madre. Su padre... tampoco decía gran cosa, andaba entre los naranjos como un fantasma, pero a pesar de todo le seguía queriendo, lo advertía en sus ojos. Esa certeza le ayudaba a tener esperanza.

De manera que se quedó en la granja, con aquellos árboles de la variedad Navel que tan bien había aprendido a cultivar.

De vez en cuando se ahogaba y debía partir de nuevo. Había viajado a Tucson, a las Vegas, a San Diego. Ahora se iba a San Francisco. Pero antes se había atrevido. A buscar a Henry. A mirarlo de nuevo a la cara para poder olvidarlo después, para seguir adelante sin el terrible recuerdo de aquella noche.

Henry lo había observado como si representara todo lo malo de su pasado y no quería ser eso. Necesitaba decirle lo que sentía, saber qué había sentido él.

Pedirle perdón.

—Me gustaría poder hablar con él —pidió.

—¿Vas a estar mucho tiempo en Pasadena? —Ellie se sentó a su lado.

—Algunos días. No sé cuántos aún.

—¿Dónde te alojas? Se lo diré.

—En el hotel de la avenida de los Robles.

—Bien, Arthur. Me ha alegrado verte de nuevo.

Arthur se levantó. Tomó su abrigo y se dirigió a la puerta.

—¿Cómo vas a bajar al pueblo?

—Tengo una bici. Del hijo del dueño del hotel.

—Abrígate.

—Cuídate, Ellie.

# Movimiento

*E*llie se arrebujó en la chaqueta, se caló el sombrero y soltó las riendas de Orión que bajaba despacio hacia la cabaña. La noche de observación no había estado mal, aunque desde hacía un rato una fina capa de nubes tornaba de color gris el cielo. Había pedido libre la siguiente noche, no creía que pudiera subir a trabajar.

Porque tenía que dejarlo ir.

Tenía que dejarlo ir.

Se lo repetía una y otra vez para luego corregir: tenía que dejarlos ir. Ckumu partiría en cuanto llegara a la cabaña, junto con Antonio y Narcisa, que se había convertido en la única amiga que había tenido en toda su vida. Paul Allen regresaba a Boston al día siguiente. A ella solo le quedaría el monte y la tumba de su hermano, pronto cubierta por las hojas amarillas de los robles. Ese sería su quinto invierno en el monte Wilson, el primero que de verdad pasaría sola.

No quería llegar a la cabaña, no quería que se fueran. Ckumu era su padre, mucho más que aquel ser que la violó sobre la cama de la habitación de Henry. La conocía tal y como era, la había apoyado pasara lo que pasara, sin juzgarla.

No muy lejos se oía el bramido de algún ciervo. El aire trajo dos o tres gotas de lluvia que se le posaron en la cara ya húmeda por las lágrimas.

Además, sería lo mejor para él. La montaña no era lugar para alguien tan anciano y el frío solo tardaría un par de meses en teñir el cielo de blanco. Estaría bien con ellos, Narcisa lo cuidaría.

Se iban como las constelaciones de verano, que desaparecían mientras otras regresaban de su letargo estacional, eso era así y nadie podía remediarlo. Dio unas palmadas en el cuello del caballo.

—Orión, Henry ya no está, y Ckumu, Narcisa y Paul se perderán en el tiempo. Tú y yo nos quedamos aquí, convertidos en otro tótem, mientras la Tierra sigue moviéndose en su órbita alrededor del Sol. —El caballo giró las orejas hacia ella—. Al tótem no le importa que sea invierno, primavera, verano. Siempre mira al mismo sitio, inmutable durante siglos mientras todo cambia. Ya no veremos las constelaciones de Aquila ni de Hércules hasta el verano que viene. Paul quizá regrese al monte Wilson, pero Ckumu no lo hará. Para mi padre, el adiós será definitivo.

Se limpió las lágrimas con la manga de la chaqueta.

—Estoy harta de tanto llorar. Si fuera un tótem de verdad no lloraría. Maldito 1914, cuántas lágrimas me está trayendo. Ya llega el otoño, ojalá pase deprisa.

Cuando llegó a la cabaña ya lo tenían todo preparado. El tipi ocupaba apenas un par de fardos sobre uno de los caballos y no había ni rastro de la hoguera.

Antonio llevaba en la mano las riendas de los dos caballos. Ckumu miraba al camino, acariciaba la pluma azul de su collar. La tenue luz del cielo nublado caía sobre ellos, sobre los árboles, sobre la tierra, lo teñía todo de un apenado color gris.

Ellie desmontó a Orión y corrió hacia Ckumu. Él abrió los brazos, ella se refugió en su pecho por última vez.

—Libélula —murmuró él—, Libélula.

—Debes irte, lo entiendo, Ckumu, mi padre. Sé feliz allá donde vas, solo quiero eso.

—Cada noche miraré al cielo y te veré al lado de la gran osa.

—La gran osa está en el norte y nunca desaparece bajo el horizonte. Yo también te buscaré allí —intentó sonreír.

Se separó de él para abrazar a Narcisa.

—Quizá puedas venir a visitarnos, Libélula. Cuando tengas algunos días libres.

—Quizá —respondió, aunque sabía que no podría hacerlo—. Escríbeme, Narcisa. Cuidadlo bien, por favor.

—Recuerda —Ckumu se quitó el collar y se lo puso a ella; la pluma azul se posó sobre su pecho—, todas las respuestas están en tu interior.

273

No eran necesarias más palabras. Ambos sabían lo que se escondía tras la mirada del otro, y así, mirándose a los ojos, se dijeron adiós.

Sentada en los escalones de la cabaña observó cómo se perdían sus huellas monte abajo. Ckumu se fue como había aparecido cuatro años atrás: como un espíritu del bosque. Un indio a caballo, un tótem de ojos negros, cabello de nieve y alas rojas que sobrevolaba la sierra de San Gabriel por encima de todos ellos.

Esa tarde una lluvia triste cayó sobre el monte Wilson, despacio, con miedo de borrar el rastro de las pisadas de Ckumu, de las manos de Ckumu. De la mirada de águila de Ckumu que los protegía a todos. El bosque ya nunca sería el mismo, algo que le pertenecía se había ido para siempre.

De noche, tras el cielo nublado, las constelaciones irían cambiando, ajenas a todo. La Tierra seguiría su camino de manera inexorable y el tiempo pasaría, rápido para algunos, lento y dilatado para las estrellas.

274

Cuando se quiso dar cuenta, había atardecido. Unos pasos irregulares se aproximaban por el sendero que conducía a la cima.

Paul Allen también venía a despedirse, ya había acabado su trabajo en el observatorio.

Sí, lo habían logrado, Allen se llevaba un triunfo bajo el brazo.

Habían descubierto dos cefeidas en M92. Aún les faltaban datos, ella seguiría trabajando con Shapley para estudiar la variación de su luz. Cuando lo supieran aplicarían la fórmula de Henrietta Leavitt y sabrían a qué distancia estaba el cúmulo de estrellas.

Pero ese día, ese mísero intervalo de tiempo que tarda la Tierra en dar una vuelta sobre sí misma, maldito lo que le importaba la distancia a la que estaba M92.

Le importaba la distancia que a partir de ese momento la separaba de Ckumu. No, nunca volvería a verlo, igual que nunca viajaría a la Luna, ni mucho menos a M92.

Y maldita sea, Paul Allen también se iba.

—Ya se han marchado. Y yo me voy mañana. Lo siento,

Eleanor, sé que es duro para ti. —Allen se sentó a su lado, respiró hondo y se armó de valor—. Quiero pedirte algo, quiero…

Ellie lo miró. Hacía rato que había dejado de llorar. Se había secado, como las lilas azules del Dolmen vacío de Henry.

—No me pidas nada que no te pueda dar.

A Paul le temblaban las piernas, aunque estaba sentado. Tenía que contenerse mucho para no poner la mano en la nuca de Eleanor, en ese cabello tan rubio y corto, y atraer su cabeza hacia el pecho; para no acariciar con los labios su cara suave; para no tumbarla en el suelo del porche y hacerle el amor allí mismo, bajo la oscuridad que había caído sobre la montaña.

Al día siguiente tenía que volver a Boston. Sin remedio. No quería. Quería quedarse con ella, perderse en ella, olvidar el pasado dentro de ella.

—Dime, Eleanor, dime —susurró—. Dime que no quieres quedarte en medio del monte Wilson, en esta cabaña alejada de todo, tú sola. ¿Qué vas a hacer aquí? Dime, Eleanor, que vendrás conmigo, que… No, no te preocupes, buscaremos un alojamiento para ti hasta que nos casemos, no será nada indecoroso.

Podría levantarse y echarlo de allí. Pero no se movió.

—Tres meses no son nada, no bastan para conocer a una persona, Paul Allen —susurró con su voz ronca—. Al menos a ti no te han bastado y a mí tampoco. No has escuchado nada de lo que he dicho en todo este tiempo si me pides algo así.

—Pero es que antes estabas con tu… padre. Te quedas sola, Eleanor, ¿lo entiendes? Aquí hay osos, pumas, de todo, ¿y pretendes quedarte sola? Al menos cambia de casa, baja a Pasadena, no sé, no…

—Esta es mi casa. Pasadena queda demasiado lejos de la cumbre, y no me puedo quedar en el Monasterio, me pueden descubrir. Nunca he tenido miedo del monte. Tengo miedo de otras cosas.

La cogió con suavidad por la barbilla y la obligó a que lo mirara.

—¿Por qué tus ojos parecen de hielo? ¿De qué me vale haber encontrado esas dos cefeidas en M92, si aún no sé nada de ti y quiero saberlo todo? ¿Con qué telescopio puedo descubrirte?

275

Estaba muy cerca de su boca entreabierta, apenas a una pulgada.

Pero Ellie le puso la mano en el pecho y presionó. Como si no lo deseara. Él cerró los ojos. No conseguía llegar a ella, se le escapaba, al día siguiente se iría y se quedaría sola en esa maldita cabaña incluso en invierno, ¿cómo era posible?

—Eleanor. Ven conmigo. No quiero perderte —se lo decía en sus labios, a ver si las palabras conseguían entrar en su interior, a ver si conseguían derretir el hielo de sus ojos.

Ella se acercó un poco más. Para luego pasar de largo y abrazarlo. Él sintió todo su cuerpo pegado al suyo, su calor, su respiración en el cuello, pero no lo había besado, no…

—No puedo ir contigo, Paul Allen. Mi sitio es este —le susurró en el oído—, debo subir ahí arriba cada noche. Lo he elegido así. Quizá regreses algún año, quizá nos veamos de nuevo. —Se separó de él, aunque dejó la mano sobre su brazo. Miró al cielo y señaló una estrella—. Mira, Júpiter por encima de Fomalhaut, la estrella solitaria. No está tan sola. Suele tener visitas, ¿no? Ahora es Júpiter, creo que Urano anda también por ahí. Cada uno tiene su destino, el mío es este; el tuyo, volver a Boston y encontrarte con tu hija, Maia. ¿Lo harás?

Paul ocultó la cara entre las manos. No quería que viera su mirada borrosa, su mueca de desilusión. Había soñado con convencerla. Se irían los dos a Boston, formarían una familia, quizás ella quisiera trabajar con las calculadoras, o quizá se quedara en la casa, con Maia. Qué irreal era todo, cómo le gustaba a su mente hacerse ilusiones.

—¿Lo harás, Paul?

Lo haría. Visitaría a Cecilia Curley, su cuñada, le pediría perdón y recuperaría a su hija, a su pequeña pléyade de ojos verdes, Maia.

—Arreglaré las cosas, mi querida Eleanor.

Ella le apartó las manos de la cara. No le importaban sus lágrimas, ni sus cicatrices. Sí, lo quería, para qué negarlo. Pero su destino era otro.

—Mírame —pidió—. No, mejor mira al cielo. Orión amanecerá en unas horas, sin embargo, Vega se ocultará bajo el horizonte.

Le hizo caso, haría cualquier cosa que le pidiera; él sí.

276

—¿Lo has pensado alguna vez? La noche es igual para todo el mundo. Es igual aquí, en Boston, en Europa; es igual siempre que estés en la misma latitud. Cuando te vayas a Harvard mirarás el mismo cielo que yo. Estaremos lejos, pero bajo el mismo cielo.

—El cielo siempre es diferente, Eleanor —dijo él con tristeza—, porque los ojos que lo observan son diferentes.

—Te has traído esa linterna, ¿verdad? La necesitarás, hoy no hay luna. Se te hace tarde, deberías subir y descansar.

—¿Qué había bajo esa losa, Eleanor?

—Vaya, de lo que te acuerdas ahora. ¿Qué encontraste?

—Un pedazo de tela marrón.

—¿Qué otra cosa?

Paul lo pensó un momento. Debido a la curiosidad que le produjo, la espió, la siguió.

—A ti. Te encontré a ti.

Ellie sonrió con tristeza. Sí, eso era. Ella también estaba allí, bajo esa losa, rodeada de piñas. Paul Allen tenía razón.

Se sintió muy cansada.

—Vete, Paul, toma distancia. La Tierra seguirá girando pase lo que pase. Qué importamos tú y yo.

—Todo, Eleanor —volvió a aproximarse a ella, volvió a abrazarla, volvió a tener su respiración en la boca—, en este momento lo que no importa es lo otro; tú y yo lo somos todo.

Lo hizo. Unió sus labios a los de Ellie, saboreó su aliento, y por un momento tan breve como un parpadeo, ella le correspondió.

Para enseguida poner la mano en su pecho, volver a tomar distancia.

—¿Qué es lo que te separa de mí? ¿Qué es lo que no me cuentas? —rugió—. Te quiero, Eleanor.

Ella negó con la cabeza y miró hacia el camino.

Y él se levantó, obedeció la orden, encendió la linterna, se alejó de ella hasta que su silueta se perdió en la oscuridad.

—Yo también te quiero, Paul Allen —murmuró Ellie—. Adiós.

277

# Sol oscuro

*H*enry miraba el fuego prisionero en la chimenea de su cabaña. Los ladrillos refractarios habían tomado el color de las cenizas. Las llamas se alzaban, disminuían, también tenían el corazón azul. Cuando la madera se acabara, morirían, se encogerían hasta desaparecer y todo se volvería frío.

No había dormido nada. Seguía sentado en el mismo sitio desde que había bajado de la cumbre por la mañana. Oliver, maldita sea, tomaría el tren en dos días. Esa noche la pasarían bajo la cúpula del sesenta pulgadas, y luego ¿qué? El universo se quedaría vacío.

Su relación había durado lo que dura un eclipse de Sol. Unos instantes de unión increíble, en los que el Sol y la Luna se miran a la cara como si nada existiera, como si solo importaran ellos, la Tierra se queda en una rara penumbra y contiene la respiración con miedo de que la unión se mantenga para siempre, con miedo de que la olviden. Pero no. Nada es eterno, y un eclipse dura tan solo unos minutos.

Unos minutos escasos y luego cada astro se dirige a extremos opuestos del cielo, siguiendo su órbita, de la que no pueden escapar. Como ellos. Cada uno continuará su obligado destino, ¿quién era el cretino que había creído que existía la utopía de la libertad?

—Henry, tómate esto al menos. —Ellie le ofreció una de las dos tazas de caldo que acababa de preparar.

La tomó entre las manos, aunque solo fuera para ver si desaparecía algo del frío que invadía su interior.

Los eclipses no son fríos. Todo lo contrario. Son hermosos. Solo en esos momentos los astrónomos pueden ver la corona solar, el fuego del Sol que extiende sus dedos blancos y luminosos hasta casi tocar la Luna. Unos breves instantes, porque nada dura demasiado en este universo: ni los eclipses, ni los sueños.

—Henry, vamos, ¿cuánto tiempo piensas estar así? Ni siquiera se ha ido todavía.

—Es como si ya lo hubiera hecho —susurró—. Total, ya lo he perdido.

—Si te guías por eso, nunca lo has tenido.

Henry apretó la taza con tanta fuerza que se le pusieron los nudillos blancos. Su hermana a veces podía ser cruel.

Porque tenía razón.

—No, nunca, Ellie —dijo con voz fría, girándose hacia ella—. Y tú, que puedes tener lo que quieras, no lo haces.

—¿Hablas de tener lo que quieras? ¿Te parece que puedo tener lo que quiero? Quiero tu vida. Quiero poder subir ahí arriba sin tener que engañar a nadie.

—Yo estoy engañando a cada paso que doy. A Hazel, a todos los astrónomos que me ven con Oliver y no sospechan nada. A mí mismo.

279

—Lo siento, Henry, pero no puedo compadecerte.

Él movió la cabeza en una negativa muda.

—No sabes lo que es amar de esta maldita manera.

—No, no lo sé.

—No quiero vivir así.

A Ellie le temblaba la voz. ¿Cómo podía decir eso? ¿Cómo se lo podía decir a ella, a una mujer violada, que perdía su vida escondida en el monte?

—Igual quieres vivir como yo, que no tengo vida.

—Tenla. Sal de la montaña de una vez.

Ellie dejó su taza con un golpe sobre la mesa y le apuntó con el dedo.

—Olvida tú a Gant y sigue adelante.

Henry suspiró y se giró de nuevo hacia la chimenea.

—Buscaba un poco más de comprensión por parte de mi hermana en estos momentos.

Pero Ellie estaba enfadada.

—No lo entiendo. No quiero volver a oír que no puedes vivir sin él. Somos seres enteros, no necesitamos a nadie, ¿lo oyes? Tú, que puedes hacer lo que te gusta, que coges cada tarde la bici y subes a esas cúpulas, que escribes artículos y puede que de aquí a nada te asciendan a astrónomo, ¿dices que no puedes vivir?

—No todo es la astronomía.

—¿Ah, no? ¿Por qué me trajiste aquí hace cuatro años? ¿No era por la astronomía?

—Pero hay otras cosas, Ellie. Personas.

—Personas, no. Una persona. Él.

—No voy a discutir más. No tengo ganas. Me voy a trabajar.

—Vete, tú que puedes. Yo me tengo que quedar aquí, a verlas venir.

Ellie lloraba mientras Henry, después de abrigarse, desapareció tras la puerta montaña arriba sin tan siquiera volverse a mirarla ni una sola vez.

280  Le temblaban las manos, sí, le temblaba todo, la bici temblaba bajo sus piernas y aun así pedaleaba montaña arriba deprisa, como si con eso pudiera adelantar al tiempo que se perdía sin que se dieran cuenta, que se derretía como la nieve en primavera. Tan solo le quedaban algunos instantes de felicidad, y luego, la nada. Esa era la última noche de Gant en el Observatorio Monte Wilson. La noche del trece al catorce de febrero de 1914. El quince, tomaría sus maletas y se iría camino al este. Se acabó el eclipse total, se acabó la belleza.

Henry dejó la bici al lado de uno de los montículos de nieve que se acumulaban cerca de la cúpula del sesenta. Poco más allá, una cierva paralizada lo observaba con sus oscuros ojos redondos.

No soportaba estar con nadie. No iría al Monasterio a cenar. ¿Qué iba a cenar? Si no le pasaba por la garganta nada más que la rabia, que ese regusto amargo que dejan las lágrimas, sobre todo las que no llegan a caer.

Ahora que se acercaba la despedida, no podía llorar. Qué curioso, maldita sea.

—Has llegado pronto, Copero.

Henry se sobresaltó. Se dio la vuelta y se lo encontró allí. Vaya, las tornas habían cambiado. Ahora quien lloraba era

Oliver, se limpiaba los ojos intentando disimular, y a él se le rajaba el pecho al verlo.

No iba a poder aguantar esa noche entera con él bajo la cúpula.

Lo cogería del brazo y lo arrastraría monte abajo hasta encontrar un sitio para poder follárselo. Lo harían hasta que los dos murieran, juntos, sobre la nieve.

—Ah, señor Blur, ah.

El padre de Hazel se acercaba dando saltitos por el sendero. Se tropezó y casi cayó contra una de esas piedras de color gris.

—Ah, le he encontrado, sí. —Fulminó a Gant con la mirada—. Es necesario que venga mañana a casa, Hazel le espera. Vamos a hacer las maletas, nos vamos ya, y hay que hacer lo que se debe hacer, sí.

—No le entiendo, señor Brown —dijo Henry. El señor Brown siempre estaba acechando, no lo dejaba en paz con sus presiones, y ahora no tenía tiempo de eso—. Ya hablaremos.

—Mañana, mañana le esperamos para comer. Dowd ya sabe que nos vamos, sí.

—Mañana es imposible.

—Mañana, sí, yo lo espero, es necesario. Me voy, ah, es tarde.

El señor Brown desapareció camino del Monasterio.

—Esto no debía suceder, Oliver. A ver qué le digo yo ahora, a él y a su hija.

Oliver lo miraba con las manos en los bolsillos del abrigo, con ese aire interrogante y el rizo sobre la frente, mordiéndose el labio para no llorar.

Henry lo agarró del brazo, lo arrastró ladera abajo tras unos abetos cuyas ramas casi llegaban hasta el suelo y lo besó. Aunque se hundieran en la nieve, aunque el frío los rodeara con su aliento blanco, no separaría su boca de la de él. Lo devoraría entero, de manera que nada de él se pudiera ir. Le desabrochó el abrigo y tiró hacia arriba de la camisa para hundir sus manos en la piel cálida de su espalda, de sus glúteos. Junto a él nunca tendría frío. Junto a su sol, en un eclipse que durara para siempre.

—Centauro, te quiero —rugió.

Oliver no dijo nada, no podía. Solo se pegó más a él, lo besó más fuerte, aunque la boca le supiera a sangre. Metió también las manos bajo su ropa, le desabrochó los pantalones, le acarició el miembro duro.

El atardecer caía despacio sobre la ladera del monte y trepaba poco a poco hasta la cima, volviendo oscura la nieve. Orión comenzaba a dibujar su perfil de gigante en el cielo sobre Sirio, la estrella más brillante del Can Mayor.

Pero ellos no se dieron cuenta. Oliver se agachó delante del cuerpo de Henry y con su boca acarició el suave vello rubio de su vientre. Nunca en su vida tendría nada igual. Henry gimió.

Si Orión hubiera mirado abajo habría visto dos siluetas oscuras sobre la nieve blanca, dos amantes que se unían entre los árboles, y habría sentido envidia.

Cuando separaron sus cuerpos, hacía tiempo que el Sol había desaparecido tras el perfil roto de las montañas.

—Debemos subir, Henry. Hace frío y es tarde. Vamos a acabar llamando la atención.

—Sí. Vamos.

Subieron en silencio, uno siguiendo las huellas del otro. Cuando llegaron arriba, dos hombres los estaban esperando. Ellerman y Adams, el subdirector. Hale, el director, volvía a estar de viaje.

—¿Dónde estaban? ¿Cómo es que la cúpula aún está cerrada? —preguntó Adams.

—Un, un… zorro —dijo Gant—. Un zorro estaba en la entrada, lo perseguimos monte abajo.

—¿Y para qué lo persiguen? Estábamos preocupados. La noche está despejada, hagan el favor de comenzar a trabajar.

—Un zorro, Adams. Eso es interesante. —Ellerman sonreía—. La montaña nos da sorpresas. Tenga en cuenta que Gant se va mañana, debía entrenarse persiguiendo zorros antes de volver a Inglaterra, ¿no es así?

—Sí, sí.

—Bien —siguió Adams—. Ya no da tiempo a cambiar la configuración del telescopio. Está el Cassegrain. Echen un ojo a la luna menguante y hagan alguna placa fotográfica del terminador.

El terminador. La línea que separa la parte iluminada de

la Luna de la sombra, la dicha de la soledad más oscura. Para Henry, el terminador era ese día. Se iba su sol, a partir de ahora solo le quedaba la negrura.

—Vamos, Blur —dijo Gant—. No perdamos más tiempo.

Ambos entraron en la cúpula.

—¿Lo ves? —Gant susurraba, pero la voz estaba teñida de miedo—. Casi nos descubren. Si no me fuera, acabaríamos en esos campos de trabajo o en manos de algún alienista, no sé qué es peor, o mi padre... —no quiso seguir.

—¿Es mejor lo que nos toca hacer, cada uno en un extremo del mundo? Dime, ¿es mejor eso?

—No quiero que vivas lo que yo viví en Reading. Hazme un favor. Cuando me vaya, olvídame, es un final. Y procura ser cuidadoso, Henry, no te ciegues, si te vuelves a enamorar, que lo harás, ten cuidado.

—¿Tú también te volverás a enamorar?

Oliver miró arriba, a la franja oscura de cielo. Ojalá que nunca se volviera a enamorar. ¿Compensaba tanto dolor?

—Vamos a hacer unas cuantas placas. —Acarició el frío metal del telescopio—. No hay más.

El tiempo no se detiene. Segundo a segundo Orión se fue escondiendo tras el horizonte oeste y la noche fue tras él, huyendo de la luz del amanecer. Sin que se dieran cuenta, se hizo de día.

—Nos vamos, Copero. Cierra la cúpula.

—Voy a bajar contigo a Pasadena.

—No quiero que me detengan, ni a ti. ¿Estás loco?

—No nos van a detener. No está prohibido que dos colegas caminen juntos, Adams y Ellerman suelen hacerlo. Bajaremos juntos un rato y luego yo me desviaré hacia la cabaña para ver a Ellie. Ayer discutimos, quiero ver cómo está antes de bajar.

—No puedo negarme, ¿verdad?

Tampoco quería. Necesitaba saborear su piel por última vez, acabar borracho de ella, grabarla en su memoria aún más si eso era posible.

—No puedes negarte.

ϒ

Ellie había madrugado. El último sueño había sido horrible: iba tras un rastro de sangre en la nieve para luego hallar el abrigo de Henry, negro como una mortaja, empapado sobre esa blancura. Salió de la cama, echó un par de troncos a la chimenea y se secó con una toalla el sudor gélido que le cubría la frente.

Preparó café, se vistió y decidió ir en busca de su hermano. Subió por un sendero que utilizaba a veces con Ckumu para llegar a la cima y echar un vistazo, y llegó justo a tiempo para verlo salir montaña abajo con Gant. Volvió sobre sus pasos deprisa.

Llegó a la cabaña y, a pesar del frío, se sentó en los escalones del porche. El monte estaba tranquilo, como cada invierno, con ese silencio blanco que siempre acompaña a la nieve.

Henry tardó aún un rato en aparecer. Apoyó la bici al lado de los escalones.

—Buenos días, Ellie —intentó sonreír.

Ella se levantó, caminó hacia él y lo abrazó.

Mientras, las nubes albas que habían cubierto el cielo comenzaron a dejar caer sus copos de nieve como si fueran lágrimas.

Henry la rodeó con sus brazos y apoyó la cabeza en su hombro. Olía a hogar. Ojalá hubiera podido llorar como lo había hecho hasta aquel maldito día. Nunca pensó que podía echar de menos algo así.

—Lo siento —dijo ella—. No debí decir esas cosas.

—Yo también lo siento, Ellie, mi melliza. Por todo.

—¿Cuándo se va? —El abrazo se deshizo, pero quedaron juntos, mirándose a los ojos.

—Mañana. Yo… me voy a su casa.

—¿Vas a pasar la noche allí?

—Esta noche trabajo. Estaré por la tarde con él para despedirme y luego subiré al observatorio.

—Ten mucho cuidado. —Ellie le acarició la mejilla.

—Lo haré. —La abrazó otra vez, sintiendo que siempre la tendría, que, incluso entonces, era su apoyo—. Gracias, Ellie. Me voy ya.

—¿No quieres un café?

—No me queda tiempo. Ya no me queda.

Ellie asintió mientras lo veía partir de nuevo, montaña abajo, por la tierra parda del sendero rodeado de nieve. Cruzó los brazos sobre su pecho sin saber por qué, y una lágrima resbaló despacio por su mejilla hasta caer, helada, al suelo.

# La Estrella Perro

*A* Ellie, la angustia no la dejaba dormir. Se pasó una manta por los hombros y salió al porche. Sirio, la Estrella Perro, brillaba por encima de las copas de los abetos. Era la más luminosa de la constelación a la que pertenecía: el Can Mayor. Y de todo el cielo. Algunos piensan que Sirio representa a Anubis, el chacal que acompaña a las almas al otro mundo. Y que Can Mayor es Cerbero, el perro que guarda la entrada al Hades. La estrella más brillante también es la más oscura. La muerte, la vida. Las dos caras de la misma moneda.

Hacía tanto frío… Había nevado hasta el atardecer, pero luego, cuando cayó la noche, el cielo se había despejado.

Los ojos blancos de Cerbero se lo estaban diciendo.

«Henry ya nunca estará contigo, te lo he robado.»

Apoyó la espalda en una de las vigas de madera del porche y miró arriba, a esa estrella que brillaba como una loca bajo Orión, el gran cazador. «Te lo he robado, ahora estás sola. Sola para siempre bajo el cielo helado y negro.»

Intentó arroparse un poco más con esa manta que no abrigaba nada. Las lágrimas no llegaban a caer al suelo, se le congelaban sobre la piel.

Henry se había ido, ella sentía su muerte en su propio corazón, ¿cómo era posible? Resbaló despacio hasta caer sobre la fina capa de hielo del suelo.

Quizá… quizá… se había quitado la vida. Decía que no quería vivir, ¿la habría dejado sola adrede? ¿Habría sido capaz de hacer algo así, abandonarla en el monte? La espalda le sudaba a pesar del frío.

Igual no era cierto. Él le dijo que, después de salir de casa de Gant, subiría a trabajar. Y el cielo estaba limpio y transparente como en las mejores noches de invierno. Quizás ese dolor solo fuera un reflejo del de Henry, quizá mañana por la mañana regresara envuelto en lágrimas porque Gant había partido.

Pero Sirio, la Estrella Perro, le decía otra cosa.

«Te has quedado sola.»

Sola bajo ese cielo infinito que extendía su negrura sobre toda la Tierra, sobre su padre en Pomona, sobre Inglaterra. Menos sobre los muertos, esos ya no verían ningún astro, Henry ya nunca podría mirar más allá de sus párpados inmóviles.

Nada sería igual.

Alguien golpeaba la puerta. Se había quedado dormida apoyada en la mesa, al lado de la chimenea que hacía tiempo que se había apagado. Se frotó los ojos con las manos, ¿qué había soñado?

—¿Hola?

Llamaban a la puerta. Maldita sea, la puerta. Se levantó de un salto. ¿Estaba vestida? Lo estaba, con los pantalones arrugados y un jersey viejo.

—¿Henry?

Se colocó el sombrero y una chaqueta, y abrió.

Era ese chico, Backus.

—Henry, ¿estás bien? Me envía Adams, ayer no fuiste a trabajar. ¿Estás enfermo?

Estuvo a punto de desmayarse.

No había sido una pesadilla nocturna, no había sido por la partida de Gant. Henry no había ido a trabajar, y eso, eso era algo muy malo.

Respiró hondo. Debía librarse de Backus. Quizás había aún alguna oportunidad de encontrarlo vivo, aunque su corazón le dijera que no.

Tosió varias veces.

—Backus, sí, no te preocupes. Estoy resfriado. —Puso la voz aún más ronca—. Por eso no he ido a trabajar. No te acerques, no me gustaría contagiarte.

—Hey, ¿necesitas algo?

—Tengo de todo. Comida, café…

—¿*Bourbon*? Échate un trago para entrar en calor.

—Sí, *bourbon* también.

—Vale. Adams me ha dicho que si estás enfermo te tomes el tiempo que necesites, yo te sustituiré.

—Os lo agradezco.

—Bien. ¿Me voy entonces?

—Sí, hace mucho frío.

—Mejórate.

—Gracias. —Se tuvo que agarrar fuerte al marco de la puerta para no caer.

Backus se alejó entre las siluetas nevadas de los abetos. Ella entró en la cabaña, se abrigó y salió corriendo hacia el arroyo. Encendió la hoguera que servía de señal. Al poco, apareció Ckumu.

Intentó secarse las lágrimas para no preocuparlo, pero no pudo. No dejaban de caer.

—Ckumu. —No podía decirlo en voz alta. Si lo decía, se haría realidad.

—¿Qué sucede, Libélula?

—Mi hermano no está —susurró, cayendo a tierra de rodillas—. Ya no está.

Se sentó a su lado y le puso una mano sobre el hombro que se estremecía con cada sollozo.

El aire frío de la mañana movía la pluma azul de su pecho y un arrendajo de plumas azules los miraba desde uno de aquellos árboles desnudos de ribera. No había libélulas azules que volaran sobre el arroyo, ni habían nacido las florecillas azules de la salvia, aparecerían cuando la nieve se fuera.

Pero el corazón azul de Henry, Régulus, el brillante corazón de Leo, ya no volvería a latir bajo las estrellas, ella lo sabía.

—Debemos encontrarlo, Ckumu. —Miró entre lágrimas al rostro arrugado del indio—. Ayúdame.

Lo buscaron durante todo el día. Recorrieron varias veces el camino de la cumbre a Pasadena y al revés, sin encontrar rastro. Nada.

—Libélula —dijo Ckumu cuando caía la tarde—. Quizá se ha marchado con su amigo.

—No.

—Quizás el dolor que sientes es solo tuyo.

—No.

—Atardece. No lo hemos encontrado con la luz, no lo haremos en la oscuridad. Debemos volver a casa.

—Yo ya no tengo casa. —Le temblaban los labios, le temblaban las rodillas.

Ckumu la tomó en brazos. Los pies cansados se le hundían en la nieve, pero no le importaba. La llevó a la cabaña mientras las sombras de los árboles se alargaban sobre la ladera del monte hasta que solo quedaron ellas y las estrellas.

La metió en la cama. Encendió la hoguera prisionera entre los ladrillos de color gris. No era como las suyas, que extendían sus dedos de fuego hasta hacer un pequeño día cálido en la oscuridad de la noche, pero debía bastar. Se sentó a su lado para verla dormir. Y un poco antes de que amaneciera, se marchó.


Cuando Ellie abrió los ojos, Ckumu estaba de nuevo frente a ella, tendiéndole una taza que contenía un líquido humeante.

—Ckumu, debemos seguir. —Se incorporó de repente.

La detuvo con un gesto.

—No te levantes, Libélula. Bebe lo que hay en la taza.

—¿Qué es?

—Te sentará bien.

Olía a alguna hierba aromática y a algo más, dulce y denso. Se lo bebió. Al cabo de unos instantes, un calor suave le relajó los miembros.

—Tu hermano ya se calienta en una nueva hoguera, Libélula. Ha viajado al mundo de los espíritus.

Se le cerraban los ojos, aunque no quisiera. Pero escuchaba las palabras de Ckumu, sí, las escuchaba.

—¿Lo has… lo has… encontrado?

—Sí.

—Ya no está.

—Ya no, Libélula.

—Ya no.


Ellie despertó al cabo de varias horas. Se quedó en la cama, sin fuerzas; no quería abrir los ojos a un mundo en el que ya no estuviera su mellizo. No podía, era como si se hubiera vuel-

289

to anciana de repente y solo le quedara esperar que todo se acabara también para ella. Ckumu volvió a entrar y le volvió a dar una taza de aquella cosa. Se la bebió.

Cuando despertó de nuevo, Ckumu volvió a ofrecerle la taza.

—No quiero —se incorporó—. Llévame hasta él.

—Está nevando. Pronto atardecerá.

—¿Cuánto tiempo llevo durmiendo?

—Una noche y casi todo el día.

—Llévame, Ckumu, te lo ruego. No puedo esperar más.

Asintió con un gesto de la cabeza y salió de la habitación.

Intentó vestirse, pero los miembros no le funcionaban. El espejo le devolvió una cara ojerosa, unos ojos azules con la misma mirada de su hermano. ¿Quién era ella ahora que él no estaba? Se vio más borrosa que nunca, sus límites se perdían, se fundía como lo haría la nieve cuando el frío se perdiera en el pasado.

Poco a poco, esos pantalones fueron subiendo hasta la cintura y la ropa se colocó en su sitio. Caminó hacia la puerta de la habitación. Tras ella, un Ckumu que parecía un gigante de cumbres blancas la esperaba con el ceño fruncido.

—Nada va a cambiar bajo el cielo hoy, Libélula. Mañana será lo mismo. Vuelve a la cama.

—No. Quiero verlo. Debo decirle adiós.

¿Es que iba a poder despedirse de una parte de ella misma? Una carcajada breve precedió a las lágrimas. No, eso era imposible.

Lo veía todo borroso. Ya no era solo ella la que se difuminaba, sino todo a su alrededor. Menos la gran espalda de Ckumu. Debía seguirla, él conocía el camino.

—Espera —dijo.

Se agachó para atarse los cordones de las botas. Hasta en eso eran iguales, usaban la misma talla de pie. Las huellas que ella dejara sobre la blancura del monte no se podrían diferenciar de las de él.

—Vamos.

Caminó sin levantar la mirada de la tierra helada. Hacía mucho frío, más que en todo el invierno. Henry estaría helado.

—Espera otra vez.

Se dio la vuelta hasta la cabaña, tomó una manta y regresó corriendo. A seguir caminando el maldito trayecto que la separaba del cadáver de su hermano mellizo.

Ni siquiera la nieve quería posarse sobre ellos, caía en silencio a su alrededor.

Tardaron veinte minutos en llegar a la parte baja de la zona más escarpada del camino que subía hacia esos telescopios.

Ckumu miró a lo alto. Habría al menos cuarenta yardas de altura.

—Fue por aquí.

—Pero no está, Ckumu, ¿dónde está? —Ellie temblaba.

—Sígueme.

Caminaron unas cincuenta yardas más hacia el este. Ckumu se detuvo frente a un saliente de piedra que formaba una pequeña cueva resguardada bajo él. Desde arriba nadie podría ver lo que protegía.

Se dio la vuelta y le cogió la mano.

—Libélula.

Ella lo apartó con suavidad.

291

Se agachó frente al improvisado panteón de piedra.

Henry.

Las piernas se negaron a sostenerla, cayó de rodillas frente a él.

—¿Tú lo has traído aquí, Ckumu? —susurró.

—Yo lo encontré así.

—¿Cómo…?

—La bici estaba escondida entre los abetos. —Señaló a los árboles cercanos—. Busqué alrededor. Había un rastro que iba a dar al barranco. Subí por él hasta donde pude y vi las marcas de su caída. Cayó, alguien lo trajo hasta aquí, lo ocultó bajo la losa y luego intentó borrar las huellas. Me lo dice la nieve, me lo dicen las piedras.

Alguien había arrastrado a Henry bajo aquella losa. Lo había sentado bajo ella, para que nadie lo viera. Había cruzado sus brazos en el pecho y le había orientado la cara hacia arriba, con los ojos abiertos, como si aún pudiera explorar las estrellas con su mirada azul, aunque esa tumba de piedra le separara de ellas.

Había colocado piñas alrededor de sus piernas estiradas. Piñas desparramadas sobre sus pies, ramas de pino formando una frontera con el exterior, una pequeña pared verde que apenas conseguía ocultarlo.

No quiso fijarse en su cabeza deformada ni en la sangre seca ni en los miembros rotos.

Algo más atrás, Ckumu canturreaba sentado en un tronco caído. Sería una plegaria. Ellos no creían en nada, cuando madre vivía los había llevado a veces a la iglesia, pero lo que decía el reverendo les parecían cuentos para niños pequeños. Menos mal. Porque si creyera cogería a ese maldito dios por las solapas de su abrigo, se lo acercaría a la cara y le diría que qué narices se creía que estaba haciendo al permitir tanta desgracia, y acabaría tirándolo al mismo precipicio por el que cayó su hermano, escupiendo detrás.

—Ckumu, ¿por qué lo han dejado aquí? ¿Es que lo han matado?

Él se acercó.

—Quien lo hizo tenía miedo de que lo encontraran.

—Si hubiera sido un accidente, no lo habrían escondido. ¿Quién ha podido hacer algo así?

El indio miró arriba, al cielo que se iba oscureciendo poco a poco.

Ellie cruzó las manos sobre el pecho. Se le habían entumecido, casi no las sentía por el frío.

—¿Qué vamos a hacer, Ckumu?

—Puedes denunciarlo ante las autoridades.

¿Lo habría hecho Gant? ¿Aunque pareciera amarlo? A esas horas estaría en un tren camino al este, no se lo podría preguntar a no ser que fuera tras él. Henry decía que el padre era peligroso, ¿lo habría hecho el padre o algún emisario suyo? ¿Por qué había aparecido Arthur hacía unos días? ¿Quién había podido hacer algo tan horrible a Henry?

Si lo denunciaba, todo se descubriría. Que Henry era un… era un… que amaba a los hombres. Que ella existía. ¿Qué sería de ella? La devolverían a padre. Se imaginó de nuevo en Pomona, sin Henry, a merced de lo que aquel hombre decidiera hacer con ella, otra vez. La… la violaría de nuevo, podría hacerlo.

—Henry, ¿por qué ha tenido que pasar esto? No quiero irme del monte Wilson. No quiero que tú te vayas —gimió, rota por los sollozos. Entró a duras penas bajo la losa y le cubrió el cuerpo con la manta que había traído de la cabaña. Le apretó la mano helada y le acarició el rostro.

Como había hecho hacía solo dos días, cuando aún respiraba.

Se arrastró fuera y cayó sobre la tierra nevada. Sirio brillaba como un maldito loco sobre ellos, era Anubis y su cara de chacal que había reclamado su tributo de muerte, y ella no podía hacer nada, nada más que llorar.

Ckumu volvió a cargarla en brazos. Se la llevó de vuelta a la cabaña mientras la noche lo ocupaba todo, incluso se colaba en la improvisada tumba de Henry para cubrirlo con su propia manta.

Si lo denunciaba, quedaría expuesta y sin otra opción que volver a su casa, con ese monstruo. No quería, no podría soportarlo, otra vez no.

Quizá pudiera descubrir al asesino. Quien fuera se quedaría perplejo al ver que Henry seguía vivo. Y ella le metería al asesino un tiro en la frente con su Winchester sin un solo titubeo.

Y además…

Podría… Subir ahí arriba… Al observatorio.

Los brazos de Ckumu la sujetaban con fuerza.

—Contén mis pensamientos, Ckumu, creo que estoy desvariando.

Ckumu comenzó a cantar en su lengua. Ella se abandonó a la extraña cadencia mientras veía a Sirio brillar en la noche; brillaba más que nunca, como si el corazón azul de su hermano realmente estuviera con él, como si aún no se hubiera apagado del todo en la negrura del tiempo.

293

# El triturador de luz

*E*n 1915, la fábrica de Chicago avisó a Hale: habían finalizado la cúpula para el cien pulgadas. Para subir las piezas que la componían tuvieron que adaptar la carretera porque uno de los camiones se despeñó. Adams y el conductor se libraron en el último momento de morir ahí abajo, pudieron saltar a tiempo.

Ese verano, Paul Allen no apareció por el Monte Wilson. Nada perturbó a Blur. Continuó subiendo y bajando de la cabaña a la cumbre como si de verdad hubiera logrado convertirse en un engranaje más del telescopio de sesenta pulgadas. De vez en cuando paseaba hasta el arroyo, de vez en cuando visitaba la tumba de Henry. Nada nuevo bajo la atmósfera limpia y estable de las montañas de San Gabriel.

En 1916, el espejo de cien pulgadas y 9000 libras de peso estaba casi listo. Había sido pulido durante años en el edificio Hooker, de Pasadena, construido en 1906 para tal fin. La guerra en Europa se volvía cada vez más cruenta. Debido a ello, Hale, a pesar de que cada vez estaba peor de sus dolores de cabeza a causa de la construcción del cien pulgadas, fue llamado a participar en el Consejo Superior de Investigaciones Científicas. Estados Unidos se preparaba para entrar en la guerra y en el Monte Wilson hacían prácticas de tiro una vez por semana. Sí, todos: también Blur, que era uno de los mejores tiradores del observatorio.

Los camiones Mack iban subiendo, una por una, las partes del telescopio por el camino escarpado que conducía a la cima. De vez en cuando alguno se atascaba, y por ello casi perdieron la base de la estructura abierta del tubo. Por suerte pudieron equilibrar el Mack antes de que acabara despeñado.

Allen sí visitó ese verano el observatorio, aunque solo por dos semanas. Cojeaba menos, aún le temblaban las manos; había recuperado a Maia y no, no se había casado de nuevo. A Blur le pareció más atractivo que nunca, pero el Sol salía cada mañana y se ponía cada noche tan deprisa, que Hércules declinó tras el horizonte oeste a finales del verano sin que ninguno de los dos se diera cuenta.

Y por fin llegó el verano de 1917. Todo estaba listo, el monstruo podía ser transportado a la cumbre; el sueño de Hale se iba a convertir en realidad. La Southern California Edison Company tuvo que instalar un nuevo sistema de alta tensión porque los generadores de electricidad del observatorio eran insuficientes para alimentar los instrumentos y edificios nuevos. Se añadió un ala de dos pisos al Monasterio. Jerry Dowd, el ingeniero jefe, tenía mucho trabajo. Adolf Brown y su familia habían desaparecido de la montaña por las mismas fechas que Henry, como otros ingenieros que no aguantaban los duros inviernos, pero pronto habían sido sustituidos. Dowd recomendó a su yerno, Milton Humason, como nuevo conserje para el cien pulgadas. Humason ya había trabajado en el monte Wilson antes; primero, como botones en el hotel; luego, como mulero, conduciendo las reatas de mulas que subían a la cumbre cada dos días para llevar suministros. Las mulas seguían siendo más prácticas que esos dos camiones Mack AC propiedad del observatorio.

El 1 de julio, Backus y Blur colgaron de la cúpula del cien pulgadas una enorme bandera de Estados Unidos. El espejo iba a emprender su viaje a la cima, por fin. Habían construido una gran caja de madera, lo habían metido dentro. La caja iría bien asegurada en posición vertical (porque si no era demasiado ancha para el camino) sobre el Mack que conducía Jerry Dowd.

—Espero que tu suegro conduzca bien —dijo Backus a Humason, que miraba cómo colocaban la bandera desde la explanada de delante de la cúpula—. El viaje no será fácil.

—¡Maldita sea! —escupió a un lado algo de tabaco de mascar—, mi suegro conduce de miedo. Yo lo que espero es que no pase nada con ese loco que ayer llamó para decir lo de la bomba.

Blur y Backus bajaron de la cúpula.

295

—¿Qué has dicho? —Blur se preocupó.

—Blur, nunca te enteras de nada. Alguien ha amenazado con volar el espejo durante la subida —dijo Backus.

—¿A quién se le puede ocurrir algo así? Este telescopio será un enorme avance para la ciencia. Un triturador de luz. Veremos lo que nunca nadie ha visto.

—Si es que conseguimos ver algo con él.

El espejo tardaría algo más de ocho horas en recorrer el trayecto que separaba Pasadena de la cima. Aún no sabían si funcionaría; si después de todos los esfuerzos y el dinero gastado en todo aquello serviría para lo que había sido concebido o solo sería capaz de devolver a los astrónomos una pobre y borrosa imagen del universo. Pasarían meses hasta que estuviera instalado del todo y pudieran comprobarlo.

—Me muero de impaciencia —dijo Milt—. Soy el conserje de algo que no sé si va a funcionar.

—Hale ya ha contratado otro astrónomo —susurró Backus—. Edwin Hubble. Dicen que es muy joven, que era profesor en Indiana y entrenador de baloncesto, que le gusta el boxeo y que sus ideas son revolucionarias. Pero se ha alistado en la infantería, allá en Inglaterra. Así que no sé cuándo se incorporará.

—Ojalá no tarde —deseó Milt—, y se acabe esa jodida guerra.

Paul Allen había llegado hacía un par de días. Sí, se habían visto. Pero ella no quería acercarse, quería seguir con su vida como si él no estuviera, porque la trastornaba. Cuando lo tenía delante, su mente se nublaba, temía cometer una torpeza y que su frágil mentira cayera montaña abajo y se partiera en mil pedazos, como aquel camión Mack que se había despeñado.

—Ya habrán salido de Pasadena —dijo Milt—. Solo queda esperar. ¿Nos vamos a tomar algo al Monasterio? ¿O preferís jugar un billar?

—¿Qué dices, Blur?

—Jugad vosotros. Yo me voy, quiero ver qué pasa con el espejo.

—Cuidado con las bombas —bromeó Milt.

—De acuerdo.

No se daría prisa. Caminaría despacio hasta que se encontrara el camión y toda esa gente que subía con él: el personal del observatorio, media Pasadena. Y Paul Allen. Ahora estaban en igualdad, porque acababan de ascenderla a astrónomo gracias a sus conocimientos, los artículos que había publicado sobre nebulosas oscuras y a su investigación, junto con Shapley, sobre las distancias en el universo. En breve publicarían un nuevo artículo sobre las dimensiones de la Vía Láctea. Era mucho más grande de lo que habían pensado ¡trescientos mil años luz! Muchísimo más grande. Aun así, ella creía que no lo contenía todo, que había más, al contrario que Shapley. Quizá con el triturador de luz, el cien pulgadas, pudieran averiguarlo.

Bueno, en realidad no la ascendían a ella, sino a Henry, pero eso ya daba igual. Estaba acostumbrada a pesar del miedo.

Hacía calor. Había salido de trabajar esa noche y no se había acostado, sino que se había quedado a preparar la cúpula del triturador para la llegada del espejo. A partir de ese día, el Observatorio Solar Monte Wilson abandonaba el nombre de Solar para denominarse solo Observatorio Monte Wilson. Al triturador lo iban a llamar telescopio Hooker, porque Hooker fue quien primero puso la pasta para su construcción, aunque muriera antes de verlo acabado y luego financiara la mayor parte el magnate del acero Andrew Carnegie. Carnegie pensaba que había ganado tanto dinero que su deber moral era devolver parte a la sociedad.

297

A medio camino, Blur se sentó sobre una de las rocas que sobresalía a un lado de la carretera. Se quitó el sombrero, se abanicó con él. Ya se oía el camión y el bullicio de la gente a lo lejos. Esperaría.

Todo ese ajetreo la distraía, y lo necesitaba. Porque hacía un par de días que había recibido una carta de Narcisa. En ella le comunicaba que Ckumu ya se había reunido con los antepasados. No, no había sufrido, se había quedado dormido. Sí, era lo lógico, habían pasado varios años desde que se fue y la edad, la maldita edad, había seguido aumentando; la Tierra nunca dejaba de girar alrededor del Sol.

Pero lo echaba de menos, no podía evitarlo. Tocó el collar de la pluma azul; siempre lo llevaba bajo la ropa.

Se secó las lágrimas, debía disimular. No estaría bien que la vieran llorar, que un hombre llorara sentado en una piedra al borde del camino.

Al cabo de un rato, llegó el camión con Jerry Dowd al frente y en la parte de atrás el enorme cajón de madera sujeto con cuerdas y cubierto por una tela. Dowd iba muy elegante, con un chaleco oscuro y la corbata a juego. Tras él, dos banderas de barras y estrellas ondeaban al viento.

Una multitud seguía al camión. Mujeres con bonitos vestidos de verano y sombreros, curiosos que acudían de diversas partes del estado, astrónomos de todo el país. Y Paul Allen, que caminaba al lado del camión. Levantó la mirada, puso ese gesto de sorpresa que siempre ponía cuando la veía y se aproximó.

—¿Qué tal, Blur? —La miró con una ceja alzada y la otra no.

—Por aquí. ¿Cómo va la subida?

—De momento, sin inconvenientes. Vamos despacio, una milla por hora más o menos, pero vamos. ¿Nos acompañas?

Sí, lo haría. Era un momento histórico, no se lo podía perder. Se levantó y comenzó a caminar a su lado.

—Enhorabuena, ya me han contado que ahora eres astrónomo.

No había rastro de ironía en su voz. Se alegraba por ella, parecía sincero.

—Gracias. Lo logramos, sí.

—¿Lo lograsteis?

—Quiero decir lo logré —Maldito plural, siempre Henry y ella—. ¿Qué tal Maia?

—Crece deprisa. Ya no le queda mucho para los siete años —sonrió al recordar a la pequeña pléyade de ojos verdes—. Se divide el tiempo entre su tía y yo. He alquilado una casa cerca de la suya. Cuando trabajo está con ella, cuando no, conmigo.

—Es un buen acuerdo.

—Lo es. ¿Cómo estás, Eleanor?

Ella se detuvo y frunció el ceño.

—Me llamo Henry Blur.

—Tienes razón, perdona, Henry —dijo con ironía—. ¿Qué tal se vive en la cabaña de madera en medio de la nada?

—Nadie me molesta. Ni los pumas, ni los osos, ni nadie.

Allen palideció.

—Si de mí dependiera —farfulló.

—Calla o me iré.

—¿Este año tampoco va a ser, Henry Blur? —susurró—. ¿Este verano también me voy a ir con las manos vacías?

Y el corazón hecho pedazos, porque pasaba el año soñando con ella. No conseguía olvidarla a pesar de que lo había intentado con ahínco. A medida que se aproximaba el verano, el anhelo se iba haciendo más fuerte. Hasta que llegaba al monte y esos ojos helados lo devolvían a la realidad.

—Mi vida está aquí. Tú eres un astrónomo y yo otro. No soy tu mujercita.

—Ni tampoco quiero que lo seas. Si quisiera una mujercita, en Boston hay muchas. Te quiero a ti.

—Lo siento. Quieres algo que no puedes tener, que no existe.

En ese tramo el camino se estrechaba, iban demasiado pegados al Mack. Esperaron un poco para situarse tras él.

Al lado de esas mujeres, de sus sombreros, de sus vestidos veraniegos.

—¿Por qué? Explícamelo. Sé que no te soy indiferente.

—No lo sabes. Me eres indiferente.

—Mientes muy mal.

—Quién lo diría. Soy una profesional.

—¿Ves? Mientes —sonrió—. Lo has reconocido.

—En serio, Paul, olvídame. No voy a dejar la vida que tengo ahora. —Porque había abandonado a Henry en el agujero por aquella vida, maldita sea.

—No entiendo qué es lo que te separa de mí. Por qué te cierras.

Alguien caminó deprisa hacia ellos y se puso a su lado.

—¿Qué les parece? Al final lo vamos a conseguir.

—Claro que sí, Ellerman —respondió Blur—. ¿Acaso lo dudaba?

—No, nunca lo dudé. Estaba seguro de que Hale no pararía hasta lograrlo, como siempre.

—Ahora el Sol va a pasar a un segundo plano.

—Eso nunca. —Ellerman, que era de los solares, rio—. Al Sol lo tenemos a mano, ninguna otra estrella estará tan cerca, ni con el Hooker.

De vez en cuando, en las curvas más pronunciadas, debían echar una mano y tirar de unas cuerdas atadas al camión para

299

evitar que cayera despeñado. A mediodía hicieron un descanso para comer algo. Hasta que por fin, al cabo de ocho horas, el espejo llegó a la cima.

Aún faltaba trabajo para que se pudiera utilizar. Tenían que acabar el espejo secundario, que se situaría en la parte de arriba del telescopio. Y la guerra mundial lo retrasaba todo.

Allen partió del monte sin que el telescopio estuviera terminado.

Sin haber rozado a Eleanor ni una sola vez.


Los astrónomos tuvieron que esperar al uno de noviembre para ver si tantos esfuerzos habían merecido la pena.

Aquella noche de invierno, una pequeña multitud volvió a reunirse en el exterior de la cúpula del telescopio Hooker.

Hale, Adams y Ritchey, el óptico, decidían hacia qué objeto mirarían primero, rodeados por el resto de los astrónomos.

—No va a funcionar —decía Ritchey—. Las burbujas atrapadas en el vidrio del espejo harán que no tenga un buen comportamiento.

—Lo veremos en un rato —contestó Hale—. Ya no queda mucho tiempo para comprobarlo.

—Júpiter, podemos apuntar a Júpiter —sugirió Adams.

—Sí, me parece bien. —Hale se dirigió hacia el interior del telescopio y respiró hondo—. Ha llegado el gran momento. El telescopio Hooker verá su primera luz.

Los tres entraron en la cúpula.

Blur permaneció fuera, junto a los otros, ninguno notaba el frío ni el ligero viento que presagiaba las primeras nieves.

Adams salió al cabo de un rato, pálido.

Todos se reunieron en torno a él.

—Quizá Ritchey tenga razón —le temblaba la voz—. Quizá no funcione. Se ven seis o siete imágenes de Júpiter, parcialmente solapadas, ocupando gran parte del ocular. ¿Qué ha podido suceder?

Todos se miraron, pensando.

—La cúpula ha estado abierta durante gran parte del día —dijo Blur—. Quizá se ha calentado el espejo, puede que le haya dado el sol.

—Bien, gracias, Blur. —El rostro de Adams reflejó alivio—. Parece que no está todo perdido. Habrá que esperar a que se enfríe.

Debían esperar. Otra vez. Tampoco importaba, eran unas horas más. Nada que ver con todos aquellos años. Si alguna cualidad resultaba necesaria para ser astrónomo, esa era la paciencia.

Permanecieron en la cúpula durante dos o tres horas, mirando de vez en cuando al ocular. Pero el triturador necesitaba más tiempo.

Hale y Adams acordaron reunirse en la cúpula a las tres de la mañana y se retiraron al Monasterio. Ninguno de los dos podía dormir, así que no tardaron mucho en regresar.

Blur todavía continuaba allí.

Vio cómo Hale movía el telescopio para enfocar a una estrella, ya que Júpiter había desaparecido tras el horizonte oeste.

Vio cómo acercaba el ojo al ocular. Vio cómo comenzaba a sonreír, cómo un par de lágrimas de emoción caían y se perdían en el flamante suelo bajo el enorme monstruo de metal, mucho más grande que el sesenta pulgadas al que estaban acostumbrados.

301

Abrazó a Adams, abrazaron a Blur.

Lo habían logrado.

Era perfecto.

# El Gran Debate

—¿*C*uán grande es el universo? ¿Cuál es nuestro lugar en él? —Shapley argumentaba desde la tribuna que la Academia Nacional de Ciencias había preparado en el Instituto Smithsonian, en Washington. Eran las ocho y media de la tarde del veintiséis de abril de 1920, y el debate acababa de comenzar.

En principio habían pensado hablar sobre la relatividad (la teoría de ese científico europeo, Einstein), pero pocos eran capaces de entender ni tan siquiera una palabra de ella. Así que se decantaron por la escala del universo. ¿Eran esas nebulosas espirales otros universos-isla como la Vía Láctea? O, como defendía Shapley, ¿eran masas gaseosas que formaban parte de ella?

Ellie ya no escuchaba la disertación de Shapley. La había enfocado para los profanos y ella dominaba el tema, así que se había dedicado a pasear la mirada por la gran sala y sus altos techos de escayola. Nunca en su vida había estado entre tanta gente, ni en una ciudad tan grande. Recordaba los primeros días de su disfraz, cuando tenía tanto miedo de ser descubierta. Ahora se había acostumbrado. Había podido salir del monte Wilson, viajar a Washington, estar en una sala rodeada de gente y aguantar el tipo. Sí, era Henry Blur. Era Henry Blur y nadie tenía motivos para creer otra cosa.

El debate entre Shapley y Curtis era una de las ponencias que más expectación había suscitado. Habían acudido científicos de todas partes, también de Europa. En la fila siguiente a la suya, más o menos seis asientos a la derecha, estaba Agassiz, el técnico que Harvard había enviado para escuchar a Shapley y determinar si sería buen candidato para sustituir al director Pickering, que había fallecido no hacía mucho. A su lado se había sentado Solon Bailey, que ocupaba la plaza de forma provisional.

Y a continuación, él.

Paul Allen.

Sabía que iba a estar allí y aun así su corazón latió fuerte en el pecho, tanto que Allen lo escucharía.

Y sí. Como si hubiera detectado su presencia, Paul giró la cabeza y la miró.

El resto de asistentes se volvieron niebla, nada.

Parecía que no había pasado el tiempo desde la última vez que se vieron bajo la cúpula del triturador de luz.

—Sin embargo, el Sol no ocupa el centro de la galaxia, sino que se sitúa, como si dijéramos, en la periferia —continuó Shapley.

Pero Ellie ya no oía nada. Allen la seguía mirando, serio, con intensidad, y ella no podía separar los ojos de él. Se habían besado una sola vez, el día que Ckumu se fue del monte, hacía ya ¿seis años? Lo recordaba como si hubiera sido ayer. El único beso de toda su vida.

Allen giró de nuevo la cabeza hacia Shapley, soltándola por fin. Ella cerró los párpados, respiró hondo y se llevó la mano al collar de Ckumu, escondido bajo la ropa.

Maldita sea. Por qué tenemos que elegir, por qué no podemos tener todo lo que necesitamos. Parecía estar oyendo a Narcisa: «En la vida, necesarias hay muy pocas cosas, Libélula. Abra su corazón, porque si no, hará de todo menos vivir. La carencia también puede ser un sufrimiento. Es necesario un equilibrio».

Un equilibrio. Eso sí que era difícil.

Había pasado seis años de su vida como si fuera un engranaje, primero del sesenta pulgadas, luego, del Hooker. Y no lo cambiaría por nada.

Pero le faltaba algo.

Valor.

Ni siquiera se había atrevido a buscar al asesino de su hermano. Se había limitado a enterrarlo bajo aquella roca y a usurpar su vida. Esa había sido la opción más fácil, abandonarlo bajo la tierra fría del monte, con todos los huesos rotos y la mirada velada por la muerte. Mucho más que denunciar su desaparición y volver con padre. O irse sola a algún otro lugar, lejos de los telescopios, a vivir una vida de mujer.

¿Cómo pudo hacer eso? Henry nunca la perdonaría.

Se mordió el labio inferior para no llorar.

No se percató de que Paul Allen la observaba de nuevo. De que su rostro mostraba preocupación. De que le preguntaba algo a Bailey.

—Dígame, Solon, ¿sabe dónde se alojan los del Monte Wilson? Ah, ¿en el mismo hotel que nosotros? De acuerdo, gracias.

Cuando Shapley acabó su disertación, Curtis defendió su postura de que cada nebulosa espiral era otra Vía Láctea. Su exposición fue mucho más técnica, acompañada de fotografías, y Ellie la escuchó con atención, aunque no estuvo de acuerdo en que el Sol ocupara una posición central en nuestro universo. En eso coincidía con Shapley, que se volvió a sentar a su lado.

—Ha estado bien, Shapley, no se preocupe.

—No me preocupo. Nunca me he arrepentido de elegir la astronomía como mi vida, y menos ahora.

Él podía tenerlo todo: la astronomía, a su mujer, Martha, y a sus tres hijos. Era tan afortunado que ni siquiera se daba cuenta de ello.

—Mire, Blur. —Shapley señaló a la fila de delante—. Ahí está Agassiz, el enviado de Harvard. Luego nos acercamos, quiero tantearlo.

Lo hicieron. Cuando acabó la conferencia siguió a Shapley hasta Agasssiz. Y hasta Paul Allen, que después de todos aquellos malditos años seguía poniendo cara de sorpresa al mirarla; alzaba la ceja, la desnudaba con sus ojos oscuros. Le tendió la mano.

—¿Qué hay, todo bien?

—Como siempre, Blur, como... —Allen intentó sonreír—, ¿y usted?

—Lo mismo. Subiendo y bajando de la montaña.

Shapley y Agassiz conversaban, y ellos se retiraron bajo una de las ventanas. Fuera había caído la noche y la Luna brillaba cerca de Saturno y Júpiter.

—Entonces, ¿las cosas por el Monte Wilson siguen igual? —le había parecido tan triste... Debía preguntar, debía asegurarse de que todo continuaba, al menos, sin cambios.

304

—Te has perdido el cien pulgadas. —No, no tenía que contarle nada que lo hiciera pensar en regresar.

—Quiero saber cómo estás tú. —Él apuntó con el dedo a su corazón.

—¿Yo? La vida de Henry Blur ya está trazada, tiene su órbita, se acerca y se aleja del observatorio siempre por el mismo camino.

—Pero ahora estás aquí.

—Eso sí. Porque Hale me ha obligado.

—Has salido del monte Wilson y no se ha acabado el mundo por ello.

—Es solo algo temporal, mañana regresamos.

—¿Y bien? ¿Te ha gustado viajar?

Que si le había gustado, preguntaba. Dependía del rato. Le gustaba si no recordaba a Henry.

—Bueno, como ya te he dicho, vuelvo mañana.

Shapley y Agassiz habían acabado su charla y se acercaban.

—Un placer, Blur, Shapley, quizá nos veamos pronto —se despidió Agassiz—. ¿Vamos, Allen?

—Claro. Hasta pronto. —Paul hizo un gesto con la cabeza como despedida.

Se iba. Y ella no podía correr tras él, Shapley decía no sé qué a su lado. Una sola noche. Una sola noche desearía volver a ser una mujer normal, colgarse del brazo de Allen y pasear con él bajo el triángulo formado por la Luna, Júpiter y Saturno en el cielo turbio de Washington.

Paul, delante del hotel, apretaba contra su abrigo el paquete que acababa de conseguir. Era absurdo, pero no había cosa que no se le ocurriera hacer por esa mujer. Quería alegrarla, quería... Había intentado olvidarla, por eso no había vuelto al Monte Wilson desde el verano de 1917, hacía ya tres años. Pero no lo había logrado. La veía de nuevo y parecía que no había pasado el tiempo, que volvían a estar juntos en el arroyo bajo la luz de la luna sangrienta, que volvía a ver una Perseida reflejada en sus ojos.

Y ahora que se habían encontrado de nuevo no quería renunciar a intentarlo otra vez. Iluso.

Quizás al estar fuera del monte... No sabía. Todo podía pasar. Entró en el hotel y se acercó a la recepción.

—Buenas noches. Querría saber cuál es la habitación de Elea... Henry Blur, por favor, debo entregarle este paquete.

—Puede dejarlo aquí si lo desea, se lo entregará el servicio de habitaciones.

—Preferiría hacerlo en persona.

—Está bien, deje que lo compruebe. —El empleado consultó el registro—. Sí, ¿Henry Blur me ha dicho? Habitación 315.

—¿Ha llegado ya?

—Sí, la llave no está.

—De acuerdo, gracias.

Entró en el ascensor y le indicó al mozo el número de habitación. El ascensor se puso en marcha con un leve tirón.

Sabía que lo que acababa de hacer era una locura, pero aun así, tenía ganas de reír. Había visto el vestido en el escaparate de aquella tienda y se había imaginado a Eleanor con él. Un precioso vestido azul cielo, de tirantes, no demasiado largo, como se empezaban a poner de moda. Sí, la tienda tenía puerta trasera. No, no parecía resistente. Sí, habría algún vigilante dentro. Se había sentido como Billy *el Niño*, qué absurdo, un pistolero que fuerza la puerta trasera de una tienda de vestidos de mujer y se lleva solo uno (después de dejar un puñado de dólares en su lugar), que aguanta a duras penas la risa y escapa por los pelos del haz luminoso de la linterna del vigilante.

Salió del ascensor y llamó a la puerta de la habitación de Eleanor.

—¿Quién es?

—Servicio de habitaciones.

—Yo no he... —No acabó la frase. Abrió la puerta y se quedó paralizada delante de la media sonrisa de Paul—. ¿Cómo es posible?

—Buenas noches, Eleanor.

Ella lo agarró de la corbata, lo arrastró dentro y cerró la puerta.

—¿Cómo quieres que te explique que me llamo Henry Blur? Shapley se aloja en la habitación de al lado, ¿pretendes que se entere todo el hotel?

—No te llamas Henry Blur —susurró el—, te llamas Eleanor, un nombre tan hermoso como lo eres tú. Eleanor. Debía verte, aunque fuera un momento. Debía asegurarme de que…

—No me lo puedo creer. Estás loco, Paul Allen. —No quería que se quedara, el anillo de seda le subía hasta el pecho, la hacía jadear.

—Te traigo un regalo. —Paul le tendió el paquete.

Ella no alargó la mano para cogerlo.

—Paul —dijo, seria—, debes salir de la habitación, vete a dormir, mañana regresas a Harvard y yo a California.

—Pero ahora estamos aquí. Tómalo, lo he robado para ti, lo he…

Ellie abrió mucho los ojos.

—No lo dirás en serio.

—El vigilante casi me descubre. —Ella parecía tan triste en el debate… que no se iba a quedar con los brazos cruzados—. Déjame soñar esta noche, Eleanor. Déjame verte como lo que eres: una maravillosa mujer. Déjame imaginarte conmigo, paseando bajo las estrellas.

Impresionada, tomó el paquete. ¿Coincidían también en eso, ambos habían imaginado lo mismo? Se giró y lo desenvolvió sobre la cama para que él no viera su expresión, para poder controlarse. Que no fuera lo que pensaba, por favor, que no lo fuera.

Del paquete salió un precioso vestido azul celeste, con dos hileras de lentejuelas que bajaban de los tirantes y se entrecruzaban en la cintura. Nunca había tenido nada parecido. Los ojos se le humedecieron. Por qué hacía esto. Por qué, después de tantos años, ella le seguía importando. Por qué no la dejaba continuar con su vida, subir, estudiar el firmamento, bajar. Sintió cómo se acercaba. Cómo la abrazaba por la espalda, le quitaba la chaqueta que aún llevaba puesta, la besaba con suavidad en la nuca, en el cuello. Se estremeció y el vestido cayó sobre la cama, una mancha de cielo sobre la colcha blanca de hilo.

Paul la giró, quería verle la cara, los… Le aflojó el nudo de la corbata, se la quitó rozando apenas la piel del cuello, le desabrochó el chaleco, el primer botón de la camisa.

Ella entreabrió los labios, jadeó, y él, con un rugido ronco, pegó sus labios a los de ella.

307

El beso fue una brillante estrella fugaz en el cielo, una de esas que lo iluminan todo por un instante, una explosión de luz.

Hasta que Ellie puso la mano en el pecho de Paul.

—No, por favor —gimió él—. Te necesito, Eleanor, necesito respirarte al menos por una vez, después de tantos años soñándote. Necesito saber que hay una posibilidad.

—Lo siento, pero si hacemos esto, luego será peor. —Se separó de él—. Dolerá todavía más. Devuelve el vestido a su dueño, no has debido robarlo.

—Por qué lo haces. Por qué nos niegas una oportunidad. No puedo olvidarte, pasa el tiempo y sigo ahí, pegado a ti.

—Mi vida no me pertenece, Paul Allen. Le pertenece a otro.

—¿A quién?

—A Henry, a mi hermano —otra vez esa tristeza en sus ojos.

—¿Tienes un hermano? ¿Por qué dices que... Henry no eres tú? ¿Qué te sucede, Eleanor? —Paul puso cara de preocupación. Recordó el pedazo de tela enterrado en el montículo, el...

—Vete, Paul, no me trastornes más. Ya no sé ni lo que digo, vete, por favor. —La tristeza dejó paso a la ira, al miedo. No, no debería haber comentado nada, él no sabía quién era Henry. Le entró pánico y lo empujó hacia la puerta.

Paul no forcejeó. Se dejó empujar. Nunca, nunca la obligaría a hacer algo que no quisiera, aunque él se rompiera por dentro, aunque Sagitta le recordara que era un maldito cojo soñador y nada más. Un iluso. Se limpió los ojos con rabia y se dirigió a su habitación.

Ellie cerró tras él, colocó una silla delante de la puerta. Las lágrimas ya no le dejaban ver nada. Se tumbó en la cama, la colcha estaba suave y fría. El vestido cayó al suelo, un pedazo arrugado de cielo sobre las baldosas amarillas, tan irreal como el amor.

# Andrómeda

$E$l mes de junio de 1920 estaba resultando extraordinariamente tormentoso en el monte Wilson. Las tardes se nublaban, a veces llovía y a veces no, pero las noches eran turbias y grises como el barro. De manera que llevaban casi un par de semanas sin poder abrir las cúpulas.

Esa mañana, Ellie había quedado con el mayor Hubble en las oficinas de Pasadena. Querían examinar unas cuantas placas de la nebulosa de Andrómeda para ver si detectaban alguna cefeida. Cuando lo hicieran, calcularían a qué distancia estaba Andrómeda. Sabrían si pertenecía a la Vía Láctea o si, como pensaban, el universo se extendía mucho más allá.

Desayunó un café y salió al porche. La atmósfera estaba quieta, olía a verano. El mapache que hacía días que rondaba la cabaña corrió asustado hacia el árbol más cercano. A lo lejos se oían los golpeteos rítmicos de los pájaros carpinteros.

Echaba de menos a Orión, el caballo, que había muerto ese marzo. Había tenido que pedir ayuda a Backus y a Milt para enterrarlo; no fue sencillo, la tierra aún estaba dura por el invierno.

No había querido comprar otro caballo. Tras el viaje a Washington, limpió el establo, lo convirtió en un garaje y bajó a Los Ángeles por primera vez en toda su vida, para comprar una de esas motocicletas Harley Davidson modelo 19J de color marrón verdoso. Compró también un casco de cuero y unas gafas para conducir, y regresó con ella montaña arriba. Al principio tuvo algún reparo, se acordaba de la historia de Paul Allen, pero era muy práctica para subir y bajar a la cumbre, mucho más que un coche, y le encantaba sentir el viento en la cara.

Condujo con cuidado hasta la calle de Santa Bárbara. Las oficinas se ubicaban en un edificio de estilo español recién reformado que constaba de dos pisos superiores, una biblioteca en el piso principal y un sótano de hormigón armado para almacenar las numerosas placas fotográficas de vidrio que cada día bajaban del observatorio.

No, no le gustaba ese lugar. Le sudaba la espalda, maldita sea. Porque era la sede de las calculadoras del observatorio. Las mujeres que, como en Harvard, se hacían cargo de los cálculos más pesados, de medir las posiciones y el brillo de las estrellas en las placas; de catalogarlo todo por la mitad del salario de un hombre. La mayoría había estudiado Astronomía, algunas tenían un impresionante currículum. Aun así, debían quedarse entre esas cuatro paredes, sin subir a la cumbre más que de visita, a cargo de lo que su director, el señor Seares, les ordenara.

Aunque los astrónomos no quisieran reconocerlo, la astronomía no existiría sin ellas.

310

Si no fuera una impostora, ella también estaría calculando junto a esas mujeres. ¿Cuántas de ellas habían elegido estar allí, cuántas preferirían trabajar arriba?

Respiró hondo y alzó la mirada a ese cielo azul. Quizás esa noche no hubiera tormenta, quizá pudieran abrir la cúpula y enfocar el triturador de luz hacia la nebulosa de Andrómeda. Andrómeda, la joven a quien su padre, el rey Cefeo, encadenó desnuda a un acantilado como ofrenda a Cetus, el monstruo marino. La tuvo que salvar un hombre, Perseo. No como en la vida real. En la vida real los hombres no salvan a las mujeres, las encadenan aún más, son ellas las que deben luchar para librarse de esas cadenas, como ese año las sufragistas y sus manifestaciones plagadas de banderines. Si todo iba bien, las mujeres obtendrían el derecho al voto, y no porque un hombre lo hubiera procurado.

La silueta de Hubble se aproximaba calle arriba.

—Buenos días, mayor Hubble —saludó.

—Blur, parece que hoy luce el sol, estaría bien poder tomar una placa para variar, ¿qué? —Hubble tenía la manía de acabar las frases con esa expresión.

—Pues sí. A ver si hay suerte.

Ambos entraron en el edificio y se dirigieron hacia la sala de las calculadoras.

Ella bajó la cabeza y se recolocó la corbata. Quería pasar desapercibida, como uno de esos fantasmas a los que nadie veía, porque tenía la sensación de que ellas percibían lo que los astrónomos ni siquiera imaginaban: su naturaleza femenina.

—Buenos días. —Unas los saludaban con cortesía; otras, con frialdad. Algunas miraban de reojo a Hubble y luego charlaban entre ellas.

Blur se retrasó un poco, el cordón de la bota no le había quedado bien atado. Se lo ajustó.

—Es guapo ese Hubble, ¿verdad? —comentaba una de ellas—. Tan alto, tan arrogante, tan apuesto. No me importaría hacerle un favor.

—No digas esas cosas —reía otra—, que te van a oír.

Ellie sonrió y continuó tras Hubble hacia el sótano. Les gustaba bajar ahí y buscar ellos mismos las placas.

Tomaron doce, cada una de un día diferente, y las subieron a la enorme biblioteca.

—Usted mire estas seis, yo me quedo con las otras —dijo Hubble—. ¿Qué?

—Como quiera.

Ambos agacharon la cabeza sobre las placas buscando diferencias entre ambas, intentando encontrar estrellas cuya luz variara de intensidad a lo largo del tiempo.

Ella había tomado algunas de esas placas con el sesenta pulgadas. Henry también.

Un escalofrío recorrió su espalda.

—Blur, ¿se encuentra bien? Está pálido.

—Sí, no se preocupe —respiró hondo. No debía pensar, solo mirar aquella nebulosa oval que se extendía como un ojo maldito por media placa. Estaría hecha de estrellas, un millón de millones de estrellas que se apretaban entre sí para darse calor en medio de ese universo tan frío, frío como la tierra que cubrió a su hermano, frío como su corazón helado.

—Estoy convencido de que son estrellas, Blur. Esto no es gas, esto son estrellas. Es otro universo-isla. Solo nos hace falta una cefeida, calcularemos a qué distancia está y por fin lo sabremos.

—Yo también lo creo, mayor Hubble. Y ahora tenemos el Hooker. Cualquier día tomaremos una placa que lo demuestre.

Hubble cogió una de las placas y se acercó a la ventana para observarla al trasluz. En ese momento entraron a la biblioteca dos mujeres y un hombre que Ellie no conocía. Se detuvieron en la puerta.

—Ohhh —dijo una de las mujeres a la otra tras fijarse en Hubble—, parece sacado del Olimpo.

Cuando Hubble se percató de su presencia fue hacia ellos.

—Vaya, Capitán, bienvenido, ¿qué? Viene a instalar el espectrógrafo ultravioleta en el cien pulgadas, ¿no es así?

—Claro. Le veo muy bien, Hubble —ambos se estrecharon la mano—, los aires del monte Wilson lo han puesto aún más fuerte.

—Esto le sienta bien a cualquiera, no se imagina lo que tenemos ahí arriba. A ver si puede echar un vistazo. Blur, venga, le presento. Este es William Wright, del Observatorio Lick. Lo apodan el Capitán, por algo será.

Ellie fue hacia ellos.

—Un placer, Wright.

—Lo mismo digo. Estas son Elna, mi esposa, y Grace, su hermana.

Se saludaron. Hubble tomó la mano de Grace, pequeña y suave, entre las suyas, y la retuvo un instante más de lo debido, aunque Wright no se percató.

—Mi marido trabaja en Los Ángeles —dijo ella con dulzura—, es geólogo. Hubble soltó la mano y disimuló con una sonrisa.

—Encantado, señoras.

—Bien, nos vamos. Ya nos veremos, Hubble, Blur.

Salieron de la biblioteca dejando un rastro de perfume muy diferente al de los libros y el cuero, al de las placas fotográficas y los viejos legajos.

—¿Ha visto, Blur? Belleza en estado puro, luminosa como una estrella esa Grace.

—A ella también le ha gustado usted, estoy seguro. Pero está casada.

—Quién sabe. Igual con el tiempo nos volvemos a encon-

312

trar. —El mayor Hubble lanzó una breve carcajada, sacó su pipa del bolsillo y se dispuso a encenderla—. Sigamos con lo nuestro, ¿qué?

—Claro.

Pasaron la mañana revisando placas, una tras otra, sin hallar nada. Andrómeda y sus curvas blancas, sus recodos de luz, necesitaba más tiempo para revelar sus secretos. Como todas las diosas, reclamaba su tributo. Ese otoño pasarían muchas noches con el gran ojo del triturador apuntando hacia ella y los dedos cruzados en la espalda, esperando a que se produjera el milagro.

Cuando se dieron cuenta eran casi las tres.

—Blur, se nos ha pasado la hora del mediodía. ¿Nos vamos? Le invito a comer en mi casa.

—No se preocupe, prefiero subir a la montaña.

—Desde que tiene la moto, va y viene como si nada.

—Ya antes lo hacía. Cuántas veces habré recorrido este camino.

—Bueno, Blur, nos vemos.

—Nos vemos.

Blur tomó su mochila, salió del edificio y se dirigió al aparcamiento. Había alguien delante de la moto, un hombre alto, moreno, con el sombrero en la mano, aire de pistolero y una leve cojera.

Una leve cojera.

Se quedó parada delante de las dos palmeras, sin querer dar un solo paso más.

Solo conocía a un hombre que caminara de esa manera.

Paul Allen.

313

# Más cerca

*E*llie estaba paralizada.

Todo desapareció en torno a ella. Los contornos de las palmeras se volvieron borrosos, el suelo dejó de sostenerla, el cielo se cubrió de gris.

Solo quedó la silueta de ese hombre, Paul Allen, que la miraba de pie al lado de la moto, con las manos a la altura de las caderas como un pistolero.

La ira se fue apoderando de ella poco a poco, como una serpiente roja que le subiera por los pies, por las piernas, por el pecho.

¿Qué hacía Paul Allen de nuevo en el Monte Wilson?

Se puso el casco, se ajustó las gafas. No lo miraría. Pasaría a su lado como si nada.

Paul Allen caminaba con lentitud hacia ella. El espacio que los separaba se reducía cada vez más.

Como el espacio entre Andrómeda y el Sistema Solar. Andrómeda es la única nebulosa que se acerca a la Tierra, la única. El resto se aleja, poco a poco, se aleja como todo se alejaba alrededor de ellos, dejándolos solos.

Solos el uno frente al otro.

Paul se acercaba. Ella también comenzó a andar, con paso firme y rápido, hacia la moto. Hacia él.

Los físicos han descubierto el efecto Doppler. Cuando algo se acerca deprisa a ti, tienes la sensación de que las ondas, sean de luz o de sonido, se acortan. Cuando se aleja, parece que se alargan. Como el sonido de la sirena de una ambulancia, más agudo cuando se acerca, más grave cuando se aleja. Por eso los astrónomos saben que Andrómeda se acerca. Lo que no saben es qué pasará cuando esté lo suficientemente cerca. ¿Acabará uniéndose a la Vía Láctea en un coito de dimensiones colosales? ¿O pasará de largo, dejándola más sola que nunca?

Ellie caminaba hacia la moto, pero tenía la sensación de que estaba cada vez más lejos; de que, por más que se apresurara, nunca llegaría.

Paul Allen quería sonreír. Su brazo se alargaba hacia ella, era elástico, la atraparía, la acercaría a su pecho y ella se quedaría ahí, respirando su olor, envuelta en su cálida tela de araña.

No, no se dejaría. Apartó la mirada, la fijó en la moto y se apresuró aún más. Cuando pasó a su lado sintió cómo las ondas cambiaban, se alargaban; Paul decía algo, pero ella ya no lo oía, el sonido se perdía en la inmensidad de ese espacio gris. Ojalá que la Harley se pusiera en marcha en una, dos, tres veces. Accionó las válvulas y pisó la manivela de arranque con fuerza; que no se acercara, que no la abrazara, porque si no ya no podría librarse; ya no le quedaban fuerzas para seguir luchando. La moto comenzó a rugir, subió a ella y se perdió bajo la atónita mirada del hombre.

315

Paul Allen no subió a la casa de Ellie. Estaba demasiado furioso. Corrió montaña arriba hasta la cabaña que le habían asignado y pegó un puñetazo en la pared de madera que casi le rompe los huesos de la mano; estuvo tentado de hacer la maleta y largarse de nuevo a Harvard. No lo hizo. Volvió a salir y se dirigió al arroyo, no, ella no estaba, continuó un centenar de yardas más abajo porque no quería verla hasta estar más calmado y haber asumido que se había comprado una maldita motocicleta, que ahora iba por el escarpado camino a la cumbre en una Harley, sobre dos ruedas como las que le habían destrozado el cuerpo y habían matado a Bel.

Además, ¡había sido capaz de pasar a su lado sin tan siquiera dirigirle la palabra!

Encontró un claro en la orilla del arroyo y se metió en el agua con las botas puestas. Los pantalones claros se oscurecieron de inmediato. Se agachó, metió las manos, se empapó el pelo y la nuca, pero el frescor del agua no consiguió aplacar el fuego interior: había pasado delante de él como si no existiera. Se había montado en la maldita moto y había desaparecido sin tan siquiera mirarlo.

¿Y esperaba convencerla, hacerla feliz? Era un iluso. Un majadero.

Salió a la orilla, se quitó la ropa y volvió a entrar. Se tumbó sobre el lecho del arroyo, se apoyó en los codos para dejar la cabeza fuera. El agua pasaba sobre su cuerpo, seguía su camino como si él no estuviera. No era importante para ella ni para los pájaros ni para las estrellas. Ni por supuesto para Eleanor. Dos o tres libélulas volaban cerca de la superficie. Una de ellas, de color azul, se detuvo sobre su hombro.

Libélula, asesino. No había olvidado las palabras del indio. Ella había dicho que su vida pertenecía a su hermano, Henry. Había regresado a preguntarle por ello. Ese año quería respuestas, y no se iba a ir sin ellas.

No. Había regresado porque necesitaba amarla. Porque quería sentir de nuevo su piel en los labios, aunque fuera por un instante, era…

Siguió en el arroyo hasta que el agua se llevó la tarde hacia el valle, hacia el mar.

Blur aparcó la moto cerca del Monasterio. Se quitó el casco y las gafas, las metió en la mochila y la enganchó al manillar. Ya sonaba la campana de la cena, entró y se dirigió al comedor. Le tocaba sentarse en el centro, con Milt, su asistente, a su derecha, porque esa noche tenía el cien.

—¿Qué hay, Milt? —saludó. Humason había llegado el primero, como acostumbraba.

—Blur, a ver qué hacemos hoy. Por fin está despejado.

—Ya sabes. A sacar placas, a ver si encontramos una cefeida lejos.

—Andrómeda asoma algo tarde.

—Aun así, algo haremos, ¿no?

—Lo que podamos, como siempre.

Milt miró por encima del hombro hacia la puerta. Blur se giró y, sí, era él.

Paul respiró hondo. Se suponía que había dejado el enfado en el arroyo, pero volver a ver esa moto lo sacaba de quicio.

—Buenas noches. —Tendió la mano hacia ellos—. Me alegra verlos de nuevo. Usted era... ¿Humason?

—Acierta. Milton Humason. Milt, para los amigos.

—Sí, le recuerdo de la inauguración de la cúpula del Hooker. Con el señor Blur he tenido el gusto de coincidir otras...

Retuvo su mano un poco más de lo debido. Hubiera querido tirar de ella hasta pegar su cuerpo al de él, pero se contuvo a tiempo.

—¿Qué tal, Allen? —Ellie retiró la mano—. ¿Viene para mucho tiempo?

—Me quedaré el tiempo necesario para mi propósito, ni más ni menos —sonrió con ironía—. ¡Me encanta su vehículo nuevo! Una motocicleta, lo mejor para estos caminos.

—Es la envidia de todos —comentó Milt—. Yo no tengo una porque vivo aquí arriba con mi esposa y mi hijo. No cabemos todos. El sidecar no lo acabo de ver. Bien, ¿quieren un trago antes de la cena? —Sacó la petaca del bolsillo.

—¡Vaya! —Allen se sorprendió—. ¿Tiene alcohol? Si está prohibido.

—Guardo el alambique bien escondido en el sótano de mi granja. Licor de montaña, ¿qué le parece? Pruébelo.

—Gracias, Milt, me vendrá bien. —Allen echó un trago ante la extrañada mirada de Ellie. Nunca antes lo había visto beber.

Se oían pasos, de manera que Milt escondió la petaca. Adams, Ellerman, Shapley y los demás fueron entrando en el comedor, saludaron a Allen y tomaron asiento. Hale estaba en Washington, se rumoreaba que quizá no tardaría mucho en dejar la dirección del observatorio de forma definitiva en manos de Adams. Hubble tenía algunas noches libres.

La cena transcurrió sin incidentes. Allen casi no miraba a Blur, que mantenía los ojos fijos en el plato.

—Bien, Allen —comentó Adams al final—. A partir de mañana tendrá una semana al Hooker en sus manos, aprovéchelo bien. Trabajará con Humason como asistente. Usted,

Blur, trabaje hoy, tómese luego dos noches libres, y comience con el sesenta.

—¿Le importa que me una esta noche a Blur y a Milt? —pidió Allen—. Me gustaría tener un primer contacto.

—Puede, cómo no, si no está cansado del viaje. ¿Les parece bien? —preguntó Adams.

Milt y Blur asintieron.

—Bien, vamos a ello. —Adams se levantó—. Que tengan buena noche, señores.

Milt se adelantó para preparar el cien pulgadas. Blur y Allen caminaron despacio bajo la noche oscura y transparente. Júpiter se acercaba al horizonte oeste seguido a distancia por Saturno, mientras un Marte de color naranja cortejaba a Spica, la estrella más brillante de Virgo.

—Cómo se te ha ocurrido, Eleanor, por favor. —Paul señaló al lugar donde estaba aparcada la moto.

—Paul Allen. —La voz de Ellie era un susurro ronco y enfadado—. Me llamo Henry.

—¿Sabes? Te cogería ahora mismo, te pondría contra un árbol y te besaría hasta que no recordaras tu nombre.

—Pero no lo harás. Esta noche la pasaremos juntos bajo la cúpula, con Milt, no hay más remedio. A partir de mañana tú recorrerás tu camino y yo el mío. No me mires, no me hables. En cuanto acabe la semana, te irás a Harvard y no volverás jamás. —Porque si no le hablaba así, si no permitía que la ira ocupara el lugar del amor, todo su mundo, tal y como lo conocía, se rompería. Y el miedo le apretaba el pecho mucho más que esas malditas vendas.

Paul levantó los ojos al cielo y pestañeó con fuerza, ¿por qué esa mujer podía herirlo con tanta facilidad? Apuró el paso todo lo que podía con la pierna coja; la dejó atrás, sí, le haría caso si eso era lo que quería. Regresaría a su casa, con Maia, e intentaría olvidarla de nuevo como lo había hecho durante todos esos años.

No, no lo haría. La añoraría cada noche. Y cada mañana se metería bajo las sábanas, extendería la mano y solo tocaría la soledad.

La cúpula del cien pulgadas era enorme, mucho mayor que la del sesenta. Allen entró y subió los tres tramos de escaleras

318

que le llevarían hasta la plataforma de observación. El eco metálico de sus pasos resonaba entre las paredes estrechas. De repente, estas desaparecieron y se encontró de frente con el triturador de luz.

—Oh, Dios mío.

Milt se acercó a él, sonriendo.

—¿Qué le parece?

—Es... Es... No tengo palabras. —Paul miraba arriba con la boca abierta. Era enorme, muy alto, con esa montura que parecía una viga hueca de acero perpendicular a él.

—Poderoso. Extraño. Impresionantemente azul bajo la noche negra.

Ambos se quedaron en silencio delante del telescopio más grande del mundo.

—Es como... como... una puerta abierta al cosmos —dijo Allen.

—Y aún no lo ha visto en funcionamiento. Ya verá esta noche. Hola, Blur. Nuestro amigo se ha quedado sin habla.

Blur se acercó a ellos y alzó los ojos a la negrura de la noche a través de la abertura de la cúpula.

—Tras la llegada del espejo tardamos meses en montarlo, ¿verdad, Milt? Pero al final ha valido la pena. Venga, vamos a trabajar.

—Tengo a la nebulosa M49 en campo, Allen, ¿quiere echarle una ojeada?

—Me encantaría.

—Póngase ahí, siéntese en la silla.

A la izquierda del telescopio había una plataforma elevadora que subía y bajaba según las necesidades del astrónomo y encima de ella una silla de madera. Allen se sentó y accionó los mandos hasta que quedó a la altura del ocular.

—Oh —exclamó pegando el ojo—, Dios mío. Si hasta deslumbra.

Milt y Blur rieron.

—Oh, tan oval, con todo el campo sembrado de estrellas —continuó—. Es... No tengo palabras. Con esto podremos hacer cualquier cosa, claro que sí. Ha comenzado una nueva era.

Blur tuvo ganas de llorar. Otra maldita vez. Allen tenía razón. El universo se abría ante ellos, pronto podrían dar respuesta a muchas preguntas que hasta entonces no habían ni tan siquiera formulado aún.

Y ella formaba parte de la historia. Bueno, ella no, su hermano Henry. Ella se había quedado bajo aquella losa, rodeada de piñas.

# Remolinos

*P*aul Allen salió del Monasterio tras la comida, rodeó el edificio y se sentó sobre una roca que miraba valle abajo. La tarde era cálida y luminosa, pero él se sentía oscuro. Ya se le había acabado la semana con el cien pulgadas. No había vuelto a ver a Eleanor, como ella quería. Se había olvidado de las visitas al arroyo, de los paseos por la montaña. No se lo había dicho, pero esa vez solo venía para quince días, nada de meses. Y ya había comenzado la cuenta atrás.

Escuchó unos pasos tras él. Se giró, Milt se acercaba.

—¿Le molesta si me siento?

—Claro que no. Es un honor que el héroe de la montaña se siente a mi lado. —Allen sonrió. Esa mañana, Milt había aparecido con la piel de un puma colgada del hombro. El puma hacía días que rondaba las cabañas y había matado una cabra del suegro de Milt, Jerry Dowd, el jefe de los ingenieros. Milt había puesto una trampa, pero al ir a comprobar si había caído el felino, se lo había encontrado de frente. Le atacó, afortunadamente llevaba su rifle y había sido más rápido.

—Tuve suerte. Pudo haberme matado. —Milt sacó su petaca y se la ofreció a Allen, que la tomó y echó un largo trago—. Vaya, parece que tiene sed.

—¿Cómo lo hace, Milt? ¿Cuál es su secreto?

—¿Mi secreto para qué?

—Para no tener miedo, para…

—¿Usted tiene miedo?

—A cada paso que doy. —Echó otro trago al licor de montaña de Milt.

—Bueno… A veces solo hay que dejarse llevar. Si hay que hacer algo, hay que hacerlo. Es mejor mirar a los ojos a lo que sea que nos preocupa. Si le damos la espalda, se hará cada vez más grande y nos perseguirá por siempre. Eche otro trago, creo que lo necesita.

Paul Allen echó un último trago antes de devolverle la petaca a Milt. La garganta le ardía; un calor agradable comenzó a entibiarle el pecho. Se levantó y se sacudió el pantalón.

—Creo que tiene razón, Milt. Hay que mirar a los ojos al problema. Aunque el problema no quiera, ¿no es así? Vamos a ello.

—Luego nos vemos, Allen.

—Gracias —le dijo adiós con la mano y se dirigió al sendero que conducía al arroyo, a la cabaña de Blur.

Bajó deprisa, sin pensar, como decía Milt, solo poniendo un pie delante del otro. Si se enganchaba el pantalón en las zarzas no pasaba nada; a veces hay que hacer lo que hay que hacer, miraría a los ojos a su problema, a esos ojos azules como los amaneceres transparentes y fríos del monte Wilson. La cogería por los hombros, le alzaría la cara poniéndole un dedo en la barbilla y le diría todo lo que tenía que decirle.

Tardó muy poco en llegar a la cabaña de Eleanor.

Y bajo esos árboles altos como el cien pulgadas, bajo el sol de los primeros días de julio, el valor le abandonó.

Él no era Milton Humason. Solo era un imbécil que no sabía qué hacer. Hasta la moto se reía de él, aparcada cerca de los tres escalones del porche.


Ellie acabó de quitar las malas hierbas del huerto que había plantado detrás de la cabaña. Se incorporó, se quitó los guantes y se secó el sudor de la frente. El cielo se estaba nublando, quizá lloviera después del bochorno de los días pasados. Se lavó en un cubo de agua que tenía preparado para ese fin y caminó hacia la casa.

Entonces, lo vio.

Paul Allen, parado delante de la cabaña, con aire desamparado.

El anillo de seda le bajó por los muslos, la hizo estremecer.

Esa semana casi no se habían visto; él había respetado lo que le había ordenado, y ella se había arrepentido cada tarde que no había pasado con él. Aunque fuera lo más racional. Maldita razón.

Y ahora lo tenía ahí, muy cerca. Tan cerca.

Con esa expresión de tristeza.

Sus pies determinaron dirigirse hacia él. No querían parar ni aun cuando no podían dar un paso más sin tocarlo. Su rostro quedó a una pulgada de sus labios.

—Paul Allen —susurró con su voz ronca—. ¿Qué haces aquí?

Él clavó sus ojos en los de ella.

—Mirar a los ojos a mi problema —dijo.

—¿Yo soy tu problema?

—Lo eres. Y yo no soy sin ti.

Ellie cerró los ojos un instante y dio un paso atrás.

—No debes decir eso. Porque sabes que no existo, solo soy un disfraz.

—Tú no eres un disfraz. Eres una mujer hermosa que lucha por hacer lo que más desea, que no se conforma con menos.

—No —negó con la cabeza, retrocediendo de nuevo—, no.

—¿De qué tienes tanto miedo? No voy a hacerte daño.

De perderlo todo. De no poder volver atrás. No, no se acordaba de padre ni de esa cosa dura como el mango de madera de un cuchillo. Sabía que con Paul Allen todo sería diferente. Pero su mente estaba revuelta, todo le daba vueltas, se sentía como aquella nebulosa, M51, que parece tener mil brazos girando en torno a su núcleo; su naturaleza quería adueñarse de ella, loca y visceral.

—No es un disfraz —continuó él—. Eres tú, y yo te quiero así. Quiero a esa mujer que se codea sin miedo con las mentes más brillantes del planeta, que ha encontrado variables en cúmulos de estrellas. Que mira a lo lejos e imagina mundos y seres en esos mundos. Eres tú la que hace eso y no otro.

Las lágrimas caían por el rostro de Ellie. Su alma se había vuelto un remolino, giraba en torno a su vientre como los brazos de la nebulosa, ya no sabía qué era cierto y qué no. ¿Era ella la que hacía todo eso? Ella se vendaba, pegaba el ojo al ocular. ¿Era ella y no Henry?

323

—No —repitió—. No.

—Sí. Eres la mujer de los ojos de hielo, los más hermosos que he visto en toda mi vida. ¿Sabes? Una vez vi una Perseida reflejada en esa mirada. Nunca podré olvidarlo. —Se acercó más—. Eres la mujer que una vez vi desnuda bajo la luz de una luna sangrienta. La mujer que me devolvió la ilusión por la noche, la ilusión por la vida. ¿Por qué hemos perdido tanto tiempo, dime, Eleanor?

Ellie se sentó en la tierra del monte Wilson. Todo daba vueltas a su alrededor. Los árboles, el cielo que se volvía negro. Oía la voz de Ckumu, conocer, aceptar. ¿A eso se refería? ¿No quería conocerse a sí misma, aceptarse tal y como era? ¿Era así ella, como decía Paul Allen? Su alma giraba y giraba, se extendía, se comprimía de nuevo, se retorcía. Se le volvía del revés.

—No soy Henry —susurró—. Soy Ellie.

Era ella la que se vendaba cada mañana y no Henry.

Aceptar.

324

Henry estaba en ese agujero, al lado de las rocas. Henry ya nunca miraría a las estrellas.

No supo cuándo Paul Allen la tomó en brazos y la metió en la cabaña, ni cuándo la acostó en su cama, le quitó las botas y le dio un beso en la frente.

Pero cuando abrió los ojos de nuevo, se había hecho de noche y él todavía continuaba a su lado. Se incorporó de un salto.

—Debo trabajar.

—Se ha nublado, Eleanor. Ha estado lloviendo, incluso ha tronado.

—Ah. —Volvió a sentarse en la cama—. Pero… te echarán de menos en la cena.

—Le dije a Milt que me iba a solucionar un problema. Pensarán que lo estoy haciendo.

—Y ¿lo estás haciendo?

—No lo sé. Dime, Eleanor, ¿quién es Henry?

Ella se levantó despacio, salió de la habitación. Tomó la cafetera, la llenó de agua. Avivó las brasas de la cocina con algo de carbón y la puso a calentar. Paul la siguió, se sentó y apoyó los brazos en la mesa, esperando. Fuera, comenzaba de nuevo a llover.

—Henry era mi hermano. —Ellie seguía de espaldas, agarrada a la barra de metal dorado de la cocina, donde solía tener colgado algún trapo de los de secar los cubiertos. Se aferraba a ella tan fuerte que tenía los nudillos blancos—. Más que eso, era mi mellizo, igual a mí. Tú… eres la primera persona que entra aquí, la única, aparte de él y de Ckumu. Hace diez años que Henry y yo llegamos al Monte Wilson en busca de trabajo. Había pasado algo… que nos hizo huir de casa. Me escondí en el monte, no quería que nadie me viera. Él al cabo de un tiempo logró un puesto como conserje en el observatorio y luego como asistente —las piernas le temblaban. Separó la cafetera del calor, añadió el café. Se secó las lágrimas—. Y luego… sucedió eso.

Debía sentarse. El remolino volvía, estaba sola en medio de un universo negro, extendía la mano a la nebulosa que tenía al lado para no caer, como M51, que en su locura espiral intentaba aferrarse a una pequeña compañera borrosa.

—Murió. —Paul le acarició el brazo—. Lo enterrasteis bajo la losa. Llegué yo, removí la tierra y lo cambiasteis de sitio.

—Lo asesinaron, y yo lo abandoné bajo aquella losa. Hice eso: dejarlo allí, vestirme de él y continuar con su vida. Fui capaz de hacerlo. Esta soy yo, sí, esta sí que soy yo.

Paul se levantó de forma brusca y salió de la cabaña. Llovía, se empapó enseguida. Mejor, así las lágrimas eran lluvia y caían al suelo sin que el monte se diera cuenta. Ahora sabía cómo ella había llegado a ser… Se quedó delante de la moto, el agua corría por el metal de color verde, por el asiento de cuero. Gritó. Una, dos, tres veces. Le pegó un par de patadas a la cabaña, el barro se le adhería a las botas, quería largarse de allí, a Boston, a Arequipa, a Sudáfrica, lo más lejos posible. Pero no podía. No sin ella.

Entró de nuevo en la cabaña, el agua goteaba a su alrededor. Eleanor se secó las lágrimas, fue a por una toalla y se la tendió. Se acercó a la chimenea y encendió el fuego.

—Te dejaré… unos pantalones.

No se fue mientras él se desabrochaba la camisa, se quedaba con el torso desnudo, se quitaba los pantalones y la ropa interior. La cicatriz del muslo seguía ahí, igual que hacía seis veranos. Él se secó, se intentó poner los pantalones de Ellie.

—No... no me entran, no...

Ellie sacó una manta de algodón y se la ofreció. Colocó tres sillas frente al fuego. En una tendió su ropa. Se acercó a la cocina, sirvió dos tazas de café, le pasó una a él y ambos se sentaron.

—Mi hermano era... —de qué maldita manera se lo explicaba—. No... le gustaban las mujeres. Y yo... no tenía ningún sitio al que regresar. Pensé que si me vestía de él, su asesino se descubriría en cuanto me viera. Pero no sucedió así. Nadie se extrañó de ver a Henry vivo. Si hubiera denunciado, se habría sabido lo de su, su gusto por los hombres. Y yo hubiera tenido que volver a casa.

—¿Por qué eso era tan malo, Eleanor?

—No, no puedo, es demasiado. Mi padre... ¿No tienes la petaca de Milt por ahí? Maldita sea. Mi padre, en fin, quiso que Henry aprendiera.

—¿A qué?

Tevoyaenseñarcómosehacemalditaaber raciónsefollaconmujeresjoder. Era como volver a oírlo. Como tener al lado su olor a caballo y a alcohol.

—A hacer lo que se hace con las mujeres y no con los hombres.

—Y ¿cómo lo hizo? —Antes de acabar la frase, Paul palideció al ver la expresión de Ellie—. No, no puede ser lo que... ¿Eleanor?

—Ya lo sabes todo —afirmó—. Preferirías no haberlo sabido, ¿verdad? Eso fue lo que me dijiste cuando me contaste lo de tu esposa. Bueno, pues ahora lo sabes. Y no, no puedo continuar con mi vida. O sí, ya no tengo ni idea. Pero querría saber de una maldita vez quién mató a Henry, quizás así lograra quitarme el miedo de una vez.

¿Que él la perdonara por lo que le había hecho?

Fuera, volvía a tronar.

Paul Allen tenía los codos apoyados en las rodillas y la cabeza entre las manos. Observaba las pavesas que de vez en cuando saltaban de la chimenea y se convertían en copos de ceniza gris. Habían conseguido entender que la Vía Láctea era mucho más grande de lo que se pensaba, tanto como 300.000 años luz. Habían descubierto que el Sol está en una esquina y no en el centro. Pero no tenían ni la más mínima idea de qué hacer con el escaso tiempo que duraban sus vidas. Y él... él no pensaba perder ni un segundo más.

Se giró hacia Eleanor y tomó su barbilla entre los dedos. Sus ojos de hielo parecían derretirse ante el tacto de su mano. La besó. Sus labios por fin se abrieron, eran suaves, aunque aún tuvieran el sabor salado de las lágrimas ¿suyas o de ella? Daba igual.

—Ahora estamos juntos, Eleanor, no lo olvides —le susurró en la boca—. Ahora estamos juntos.

La manta se deslizó hasta la cintura y dejó al descubierto su torso.

Pero ella le puso la mano en el pecho, una mano helada y blanca sobre el vello oscuro que cubría su piel.

Otra vez.

—No —murmuró—. Esta vez no voy a dejar que me apartes de ti. No te haré daño, Eleanor, te lo prometo.

Le cogió la mano entre las suyas, tan fría, y sopló para calentarla.

—Paul, no puedo... hacer...

—Yo no te exijo nada. No tengo prisa, ya lo ves, he esperado seis años. Y además soy astrónomo, no hay nadie con más paciencia que los astrónomos.

Ellie intentó sonreír. Le acarició las cicatrices del lado izquierdo de la cara. Él cerró los ojos. Quería sentirlo, lo estaba tocando y le llegaba al alma, no había rincón de su cuerpo que no respondiera al tacto de sus dedos.

—Abre los ojos, Paul Allen. —Se separó de él—. Haremos tu cama.

Qué poco había durado. Pero le daba igual, porque ahora estaban juntos. No permitiría que se alejara de nuevo.

327

# Mercurio

$\mathcal{H}$abía llovido durante toda la noche. Paul no había regresado a su cabaña, se había quedado en la habitación de Henry. Ambos habían extendido sobre la cama unas sábanas limpias que olían a salvia y una manta de color marrón, porque en el monte siempre había que dormir bajo alguna manta, hasta en julio. Luego él había depositado un beso en los labios de Eleanor, un largo beso, y la había observado salir de la habitación con sus andares elegantes.

Había pasado el resto de la noche mirando las vigas de madera del techo, hasta que la luz del amanecer iluminó de forma tenue los dibujos curvos de sus vetas. Todo aquello parecía una película de terror, como esas de Hollywood, pero en color y con sonido. Un padre abusando de su hija. Su hermano asesinado.

¿Qué haría ahora? Le quedaban cuatro días para regresar a Harvard. No podía largarse y dejarla allí de nuevo, tenía que… La escuchó levantarse, se levantó él también. Su ropa ya estaría seca. Se envolvió de nuevo con la manta antes de salir.

—Buenos días. —La tomó de la barbilla, la besó en los labios—. Voy a vestirme.

Ella asintió. Le resultaba muy extraño tener a Paul Allen bajo el mismo techo, pensar en él como en algo más que en un amor imposible. Nunca lo hubiera creído. Era más raro que esas nebulosas oscuras, más raro que un eclipse de sol. Se puso a preparar el desayuno: café, tostadas, fruta, un poco de bacon, unos huevos. Hacía años que no desayunaba así.

—Qué bien huele —comentó Paul cuando salió de la habitación. Se colocó a su lado, tomó un tenedor y dio la vuelta en la sartén a las lonchas ya doradas de bacon. Las sacó, las puso en un plato. Llevaron la comida a la mesa y desayunaron en silencio.

—Tengo que bajar a Pasadena a ver unas placas de Andrómeda —comentó Ellie cuando acabó de comer—. Humason me ha dicho que tal vez haya algo en las de Shapley.

—¿Algo?

—Variables, Allen, variables.

Paul sonrió, ilusionado.

—Eso estaría genial. ¿Puedo ir?

—No conmigo. Lo van a notar, estas cosas se notan. —Recordaba cómo se miraban su hermano y Oliver Gant.

—Eleanor… Me quedan cuatro días en el Monte Wilson.

Ellie se levantó de forma brusca, se acercó a la chimenea. Hizo como que atizaba las brasas que aún quedaban. ¿Se iba ya, cuando apenas habían comenzado? Maldito tiempo, nunca se detenía, nunca volvía atrás.

—¿Qué vamos a hacer? —preguntó él.

—¿Te acuerdas de Fomalhaut, la estrella solitaria? Los planetas pasan cerca de ella, la visitan de vez en cuando. Júpiter, Marte, Saturno. Incluso Mercurio. Vienen, pasan unos días a su lado y continúan su camino.

—¿Ese es nuestro destino, vivir separados?

—No quiero dejar mi trabajo.

No, no se conformaría con eso. Y ahora… ahora tenía una posibilidad, tenía…

—Mercurio es el mensajero alado de los dioses. Es tan rápido como el planeta que lleva su nombre, que gira alrededor del sol a gran velocidad para escapar a su gravedad, para no caer hacia él y morir abrasado. Vamos, Eleanor. Sigamos el ejemplo de Mercurio y viajemos juntos. ¿Has ido alguna vez al mar?

—Nunca. —Ellie volvió a sentarse a su lado. Él le cogió la mano y se la besó.

—Oh, eso es imperdonable —la miró con la ceja alzada—, si lo tienes al lado, camino a la cumbre se intuye un poco más allá de Los Ángeles.

—Desde que llegué, nunca he vuelto a salir del monte.

—Has ido a Washington.

—Eso era trabajo.

—Puedes viajar sin que sea por trabajo, todos de vez en cuando nos tomamos unos días libres.

—No puedo dejar a Henry solo.

La miró a los ojos azules que ya se empañaban de nuevo.

—Hay que seguir adelante. Ya no podemos hacer nada por Henry y Bel.

—Ni siquiera sé quién lo mató.

Ahora fue él quien se levantó y comenzó a andar con aire pensativo alrededor de la mesa. Era su oportunidad.

—¿Nunca has leído a Conan Doyle?

—No está en la biblioteca del observatorio.

—No, creo que no —rio—. Escribe novelas. Su protagonista preferido es un detective, Sherlock Holmes, creo que alguna vez te he hablado de él. Encuentra la solución a crímenes horribles siguiendo algo que llama método deductivo. Quizá podamos utilizarlo para encontrar al asesino.

Ella no pudo más que sonreír también.

—Eso es absurdo, Paul. ¿Cómo vamos a resolver un crimen de hace seis años?

—Te sorprenderías. ¿Tienes alguna sospecha?

—Pues… No sé.

—Puede ser alguien desconocido, en cuyo caso tenemos pocas probabilidades, o alguien conocido. Si fuera alguien conocido, se hubiera sorprendido al verte, pensaría que Henry había vuelto a la vida, y eso no sucedió. ¿Hay alguien conocido que no te haya visto y que estuviera en el monte en aquellos días?

—Sí —lo miró sorprendida—. Hay varios.

—Ahí lo tienes. Uno de ellos puede ser el culpable. ¿Dónde están? Preséntate delante de ellos vestida como Henry. Así descubrirás si son inocentes o no.

—No sé dónde están. Uno de ellos sí, Arthur, su… su… No sé.

—¿Su novio?

—No, su novio era Oliver Gant, que se fue del monte justo el día que lo encontramos, ¿o no? No sé, no tengo claro el tiempo que pasó. Arthur había sido su… —se aclaró la garganta—, sí, también su novio, antes, en Pomona. En casa de nuestro padre.

—Ah, vaya. —Allen alzó las cejas—. Así que tenemos dos sospechosos: Arthur y Oliver Gant, ambos con motivos para acabar con Henry.

—¿Motivos? ¿Qué motivos?

—Un novio y un novio que ya no lo es, en el mismo lugar y en el mismo tiempo, Eleanor. Quién sabe lo que pudo pasar. Quizá se encontraron. Quizá discutieron.

—O no. Tienes mucha imaginación.

—Lo sé. El asunto es que algo pasó. ¿Hay alguien más?

Ellie se quedó pensativa unos segundos.

—Sí, hay alguien más. Henry decía que el padre de Oliver era peligroso, que había enviado a la cárcel a su propio hijo por sodomita.

—Pero ¿estaba en el monte?

—No. Estaba en Inglaterra, Oliver venía de Oxford.

—¿Oliver también era astrónomo?

—Sí, se conocieron en el observatorio.

—Ahí lo tienes. Un buen viaje. El océano Atlántico, Londres, la vieja Oxford y todo su saber. ¿Quieres averiguar si Oliver mató a tu hermano? Ponte delante de él.

—No sé dónde puede estar ahora, ni dónde vivía, ni nada. Es una locura. De momento me voy a las oficinas de Pasadena, que es lo que tengo que hacer.

—En moto. —Allen frunció el ceño.

—En moto, claro que sí. Tú si quieres quédate un rato y luego bajas.

—Queda lejos.

—Coge la bici, está en el garaje. —Ellie se levantó y señaló a través de la ventana—. Además, ya no llueve. Esta noche podré trabajar.

—Tengo el sesenta.

Antes de salir, Ellie se giró hacia él.

—Hay alguien más. Henry fingía salir con una chica, Hazel se llamaba, y tampoco volví a verla, ni a ella ni a su familia. Debieron irse poco después de aquello. Pero no creo que Hazel lo matara. Es una mujer.

—¿Y? Tú también. No descartes a nadie.

Ellie se encogió de hombros y salió de la cabaña. Tenía razón.

Paul se levantó y se aproximó a la ventana. Observó cómo

331

aquella mujer vestida de hombre abría las válvulas de la moto, movía con el pie la palanca de arranque. No tardó demasiado en ponerla en marcha. Se ajustó el casco y desapareció. La admiraba. La quería. Deseaba desabrochar de una vez los botones de ese pantalón, lo bajaría poco a poco hasta dejarlo caer al suelo, podría tocar sus... No.

—Alnitak, Alnilam, Mintaka. Betelgeuse, Bellatrix.

Era tan hermosa... Se acercó a su habitación, abrió la puerta. En esa pequeña cama se acostaba todas las mañanas, tras bajar del observatorio. Acarició la colcha con la mano. Había una tela gris sobre la cama, ¿para qué la utilizaría? Miró hacia el armario y se vio reflejado en el enorme espejo. Esas cicatrices. No solía mirarse mucho al espejo, no le gustaba. ¿Cómo lo iba a querer Eleanor, con la cara y el cuerpo rotos por esas marcas? Sin embargo, no parecían desagradarle. Se acercó aún más al espejo. Puso la mano en el tirador y abrió el armario.

Pantalones perfectamente colocados en sus perchas, camisas de cuellos almidonados. Sí, se había enamorado de una mujer vestida de hombre. Olía bien, a alguna hierba aromática que no supo distinguir. Olía a Eleanor. A esa piel dorada, a esos pequeños senos.

—Rigel, Saiph. Oh, vaya.

Estaba ahí.

Un pedazo de color colgado entre tonos de gris, de marrón, de negro.

El vestido que robó para ella en Washington. Lo había metido en su maleta y se lo había traído al monte Wilson. Eso significaba algo, seguro. ¿Significaba algo? ¿Había esperanza? La alegría le hizo sentir un escalofrío. La convencería. Se la llevaría donde hiciera falta, resolverían el crimen de Henry y ya no se separarían jamás.


Ellie entró en el edificio. Quizá Humason estuviera en la biblioteca y ella se ahorrara el paso por la habitación de las calculadoras.

No, no estaba. Se acercó al enorme retrato de un anciano de barba y cabellos blancos que presidía la biblioteca. La miraba con una expresión seria y bondadosa.

—Ya lo sé —murmuró frente a él—. No debería estar aquí, pero tú lo entiendes, ¿verdad? Sí, sé que lo entiendes.

—Maldita sea, Blur, no las encuentro. —Humason apareció en la biblioteca, sudoroso, con la cara desencajada.

—Tranquilo, Milt, ¿qué pasa?

—No las encuentro. Las placas donde marqué las estrellas variables. Las guardé aparte, pero ahora ya no están —tiró el sombrero sobre la mesa, sacó un pañuelo de su bolsillo y se secó el sudor de la frente—. Lo tenía, Blur, lo tenía. En Andrómeda.

—No desesperes. Si las placas estaban ahí, aparecerán.

Humason se acercó a una de las ventanas y miró la calle, que se alargaba hasta casi el centro de Pasadena. Apoyó la mano sobre el vidrio templado por el sol. Tenía una sospecha, pero no lo diría en voz alta. A Shapley no le interesaba que aparecieran variables en Andrómeda, porque si se encontraba tan lejos como pensaban, echaría abajo su modelo de universo, y ahora estaba esperando que lo llamaran de Harvard como director. Las variables estaban en sus placas.

—Claro, Blur —respondió—. Aparecerán, tarde o temprano. O tomaremos otras, quién sabe. De nada vale lamentarse.

—De nada vale lamentarse. —Blur le puso la mano en el hombro por un instante—. El trabajo es lo que cuenta, y eres de los mejores. Lo lograremos, el Hooker pone el universo en nuestras manos.

Ambos miraron arriba, como si fuera de noche y pudieran ver todas esas luces mínimas, que en realidad son enormes soles, amarillos, azules, rojos.

—Qué pequeños somos ante tanta grandeza, ¿verdad? Venga, hagamos algo. Vayamos a por placas, si no están esas marcas, busquemos hasta poder hacer otras.

—Claro, Milt.


Paul decidió no bajar a Pasadena. Paseó por el monte, subió a su cabaña. Comió en el Monasterio. Pensó, imaginó, caminó de nuevo montaña abajo hasta el arroyo, se metió en el agua, descubrió un par de *hylas* que huyeron de él hasta esconderse en las algas del fondo. Tenía que haber alguna manera de convencerla para que viajaran. Era su única posibilidad, si Eleanor

333

seguía en el monte, se le escaparía de nuevo, seguro. No podía competir con los telescopios de la cima.

Cuando las sombras de los árboles se fueron alargando, regresó a su cabaña. Se cambió para la cena, pero en vez de entrar al Monasterio se escondió tras uno de los abetos.

Todos fueron entrando en el Monasterio. Shapley, que miraba al suelo en busca de hormigas. Ellerman con su barba blanca y sus gafas de carey. Hubble acompañado de Humason; el subdirector Adams.

Eleanor, con su traje gris, su sombrero, su mirada azul.

Serían viajeros alados, como Mercurio.

Su destino no sería un lugar.

Su destino sería estar juntos, sin importar dónde.

Ya debían estar todos sentados y la cena servida. Entró en el Monasterio, se detuvo delante del despacho del director Hale, llamó a la puerta. Como se imaginaba, nadie contestó. Giró la manilla y no, no estaba cerrada con llave. Al fondo del pasillo se oían las voces de los astrónomos provenientes del comedor. Se coló en el despacho. En alguna parte debían estar las carpetas con los datos de los astrónomos que habían pasado por allí. Se acercó a la estantería de la pared del fondo y leyó los letreros de los cajones. Al lado, sobre la madera de la pared, alguien había colocado una fotografía de una mujer con un niño pequeño, ¿sería la familia de Hale? No, no debía distraerse, debía... Por fin, en uno de los letreros, leyó «astrónomos visitantes». Abrió el cajón y sacó un montón de hojas rellenas con una caligrafía apretada y elegante. Buscó entre ellas el nombre de Oliver Gant. No, no estaba. Dejó las hojas de nuevo en el cajón y siguió leyendo los letreros. En otro, ponía «visitantes 1910-1915». Quizá fuera ese. Comprobó los nombres, y sí, ahí estaba: Oliver Gant, Greenmyst House, Chelmsford, Essex, Inglaterra. Perfecto. Tomó la hoja, la dobló y se la guardó en el bolsillo del pantalón. Salió del despacho con rapidez, cerró la puerta y apoyó la espalda en la pared del pasillo. Le temblaban las piernas, respiró hondo. Eleanor no tendría excusas, ya sabían dónde buscar.

# Venus

*T*res días. Menos de setenta y dos horas para convencerla.

—Está fría, Paul, pero es muy agradable. Levántate y ven aquí. —Ellie, descalza, metía los pies en el arroyo.

No quería, estaba a gusto así, tumbado de costado en la hierba con la cabeza apoyada en el brazo. Veía la fina silueta de Eleanor, le había parecido que no tenía los pechos vendados. Los imaginaba bajo la camisa, ojalá pudiera desabotonar...

—Sirio, Adhara, Murzim, Wezen —murmuró.

—¿Has dicho algo?

—No.

Antes, enumeraba estrellas para que no doliera. Ahora, para tener algún tipo de control sobre sus pensamientos, sobre su... cuerpo, su...

Metió la mano en el bolsillo y tocó la hoja con los datos de Oliver Gant.

—Eleanor, acércate, por favor —pidió—, quiero enseñarte algo. Siéntate a mi lado.

—Ven tú aquí.

Estaba claro. Siempre tras ella. Sonrió y movió la cabeza de lado a lado. Se levantó, se metió en el río y la tomó del brazo.

—Al menos sal del agua. No quiero que lo que tengo aquí se moje —sacó el papel del bolsillo y lo agitó en el aire.

—¿Qué es eso? —Ellie intentó cogerlo y él lo apartó.

—Si quieres saberlo, vamos a la orilla.

—Vale, tú ganas. Vamos.

Los dos se sentaron en la hierba, y le tendió el papel. Le temblaban las manos.

—¿Qué es esto? Oliver Gant...

Cuando acabó de leer, clavó la mirada en Paul.

—No entiendo cómo, siendo verano, tus ojos pueden helarme con tanta facilidad. —Allen cortó una brizna de hierba y comenzó a juguetear con ella—. Solo es un papel.

—¿De dónde has sacado esto que según tú solo es un papel?

—Lo encontré por ahí.

—Por ahí no será en el despacho de Hale, ¿verdad?

—Quizá.

—¡Oh, Allen, te vas a meter en un lío! ¿Quieres dejar de hacer sandeces? Si te pillan, no sé qué te puede pasar, pero desde luego que al Monte Wilson no vuelves.

Él tiró la brizna de hierba todo lo lejos que pudo, se acercó a ella y le cogió la barbilla.

—Eleanor —dijo con voz ronca.

—No, te confundes. No puedes hacer esto aquí. —Se levantó de un salto—. Si da la casualidad de que alguien se acerca, verá dos hombres besándose, ¿no te das cuenta? No, no te das cuenta, y nos vas a meter en un lío, Paul Allen. Esto es una locura. Deberíamos dejarlo aquí.

—Un mes. Solo te pido eso. Busquemos al asesino de tu hermano.

—No creo que Oliver matara a mi hermano.

—¿De veras no quieres saberlo?

Ellie miró alrededor. No, no parecía haber nadie. Enfadada, se agachó para quedar a su altura, le agarró por la camisa y su boca quedó muy cerca de la de él.

Pero no pudo decir nada. Demasiadas palabras en la garganta, querían salir todas a la vez y por eso no salía ninguna. Quería saber quién había matado a su hermano para que la perdonara. Quería besar esa boca y sentir sus manos sobre la piel. Quería poder subir a un barco sin ese miedo que no la dejaba respirar. Quería trabajar en esas cúpulas sin tener que esconderse bajo un disfraz de hombre.

Lo soltó y salió corriendo, intentando que las lágrimas no la cegaran. Ojalá estuviera Ckumu en la cabaña, Ckumu y Narcisa y su equilibrio. Maldita sea, estaba descalza, los pies le dolían. Tuvo que parar. Se apoyó en uno de aquellos pinos.

Allen se calzó y caminó hacia ella con sus botas en la mano. Se arrodilló delante, como Hércules, con un pie sobre la cabeza del dragón y la rodilla en tierra.

—Eres hermosa, Eleanor, tan brillante como Venus, que empalidece al resto de los astros. Déjame calzarte.

Le limpió el pie, le puso el calcetín, se lo introdujo en la bota y le ató los cordones.

—Eres hermosa. Al amanecer, al atardecer, vestida de hombre, da igual. Tus ojos de hielo son solo un espejismo, tras ellos tu alma es cálida como un abrazo. Solo te pido un mes. —Le calzó el otro pie—. Se me acaba el tiempo en el monte Wilson, pero todo está arreglado, he telefoneado a Harvard y he pedido unos días libres.

—¿Por qué has hecho eso? ¿No te das cuenta? Será peor para ambos. —Ellie se secó las lágrimas.

—Los astrónomos asisten a congresos, toman permisos de vez en cuando. ¿No podemos tenerlo todo? Bien. Cojamos lo que se nos ofrece, es más que nada. Disfrutemos de esos días juntos.

—Yo… No sé ser una mujer.

Paul se incorporó y sonrió.

—Ya eres una mujer. Tan hermosa como el planeta Venus, el más brillante del cielo, da igual lo que lleves puesto. No tienes que ser diferente para ser una mujer. Me gustas así. ¿Aquí no podemos amarnos? De acuerdo, lo asumo. Pero dame ese mes, Eleanor. Salgamos del monte. Tomemos ese barco, viajemos a Inglaterra.

Ellie separó la espalda del pino.

—Vamos, Paul Allen. Se hace tarde, hay que trabajar.

La dejó ir. En realidad había pedido dos meses libres, por si acaso. Si en ese pequeño planeta era posible lo peor que uno pudiera imaginar, quizá también sería lo mejor.

La tarde siguiente, Ellie salió de la cabaña y se sentó en los escalones del porche. Allen no había aparecido por el arroyo. Se suponía que solo quedaban dos días para estar juntos. Solo dos días y a él le daba por esfumarse, ¿así pensaba convencerla? El mapache que solía rondar por allí se la quedó mirando, emitió una especie de risa y desapareció tras el garaje.

—Sí, ríete —dijo en voz alta—. Tienes motivos. Ahora que comenzaba a confiar en él, que incluso… incluso…

337

Se estaba planteando hacerle caso, tomarse unos días. Daba igual si iba vestida así o no, ¿dos hombres podían viajar juntos?

—¿Por qué no pueden dos hombres viajar juntos? Sí que pueden. Lo hacen todo el rato.

Debería comprar una maldita maleta en Pasadena, llenarla de ropa y partir con él a buscar al asesino de Henry, ¿no era lo que en realidad quería?

Ojalá que el agua del arroyo se llevara monte abajo todo el miedo.

Se frotó las manos sudorosas, se las secó en los pantalones.

—¿Dónde estás, Paul Allen?

Quizá le había pasado algo. Había tropezado sendero abajo y estaba tirado en algún lugar con una pierna rota. O se había caído por el precipicio, o alguien lo había empujado, como a su hermano.

—No, eso sería absurdo.

O se había cansado de sus constantes evasivas. Se habría enfadado, eso era. Ya no querría saber nada de ella, al fin y al cabo solo era una mujer disfrazada; no sabía nada de seducción, de vestidos bonitos, de palabras de amor.

Se levantó, se preparó para la observación, se subió a la moto y partió a la cima; ya era la hora, la órbita estaba trazada.

Pero a veces los planetas sufren perturbaciones en su camino debido a la gravedad de otro astro, o desviaciones de la mecánica celeste que solo la teoría de la relatividad de ese científico europeo, Einstein, parece capaz de explicar.

Una pequeña desviación, un suspiro, un instante. Una ojeada a la cabaña de Allen, la moto que no obedece y se sale de la ruta trazada para acabar frente a su puerta.

El anillo de seda que toma el control, se extiende, nubla la razón.

Ellie apoyó la moto en la pared de madera, abrió la puerta, entró. Un sonido la sobresaltó.

Sí, Allen estaba en la cabaña.

¿Eran ronquidos lo que estaba oyendo?

Lo eran.

Abrió con cuidado la puerta de la habitación y se acercó a la cama. Allen estaba desnudo sobre las sábanas, roncaba boca arriba, con los brazos en cruz.

Tuvo que taparse la boca, no podía aguantar la risa. Salió de la habitación sin parar de reír. Estaba tan gracioso, tumbado en la cama, con esa expresión de beatitud.

Cuando se calmó, volvió a entrar. Quería… verlo. Era tan alto que los pies casi se le salían de la cama. La cicatriz resaltaba en el muslo, todavía tenía un color más oscuro que el resto de la piel. El torso… deseó acostarse a su lado y apoyar la cabeza en él. Que esos brazos la rodearan, que todo desapareciera alrededor. Quiso poder ser como cualquier mujer, quitarse las vendas, quedarse desnuda al lado de su hombre, sentirse amada y que eso fuera normal.

¿Esa era su naturaleza, como decía Ckumu? Decía: «Eres lo que eres, sientes lo que sientes». Conocer lo que uno siente y aceptarlo, fuera lo que fuera, ¿es eso posible?

Allen abrió los ojos. Murmuró algo, se dio la vuelta y sacó un reloj de debajo de la almohada.

—¡Me he dormido! —gritó, mientras Ellie se sobresaltaba y luego comenzaba a reír de nuevo—. Esto es…

Se giró de nuevo sobre la cama en dirección a la puerta, dispuesto a levantarse de un salto, y la vio.

—¡Oh! —dio un respingo—, qué susto. Estás ahí. Me he dormido, Eleanor, llevaba días sin acostarme, he tenido las mañanas ocupadas y hoy, que por fin lo he resuelto todo, voy y me duermo. No te rías, no tiene gracia.

—Sí, bueno, no te preocupes, te espero fuera. —No podía contener la risa, no, no podía. Salió de la habitación y se sentó al lado de la mesa. Al cabo de unos minutos, apareció Allen, ya vestido.

—Lo siento —dijo, serio.

—¿Cuánto tiempo llevabas sin dormir?

—Un par de días. Por las mañanas he estado haciendo cosas en Pasadena.

—¿Qué cosas?

—Ya lo verás. ¿Oyes la campana? La cena está lista, debemos ir. Pero mañana… Ah, mañana… Será un día memorable. Pasaré por tu cabaña a eso de las doce, para que duermas un rato primero. Luego, bajaremos a Pasadena y te mostraré…

—¿Cuándo regresas a Harvard?

—Ya veremos, Eleanor, ya veremos.

ϒ

Ellie se despidió de su asistente y salió de la cúpula del Hooker. Estiró los brazos, miró al cielo. Ya era casi de día, las pocas nubes que se agrupaban en el horizonte este se teñían de la luz púrpura del amanecer. No tenía sueño. No quería acostarse, estaba impaciente por conocer cuál era la sorpresa que Paul Allen había preparado. Caminó despacio por el puente que habían construido sobre el depósito de medio millón de galones de agua. La recogían de los arroyos y de la nieve, en previsión de que se declarara un incendio, como ya había sucedido.

Dio una vuelta por los alrededores del Monasterio, no vio a nadie. Se acercó a la cúpula del sesenta pulgadas, su adorado sesenta. Y sí, Allen y Humason salieron juntos y se dirigieron hacia ella.

—Buenos días, Blur —dijo Milt—. ¿Qué tal la observación?

—No ha estado mal. ¿Y vosotros?

—Disfrutando mi última noche de este verano en el Monte Wilson. —Paul miró hacia la cúpula con expresión de pena—. Echaré de menos estos cielos, como siempre. Blur, ¿baja? Voy a Pasadena a dejar las placas en el laboratorio.

—¿Lo llevo en la moto?

—Que lo pasen bien. —Milt se despidió.

Ambos le dijeron adiós y caminaron hacia la cabaña de Allen, donde Ellie había aparcado la moto la noche anterior.

—No puedo esperar a las doce, no me dormiría —susurró.

—Bien, vayamos ahora. Pero no me hace ninguna gracia lo de montar en moto. Si me apuras, prefiero el coche.

—No tengo coche.

—Ya, ya lo sé.

—No pongas esa cara de sufrimiento. Sé que para ti no es fácil, iré muy despacio, no te preocupes.

Paul asintió. Se tragaría la angustia que le producía el maldito artefacto, no le quedaba más remedio. Siete años desde aquello, y aún… Ellie accionó varias veces la palanca de arranque, abrió y cerró las válvulas, hasta que la moto se puso en marcha.

—Toma, póntelo tú. —Le tendió el casco—. Yo me quedo con las gafas.

340

Subió a la moto y Paul se sentó tras ella.

—¿Estás listo? Vamos allá.

Aceleró, la moto se movió. Paul se puso tenso. Le sudaba la espalda a pesar de que el sol no calentaba todavía. Al cabo de unos minutos, dejaron atrás el observatorio, y él, él… necesitaba tocarla. Rodeó con los brazos su cintura, cerró los ojos y apoyó la cabeza en su espalda, de manera que podía escuchar los latidos de su corazón. Su preciosa Venus, que iluminaba toda su vida.

Ellie sonrió.

# Mareas

*T*ras dejar las placas fotográficas en el laboratorio, Ellie se dirigió de nuevo al aparcamiento, pero Allen la sujetó del brazo.

—Deja la moto donde está. Imagino que querrás ver la sorpresa. ¿Te fías de mí?

—Viendo la cara que pones, no lo tengo claro del todo. Paul, nos van a detener por… eso. Dos hombres.

—Intentaremos que no sea así. Vamos. ¿Te has subido alguna vez a un tranvía?

—¿Uno de esos coches rojos? No.

—No has vivido nada, Blur, ¿qué has hecho en todo este tiempo? Bien, hoy vamos a comenzar a remediarlo. Tomemos el tranvía hasta South Pasadena. La sorpresa está al sur.


Cuando bajaron del tranvía, Paul la condujo hasta una amplia avenida bordeada de palmeras y pimenteros, hasta que se detuvo delante de una casita de madera pintada de azul.

—Es aquí.

—¿Qué has hecho ahora, Paul Allen?

Él intentaba sonreír sin lograrlo, con los ojos bajos, las manos temblorosas. Metió la mano en el bolsillo de la americana y sacó unas llaves.

—He alquilado la casa. He… En fin. ¿No quieres entrar?

—¿Para qué has alquilado una casa? —preguntó con voz aún más ronca que de costumbre.

—Pues…

No le salían las palabras. Caminó hasta la puerta, introdujo la llave y la abrió con facilidad. Se quedó ahí, mirándola, tan bella con sus pantalones grises, su camisa, su corbata. Llevaba la chaqueta colgada del brazo. Vio cómo dudaba y suspiró aliaviado cuando comenzó a acercarse. Le pasaba como al mar con la Luna, se moría por envolverla entre sus brazos.

—Mercurio, Venus, Tierra, Marte, Fobos y Deimos.

—¿Ahora te ha dado por los planetas y sus satélites? —Pasó a su lado y entró en la casa—. ¡Oh! Parece acogedora.

Sí, era luminosa; la luz del sol se colaba entre las cortinas decoradas con pequeñas flores bordadas, un jarrón con rosas frescas sobre la mesa de caoba perfumaba el amplio salón.

—Dime —Ellie dejó la chaqueta sobre una de las sillas—, ¿por qué has alquilado esta casa?

—Quiero llevarte al mar.

—Podemos ir al mar sin necesidad de alquilar una casa.

—Necesitamos un punto de partida, Eleanor, que no sea el monte Wilson. Ni muy cerca ni muy lejos de él, un sitio donde nadie nos conozca para que puedas elegir.

—Elegir, ¿qué?

Paul se acercó a ella. Con un dedo le levantó la barbilla, la miró a los ojos, tan azules que hacían daño. La tenía tan cerca…

343

—Te amo. Como el mar a la Luna. Quiero que seas lo que tú quieras ser en cada momento, y en el Monte Wilson no puedes. Vamos, Eleanor, deja que te muestre algo.

Paul se dirigió a una de las habitaciones. Las manos le temblaban, se había arriesgado al hacer lo que había hecho y lo sabía. No tenía ni idea de cómo se lo tomaría ella. El estómago se le retorcía, tuvo que respirar hondo varias veces. Entró en la habitación, se sentó sobre la cama.

—Debes abrir el armario —dijo.

—No —contestó ella—. No es lo que estoy pensando. No lo habrás robado, ¿verdad?

Ellie no sabía si reír, llorar, enfadarse o todo a la vez. Se acercó al precioso armario de madera labrada, también tenía un gran espejo en la puerta como el suyo, pero en este no había ni una sola huella de óxido. Tomó el tirador de metal dorado y lo abrió.

Cuatro, no, cinco perchas ocupadas.

—Me gustas con esos pantalones, Eleanor, pero sueño con llevarte colgada de mi brazo por las calles de… donde sea. No

quiero que te los pongas si no quieres, es solo que… Tampoco
sé si son de tu talla, o de tu gusto, si quieres vamos a…

Ella hizo un gesto con la mano para que se callara.

En el armario había dos vestidos, una blusa, una falda y
un… traje de baño. Medias, ropa interior y dos pares de malditos zapatos. Un chal. Dos sombreros. En una esquina, casi no
se veía, un bote pequeño de cristal, ¿perfume?

—¿Tú has comprado todo esto? —dijo, sin darse la vuelta.
¿Había ido tienda por tienda, para comprar todas esas cosas de
mujer, solo por ella?

—Sí. Es que quiero que puedas elegir… Hasta ahora no…
pero hoy nos vamos al mar. Allí nadie te conoce y quizá crucemos el…

—Calla.

¿Cómo se debe sentir el mar cuando se aleja de la Luna?
¿Muerto, perdido? Así se sintió. Nunca lograba alcanzarla,
maldita gravedad. Clavó los dedos en la colcha de lana y calló.

Ella tocó una por una todas las prendas. La falda gris, la
camisa blanca. El vestido de muselina de colores claros. El de
¿seda? verde, de tirantes, con escote redondeado y ese tacto
frío y suave. Un traje de baño acompañado por su sombrero.
Nunca había pensado que alguna vez en su vida se pondría
uno e iría a pasear a la orilla del mar. Su padre nunca los había llevado a pesar de que Pomona no distaba mucho de la
costa, apenas unas cuarenta millas. Y ahora podía. ¿De verdad podía? Y Henry, ¿qué?

Era ella la que cada tarde se vendaba los pechos y subía a
las cúpulas.

—Henry no puede ver el mar. Está… Está…

Paul se levantó, la abrazó por detrás.

—Ckumu lo cambió de sitio —continuó ella—, lo sacó de
debajo de la losa y se lo llevó monte arriba, al lado de los Dos
Hermanos, unas peñas cerca del arroyo. Él no verá el mar, ni
amará más.

—Pero él hubiera querido que tú sí lo hicieras —le susurró al oído—. Quería lo mejor para ti, estoy seguro. Le hubiera gustado verte pasear descalza por la arena de la orilla,
verte alzar los ojos al cielo cada noche, le hubiera gustado
verte enamorada y amada.

—Oh, maldita sea —Ellie se giró y hundió la cabeza en el pecho de Allen, lo abrazó con fuerza. Las lágrimas caerían sobre su camisa, pero necesitaba sentir su cuerpo contra ella, sí, podía sentir, las vendas de su pecho ya no la protegían, estaba expuesta y viva, viva por fin.

Al cabo de un rato, se separó de él.

—Es curioso, me siento liviana. ¿Pesan tanto las lágrimas?

—A veces, como todo un océano.

—Paul Allen, vete al salón. Creo que… voy a cambiarme.

Paul salió de la habitación con su paso renqueante. Sí, iba a ponerse uno de esos vestidos; la sonrisa no le cabía en la cara, se había arriesgado pero todo había ido mejor que bien. Cuando cerró la puerta se puso a saltar, hizo el gesto de la victoria, gritó en silencio: «¡Bravo! ¡bravo!». Y se sentó en uno de los sofás tapizados con flores a esperar a que la puerta se abriera de nuevo.

Ellie volvió a pasar la mano por cada una de aquellas prendas. Todos los sentimientos se agolpaban bajo su pecho; era como tener un cúmulo globular en la garganta, tan luminoso, tan enorme, tan desconocido. Sí, ella había tenido vestidos bonitos en casa de padre. Pero había pasado mucho tiempo de eso. Abrió el bote de cristal, se aplicó unas gotas de perfume en la muñeca. Era… perfecto, olía a violetas y a bosque.

Allen había comprado todo eso por ella. No, no había echado de menos tener cosas como aquellas, los vestidos y los zapatos le daban igual. Le gustaba ponerse pantalones y subir a la cima. Pero también le gustaba Paul Allen, y vestida de hombre nunca podría estar con él.

—Bien… Podemos hacerlo, ¿verdad? Al menos por un rato —susurró—. ¿O no? ¿Puedo, Henry?

Se desnudó, dejó la ropa de hombre sobre la cama. Una tras otra las largas vendas de nieve que escondían sus senos cayeron al suelo. Respiró hondo. Le entraron ganas de correr desnuda por la habitación, de tumbarse en esa cama y decirle a Paul Allen que entrara para ponerle un nombre nuevo a cada rincón de su cuerpo.

Las enaguas tenían un tacto suave y frío sobre su piel. Se abrochó el liguero y desenrolló las medias sobre las piernas.

—Vaya, ¿cómo se hacía esto?

—¿Dices algo? —preguntó Paul desde el salón.

345

—No, no, tranquilo. —Se las quitó y volvió a comenzar, procurando que no se retorcieran.

Eligió el vestido de seda verde, tan elegante; la tela se ajustaba a su cuerpo, aunque la parte de abajo cayera amplia sobre sus caderas. Los zapatos no tenían un tacón muy alto, menos mal, si no, no podría salir ni tan siquiera al salón. Se colocó el chal por los hombros y se plantó frente al espejo.

Una mujer la miraba con los ojos muy abiertos por la sorpresa. Tenía una silueta alta y elegante, con esos pechos que se insinuaban bajo la preciosa tela verde de su vestido. Se hacía raro su cabello rubio, muy corto. Pero aun así…

—Parezco guapa.

—Eres hermosa, Eleanor. —Paul Allen había abierto la puerta; la observaba apoyado en el marco, con los brazos cruzados sobre el pecho—. Eres… No tengo palabras. Puedo… Quiero… Júpiter, Ío, Europa, Ganímedes, Calisto. Te llevaré donde tú quieras, el planeta será pequeño para ambos. Caminaremos cogidos del brazo bajo las estrellas.

Ellie no tuvo más remedio que reír.

—Metis, Adrastea, Amaltea, Tebe. No vale de nada enumerar satélites. Nada puede hacer que deje de pensar en ti —Allen se despegó de la puerta y se aproximó a ella—. Hueles tan bien… —susurró—. Leda, Imalia, Lisitea, Edara.

—Ananke, Carm, Pasifae, Sinope. —Ellie puso la mano tras la nuca de Allen, le acarició el pelo, lo atrajo hacia sí—. Estás temblando.

—Por qué será. Qué le pasaría al mar si por fin alcanzara la Luna.

—Se cambiaría de astro. La Luna se volvería agua salada. Sería… Sería… Ah…

Ellie cerró los ojos, no quería ver nada, solo sentir los labios de Allen en los suyos, sus manos sobre la tela del vestido recorriendo su cuerpo. Saboreó el beso, sí, el anillo de seda la hizo estremecer, su vientre palpitaba bajo el contacto dulce y apremiante del cuerpo de Allen.

Pero su mano dejó la nuca y se posó sobre su pecho. Lo detuvo de nuevo.

—¿Qué sucede, Eleanor? —preguntó con un susurro ronco.

—Lo siento, yo… —No podía, no aún, era… demasiado pronto. Debía hacerse a la idea, nunca había creído que podría enamorarse, tener algo con alguien. Y estaba Henry, o mejor dicho, no lo estaba.

—No te preocupes. Me voy… —titubeó, manteniéndola aún entre sus brazos—. Creo que necesito un baño de agua fría o algo parecido. Sobre el armario hay una maleta pequeña. Mete la ropa, nos vamos al mar. Primero comeremos algo, y luego… Tengo una habitación reservada en el Hotel Embassy de Santa Mónica, es decir, si tú quieres. Eleanor, piénsalo bien, tendrás que hacerte pasar por mi esposa, es indecoroso que una mujer y un hombre viajen juntos si no…

—No importa. Vayamos, Paul. Veamos el mar, pasemos la noche en Santa Mónica. Dormiré en el sofá.

—No es necesario. He pedido una habitación con dos camas. No sabía, es decir…

—Todo está bien —sonrió—. Vayamos.

347

El tranvía rojo los dejó en el centro de Santa Mónica, cerca de Third Street. Paul le tendió el brazo a Ellie y ella se apoyó en él. La seda verde del vestido caía suave sobre sus caderas, le acariciaba las piernas. Caminaron como si fueran una pareja normal (¿normal? ¿Qué significa eso?) alrededor de media milla por las calles soleadas hasta llegar al Hotel Embassy, un edificio de paredes blancas y tejado rojo con cierto aire oriental, rodeado de jardines.

Paul la miraba de reojo de vez en cuando. Parecía sentirse a gusto, lo observaba todo con atención, no dejaba de sonreír.

Se registraron como el señor y la señora Allen, y subieron a su habitación.

—Mira, Allen… Se ve el mar. —Ellie se acercó a la ventana, la abrió y se apoyó en el alféizar. El aire salado refrescó el calor de la estancia—. Lo haremos al contrario que todos. Esperaremos un rato, cenaremos. Al atardecer me pondré ropa de hombre y nos acercaremos a la playa. Veremos el mar bajo las estrellas.

—¿No prefieres bañarte?

—¿A qué hora nos vamos mañana?

—A la que quieras.

—Nos bañaremos por la mañana. Comeremos aquí y luego regresaremos al Monte Wilson, tengo que trabajar.

—Yo ya no. Mi tiempo en el observatorio ha acabado por este verano.

—¿Cuándo te vas? —Ellie se dio la vuelta y quedó frente a él.

—¿Cuándo te vienes?

Volvió a girarse y miró a lo lejos, más allá del horizonte, al cielo que iluminaba la estrella más próxima, el Sol.

—A buscar al asesino de Henry. ¿Lo decías en serio, Paul? ¿Vendrías conmigo?

—Sé que esto no es una novela de Sherlock Holmes. —La abrazó por detrás—. La realidad es mucho más compleja que eso, o más sencilla, depende. Pero sí. De hecho, Eleanor, la verdad es que he reservado dos pasajes en el Mauretania, he dejado la fecha abierta, hay que...

—Estás como una cabra. Solo un loco roba vestidos, anda arriba y abajo por el monte, saca pasajes sin consultar a nadie. Solo un loco se enamora de una mujer vestida de hombre.

—Un demente, perturbado, chalado. Un lunático, en suma.

—Si no voy contigo, ¿qué harás?

—Este lunático ha pedido dos meses libres. Este desequilibrado se quedaría esperando en la casa de South Pasadena. Se quedaría recogiendo las migajas de tiempo que pudieras dedicarle en esos dos meses, aunque sería francamente...

Ellie se volvió y lo besó. Con fuerza. Le clavó los dedos en la espalda, como si pudiera tomar algo de su determinación, de su locura. Ojalá ella pudiera cerrar los ojos, hacer las maletas, ser libre para amar sin que eso significara una maldita renuncia a mirar cada noche a través de los telescopios.

Se separó de él, tomó la maleta y la dejó sobre la cama más próxima a la ventana.

—¿Aún dudas, Eleanor?

—No quiero dejar de ser un astrónomo. Sería muy duro irme contigo uno o dos meses y luego separarnos.

—Mejor sufrir por vivir, que por no vivir. Y nadie nos quitaría ese tiempo de felicidad.

—¿Entonces estamos condenados?

—¿Tú qué piensas?

No quería separarse de él. Quizá tuviera razón. Si se separaba ahora, sufriría. Si se separaba luego, sufriría aún más, pero tendrían esos recuerdos. Y quizá sabría si Oliver mató a Henry, o Arthur, o el lord padre y su elegante pose. Y Henry la perdonaría por fin.

—¿Cuánto se tarda a Inglaterra?

—El Mauretania ostenta la Banda Azul, que lo acredita como el vapor más rápido en cruzar el Atlántico. Tarda cinco días escasos.

—¿Solo cinco días?

—¿Pensabas que era más? En menos de diez días desde aquí estamos en el otro lado del planeta. El mundo ha encogido. Si seguimos así, pronto podremos viajar a la Luna, o a Marte, o a...

—¡Iremos!

—¿Qué? —creyó que no había oído bien. Que su mente lo deseaba tanto que se lo había inventado.

—Iremos, Paul Allen. Tomaremos ese barco, buscaremos a los Gant en ¿cómo era? ¿Chasmort?

—Chelmsford.

—Bien, eso. Oliver volverá a mirar a la cara a Henry y por fin sabremos si lo mató él o no. Pero antes pasaremos por Pomona y visitaremos a Arthur. Aunque si Arthur es el asesino, ya no tendremos que ir a...

—Chelmsford.

—Sí.

Paul se secó los ojos. Se acercó a la ventana y miró a lo lejos, al cielo que se unía con el mar. Arthur tenía que ser inocente. Ojalá lo fuera.

El atardecer dio paso a una noche cálida, iluminada por la luna creciente. El cielo no se parecía al del monte Wilson. Santa Mónica, sus luces nocturnas y la humedad marina solo permitían ver los astros más luminosos: el triángulo de verano con Altair, Deneb y Vega. Saturno. Antares y su brillo casi tan naranja como Marte.

Ellie se había sentado en la arena. Observaba a Paul, que se había remangado los pantalones y dejaba que las olas mojaran sus pies. El océano era tan hermoso... A Henry le habría encantado. No se distinguía dónde acababa el agua y dónde comenzaba el cielo; si entrecerraba los ojos podría parecer que estaban en la inmensidad del espacio. O al menos en otro planeta, tan diferente, un planeta de arena, agua y oscuridad, un planeta en el que no importaba quién eras, solo importaba que estuvieras allí, sintiendo el olor salino, prestando atención a la cadencia de las olas.

# Tierra

$E$llie llamó con los nudillos a la puerta del despacho del director Hale.

—Adelante —respondió Adams—. Ah, hola, Blur, dígame qué desea. Como sabe, Hale está ausente estos días.

—Me gustaría pedirle un permiso de... de... seis semanas.

—No me parece mal. Ya era hora, ¿cuánto tiempo lleva sin salir del Monte Wilson? Le vendrá bien ver algo de mundo, no todo pueden ser las estrellas. ¿Cuándo tenía pensado marcharse?

—Lo antes posible.

—Vaya, no se va nunca y ahora tiene prisa —sonrió.

Alguien llamó a la puerta y entró sin esperar.

—Ah, buenos días, Adams, Blur. Perdonen, pensé que Adams me podría atender. Es urgente. —Jerry Dowd, el ingeniero jefe, depositó una carpeta sobre la mesa del despacho.

—Blur, ¿le importa esperar un momento? —pidió Adams—. Regreso en diez minutos.

—Claro, no hay problema.

—Hacen falta ingenieros, tres por lo menos —comentó Dowd mientras ambos abandonaban el despacho y cerraban la puerta—. Si no, se van a retrasar los trabajos, me gustaría que lo viera.

Ellie se había quedado sola. Tamborileó con los dedos en la mesa. Echó una ojeada a la carpeta que Dowd había dejado sobre ella. La cubierta estaba en blanco, solo contenía unas pocas hojas.

Al cabo de un rato, no mucho, la abrió.

Era un listado. De todos los trabajadores que habían estado bajo las órdenes de Dowd. Pasó un par de páginas. Ahí estaba: tras Backer, William; delante de Clark, Alexander.

Brown, Adolf.

Bajo su nombre aparecían tres direcciones tachadas y una sin tachar: 21 de Cherry Street, Seattle, Washington.

Maldita sea. Se le había puesto delante sin tan siquiera haberlo buscado. Cerró la carpeta y la dejó donde estaba justo a tiempo.

—Ya estoy aquí, perdone la interrupción. Dowd necesita personal, y a veces no es fácil encontrarlo. En fin, ocupémonos de lo suyo. Vamos a ver si es posible que se vaya cuanto antes, creo que sí.

Adams abrió otra de las carpetas que había sobre la mesa y leyó con atención.

—La semana próxima viene a visitarnos un astrónomo de Yerkes, sería buen momento. Si quiere, puede comenzar su permiso el lunes.

—Se lo agradezco mucho.

—Disfrute, Blur.

Ellie abrió la maleta que el día anterior habían comprado en South Pasadena, la dejó sobre la cama. Se iba. Allen y ella se iban, era una locura, lo sabía; lo más probable era que no encontraran al asesino de Henry, pero... aunque le sorprendiera, lo deseaba. Se vestiría de mujer cuando le diera la gana, cruzarían el océano en barco, visitarían Oxford y la vieja Londres. Conseguiría desatar del todo las vendas que la tenían prisionera, haría el amor con Paul Allen. Se sentiría libre y viva por una vez.

Tocó el collar de Ckumu y su pequeña pluma azul.

—Cerraré los ojos y dejaré que mi naturaleza tome el control, te lo prometo, Ckumu. Miraré al cielo con los pies en la tierra.

Metió en la maleta varios pantalones, camisas. Algún jersey: Allen decía que en Londres hacía más frío que en California. Dobló con cuidado el precioso vestido azul celeste y lo incluyó también.

Si Arthur fuera el asesino... No quería pensarlo. Lo descubriría en breve, aunque tenía que fingir muy bien, porque Arthur sí que la conocía y la había visto vestida de hombre.

Si lograban descubrirlo, ¿qué haría? ¿Tomaría de nuevo el viejo Winchester y le metería un tiro entre ceja y ceja? ¿Le pegaría un maldito puñetazo? Seguía sin poder denunciarlo, si lo hacía la descubrirían, perdería su trabajo.

—¿Cómo decíamos, Henry? ¿Hoy es hoy? Pues eso. Ya veremos qué sucede.


Ellie miraba con la boca abierta el coche que estaba aparcado delante de la casa de madera azul.

—¿Cómo dices que se llama?

—Es un Buick D-45. Precioso, ¿no? Lo he alquilado esta mañana. No quiero ir por ahí en motocicleta, aunque te…

Deslumbraba. Con la capota negra y la chapa blanca y brillante.

—Pero ¿tú sabes conducir?

—¿Por qué te extraña tanto?

—No sé. Con el miedo que le tienes a las dos ruedas, pensé que no te gustarían los vehículos a motor.

—Mi cuñado tiene uno y me lo presta de vez en cuando para llevar a Maia al campo.

—Tu hija. —Ellie pasó la mano sobre la superficie lisa del capó del coche. El sol la había calentado, casi quemaba—. Tu hija te echará de menos si no regresas.

—Regresaré más tarde de lo previsto. Me echará de menos, y yo a ella, pero con Cecilia está bien. Recuerda, la crio durante algún tiempo, más del que hubiera debido. —Paul se puso serio—. Se quieren como si fueran madre e hija, pasan mucho tiempo juntas, aunque yo esté en casa.

—Algún día la conoceré.

—Lo harás, seguro que sí.

—Bien, ¿cuál es el plan?

Paul abrió la puerta del automóvil y echó una ojeada al interior.

—Mañana nos levantaremos temprano, viajaremos hasta Pomona e intentaremos averiguar si Arthur es culpable o inocente. Mira —Paul cerró la puerta y desplegó un mapa sobre el capó—, aquí está Pomona. ¿Dónde está la granja de Arthur?

Ellie señaló un punto al norte.

353

—Aquí me crié.

—¿Quieres pasar por tu casa? —La miró de reojo.

—No. Ojalá no vuelva a ver nunca a ese... ese... —Ellie sacudió la cabeza y volvió a fijar la vista en el mapa—. La casa de los Drover está a unas pocas millas.

—De aquí a Pomona habrá unas treinta millas, tardaremos, no sé, ¿una hora?

—¿Solo? Siempre había pensado que estaba al otro lado del mundo, que padre no me alcanzaría jamás. ¿Y en coche estamos a una hora de viaje? Maldita sea.

—Con estos medios de transporte el planeta se vuelve pequeño. Ya verás cuando crucemos el mar.

—¿Alguna vez lo has hecho?

—Annabel y yo tuvimos viaje de novios. Nos fuimos a Francia. No entenderás por qué extraño motivo llamamos Tierra a un planeta cuya superficie está cubierta por tal cantidad de agua. Entremos, Eleanor. —Recogió el mapa y lo dejó en el asiento del conductor—. Hay que cenar e intentar dormir. Estos días seremos como la gente normal, dormiremos de noche y viviremos de día; o al menos, lo intentaremos. ¿Qué quieres hacer con lo de la... novia? ¿Cómo era, Hazel?

—Pues... no lo sé.

—¿Dices que hacen falta ingenieros en el observatorio? —Allen sonrió—. Podrías tenderle una trampa.

—¿A qué te refieres?

—Escribe a su padre como si fueras del observatorio ofreciéndole un trabajo. Quizá lo prefiera al que tenga, si tiene, y regrese al Monte Wilson. Si pica, le solucionas un problema a Dowd y sales de dudas. Si es que ella sigue con su familia.

No era mala idea. Si no funcionaba, tampoco pasaba nada. Ellie también sonrió. Lo haría. Esa misma noche.


Paul aferraba el volante con más fuerza de la debida. Sí, en Boston conducía, pero muy de vez en cuando y por lugares conocidos. La cicatriz de la pierna le dolía más de la cuenta. Suspiró. No entendía cómo Eleanor podía dormir con la cabeza apoyada en el cristal de la ventanilla. A él se le abría la boca de vez en cuando, porque como era de prever, por la noche no habían descansado nada. Cada uno en su habitación y en su cama a pesar de que lo que más deseara era estar con ella bajo las sábanas, tocar su cuerpo desnudo, besar sus...

—Saturno, Mimas, Encélado, Tetis ¿Tetis? Maldita sea —murmuró—. Dione, Rea, Titán. Me voy a volver loco. Eleanor, despierta. —Subió la voz—. Nos estamos aproximando y necesito que me digas por dónde es. ¿Eleanor? No se despierta. Va tan dormida que...

—Vale, vale. —Ellie abrió los ojos, bostezó y estiró los brazos.

—Dime por dónde debo ir.

—Ah, ¿ya estamos por aquí? No queda nada. Recuerda, no soy Eleanor sino Henry.

Paul volvió a mirarla de reojo y alzó la ceja. Si no supiera lo que escondía ese traje de hombre.

—No estés nerviosa —contestó aun así—. Lo haremos bien.

—Es por ahí. —Señaló un camino que se internaba entre los naranjales de un color verde intenso—. Arthur aprendió bien, no hay duda, los árboles están preciosos.

Ellie se frotó las manos sudorosas. Los naranjos le traían recuerdos, y no muy buenos. Tocó el collar de Ckumu, escondido como siempre bajo la camisa.

—Me imagino que la casa estará al final de este camino.

—¿Te imaginas?

—Nunca he estado en el hogar de los Drover. No sé, quizá de pequeña, pero ya no me acuerdo.

Detuvieron el automóvil al lado de un gran porche de madera labrada que ocupaba toda la fachada de una casa de dos pisos rodeada por parterres de petunias de colores. Salieron del coche, la brisa lo perfumaba todo con ese aroma a azahar.

—Paul, no sé qué hacemos aquí. —Le dolía el estómago. Le temblaban las piernas, notaba de nuevo el olor a caballo de padre y el maldito mango de madera que entraba hasta el corazón. Apoyó la espalda en la puerta del automóvil. Paul se puso a su lado.

—Buscar al asesino de tu hermano —susurró.

La tierra bajo sus pies. La misma tierra que sujetaba las raíces de los naranjos, que cobijaba a Henry. La misma donde vivía padre, muchos como él y tanta gente diferente. Un planeta

355

que giraba como un loco sobre sí mismo, en torno a una estrella, en medio de un universo vacío y helado. Cada mundo era una anomalía, y ella no era nada en ese espacio casi infinito.

La puerta de la casa se abrió. Una mujer pelirroja, ya de cierta edad, salió y se los quedó mirando desde el porche, mientras se secaba las manos en el delantal.

—¿Qué desean?

Paul dio un par de pasos en su dirección, pero la mujer retrocedió, asustada.

—Venimos de la ciudad —comentó, deteniéndose—. Somos amigos de Arthur.

Lejos de tranquilizarla, el comentario la atemorizó aún más. Volvió a entrar en la casa y cerró la puerta.

—Vaya, ¿y ahora qué hacemos? —dijo él.

Ellie separó la espalda del coche, caminó hasta el porche. Respiró hondo y golpeó la puerta con los nudillos.

—Señora Drover, soy de la finca de los Blur, ¿se acuerda?

Los visillos blancos de la ventana más próxima se movieron un poco.

—Donde Arthur pasó el verano con los naranjos Navel.

La puerta se entreabrió, con la cadena echada, y unos ojos casi naranjas como los de Arthur escrutaron de arriba abajo a Ellie.

—¿Eres de los mellizos que se fueron? ¿Por qué has vuelto?

—Se lo ha dicho mi amigo, hemos pasado a saludar a Arthur.

—Mi hijo no está.

—Henry. —La voz de Paul sonó temblorosa.

—Sería solo un momento —insistió Ellie.

—¡Henry! —Paul alzó la voz.

Ellie se giró hacia él y se encontró con la negrura gélida de los cañones de una escopeta cerca, demasiado cerca de su cara.

—¡Largaos de aquí, pervertidos! —El gigante de pelo canoso acercó aún más la escopeta.

—¿No me recuerda, señor Drover? Soy Henry Blur, el hijo de... —Ellie señaló hacia donde creía que estaría la casa grande.

—Entonces, aún peor. ¿Qué le hicisteis a mi hijo? Desde aquella primavera no ha vuelto a ser el mismo.

Paul hizo ademán de acercarse, pero Ellie le indicó con un gesto que no se moviera.

—Lo siento.

—¡Zach, baja la escopeta! —La mujer salió de la casa y se acercó a Ellie—. ¿Eres Henry Blur, el hijo de Annie? ¿Dónde está tu hermana?

—Sí, soy el hijo de Annie. Ahora vivimos en... Santa Mónica.

—Annie era una buena mujer, éramos amigas. Estuvo aquí cuando nació Arthur. Baja la escopeta, Zach. —Apuntó con el dedo a su marido—. Le dije que no se casara con aquel hombre, pero no me hizo caso. Estoy segura de que lo que le pasó ese día a mi hijo no fue culpa tuya. —Dio dos palmaditas en el brazo de Ellie—. Entrad, tomaremos el té.

—Mujer, yo me voy. Tengo trabajo.

—¡Zach! —La señora Drover no tuvo tiempo de decir nada más. Zach desapareció entre el verdor de las hojas de los naranjos tan rápido como había venido.

—Bien, mi marido está ocupado. Pasa. Usted también, señor...

—Allen —tendió la mano hacia ella—, Paul Allen.

—Bien, señor Allen, Henry, tomemos un té.

—Tutéeme a mí también, señora —dijo Paul.

Ellie tenía ganas de llorar. La señora Drover pensaba que no era culpa de Henry lo de aquella noche, y ella también. Ellos solo amaban, los culpables son los que odian. ¿Sabría esa mujer todo lo relacionado con su hijo y Henry, todo lo relacionado con... ella?

—Sentaos. —Apuntó a las sillas de madera pintada de verde colocadas alrededor de la mesa de la cocina—. Es cierto que Arthur no está. Pasa temporadas fuera, esta vez se ha ido otra vez a San Francisco. Esto... se le queda pequeño, ya sabéis. ¿Vosotros también...? Bueno, no es asunto mío. —Puso la tetera al fuego, sacó de la alacena un pastel, lo cortó en pequeños pedazos y lo sirvió en la mesa—. Le afectó mucho el tiempo que pasó en tu casa. No me importa cómo está tu padre, no te lo voy a preguntar, Henry, no tenemos contacto con él. El tiempo pasa para todos, también pasará para él.

La tetera comenzó a silbar, la señora Drover vertió el agua caliente sobre el té.

—Yo lo entiendo, Henry; me cuesta, pero es mi hijo, me

daría igual lo que fuera, lo seguiría queriendo. Menos un crimen. —A Ellie le dio un vuelco el corazón—. Eso no lo admitiría. Pero Zach… A Zach le cuesta más. Trabaja todo el día, ni siquiera come con la familia. Arthur se entristece, la tristeza le va encorvando la espalda y de vez en cuando se tiene que ir por ahí, para olvidar la tristeza, pero —se limpió una lágrima con la punta del delantal—, siempre vuelve, porque sabe que lo queremos. Sí, lo queremos, y mucho. A mí no me importan sus gustos. ¿Hace daño a alguien con eso? No. ¡Mi hijo! Ahora está en San Francisco hasta el mes que viene. No sé dónde está San Francisco, ¿es muy lejos?

Ellie no fue capaz de decir nada. Allen carraspeó antes de contestar.

—Está al norte, señora Drover. Es… dicen que es una gran ciudad, muy bonita, con muchas colinas y una gran bahía, estará a… bueno, en realidad no sé a cuántas millas…

—No importa. Él volverá. Hablo demasiado, ¿verdad? Vamos, vamos, tomemos el té. ¿Notan su perfume? Lleva flores de azahar, ¿no es maravilloso?

Estuvieron de acuerdo en que lo era, a pesar del ligero amargor.

—¿Cómo está tu hermana, Henry? ¿Se ha casado?

Ellie tragó saliva. Debía mentir a la señora Drover, por si acaso. Su padre nunca debía saber dónde se encontraba. Paul le dio un golpecito en la pierna por debajo de la mesa.

—Sí, no. En Santa Mónica, trabajamos en un hotel.

—¿Ella también?

—Sí, no se ha casado. Es cocinera.

La señora Drover apoyó la mano sobre la mesa y frunció el ceño.

—Me suena algo de una montaña, un monte, algo así, ¿no había algo en un monte? Es igual. Quizá no tenga nada que ver. Bien, cuando Arthur vuelva le diré que habéis estado aquí.

—No, por favor —pidió Paul con amabilidad—. Regresaremos en un mes y nos gustaría que fuera una sorpresa.

—¿Una sorpresa? ¡Una sorpresa! Muy bien, que sea una sorpresa.

—Bien, señora, estaba todo muy rico. Debemos irnos ya —Ellie se levantó y Paul la imitó.

—Annie venía alguna vez a visitarme, cuando él se ausentaba. Erais muy pequeños, y ya entonces no había quien os distinguiera.

Salieron a la casa y subieron al coche.

—Arranca, por favor —rogó—. Sácame de aquí. No creí que esto fuera tan difícil.

La señora Drover y su cabello rojo decían adiós desde el porche agitando el paño de cocina. Todo giraba en torno a Ellie, la sangre le latía con fuerza en las sienes; la maquinaria del coche rugía y se movía y los movía a ellos; el viento agitaba las hojas de los naranjos. No eran nada, hormigas corriendo de un lado a otro de la superficie de ese punto azul pálido, de esa mota diminuta en el vacío del espacio que giraba como una loca en torno a una estrella cualquiera. Una estrella como cualquier otra de los millones de puntos luminosos que están lo suficientemente cerca para que su luz sea visible en aquel cielo tan negro.

Ellie cerró los ojos.

359

Al cabo de dos días, hicieron las maletas, tomaron un tren y se dirigieron al otro lado del país. El elegante, pero ya algo antiguo transatlántico Mauretania, con su largo y afilado castillo de proa y sus cuatro hélices de acero, los esperaba en el puerto de Nueva York.

# El dios de la guerra

*P*aul y Ellie, apoyados en la barandilla de cubierta, decían adiós a la ciudad de los rascacielos. El Mauretania vibraba y rugía, y grandes nubes de humo negro se elevaban hacia las nubes desde cada una de sus cuatro chimeneas rojas.

Paul la tomó de la mano. A pesar de su pelo corto bajo el sombrero, estaba preciosa, con la falda de color marengo, el cinturón que le ceñía el talle y esa camisa bordada con pedrería que dejaba ver la piel suave del cuello.

—¿Tienes frío? —preguntó.

—Paul Allen, en este momento tengo de todo. Frío, calor, miedo, dicha.

—Doy gracias porque Arthur no estuviera en Pomona. Doy gracias por que hayas decidido estar aquí, conmigo.

Sí, ella también. A pesar de todo, ella también.

Tras la cena, ya de noche, salieron a pasear por cubierta. La primera semana de agosto acababa de concluir, pero en medio del océano hacía frío. Caminaron hasta la proa y se sentaron en unas sillas de madera.

—Paul, no distingo dónde termina el mar, dónde comienza el cielo. La negrura es igual para ambos, es como si la tierra hubiera desaparecido y estuviéramos en medio de la nada.

—Si extiendes la mano hacia arriba, puedes tocar la Vía Láctea. Mira —señaló hacia el mar—, el océano refleja la cara de Marte, el planeta rojo, el dios de la guerra.

—No hace mucho que Europa ha salido de la guerra, ¿qué crees que nos encontraremos?

—Hubo bombardeos en varias ciudades, Londres incluida. Estarán aún reconstruyéndola.

—¿Puede ser… puede ser que Oliver Gant haya muerto?

A Paul le recorrió la espalda un escalofrío.

—Mmm. Hace frío. Espero que no, Eleanor. Espero que lo encontremos en Chelmsford, que lo mires a los ojos, que descubras si fue él o no quien mató a tu hermano. ¿Nos vamos? No me gustaría que nos acatarráramos. Mañana podemos salir más abrigados, las noches son preciosas en alta mar.

Se dirigieron al camarote. El mismo para los dos, dos pequeñas camas contiguas; Paul podía tocarla con solo extender la mano. Podría acariciar su piel sedosa bajo las sábanas, podría…

—Eleanor, ¿cuántas constelaciones hay en el cielo? Muchas, ¿no? Doce zodiacales, Aries, Tauro, Géminis, Cáncer.

—Leo, Virgo, Libra. Entremos. —Ellie abrió la puerta.

—Escorpio, Sagitario, Capricornio.

—Acuario, Piscis.

Se acercó a él. Le quitó la chaqueta, la dejó sobre una de esas camitas. Le desabrochó el chaleco, la camisa, le acarició la piel de la cara, algo áspera por la barba incipiente.

—Eleanor —murmuró—. Quiero…

Dejó la ropa al lado de la chaqueta, se quedó con el torso desnudo delante de ella. La atrajo hacia sí, hundió el rostro en ese cabello rubio y corto. Ella alzó la cabeza, él la besó. Acarició su espalda por encima de la camisa bordada; le sobraba, todo le sobraba. Quería acariciar su piel desnuda bajo su cuerpo. Sin dejar de besarla le desabrochó el cinturón, le quitó la falda, que cayó al suelo. Ella gimió. Era tan hermosa, esa mujer le hacía soñar, le hacía… La tomó en brazos y, con cuidado, la puso sobre la cama. Apagó la luz y encendió la pequeña lámpara de la mesita.

Le fue desabrochando los botones de la blusa, uno a uno, despacio. Tenía… quería romper la enagua con la mirada, que desapareciera ya; quería verla desnuda bajo sus manos.

Ellie tenía los ojos cerrados. Notaba la suavidad con que él la acariciaba. El anillo de seda se hacía grande y profundo, se extendía, quería envolverlos a los dos. Se quitó la blusa, la enagua y sonrió, aún con los ojos cerrados, cuando lo oyó jadear.

—Eleanor, eres hermosa. Eres…

361

Pero el anillo de seda comenzó a apretarle el vientre, a volverse negro, a dejarla sin respiración.

—Paul Allen, eres Paul Allen —susurró.

Era Paul Allen y no ese maldito con olor a caballo; Paul Allen la quería, la besaba con suavidad, ¿por qué no podía acabar de quitarse las vendas? ¿Por qué su corazón seguía helado?

No.

Quería hacer el amor con él, quería tenerlo a su lado.

Pero no podía.

Colocó la mano en su pecho, podía notar los latidos de su corazón, fuertes, veloces.

—¿Eleanor?

—Lo siento, Paul Allen.

Ellie se levantó deprisa, se puso uno de esos pantalones que había en el armario. Le quedaba demasiado grande, seguro que era de él, pero le daba igual; tomó un jersey y salió a la negrura de la noche. No se veía ni una sola estrella, las nubes lo habían cubierto todo, hasta el océano.

Corría por la cubierta de primera clase, oía los pasos irregulares de él algo más atrás. No la dejaría sola, lo sabía, estaría siempre ahí, protegiéndola. Se paró de repente, él casi chocó con su espalda.

La abrazó por detrás, tan fuerte.

—No quiero perderte, Eleanor, no te vayas. —Su voz sonaba desolada, ¿estaba desnudo?

—Lo siento, Paul, no puedo. Lo siento.

—Me da igual. Todo pasará, podrás algún día. Yo...

—¿Estás desnudo? —Se giró, y sí. Desnudo. Ni siquiera se había calzado.

—He tenido miedo. Mi maldita mente soñadora te ha visto en el mar, sola entre las olas mientras el barco se alejaba camino de Inglaterra.

—Pero Paul... estás temblando, hace frío.

—Tú también. Regresemos, Eleanor. No tienes que hacer nada que no quieras. Nos acostaremos, dormiremos.

—Quiero hacerlo, pero hay algo dentro que no me deja.

—Algún día podrás.

—Te quiero.

—Puedo... ¿puedo besarte?

—Hasta ahí creo que llego. —Ella quiso sonreír.

Paul la besó en el cuello con suavidad. Ambos regresaron al camarote mientras una luna menguante apenas conseguía flotar, en el este, sobre las olas.

Desembarcaron en Southampton al cabo de cuatro días. Una fina lluvia peleaba con el humo que salía de las chimeneas de los barcos. El ambiente era turbio, gris, los ingleses caminaban con prisa por el muelle. El agua calmada del puerto tenía el mismo color ceniza que el cielo.

—¿Está despejado alguna vez en este país? No me extraña que a Oliver Gant le gustase el Monte Wilson —comentó Ellie.

—Acabamos de llegar, no desesperes. Cuidado, no tropieces.

Atravesaron los raíles para los vagones de mercancías y caminaron a lo largo del muelle en dirección a los imponentes edificios de la ciudad.

—Mira, ahí están los coches de alquiler.

Habían acordado alquilar un automóvil para viajar a Chelmsford, donde se alojarían. Visitarían Londres un par de días, pero mientras tanto sería más sencillo conducir a Oxford o a Greenmist House desde una ciudad pequeña.

Tardaron casi todo el día en recorrer las 130 millas que los separaban de Chelmsford. Sí, Inglaterra era verde, bastante más que California. Pero Ellie prefería sentir el sol en la cara y no la lluvia. ¿Verían las estrellas alguna vez antes de regresar?

Aparcaron el coche frente a una casa de huéspedes en el centro de Chelmsford, al lado de la pequeña iglesia de Saint John.

—Es pintoresco este pueblo. No hay ni un solo edificio alto, solo estas casitas de ladrillo rojo y tejados, ¿de qué? ¿De pizarra? Casi todas tienen chimenea.

—Seguramente, Eleanor. No sé —bajó las maletas—, espero que no nos pidan el certificado de matrimonio para poder alojarnos. A veces lo hacen.

—Tampoco creo que tengan mucha demanda de habitaciones. —Ellie tomó una de las maletas—. Entremos.

Abrió la verja del jardín, rodeado por un seto perfectamente recortado. Llamó a la campanilla y enseguida una sonriente mujer, redonda como una manzana, apareció tras la pesada puerta.

—Pasen, pasen, ¿vienen a alojarse? Bienvenidos, soy la señora Bell. ¡Chisss! En silencio, por favor. Están retransmitiendo. Tengan la bondad de dejar ahí las maletas y esperar un momento. —Señaló el suelo de baldosas delante del mostrador. Se acercó a un hombre que giraba dos ruedecitas en una especie de caja situada en una mesita baja al fondo de la estancia, y que debía ser su marido—. Charles, ¿oyes algo? No sé por qué has tenido que mover eso, Louis lo había dejado preparado. Él sabe, por algo trabaja con Marconi.

—Calla, mujer. —Charles, que abultaba la mitad que ella, tenía la oreja pegada a la caja.

—Mira, Paul, una radio —murmuró Ellie.

—¡Chissss! —repitió la señora Bell—. Tengan, tengan —les tendió una llave y señaló el pasillo de la derecha—. Primera planta, habitación tres.

Pero Ellie también quería acercarse a la radio a ver si se podía escuchar algo; era mágico, alguien hablando a millas de distancia y su mensaje captado por cada aparato receptor. Solo se oía una especie de chisporroteo. Y de repente, una voz.

—… rodeada de belleza, como… de climas ser… y cielos…

Charles y su esposa comenzaron a reír. Al momento se mandaron callar el uno al otro y retomaron la escucha.

Paul tiró del brazo de Ellie.

—Aprovechemos —susurró—, llevemos las maletas a la habitación.

Ellie sonrió mientras volvía a escucharse la voz:

—Una sombra de más, un rayo de menos…

El matrimonio estalló en carcajadas, ella se sujetaba el estómago con las manos. Allen tomó a una sonriente Ellie del brazo y ambos caminaron pasillo adelante hasta llegar a la habitación tres.

—¿Te has fijado en el acento? —susurró Ellie—. Qué gracioso, parece que cantan.


Ellie no podía conciliar el sueño. Paul Allen, a su lado en

esa cama que no era demasiado grande, hacía tiempo que dormía. Su cuerpo cálido la consolaba, le gustaba tenerlo al lado, y a pesar de ello no podía hacer el amor con él. Lo había intentado otra vez, en el barco, y el anillo de seda se volvía negro, se le metía en la garganta, no la dejaba respirar. ¿Era por padre, o era por Henry? No lo sabía.

Se levantó sin hacer ruido y se acercó a las contraventanas cerradas. No las abriría, el cielo seguiría nublado tras ellas, hasta le parecía escuchar el sonido de esa lluvia fina. Haría horas que Marte, el planeta rojo, habría desaparecido bajo el horizonte. Marte, el dios de la guerra, el que más influencia parecía tener entre las personas. Las guerras… podían ser devastadoras, como la Gran Guerra. Pero había otro tipo de batallas. Las que uno libra consigo mismo. Ella seguía luchando, Ckumu le diría que eso no tenía ningún sentido, que mirara a los ojos sangrientos de Marte y que le dijera que no iba a continuar, que por fin aceptaría.

Habían decidido que por la mañana se acercarían a Greenmist House. No sabían si Oliver Gant estaría allí o en Oxford, pero por algún sitio debían comenzar.

—Un momento —murmuró—. ¿Cómo voy a salir de aquí vestida de hombre?

Echó una ojeada a Paul, que seguía dormido.

Enseguida se le ocurrió una solución.

—¿Qué haces? —Paul la miraba sorprendido mientras se ponía los zapatos.

—¿Qué diría el matrimonio de la radio si entran un hombre y una mujer y salen dos hombres? El hotel de Santa Mónica era muy grande, pero aquí somos los únicos huéspedes, al menos no hemos visto otros.

Ellie se había puesto unos pantalones y una camisa sobre el collar de Ckumu, y ahora se estaba poniendo encima de todo eso una falda, una blusa y una chaqueta. Mujer y hombre a la vez. Metió el chaleco y el sombrero en un bolso de tela y sonrió a pesar de los nervios.

Paul se acercó a ella y la besó.

—Estás encantadora, da igual lo que te pongas.

Hacía un rato que habían abierto la ventana. El aire era fresco, olía a tierra húmeda y a hierba recién cortada.

—¿Cuánto crees que tardaríamos si fuéramos andando a Greenmist House? —preguntó Ellie.

—No mucho, estará a un par de millas. Pero puede que vuelva a llover.

—Es verdad. No estamos en el monte Wilson —miró a lo lejos, a la llana campiña—, aquí no hay montañas, ni pinos, ni cielo despejado. Vayamos en coche, entonces.

En la entrada, la radio permanecía muda sobre la mesita. La señora Bell limpiaba las ventanas.

—Ah, perdonen. ¿Han dormido bien? Me alegro. Pueden desayunar, hay bacon, huevos revueltos, café y tortitas; aquí tratamos muy bien a nuestros huéspedes. ¿Vieron? —Señaló a la radio—. Louis, nuestro hijo, trabaja en la Marconi Wireless, que está unas manzanas más allá. Están haciendo pruebas con el aparato. ¿No es sorprendente? Dicen algunas palabras allí y las oímos aquí. Una vez vino una cantante. Cosa de brujas, ¿no creen? Pasen, pasen a desayunar, allí, al fondo.

Tras el desayuno, Paul y Ellie subieron al automóvil. Sacaron el mapa que habían comprado en Southampton nada más llegar.

—Eleanor, te tiemblan las manos. —Paul se preocupó.

—¿Dónde está Greenmist?

—Hacia el sur, por un camino que lleva a una especie de lago. Debe ser este —señaló—, Hanningfield. Cuando compré el mapa lo pregunté y dio la casualidad de que el que me lo vendió conocía el lugar. Me lo ha señalado, ¿ves?

—Bien, ¿a qué esperamos? Vamos allá.

Cuando atravesaban una zona arbolada, Ellie le pidió que detuviera el coche.

—Debo quitarme la ropa de mujer, lo haré ahí —señaló hacia unas matas de escaramujo cubiertas con sus flores rosadas. Se ocultó tras ellas y regresó al automóvil vestida de Henry. Con la ropa un poco arrugada, pero eso seguro que le daba igual a Gant. Si lo encontraban.

Paul detuvo el coche al lado de un muro de piedra cubierto de musgo.

—Creo que es aquí. ¿Cómo lo hacemos, Eleanor? ¿Quieres que nos anunciemos o que entremos a escondidas?

—Podemos echar una ojeada primero. ¿Habrá guardias?

Paul se bajó del coche y se puso de puntillas al lado del muro.

—Es curioso. Hay un viñedo delante de esa casa tan enorme, ¿cuántas chimeneas tiene? ¿Mil? Y un jardín con parterres de ¿qué flores son esas? ¿Petunias? No sé. Y un montón de árboles. No veo ningún guardia, no...

—El muro no es muy alto —dijo Ellie—. Saltemos.

Paul la miró sorprendido.

—Oh, vamos, no seas miedoso. Sígueme.

Sí, a Ellie le temblaban las manos, y las rodillas, le dolía el estómago, pero no quería pararse a pensar; si lo hacía se daría la vuelta, cruzaría el Atlántico a nado y se escondería bajo la cúpula del telescopio de cien pulgadas para no volver a salir. Así que se agarró a esas rocas que tenían el mismo color claro de la tierra que los rodeaba y trepó por ellas hasta llegar al otro lado.

Se quedó con la boca abierta. ¿Esa especie de palacio antiguo era la casa de Oliver Gant, el astrónomo?

—¿Para qué se necesita una casa tan grande? —murmuró—. Es increíble.

Paul sonrió al oírla. Sabía mucho de las estrellas, pero muy poco de la vida. Trepó también y bajó a su lado. Observó los jardines, la gran casa, los tres perros que corrían hacia ellos.

Los perros.

—Eleanor, ¡hay perros! —Tiró de su brazo—. Vamos, ¡sube al muro!

—No parecen peligrosos.

Era verdad. Se acercaban a ellos sin prisa, movían la cola.

—Son demasiado grandes, y grises, con esos belfos que...

—Lo son.

Los perros se limitaron a olfatearles las piernas. Dieron un par de vueltas alrededor de ellos y se alejaron. Paul suspiró.

—Vamos, Paul Allen. Podemos acercarnos un poco más, hasta ese grupo de árboles, a ver si vemos a alguien. Ojalá tuviéramos los prismáticos.

—Los dejé en la casa de South Pasadena. No me imaginé que tendríamos que...

Corrieron hacia los árboles. Bajo ellos había dos bancos de

367

piedra y algunos rosales cubiertos de flores blancas. Continuaron hasta esconderse tras varios sicomoros muy próximos a las primeras viñas.

—No sé qué hacer. ¿Llamamos a la puerta?

—Mira —Allen señaló la carretera que llegaba hasta la entrada principal—, viene un coche.

El vehículo se detuvo delante de la casa. El chófer bajó y abrió la puerta trasera, mientras que dos criados salían del interior de la vivienda. Los perros se acercaron, pero uno de los criados los retiró de allí.

El primero en descender del vehículo fue un hombre vestido con elegancia. Se giró para ayudar a bajar a una mujer que parecía su madre. Ella se apoyó en su brazo y ambos caminaron hacia la casa. Otro criado se acercó y ayudó a bajar a un tercer hombre, que tenía que utilizar un bastón para caminar.

Ellie apretó con fuerza el brazo de Paul.

—Creo que… —Entrecerró los ojos para intentar ver mejor.

El hombre se detuvo frente a la casa. Se quitó la chaqueta y el sombrero, se los tendió a uno de los sirvientes. Todos entraron a la mansión, pero él se dio la vuelta y comenzó a caminar en dirección a los árboles donde estaban los dos bancos de piedra.

Sí, era él.

Oliver Gant.

368

# Terror

$\mathcal{M}$arte, el planeta rojo, tiene dos satélites, dos enormes rocas irregulares que giran en torno a él: Fobos y Deimos, pánico y terror, los hijos de la guerra, sus aliados eternos.

Oliver caminaba apoyado en el bastón con los ojos fijos en el sendero.

—Paul, es él. Oliver Gant —a Ellie le temblaba la voz—. Va a pasar muy cerca de nosotros, se va a dar cuenta de que estamos aquí.

—Debería hacerlo, ¿no?

¿Debería? ¿Estaba preparada? Ellie guardó silencio. Recordó a su hermano bajo la losa, rodeado de piñas. Apretó los puños y cerró los ojos. No, no lloraría, ya había derramado suficientes lágrimas. Oía los pasos de Oliver Gant, irregulares, lentos, cada vez más próximos. Se obligó a abrir los ojos, debía observarlo, estar atenta a cada uno de sus gestos. Ya no tenía el cabello tan negro, había encanecido. Parecía que, en vez de seis años, hubiera vivido sesenta.

Pasó a su lado sin apartar ni un solo instante los ojos del camino; no como en el Observatorio Monte Wilson: allí siempre miraban arriba, él, Henry y todos.

Se sentó en uno de los bancos mientras comenzaba a caer una débil lluvia. Oliver, ahora sí, alzó la cabeza y dejó que la lluvia le mojara el rostro.

Al cabo de unos minutos, se percató de su presencia.

Se sobresaltó, el bastón cayó a la tierra mojada. Se puso pálido, se frotó los ojos como si no pudiera creer lo que estaba viendo. Miró hacia la casa con gesto atemorizado, se levantó del banco y se acercó cojeando hacia ellos. Con su aire interrogante más acusado que nunca.

—No puede ser real —se asombró—, ahora sí que estoy delirando, ¿me he muerto por fin, aquí, en Greenmist? ¿Estás en mi cielo, Henry? No, es imposible, tú no fuiste a la guerra, ¿verdad? Estarás bajando y subiendo de aquella montaña maravillosa, seguirás al lado de Júpiter, mi querido Copero, pegando el ojo al ocular de aquel telescopio cada noche. ¿Henry, eres tú, o me he vuelto loco del todo?

Ellie estaba paralizada. Quería decir algo, pero no podía. Oliver caminaba con dificultad, se detuvo a medio camino, se fijó en Paul y frunció el ceño.

—Dime, ¿eres real? Te había imaginado, pero no de esta manera.

Volvió a mirar hacia la casa y continuó caminando hasta estar delante de Ellie.

—Copero… —susurró—. Te he echado de menos.

Ellie comenzó a llorar.

—No soy Henry. Lo siento tanto, Oliver, soy yo, Ellie.

No lo había matado él, estaba segura, y ahora debía decirle que Henry ya no seguía con ellos, que ya no miraba a las estrellas al otro lado del Atlántico.

—¿Tú? ¿James *el Robabancos*? —Oliver se pasó la mano por el cabello y entrecerró los ojos para disimular la decepción y el dolor—. Estoy cansado. Sentémonos. Han pasado muchas cosas desde aquellos días, la Tierra ya no es la misma. Si vienes aquí, no es por algo bueno. Dime, Ellie, ¿por qué has venido?

Oliver se dirigió de nuevo hacia el banco y Ellie miró a Paul Allen. ¿Lo culparía a él por haberla llevado frente al último amante de su hermano, con la remota y absurda idea de que quizás él lo matara? Negó con la cabeza. Caminó tras Gant y se sentó a su lado.

Oliver agarró con desgana la pierna de madera y la recolocó junto a la otra, la que era de verdad, aunque las dos le dolieran por igual. No hacía falta que Ellie le dijera nada, si estaba allí sin Henry era que algo malo, fuera lo que fuera, había sucedido.

—Necesito que me cuentes qué pasó el día que te fuiste del Monte Wilson —rogó Ellie mientras intentaba secarse la cara con la manga de la chaqueta. No, no podía, las lágrimas no dejaban de caer.

—¿Has venido aquí por eso? ¿La historia viene de tan lejos?

De cuando creía que la cárcel de Reading era lo peor que le podía pasar. De las escasas épocas de felicidad que había tenido en su vida.

—Lo siento, Oliver.

La miró. Tenía a Henry delante y no era verdad. No era verdad, esos tiempos ya no volverían, hasta podría parecer que nunca habían existido.

—¿Existieron de verdad esos días, Ellie? ¿De verdad fuimos felices bajo las estrellas?

—Mi hermano te quería.

Lo hacía, sí, se lo demostraba cada minuto del tiempo que pasaba con él.

—Sí, es verdad, nos amábamos, tú lo sabes. A pesar de tenerlo todo en contra, nos amábamos. Ese día… Cuando acabamos en la cúpula, él pasó por vuestra cabaña, quería asegurarse de que estabas bien. Continué hasta Pasadena y lo esperé en aquella casa. No tardó mucho en bajar. No voy a contarte lo que hicimos —miró hacia la mansión de nuevo y luego a aquellas nubes grises; ya no llovía—, hicimos lo que habíamos estado haciendo todo el invierno, lo que hacen las parejas: amarse, ese fue nuestro pecado.

—Ojalá las cosas hubieran sido distintas.

—En otros mundos, Ellie, quizás en otros mundos sean distintas; en este, ya sabes cómo son. Al final de la tarde, se fue, se subió en la bici y desapareció camino del monte, como otras veces, solo que aquella fue la última.

Y él casi se destrozó los nudillos contra esas paredes de madera. Si hubiera tenido al maldito Saturno delante, ¿qué? ¿Qué hubiera hecho? ¿Lo mismo de siempre, es decir, bajar la cabeza? Cobarde.

—Me lo he imaginado tantas veces en el Monte Wilson, pegado al ocular del sesenta pulgadas y luego al del cien. Deseaba tanto tenerlo delante otra vez. No sé si quiero que me digas lo que le ha pasado, no lo sé. Ya he visto demasiado.

Cuando comenzó la guerra no tardó mucho en alistarse. Sabía que no podía regresar a California, sería peligroso para ambos. Sin Henry, él ya estaba muerto, ¿qué podía perder?

371

Pensó que debía demostrarle a su padre que no importaba a quién amara, que él era igual que todos. Que sus brazos no eran menos fuertes que los de los demás, que también él, un maldito marica, podía empuñar un arma. Y sí, lo hizo. Empuñó muchas armas. Ordenó a otros que las empuñaran. Fueron al frente, a Francia, y en las colinas de aquella ciudad, Verdún, un obús le arrancó la pierna. Acabó en el hospital de Baleycourt en manos de aquel médico que le salvó la vida, ¿cómo se llamaba? ¿El doctor Aubriot? Salvaba a los que podía, mientras él parecía cada vez más acabado.

—Un momento. —La ira se apoderó de él, una ira helada, profunda, no, que no fuera cierto, porque si lo era volvería a matar—. Dímelo. Dime qué le pasó.

Ellie se acordó de Marte, el dios de la guerra; de su maldita compañía, Fobos, Deimos; todo estaba en los ojos oscuros de Oliver Gant y ella también tuvo miedo.

—Vine aquí para tratar de entender qué pasó, Oliver, porque no lo sé. Solo sé que esa noche, después de salir de tu casa, no llegó a la cima a trabajar.

—Qué le pasó. —Su voz era fría y ronca.

—Cayó por una zona rocosa al menos veinte yardas abajo. Alguien lo escondió bajo una losa e intentó borrar las huellas.

—¿Había algún cuchillo? —Oliver estaba pálido.

¿Algún cuchillo? Ckumu no había mencionado nada al respecto, y la ropa no parecía desgarrada.

—Creo que no.

Que no fuera lo que estaba pensando. Que Saturno no hubiera extendido sus largas manos asesinas sobre Henry, porque lo mataría, aunque fuera su padre. Se agachó para recoger el bastón y caminó con determinación hacia la maldita Greenmist, su cárcel.

—Vamos a preguntarle a Saturno qué ha hecho con... —se le rompió la voz al querer nombrarlo, no fue capaz—, lo mataré, Ellie. Si ha sido él lo mataré, esto es absurdo, ¡maldito asesino!

Ellie fue tras él. Siguió sus pasos irregulares hasta la mansión, entró y recorrió a su lado los largos pasillos llenos de cuadros y de espejos en los que se reflejaban sus dos figuras, un hombre rubio de ojos azules con la ropa arrugada y el elegante

Gant con el rostro contraído por la ira, la rabia, por ese miedo que le había acompañado durante toda su vida. Cobarde. Subieron las lujosas escaleras de mármol. Gant se detuvo delante de una puerta, dio un puñetazo a la pared, entró sin llamar. Ellie se quedó en el umbral del despacho del lord, apoyada en el marco; las piernas le temblaban, le temblaba todo.

Oliver tiró el bastón al suelo, apoyó las manos en la mesa y puso la cara muy cerca de la de su padre, sentado en ese sillón de cuero.

—Dime que no mataste a Henry Blur —susurró—, igual que mataste a Alfred y lo arrojaste al Támesis.

El lord frunció el ceño, sus pobladas cejas casi se unían bajo la frente arrugada.

—¿Qué dice? ¿Se ha vuelto loco?

Se levantó, rodeó la mesa, se puso frente a su hijo.

—Mantenga las formas, haga el favor. ¿Quién es ese? —señaló a Ellie con un leve gesto de la cabeza.

—Eres como Saturno, devoras a tus hijos, no te importa nada más que las malditas formas. Asesino.

Oliver se acercó tanto a él que se veía reflejado en sus pupilas oscuras. Apretó los puños para no lanzarlos aún contra la cara de su padre.

—¿Asesino? ¿Por qué piensa que he matado a alguien?

—Tú y tus malditas advertencias, tú y tus *Christmas Pudding*. Nunca me has aceptado, fuiste capaz de enviarme a la cárcel. Dime qué hiciste con Henry.

—Le envié a la cárcel porque en ese momento pensé que era lo mejor para usted. —No titubeaba, no acostumbraba a dudar, pero Oliver estaba demasiado alterado.

—Lo mejor para mí. He estado en la cárcel durante toda mi vida, ¿te parece bien vivir según los dictados de otro?

Ellie no sabía qué hacer. Oliver dio un paso más en dirección a su padre, de manera que el lord tuvo que retroceder.

—Siempre se ha dejado llevar por la fantasía. Le dije que la astronomía no era para usted y no me hizo caso, nunca lo hace, por el amor de Dios. Le aseguro que yo no he matado a nadie.

La maldita pierna de madera fallaba, se negaba a sujetarlo. Una sospecha se introdujo en su mente, ¿quién había sido el carcelero, su padre o él mismo?

373

—¡Dime la verdad! Alfred apareció muerto en el río después de que me enviaras el pastel —le temblaba la voz—, ¿lo mandaste matar?

—Ni siquiera sé quién es Alfred. Sé de sus inclinaciones, siempre lo he sabido. Intenté corregirlas, es mi deber, cualquiera puede entenderlo. Pero nunca he ordenado nada parecido a lo que me acusa.

No hay peores cadenas que las que uno se coloca al cuello.

—¿Es cierto, padre? Dímelo. Toda acción tiene su consecuencia, ¿no era eso lo que afirmabas?

—Quizá no debí enviarle a la cárcel, quizás he sido demasiado duro. Sí, he intentado controlar sus instintos; sí, le he amenazado a veces. Pero no he mandado matar a nadie. Es la verdad.

Oliver dio un paso atrás y se sentó en una de esas butacas. Cuando sacaron del río a Alfred, aún tenía ese cuchillo clavado en el pecho y sus ojos reflejaban un horror imposible, un horror que se le metió dentro, que no le dejaba dormir.

—¿Nunca has…? Júralo.

Lord padre levantó las manos.

—¿Eso es lo que quieres? —lo tuteó—. Sea, pues: lo juro. Ni tan siquiera sé de dónde has sacado esa absurda idea.

No le salían las palabras. Intentó recordar por qué estaba convencido de que su padre había matado a Alfred y podía matar a Henry, pero no lo logró. Solo recordaba su enorme boca intentando devorarlo, como Saturno a sus hijos, sus amenazas, «sé dónde estás, sé qué estás haciendo», y los dedos helados del miedo, Fobos, Deimos, que horadaban su interior.

Había sido un cobarde.

Durante toda su vida.

Y no, ya no podía dar marcha atrás.

Ellie se acercó a él y le puso la mano en el brazo. Lord padre carraspeó, visiblemente incómodo.

—No se preocupe, padre, es una mujer. Ellie, la hermana de mi amante, de mi… del hombre del que estaba enamorado.

—Por el amor de Dios —reiteró el padre—. No repita eso en mi presencia. ¿Qué hace una mujer vestida de hombre? —si por él fuera, la echaría de su casa, ¿cómo se atrevía? Pero su hijo parecía muy afectado, siempre había sido débil y él nunca había sabido cómo corregir ese defecto; Dios sabía que había hecho todo lo que estaba en su mano, pero había fracasado. Sí, lo había amenazado, lo volvería a hacer si con ello conseguía que se apartara de los hombres.

—Vivir como quiere, eso es lo que hace —dijo Oliver—. O como puede, no lo sé. Estoy cansado.

Su padre no había matado a nadie. Había permanecido encadenado por ese miedo y el de Reading casi toda su vida. Él mismo se había colocado las cadenas al cuello, sí, Saturno se las había regalado, pero él había aceptado el regalo. No era más que un cobarde.

Lord Gant se acercó a él, le tocó el hombro.

—Lo siento si he sido demasiado duro. Creí que era lo mejor.

Oliver cerró los ojos para no llorar. Se levantó, asintió sin decir nada y salió del despacho de su padre, seguido por Ellie.

—Avisa a tu amigo y disfrutad de la hospitalidad de Greenmist. Yo necesito estar solo. —Se alejó hacia el ala oeste, donde estaban sus aposentos y la ventana por la que las noches de insomnio miraba fuera con la esperanza de que estuviera despejado, para encontrarse siempre con las mismas nubes, frías como mortajas.

Al día siguiente, Ellie y Paul desayunaban en la casa de huéspedes cuando un coche se detuvo a la puerta, el mismo que habían visto en Greenmist House. De él bajó Oliver Gant.

La señora Bell comenzó a deambular por la sala.

—Oh, qué querrá el joven Gant de nosotros, ¿está todo limpio? Sí, muy limpio. Muy limpio todo. Voy a abrir. Oh, Dios mío, ¡Charles! Viene lord Oliver, ¿qué querrá?

Ellie se levantó de un salto y se aproximó a la puerta detrás de la señora Bell, que abrió antes de que lord Oliver se hubiera acercado y se puso estirada y firme, como un soldado.

—Buenos días, lord Oliver. Estamos encantados con su presencia —afirmó—. ¿Qué desea?

—Buenos días, señora Bell. Vengo a visitar a uno de sus huéspedes. Ahí está —señaló con la cabeza a Ellie.

—Ah, la señora Allen.

Oliver enarcó una ceja y se acercó a ella.

—¿La señora Allen?

—Claro, lord Oliver —Ellie intentó imitar el acento británico—, vengo acompañada, ¿lo recuerda?

A pesar de toda la oscuridad que llevaba dentro, sonrió. Nunca la había visto con ropa de mujer.

—El vestido te sienta tan bien como los pantalones —susurró—. Siento haber sido tan grosero ayer. Me... afectó mucho. Quería disculparme, no podía permitir que os fuerais sin volver a hablar con vosotros. ¿Podríamos dar un paseo?

—¿Ha desayunado, lord Oliver? —preguntó Ellie abandonando el tuteo delante de la señora Bell, que se movía preocupada a su alrededor.

—La verdad es que no.

—Me lo imaginaba, está usted un tanto desmejorado. Desayune con nosotros, le presentaré a Paul Allen. También es astrónomo, trabaja en Harvard. Luego podemos salir si no llueve.

—No sé...

—Los huevos revueltos con bacon de la señora Bell no tienen desperdicio. Sobre esas tortitas... son una delicia.

¿Cuánto lugar podía ocupar el sufrimiento en la vida de una persona? ¿Podía haber treguas, incluso si una de las piernas era de madera? Gant suspiró. Sí, se sentaría con ellos, desayunaría, se comportaría como las personas normales. Hablaría de cosas triviales, la grasa del bacon gotearía sobre el plato, como si Fobos y Deimos, durante ese rato, se hubieran olvidado de él.


Tras el desayuno seguía sin llover. Los tres salieron de la casa de huéspedes. Paul tomó del brazo a Ellie, apartándola un momento.

—Eleanor, ¿debo ir con vosotros? Quizá prefiera que vayas tú sola, aunque no sé si será lo adecuado.

Ella se acercó a Gant.

—¿Prefieres que vayamos solos?

—Tu marido no me molesta.

—No es mi marido. Es... bueno... no es fácil describirlo.

—Nada lo es. Parece un buen tipo, y está enamorado. No lo dejes escapar. Allen, ven con nosotros —comenzó a caminar, apoyado en el bastón—. ¿Hasta cuándo vais a estar en Inglaterra?

—Hasta cuando ella quiera —comentó Paul—. Me gustaría que visitara Londres. Y Oxford.

—No estaría bien que dos astrónomos viajaran tan lejos y no visitaran Oxford. Quizá yo… —Oliver dudó—. Quizá pueda acompañaros.

—Sería estupendo —afirmó Ellie—. ¿Sigues trabajando en Radcliffe?

Antes de ir a Francia lo hacía. Tras la guerra, no había sido capaz.

—Me he tomado un tiempo —se aclaró la voz—. Ellie, debéis perdonarme, Henry y tú. Quizá si yo no hubiera sido tan cobarde, las cosas podrían haber sido de otra manera.

—¿Por qué dices eso?

—Creí que mi padre… Tenía miedo. Siempre lo he tenido. Por mi… condición. Si hubiera sido valiente, me habría rebelado, y quizá Henry y yo, no sé, quizá todo hubiera sido distinto. Podríamos haber huido lejos, podríamos haber buscado alguna solución. Perdonad.

Gant se detuvo y perdió la mirada en el horizonte lejano y gris.

—No te martirices —dijo Ellie—. Las cosas son como son. Sucedieron así y tú no tienes la culpa. ¿Dónde ibais a ir? Los problemas os acompañarían siempre.

—Lo siento tanto… —murmuró.

—Yo también. —Ellie le puso la mano en el brazo—. Lo siento por vosotros. Nada es fácil, y menos si no sigues la norma. Déjalo, Gant. El pasado no se puede cambiar. No tuviste la culpa de lo que le pasó.

Gant bajó los ojos al camino y continuó arrastrando la pierna de madera por el sendero mojado por la lluvia. Fobos, Deimos. Ni siquiera ahora que sabía que su padre no era un asesino, era capaz de librarse de ellos; los llevaba pegados a los pies como si fueran sus sombras.

—Oliver, debo contarte algo. Yo he… —no sabía cómo decírselo. Miró a ese cielo nublado, al paisaje verde que se exten-

377

día hasta la lejanía—. Allen, ¿puedes contárselo? Lo que hago en el monte.

Paul se acercó a ellos.

—Claro. Eleanor sube al observatorio cada noche. Es astrónomo —apuntó Allen.

—¿Qué? —Oliver se detuvo frente a ella—. ¿A qué se refiere?

Ellie bajó la cabeza. Maldita sea, otra vez esas lágrimas que no podía retener. Le daba vergüenza, ¿tenía que contarle que había dejado a Henry bajo aquella losa y que se había apropiado de su vida?

—Cuando Henry murió ocupé su lugar.

—Pero eres una mujer, no te dejarían trabajar bajo las cúpulas.

—Me disfrazo. Siempre voy vestida de hombre, como si fuera él.

—¿Te haces pasar por Henry? ¿Tienes engañada a la plana mayor del Monte Wilson? —emitió una carcajada breve—. No me lo puedo creer. ¿Subes a la cima y ejerces de asistente?

—Hace tiempo que la han ascendido a astrónomo. No te imaginas cuántas variables ha fotografiado ya —dijo Allen.

Oliver volvió a reír, no recordaba el tiempo que hacía que no reía.

—Y qué más da que seas una mujer. Recuerdo la primera vez que manejaste el sesenta, la acompañé yo, Allen, ya entonces pensé que tenía madera. Henry estaría orgulloso.

¿Henry orgulloso? Ahora fue Ellie la que se detuvo, no podía dar un paso más, las lágrimas la cegaban.

—¿De veras… piensas… eso? —balbuceó.

—Lo estaría, te lo aseguro. Más de una vez me habló de ti, de cómo le costaba convencerte para que salieras del monte o para que subieras a la cima, y de lo mucho que le preocupaba eso. Estaría orgulloso y contento, ya lo creo que sí.

Ellie miró hacia ese cielo nublado, hacia el horizonte gris. ¿Se lo creería? ¿Su hermano estaría orgulloso de ella? Quizá sí. Quizá se reiría, como lo hacía Gant, y le diría: «Ya lo ves, peque, al final me has hecho caso. Subes a la cima, tienes frente a ti cada noche el alma de las estrellas».

378

# Rojo

*E*n South Pasadena el cielo estaba despejado, hacía calor. Paul abrió la puerta de la casa alquilada y entraron al fresco interior. Acababan de llegar de Inglaterra. Habían pasado algunos días en Londres. Luego, Gant los había acompañado a Oxford, había ejercido de guía bajo aquellos muros antiguos de piedra rojiza. Intentaron observar un par de noches por el telescopio Radcliffe, sin éxito, porque estaba nublado. Gant había decidido quedarse de nuevo en el observatorio, y ambos se alegraron por él.

Ellie sacó todos esos vestidos de la maleta y los colgó en el armario. Colocó también los pantalones, las camisas, las vendas. Le quedaban diez días para regresar a la rutina. Diez días para visitar de nuevo la casa de los Drover en Pomona, diez días para decir adiós a Paul Allen.

—Ya he acabado con mi ropa. —Paul entró en la habitación, se acercó a ella, la abrazó y la besó en la nuca—. ¿Necesitas ayuda?

Echó un ojo al montón de vendas que había sobre la cama. Las echaría a la chimenea, las enterraría en el rincón más alejado del jardín. Se había dado cuenta de que ella estaba más lejos de él de lo que nunca hubiera creído, no sabía si podría convencerla para que se fuera con él, no... La apretó contra su cuerpo aún más fuerte, como si así pudiera evitar que se le escapara.

—No necesito ayuda, Paul Allen. Mañana iremos a Pomona.

—Descansemos un par de días primero, el viaje ha sido largo. Podemos volver a alquilar el Buick y visitar otra vez el mar.

—Tienes razón. Vayamos al mar. Nos bañaremos de noche, cuando no haya nadie en la playa. Nos merecemos una tregua antes de continuar la búsqueda.


Al cabo de tres días, el Buick D-45 viajaba camino a la casa de los Drover.

Para Ellie era difícil, mucho más que con Oliver Gant, porque el aroma dulce de los naranjos le recordaba lo que había sucedido hacía ya diez años; no podía librarse de la sensación de ser otra vez una víctima, sentía de nuevo el peso de caballo de ese hombre sobre ella, su respiración que olía a alcohol. Esa mañana había apretado fuerte las vendas sobre su pecho, se había colocado la camisa, el chaleco, la chaqueta (aunque hacía mucho calor), con la esperanza de que el disfraz le sirviera para hacerlo un poco más fácil. Pero no funcionaba.

Paul detuvo el coche cerca de la casa, al lado de los naranjos, y le apretó la mano.

380

—¿Estás preparada?

—Preparado. Estoy preparado. Soy Henry. —Maldita sea, eso ahora aún hacía que doliera más. Respiró hondo—. No, no estoy preparada. Pero hay que hacerlo, ¿verdad? ¿Qué pasará si descubrimos que Arthur es el asesino?

—¿Quieres denunciarlo?

—Si lo denuncio me quedo sin trabajo y me condenan por usurpación de identidad.

Paul miró hacia la casa y su enredadera de un color verde intenso, hacia los naranjos cubiertos de pequeños frutos.

—Se complicaría mucho la cosa, ¿no? —comentó él—. Bueno, ya veremos. Al menos conocerás la verdad. Sabrás quién…

Sí. Sabría quién y quizá podría entender por qué alguien puede hacer algo tan definitivo, tan absurdo. ¿Le valdría para que Henry la perdonara? No lo sabía. Ella era como Júpiter, tenía una gran tormenta roja que recorría una y otra vez su superficie. Ese torbellino de miedo no la abandonaba nunca, no la dejaba respirar, no la dejaba vivir.

—Quizá todavía siga en San Francisco.

—Puede ser. O quizás esté ahí —Allen hizo un gesto hacia la casa—, y nos observe a través de alguna de las ventanas.

—Bueno, hay que hacerlo. Estoy lista, adelante —abrió la puerta del Buick; se desperezó bajo ese cielo de finales de agosto, cubierto por algunos cúmulos blancos y espesos que indicaban tormenta—, vamos, Allen, llamemos a la puerta.

Esta vez, la señora Drover abrió sin recelos.

—Hola, Henry, señor…

—Paul Allen. —Le tendió la mano y ella la estrechó.

—Me alegro de que hayáis vuelto. Pasad —miró a los campos—, adelante.

Los condujo al salón de la casa. Ellie tosió, olía mucho a tabaco y a cerrado.

—Perdón —la señora Drover abrió las contraventanas, el sol iluminó los muebles de madera oscura y las motas de polvo del aire. Eran tantas que parecía sólido—, no usamos mucho esta habitación, pero he pensado que aquí estaríais más cómodos. Henry, ¿cómo está tu hermana? Cuánto recuerdo las visitas de Annie, erais tan bonitos, los dos iguales, tan rubios, tan formalitos… Cómo pasa el tiempo, sí, cómo pasa. Voy a avisar al querido Arthur. Hace una semana que llegó de San Francisco, pero no le he dicho nada; era una sorpresa, ¿no? Una sorpresa. Sentaos, sentaos, no os quedéis de pie.

Se sentaron en unas sillas tapizadas en color granate, de las que salieron nuevas nubes de polvo.

La señora Drover no tardó mucho en regresar al salón, seguida de Arthur.

—Mira, mira, aquí están, ¿reconoces a Henry? Zach está en Pomona y yo no os interrumpiré, podéis hablar sin que nadie os moleste. Voy a hacer un té.

Arthur se quedó de pie en el umbral de la puerta, mesándose la barba roja que cubría parte de su cara. El poco pelo que le quedaba se había vuelto canoso. Sus ojos naranjas se clavaron en Ellie con evidente enfado.

—Vaya, Henry —dijo con ironía—. Cuando fui a visitarte a la montaña no quisiste saber nada de mí, y después de todos estos años te presentas en mi casa. Ojalá tengas una buena excusa para ello.

Ellie se levantó, se acercó a él.

—Hola, Arthur.

—Debería hacer lo mismo que hiciste tú, largarme sin

darte opción a nada. Te estuve esperando en aquel hotel de Pasadena durante días, pero no te dignaste a aparecer. Después de lo que pasó entre nosotros, no merecí ni una palabra por tu parte, nada. Y apareces aquí seis años después. ¿Qué buscas, Henry?

—Lo siento, Arthur.

Arthur frunció aún más el ceño.

—No soy Henry —Ellie volvía a llorar, otra vez, la tormenta roja de la superficie de Júpiter la retorcía, la mareaba, la envolvía en el pánico de sus vórtices—, soy Ellie, lo siento.

No lo había logrado, Arthur tampoco era el asesino. Todo se volvía negro a su alrededor. La mancha roja se le metía en la garganta, la ahogaba. Apoyó la mano sobre el respaldo de una de esas sillas, pero no sirvió de nada. Cayó al suelo.

Paul se levantó de un salto y corrió hacia ella.

—Eleanor, ¿qué te pasa? Vamos, Drover, ayúdeme. Debemos sacarla fuera.

—¿Eleanor? ¿Otra vez es ella?

—Ya lo creo.

A Paul no le hizo falta ayuda. La tomó en brazos, la sacó al porche. Arthur acercó una silla de madera pintada de verde y un vaso de agua, y Paul le refrescó la frente. Poco a poco recobró el conocimiento.

—Maldita tormenta roja —murmuró ella—, nunca me deja en paz, estoy harta.

—¿Cómo dices? Me has asustado, ¿estás bien, estás…? —Paul la abrazó, rozó sus labios con los suyos.

Desde la ventana de la cocina, la señora Drover cerró los ojos para no verlo: un hombre besando a otro, y parecía que lo quería. ¿Eso era así? Se lo había preguntado muchas veces, qué hacía su hijo con otros hombres. No lo sabía, pero ¡qué demonios! A ella le daba igual, seguía siendo su hijo.

Ellie bebió el agua. Estaba fría. Se quitó la chaqueta y el chaleco.

—Bien, estoy bien.

Arthur volvió a entrar en la casa y sacó otro par de sillas.

—Yo también necesito sentarme. Entonces, eres Ellie.

—Lo siento. Lo soy.

—¿Dónde está Henry?

Enterrado al lado de dos enormes rocas graníticas, arriba, en la montaña.

Muerto.

Ellie miró a la lejanía, hacia la sierra de San Gabriel.

—Lo siento, Drover —dijo Allen—, Henry ya no está con nosotros.

Arthur se pasó la mano por la barba y miró a Ellie.

—¿Henry ha…?

Ellie asintió.

—Has dicho antes que no fue a visitarte al hotel de Pasadena. ¿No volviste a verlo?

—No. Lo esperé durante días, casi diez días sin moverme de aquella habitación deseando que apareciera, pero no lo hizo. Y al final asumí que no quería verme y me fui.

A San Diego. A la frontera, a beber tequila hasta perder la memoria.

—No pudo bajar a Pasadena, no tuvo tiempo de visitarte.

Arthur no dejaba de pasarse la mano por la barba, una y otra vez.

—¿Fue entonces?

—No recuerdo bien qué día estuviste en la cabaña, fue al siguiente o al otro.

—¿Qué le pasó?

Paul y Ellie se miraron.

—Cayó cuando subía a trabajar, porque esa noche no llegó ni a la cabaña ni al observatorio.

—¿Un accidente? Ese camino a la cima tenía lugares que daban miedo —rememoró Arthur.

—Creemos que no fue un accidente —dijo Paul—. Alguien escondió el cuerpo bajo una losa y borró las huellas.

Arthur se puso pálido. Se levantó de la silla, apoyó la mano en la barandilla de madera del porche y miró hacia los naranjos, esos malditos naranjos de la variedad Navel. Henry ya no estaba, era definitivamente pasado.

—Régulus, el corazón azul de Leo —murmuró levantando la mirada al cielo—. El niño rubio. Adiós, Henry. Cómo cambiaron nuestras vidas ese año, ¿verdad? Ya nunca fue igual.

383

Al cabo de un rato Arthur se secó los ojos y se sentó de nuevo.

—¿Hay algo más que decir? —preguntó—. ¿Quién fue el culpable?

—No lo sabemos.

—¿Qué dijeron las autoridades?

Ahora fue Ellie quien se acercó a la barandilla del porche.

—No denunció —comunicó Allen.

Arthur se giró hacia ella.

—¿Por qué, Ellie?

Ellie miraba hacia donde estaría la casa de su padre, del monstruo que la devoró en aquella cama frente a Henry, m a l d i t a a b e r r a c i ó n.

Arthur siguió la dirección de su mirada. No lo había visto, pero había oído las voces, el sonido, los jadeos, todo. Había visto la cara de Henry y de ella cuando fueron a buscarlo. Si a él le hubiera pasado eso con su familia… no habría podido seguir adelante.

—¿Pensabas que tendrías que volver?

—¿Qué hubiera hecho una mujer sola en la montaña? Me habrían obligado a regresar con él. No podía, Arthur. No denuncié. Ocupé el lugar de Henry en el observatorio y me quedé allí.

—¿Que tú qué? —se arrancaría la barba de tanto tirar de ella.

—Lo siento. Fue mi manera de sobrevivir.

Se levantó y se puso a su lado. El cielo estaba cada vez más nublado, se oían truenos en la lejanía. Olía a tierra mojada.

—Yo tampoco hubiera regresado. Ha debido de ser muy duro para ti.

Tan duro como una tormenta roja que durara siglos.

—Ha sido duro. He estado… muy sola. Pero me gusta la cumbre, me gusta ser astrónomo, ¿es malo eso?

—Lo malo no es eso, sino a todo lo que has tenido que renunciar por ello —dijo Allen, acercándose a ellos.

De vez en cuando se veía algún rayo que atravesaba las nubes de tormenta. Quizás estuviera cayendo sobre la casa de padre, pronto caería también sobre la de los Drover.

Pero esa tormenta duraría lo que duran las tormentas en la

Tierra, veinte, treinta minutos, o menos; nada que ver con la gran mancha roja que recorre la superficie de Júpiter, esa permanece, se alimenta con los fuertes vientos gaseosos del corazón del planeta, lo perturba durante siglos, no la calma ni el paso del tiempo.

385

# Años

Ellie no quería levantarse esa mañana de la cama: le faltaba menos de una semana para comenzar a trabajar. Parecía imposible, el tiempo no duraba nada en el pequeño planeta que tarda trescientos sesenta y cinco días en dar una vuelta al sol. ¿Cómo sería el tiempo en los otros planetas? Urano tarda ochenta y cuatro años en completar una órbita, sin embargo, Mercurio solo emplea ochenta y ocho días. A Saturno le lleva veintinueve años rodear al sol, y si viviera en Neptuno aún le quedarían cuatro años para regresar al Monte Wilson. Para separarse de Paul Allen.

Quería por todos los medios acostarse con él antes de que eso sucediera.

Necesitaba ese recuerdo para afrontar los largos días de invierno en la montaña.

Pero no podía.

Suspiró, se levantó. Ya olía a café y a bacon; Paul solía prepararle unos desayunos exquisitos. Salió de la habitación. Se sentó frente a la taza de café, el plato de fruta, los huevos revueltos.

—Gracias, Paul.

—De nada. —Asomó la cabeza por la puerta que daba a la cocina.

—De todo. Eres un hombre paciente. Tolerante. Generoso. No merezco tanto.

—Entonces, vas a venir conmigo a Boston. —Paul se sentó a su lado.

—De momento, lo que haré será subir al Monte Wilson. Después de comer me acercaré a la cabaña a echar un vistazo.

—Te acompañaré.

—Es imposible, Paul. No quiero que nos vean juntos, ¿cómo explicarías tu presencia? Subiré sola.

—Pero no tardes mucho. ¿Irás en moto?

Ellie había dejado la motocicleta en el garaje de la casa antes de ir a Inglaterra y ahí seguía, cubierta de polvo.

—Es lo más rápido.

Paul tomó la taza de café y echó un trago.

—Te estaré esperando.

Tras la comida, Ellie se vistió otra vez de hombre. Cuando pasara la semana volvería a hacerlo cada día. Echaba de menos los telescopios, pero Paul Allen tenía razón: el precio que pagaba era muy alto.

Se despidió de él, sacó la moto del garaje tras limpiarle el polvo y la arrancó sin dificultad. No tardó mucho en comenzar la subida. Parecía que hacía mucho tiempo desde la última vez que estuvo en el camino al Monte Wilson. A la vez, tenía la sensación de que fue ayer cuando habló con Adams para pedirle unos días libres; maldito tiempo, maldito incontrolable y constante movimiento de los astros.

—Disfruta del monte, Ellie, huele bien, a pino, ya lo echabas de menos —murmuró.

El aroma de las coníferas de finales de agosto. Poco faltaba para la llegada del otoño, con la nebulosa de Andrómeda lista para ser capturada en las placas una vez más.

—Oh, qué maravilla. —El aire le daba en la cara, estaba viva. Aceleró un poco más, la moto subía por ese camino que habían vuelto a ampliar no hacía mucho. Debía tener cuidado, podría cruzarse con alguno de los automóviles que ahora subían sin dificultad hasta el observatorio. Las hileras de mulas habían quedado para el recuerdo, ya solo las utilizaban los excursionistas.

Cuando se acercaba al lugar por donde pensaba que había podido caer Henry, bajó la velocidad. Frenó, aparcó la moto a un lado de la carretera, se quitó el casco y las gafas y se asomó al borde del risco.

—Henry, ninguno de los dos lo hizo, y tampoco lord padre. Ojalá me pudieras decir quién fue. —Miró a ese cielo despejado—, me gustaría saberlo. En fin. Quizás algún día, ¿verdad? —Tocó el collar de Ckumu a través de la tela de la camisa—. Cuando menos lo esperemos. En este pequeño planeta todo puede pasar, que un indio te salve de un puma, que una mujer viva como un astrónomo. Nada es imposible, tú lo sabes bien.

Los pájaros carpinteros golpeaban los troncos de los pinos; un par de cuervos graznaron y se alejaron.

Alguien bajaba por el camino en dirección a ella. Ellie entrecerró los ojos para ver mejor. La silueta del hombre le resultaba familiar, lo conocía de algo. El estómago le dio un vuelco.

—No, tranquila, vas vestida de hombre, eres Henry —susurró—, no pasa nada.

Esa manera nerviosa de moverse, de balancear el cuerpo. Su silueta algo rechoncha. Su… sombrero Panamá.

—No me lo puedo creer. Henry, ¡Adolf Brown ha picado y ha vuelto al Monte Wilson!

La carta que le ofrecía trabajo había dado resultado.

Se frotó las manos con nerviosismo, el sudor le empapó la espalda, la frente. La nuca. Brown bajaba deprisa, a saltitos, no tardaría mucho en tenerlo delante.

En el mismo lugar donde Henry había perdido la vida.

—Henry, ¿qué me quieres decir? ¡Maldita sea! Ellie, sé valiente.

Se pegó al lado de la carretera contrario al precipicio. Aguantó la respiración casi hasta que lo tuvo encima.

Le salió al paso de repente.

—Hola, señor Brown, me alegro de verlo de nuevo, ¿cómo por aquí?

Una expresión de terror imposible se adueñó de la cara de Brown. Retrocedió y cayó al suelo, muy cerca del precipicio. Miró abajo, miró de nuevo a Blur. Abría y cerraba la boca una y otra vez con el rostro cada vez más pálido. Blur se acercó un poco más.

—¿Qué hiciste ese día, Adolf? ¿Quién está ahí abajo? —No sabía qué la impelía a hablarle así, a dar un paso más, y otro, y otro, mientras él trataba de alejarse, reptaba sobre la tierra blanquecina del borde del camino como una maldita serpiente.

—Tú, tú, ¡ah! —balbuceó mientras le apuntaba con el

dedo—. Tú, no puedes ser real, no, no debí volver aquí, la pequeña tenía razón, sí.

Ella se aproximó aún más.

—¿Qué hiciste, Adolf?

El sombrero Panamá cayó al precipicio.

—Tú, ah, nos tuviste engañados. Nos engañaste, sí, engañaste a Hazel, te portaste mal con ella; no querías casarte, pobre Hazel, ¡ah, ah! Cómo pudiste hacer eso, decirle todas esas cosas feas, aquí, en medio del camino, ella es buena, una buena chica, sí. No te portaste bien, ah, ah. —Mientras hablaba miraba una y otra vez abajo, intentaba tomar aire, escapar del fantasma que se le había aparecido en medio del monte.

Ellie dio un paso más hacia él.

Adolf intentó levantarse, quería huir, no era cierto lo que veía; su hija tenía razón, nunca debieron regresar; pero ese era un buen sitio para encontrar marido. En aquella ocasión habían estado a punto de lograrlo, lo más cerca que habían estado nunca de conseguirlo, y el tiempo se les acababa, sí. Era un buen sitio, esa carta demostraba que apreciaban su trabajo, ah, y nadie sabía lo que había pasado aquella tarde y menos seis años después, él borró las huellas, escondió el cuerpo, ¿quién era ese que tenía delante?

—¿Quién eres? Te escondí bajo aquella losa, borré las huellas de la nieve, sí, nadie te encontraría, nuestro pequeño secreto estaría a salvo para siempre, ah, para siempre, sí.

—Maldita sea, cabrón, ¡tú lo mataste!

Ellie se abalanzó sobre él.

Con la intención de pegarle un puñetazo en aquella maldita cara de sapo, quería que se cagara encima, que se fuera corriendo perseguido por el fantasma de Henry hasta el fin de sus días.

Demasiado tarde.

Con un movimiento brusco, Adolf se echó hacia atrás, intentó huir de la aparición, pero detrás no había nada más que el vacío.

No gritó.

Solo se oyó el ruido sordo, croc, que hizo el cuerpo al caer a tierra.

Seis años después.

Υ

Paul Allen deambulaba de un lado a otro en el salón de la casa de South Pasadena. Eleanor no había regresado y hacía horas que se había hecho de noche. Se portaba como un cobarde, ¿por qué no subía a buscarla? Era tan reservada, tan independiente, más de lo que había pensado. Era... La quería. Se volvería loco si le pasaba algo. Se acercó a la ventana, retiró el visillo con la esperanza de ver aparecer la moto. De todas formas, de noche no bajaría, sería peligroso conducir en la oscuridad por esos caminos del monte Wilson, aun con...

¿Cuánto tiempo tarda en pasarse una noche en esta maldita Tierra si quien amas no aparece?

¿Cuánto dura una noche en el resto de los planetas, donde no hay una Eleanor, donde no hay seres que miren a las estrellas con un reloj en la mano? Quizá los habitantes de otros planetas, a pesar de todo, existan, ¿por qué no? Y también pasen las noches sin dormir cuando la persona a la que aman no regresa con ellos.

En cuanto la claridad del amanecer iluminó el este en el cielo, Paul tomó su chaqueta, subió al Buick y se dirigió a la cabaña de Ellie. Dejó el coche en el aparcamiento del hotel, no era buena idea abandonarlo en medio del camino. Bajó corriendo, la cicatriz de la pierna le dolía, pero le daba igual. Se la imaginaba... Los pumas, los osos, los... precipicios, como su hermano Henry, como... Tropezó con una rama caída y casi fue él quien deja sus huesos en las rocas. Pero siguió corriendo, aunque el pecho amenazara con estallarle, aunque no hubiera aire suficiente en el monte Wilson para llenar sus pulmones.

El sol seguía su camino hacia el cénit, ya casi asomaba por encima de las copas de los árboles. Un ciervo levantó los ojos enormes y asustados hacia Paul y huyó a la espesura del bosque. Nada, el drama nunca afecta a la montaña, permanece inalterable esperando el paso de las estaciones, hojas que se secan y caen, nieve, vida, muerte, el planeta sigue su camino alrededor de su estrella sin que nada importe.

Se detuvo delante de la cabaña. Apoyó la espalda en uno de aquellos abetos para recuperar el aliento. Le bastó una ojeada.

La moto estaba aparcada al lado del porche y Eleanor miraba a la lejanía sentada en uno de los escalones.

Se dejó caer al suelo.

Estaba ahí, entera, no le había pasado nada.

Respiró hondo varias veces. Se secó el sudor de la cara. Necesitó unos minutos para calmar su enfado, para no ir hasta ella y echarle en cara que ni siquiera se preocupaba por él; y luego agarrarla de la nuca, besarla y apretar su cuerpo contra el suyo de manera que ya nunca pudiera alejarse. La…

Se levantó y se acercó.

Se detuvo delante del primer escalón.

Eleanor tenía los ojos rojos, como si hubiera llorado durante toda la noche. Pero ahora sonreía.

—Sabía que vendrías —dijo con esa voz ronca—. Siéntate a mi lado.

Lo hizo. Subió los tres escalones que lo separaban de ella, se sentó a su lado, miró a los árboles, a los montes, a los pájaros.

—He ido al arroyo —anunció ella.

—¿Qué? —Estaba enfadado y le costaba controlarlo—. ¿Has ido al arroyo de noche, tú sola?

—¿Ya no hay policías en el camino, Paul Allen? Un hombre se ha caído por el acantilado.

A Paul se le encogió el corazón. La observó con detenimiento, ¿se había vuelto loca?

—Eleanor, eso pasó hace mucho, no… ¿por qué dices eso? No hay nadie, no…

—Ha sido muy raro, muy raro. Ha muerto. El hombre que mató a Henry.

Paul tomó a Ellie de la barbilla y la obligó a mirarlo.

—Dime qué ha sucedido.

—Paré en el sitio por donde debió caer Henry. Un hombre bajaba de la cumbre, era Adolf Brown, el padre de Hazel, ¿te acuerdas? La carta hizo efecto, había regresado al observatorio mientras estábamos fuera. Cuando me vio… Oh, Paul, no te imaginas —le clavó la mano en el brazo, tan fuerte que dolía, pero él no lo retiró—, su cara era puro terror. Me miraba, miraba abajo, dijo que él había borrado el rastro y había metido a Henry bajo la losa. Cuando me acerqué in-

391

tentó huir, pero se cayó, Paul, se cayó, acabó abajo como Henry, fue horrible —las lágrimas caían de nuevo sin control—, me asomé y tenía la cabeza rota, y yo... me subí a la moto, aceleré más de lo que nunca creí que pudiera, subí a la cima y avisé. Vino la policía, y los médicos, pero estaba muerto. ¿Ya lo han sacado de allí?

Paul se pasó las manos por la cara.

—¿Adolf Brown? No, ya no hay policías, he dejado el Buick en el hotel y no he visto a nadie, no...

Ellie volvió a mirar a lo lejos, no había ni una nube en el azul del cielo, las flores azules de la salvia aún se abrirían bajo ese sol, ya se habrían agostado los racimos azules de los lilos de California.

—No sé si lo que siento es tristeza, o alivio, o ambos. Ya sé quién lo hizo, Paul, y por qué. Brown dijo que Henry le había hablado mal a su hija justo en ese camino, quizá se lo encontraron cuando subía a trabajar después de despedirse de Oliver. Estaba siempre insistiendo en que Henry debía casarse con Hazel y él debió negarse. ¿Discutirían? Quizá no fue ni tan siquiera intencionado, o quizá sí. Estoy cansada. Ojalá tuviera la poción de Ckumu —se tocó el collar—, me la bebería y lo olvidaría todo por unas horas.

—Lo siento, Eleanor.

—Pero ahora todo está en su sitio. He estado en el arroyo, Paul Allen, tras todo aquello necesitaba lavarme.

Necesitaba que todo lo negro que llevaba dentro se lo llevara el agua. Ni siquiera se había desnudado. Se había sentado en el lecho poco profundo del río, entre las copas de los árboles se veían las constelaciones de verano teñidas con la luz blanca de la Luna casi llena. Había recordado cada momento del último mes. Gant le había dicho que Henry se sentiría orgulloso, Arthur comentó que lo que había hecho era cuestión de supervivencia. Por fin sabía quién lo había matado, qué era lo que había sucedido aquella tarde de febrero.

—No era Henry quien debía perdonarme, Paul. Era yo. Era yo la que tenía que perdonarme. Ckumu tenía razón: todo estaba dentro de mí. Fue como si algo se me desatara dentro, muy dentro, más allá del alma. Lloré. Durante mucho rato. El agua del arroyo se fue llevando las lágrimas, poco a poco, y yo tenía la sensación de flotar sobre el agua, de que me estaba volviendo más ligera, más libre.

De que esta vez sus alas sí que crecerían de nuevo, sí que podrían extenderse y soportar el peso de su cuerpo cada vez más liviano.

Paul se puso de pie y le tendió la mano.

—No tienes la poción de Ckumu, pero me tienes a mí.

# Días

*P*aul ayudó a Ellie a levantarse del porche y la condujo a la casa, a la habitación, a la cama. Ella se sentó en el borde, él le desabrochó los botones de la camisa, despacio, se la quitó y la dejó en la silla al lado del armario. Le quitó con suavidad la camiseta interior. Buscó el comienzo de las vendas, sujetas por un pequeño enganche metálico. Las fue desenvolviendo, una vuelta, otra vuelta, cada movimiento dejaba al aire una pequeña porción más de piel.

—Mercurio tiene un año muy corto, Eleanor, solo tarda ochenta y ocho días en dar la vuelta al Sol, gira deprisa para poder escapar de su gravedad, para no caer y abrasarse. Pero Neptuno tarda ciento sesenta y cinco años terrestres, ¿te imaginas? Se mueve con una lentitud extrema, traza una enorme elipse. Si fuera más deprisa, escaparía, se perdería en el vacío del espacio, se quedaría solo. Hay que encontrar la órbita correcta y la velocidad adecuada para que todo se sincronice, para que todo funcione.

—Los planetas han tenido millones de años para nacer, son casi eternos.

—Cada uno es lo que es, tiene el tiempo que tiene. Te quiero, Eleanor.

Todas las vendas habían caído a un lado de la cama. Paul le acarició los pechos, intentó borrar con las manos el rastro de las vendas sobre la piel. Acercó los labios y besó uno de los pezones, ella se estremeció.

—Acuéstate —pidió Paul.

Ella se tumbó sobre la colcha. Paul le quitó las botas, los pantalones, la ropa interior. Era hermosa y frágil, con su vello rubio sobre el pubis y el vientre apenas redondeado.

—Berenice —murmuró—, mi reina.

Abrió la cama, la metió dentro con suavidad. Se la veía cansada, pero a la vez… parecía más relajada de lo que nunca había estado.

Él se desnudó también.

—¿Te encuentras bien, Eleanor?

—Me gustaría que te acostaras a mi lado, querría sentirte, descansar con la cabeza apoyada en tu pecho.

Paul suspiró. Él lo que quería era poseerla de una vez, recorrer con la boca cada pulgada de su piel. Pero aguantaría hasta que ella lo quisiera con la misma intensidad que él. Nunca la obligaría a nada, nunca le haría daño; le importaba demasiado. De manera que se metió en la cama y la abrazó, fuerte, la abrazó hasta que se quedó dormida.


Cuando Paul despertó, extendió la mano buscando a Ellie, pero la cama estaba vacía. ¿Qué hora era? Se levantó y buscó entre su ropa el reloj de bolsillo. ¿Ya las siete de la tarde? Un día menos para su partida a Boston. Había quien creía que un día en Venus duraría bastante más de medio año terrestre, aunque no estaba comprobado. Pero ellos no estaban en Venus.

—¿Eleanor? ¿Dónde estás?

Se vistió y salió al comedor. Había un par de latas de conserva abiertas sobre la mesa. Eleanor abrió la puerta y entró con algo en la mano.

—Tengo tomates del huerto. ¿Te apetecen?

Le apetecían, por qué no.

Ellie se había puesto una de sus camisas, le quedaba larga sobre los pantalones. No se había vendado, ni se había abrochado los dos o tres botones de la parte superior, de manera que él podía ver la suave curva de los senos bajo la tela.

—¿Cuánto dura un día en Mercurio? —No, no quería pensar en esos pequeños pechos—. No lo sabemos aún, pero lo sabremos pronto, seguro. Tampoco sabemos cuánto dura en Venus, y eso que es nuestro vecino, cómo vamos a saber si hay otros planetas alrededor de otras estrellas, o si… En fin —no funcionaba. La tela se había entreabierto aún más, ahora casi podía ver el color marrón de los...—. No sé. ¿Cuánto dura un día en...?

—Paul, vámonos. Esta noche hay luna llena, quiero enseñarte un sitio. —Ella se levantó, entró en la habitación, salió vestida y con una manta en la mano. Una manta, como hacía seis años, pero ahora la quería para otra cosa.

Paul la siguió montaña arriba por un sendero cercano al arroyo que casi no se veía. De vez en cuando tenían que agacharse para esquivar alguna rama o saltar por encima de las zarzas. Mientras, el Sol se acercaba al horizonte oeste y las sombras de los árboles se alargaban sobre la tierra blanca.

Al cabo de un rato llegaron a un claro que se abría hacia el sur sobre una plataforma rocosa.

—A veces venía aquí con Ckumu, o sola, para ver salir la luna llena. —Extendió la manta sobre el suelo—. ¿Cuántas veces has visto salir la luna llena, Paul?

—No sé. En contadas ocasiones —¿dos, tres? Era algo que sucedía cada mes, él era astrónomo, y aun así se lo perdía. Dejaban pasar los días, los meses, los años, como si no importaran, como si fuera posible volver atrás y aprovechar el tiempo que se les iba escapando sin que se dieran cuenta.

El monte estaba silencioso, el aire se había detenido. Olía al calor de agosto, a la resina de los pinos. La noche pronto se extendería sobre ellos.

—En verano, la luna llena sale poco antes de que el sol se ponga —continuó ella—. Ambos coinciden un breve tiempo, pueden mirarse, pueden hablarse. Luego, cada uno sigue su camino.

Ellie se desabrochó un botón de la camisa, y luego otro, y otro. Se acercó a Paul con la camisa abierta y esos senos sin vendas, libres bajo la pálida luz del atardecer.

Él pasó la mano con suavidad por su cara, por su cuello, por cada uno de sus pechos.

Ella le quitó la camisa, la dejó caer al suelo. El anillo de seda le nacía ahí abajo, trepaba por la columna, la hacía temblar.

Allen le acariciaba el vientre, le desabrochaba los pantalones. Ella no llevaba ropa interior, no se la había puesto.

—Eleanor, la Luna está saliendo detrás de ti, con una preciosa tonalidad naranja.

—Y el Sol se pone detrás de ti, casi toca el perfil de la montaña.

El Sol que muere, la Luna que nace en un cielo sin una sola nube. La escasa sombra de Ellie que la Luna era capaz de crear y la alargada y oscura sombra de Paul ya se unían sobre la tierra.

Ellie le puso la mano en el pecho, pero esta vez no quería apartarlo; sentía su calor, estaba lleno de vida, lleno de pasión.

—¿Por qué te late tan rápido el corazón?

—¿Tú qué crees?

La Luna apenas se despegaba de la montaña, el Sol aún no se ocultaba del todo. Ambos se miraron a los ojos durante breves instantes.

Paul por un momento creyó que ella desaparecía, que la Luna la volvía transparente, que aunque quisiera nunca podría poseerla. Se acercó más, la abrazó con fuerza.

—Eleanor, me vuelves loco —rugió. La necesitaba, era hermosa, desnuda con esa luna trepando al cielo tras ella.

El Sol se ocultó detrás de la montaña y la luz se hizo aún más tenue. Pero el sol es poderoso, proyecta la sombra de la Tierra sobre el horizonte este y es capaz de envolver a la luna en un suave color azulado; él también lo sería, no permitiría que ella se alejara, esta vez no.

Ellie cerró los ojos, entreabrió los labios y se dejó llevar. Se dejó llevar, ya no tenía miedo, Paul Allen parecía tener miles de brazos, miles de manos, la tocaba entera, como si fuera luz. Dio un paso atrás, ambos se tumbaron juntos sobre la manta. Solo estaban ellos, el Sol ya había desaparecido por completo, ni siquiera la Luna existía. Todo se volvía borroso, solo podía sentir el anillo de seda que la poseía, Paul Allen lo extendía por toda su piel, por su interior, era una nebulosa cálida y suave y a la vez poderosa y dura. Jadeó.

—Es eterno, Eleanor —susurró él en su oído—, lo que siento por ti es enorme e irreprimible; su luz durará por siempre, como la de una estrella.

El anillo de seda se expandió como las ondas en el agua del arroyo, se hizo incontenible, tan grande como la órbita de Mercurio, de Saturno, de Neptuno; tan grande que lo abarcaba todo y a la vez tan pequeño como una caricia que crece y por fin estalla, como los gemidos de dos amantes bajo la nívea luz de la luna.


Al día siguiente, ambos regresaron a la casa de South Pasadena, Paul con el Buick y Ellie siguiéndole con la Harley. Estaba deseando volver a hacer el amor, lo harían sin parar hasta que él se fuera a Boston. Cinco días. Cinco escasos días para vivir una historia que llevaban años soñando.

Pasaron un par de noches en el Hotel Embassy, en aquella habitación desde cuya ventana se podía ver el mar.

Pero los días nunca se demoran, incluso parece que la Tierra gira más deprisa cuando uno es feliz.

Paul miraba el mar a través de la ventana abierta. La brisa húmeda olía a sal. Y no, no lograba convencer a Eleanor para que se fuera con él. ¿Cómo podía conformarse ahora con regresar con las manos vacías? Se giró y la miró. Doblaba la ropa y la metía en la maleta.

398

—Entonces, Ellie, ¿es tu última palabra?

Ella se sentó al borde de la cama.

—Paul Allen, ya lo sabías.

—Creía que cambiarías de idea. Que después de los últimos días ya no tendrías dudas, que vendrías a Boston conmigo y nos casaríamos.

Ellie se acercó a él. Lo besó en los labios y se apoyó en el alféizar de la ventana para mirar también al mar.

—Tú eres un hombre y yo una mujer. Das por sentado que tengo que dejar mi trabajo e irme contigo.

Allen alzó una ceja, carraspeó.

—Es que, en fin, es que te… hum. Te vistes de…

—No puedo pedirte que dejes tu trabajo y te vengas aquí conmigo porque tengo que mantener mi disfraz, y dos hombres juntos sabes que no es posible. Pero si no fuera así, tampoco te lo pediría. Tú a mí sí.

Sí, se lo pedía, era verdad. Pero se temía que no obtendría lo que quería, que se volvería a Boston solo, a aquella casa tan vacía sin ella. Además, estaba Maia, su pléyade de ojos verdes. Había soñado con tenerlas a las dos bajo el mismo techo, había soñado con no tener que echar de menos a ninguna de ellas.

—De poco me vale pedírtelo.

—No pidas lo que sabes que no te pueden dar.

—¿Cuánto tiempo pasará antes de que pueda respirarte de nuevo? Sin ti me voy a ahogar.

—No lo sé. Haremos lo posible por vernos. Puedo mantener la casa de South Pasadena alquilada, no es muy cara y tengo dinero para ello. Con la moto las distancias ya no son un inconveniente.

—Al menos ya no vivirás sola en medio del monte.

—He dicho que mantendré la casa, no que me vaya a vivir allí. La mantendré para cuando tú puedas escaparte. Podemos tener una llave cada uno, eso nos recordará que nos tenemos el uno al otro. Bueno, yo bajaré de vez en cuando, me probaré alguno de estos vestidos y me acordaré de ti.

—¿Harás eso? —Era toda una promesa, pero no, no lloraría, se controlaría. Se pasó la mano por los ojos.

—Lo haré. —Ellie se dio la vuelta—. Desabróchame el vestido, Paul. Nos veremos cada vez que podamos, pero ahora estamos juntos. Tenemos un par de horas antes de dejar el hotel.

Paul negó con la cabeza pero le hizo caso, le desabotonó el vestido, la ayudó a desnudarse otra vez, se tumbó a su lado en la cama. Cerró los ojos, intentó olvidarlo todo y tener solo presente ese cuerpo suave que tanto había deseado.

Cuando llegó el momento de la partida, a Paul Allen no le quedó más remedio que hacer la maleta e irse solo. Casi lo detienen en la estación del ferrocarril, porque, maldita sea, le pegó un par de puñetazos a la pared, era eso o dejar que las lágrimas cayeran hasta hacer el ridículo, y no podía soportar el dolor.

Ellie dejó los vestidos de mujer en la casa de South Pasadena. Paul ya no estaba, pero sabía que volvería a verlo; además, ya no tenía miedo. Volvió a vendarse el pecho, se puso el traje más elegante que tenía y subió de nuevo a la cabaña de madera, al Observatorio Monte Wilson, a la cúpula del telescopio más grande del mundo para ver el universo, para intentar entender el alma de los astros que iluminan la negrura de la noche, las hogueras del cielo.

# Segundos

*L*a bata rosa con los brillantes botones de nácar estaba perfectamente doblada sobre la cama, y en la colcha no había ni una sola arruga. La señora Brown sonreía; el aroma a bizcocho de canela se colaba en cada rincón de la casa.

No estaba preocupada, más bien lo contrario. Hacía una semana que se había quedado viuda, y lo que sí sabía es que no se iba a volver a casar. Así se estaba muy bien. Podía tener amigos sin molestar a nadie, y los amigos no tenían ningún reparo en hacerle favores con el tema del dinero, nunca lo habían tenido. Así que no, no se volvería a casar. En dos días regresarían a su último domicilio en Seattle y se quedarían en él por un tiempo, lejos de ese desagradable sitio, Pasadena.

—Tu padre recibió esa carta y se empeñó en regresar aquí, Hazel querida. Se equivocó, vaya si lo hizo. Pero no estoy preocupada. A partir de ahora haremos lo que nos plazca. Pobre Adolf, mira que caer montaña abajo, ¿en qué estaría pensando?

Hazel se tiró del cabello una vez más. Hacía una semana que había adquirido esa costumbre: se tiraba una y otra vez del pequeño mechón de pelo que siempre se le soltaba del recogido al lado de la oreja. Rodeó la cama para estirar de nuevo la colcha, debía estar perfecta, todo muy limpio, ella era una buena mujer de su casa, sí. Su madre y su padre la habían educado bien.

Papá se empeñó en regresar a las montañas. Decía que era donde habían estado más cerca de lograr casarla. «Casi, casi, sí. Se malogró por lo que se malogró, ah, ah», así decía él, «merecemos otra oportunidad, sí». No la escuchaba cuando le decía que ella no quería casarse. Que nunca podría; que cada vez que un hombre se le ponía delante solo tenía ganas de salir corriendo, porque se le aparecía la imagen de Henry como un muñeco roto sobre las piedras, el rastro de sangre que Henry iba dejando sobre la nieve cuando su padre tiraba de sus brazos con la intención de ocultarlo.

Lo recordaba todo de aquel día, todo. Era San Valentín. Ella había esperado con ilusión la visita de Henry al mediodía. Papá le había asegurado que comería con ellos, porque ya se iban y ella, sí, se quedaría con él. No apareció, así que ambos subieron a su cabaña, aunque nunca antes lo habían hecho, para ver si estaba bien. Caminaron sobre la nieve con aquellas botas negras de cordones. Hacía sol, ella entrecerraba los ojos, deslumbrada por su reflejo. Debieron saltarse el desvío a la cabaña, porque casi llegaron al hotel. Se dieron la vuelta para ver si encontraban el sendero correcto y, justo en aquel tramo del camino, uno de los más escarpados, apareció Henry. Parecía disgustado, quién sabía por qué. Papá se le puso delante, de manera que se vio forzado a bajar de la bicicleta.

«Ah, ah, te hemos esperado hasta muy tarde y nos vamos ya, Dowd está avisado —dijo papá—, ¿por qué no has venido a comer?» Henry tenía los ojos rojos, quizá por el reflejo del sol en la nieve. Frunció el ceño y se acercó mucho a papá, parecía que lo estaba amenazando. «Déjenme en paz», pronunció con aquella voz tan gélida como el invierno, nunca antes le había oído hablar en ese tono. «Su hija y usted me hacen la vida imposible. Déjenme en paz, yo nunca les he prometido nada». A ella, el frío de la nieve se le metió dentro de las botas, le subió por debajo de la falda, le heló la garganta. «Nunca he querido nada con ella, déjenme en paz.» Tenía odio en los ojos, ¿se merecía ella ese odio? Siempre lo había tratado con cariño. Tuvo la certeza de que la había estado engañando, de que nunca la había querido más que ¿para qué? ¿Para pasearse de su brazo de vez en cuando? ¿Con qué propósito? Henry dijo algo de que estaba enamorado de un centauro, y ella no supo a qué se refería.

El Sol se escondió tras unas nubes de un color tan albo como el de la nieve.

Todo se volvió blanco: el cielo, la montaña, el precipicio. El odio. Ella ya no percibía nada más que el odio de Henry, que se desbordaba de sus ojos azules y caía al suelo en forma de gotas que derretían la nieve. Ese odio se unió al que crecía en su pe-

401

cho. Y llegó el alud. Un enorme alud implacable que le desfiguró la cara con una horrible mueca, la arrastró hacia Henry y la obligó a extender los brazos con fuerza.

Fue cuestión de un momento.

De dos o tres pasos adelante, el tacto sólido del cuerpo de Henry en sus manos por un instante, y otros tantos pasos atrás.

Cuando desapareció el alud, solo quedaban algunas huellas sobre la nieve y un poco más allá una bici abandonada.

Lo recordaba todo, como si se tratara de una de aquellas películas que pasaban a cámara lenta. La cara de su padre cuando se dio cuenta de lo que su pequeña Hazel acababa de hacer. Miraba abajo, la miraba a ella, parecía que los ojos se le iban a salir de las órbitas. «Ah, ah, te ha tratado mal —dijo—, lo arreglaremos, sí, Dowd está avisado, no nos echarán de menos».

Ella se hubiera quedado ahí para siempre, congelada como una estatua, esperando a que regresara el alud y se la llevara también. Pero papá la agarró del brazo, la arrastró montaña abajo hasta que volvieron a tener a Henry delante. Frente a ella, en la nieve. Su sangre fluía y manchaba la nieve de rojo. Tenía las pupilas de sus ojos azules quietas y dilatadas, ya nunca volvería a pestañear. Se agachó y le tocó la cara con la punta del dedo. Pensó que quizás era mentira: se levantaría de nuevo, volvería a hablarle de los animales que poblaban el cielo, volvería a mirarla como si valiera algo. Pero sus ojos permanecían fijos en las nubes pálidas y heladas. «¡Ah, ah! —decía papá—, debemos esconderlo, mañana nos iremos de aquí, sí, es tarde, nos iremos ya, Dowd está avisado, nadie lo sabrá.»

Y así lo hicieron. Papá lo arrastró bajo aquella losa mientras ella rebuscaba en la nieve, al lado de los pinos, hasta que las manos le dolieron por el frío. Encontró varias piñas, las fue metiendo en la especie de bolsa que mamá le había enseñado a hacer levantando un poco la tela de la falda. «Ah, ah, ya está, ahora lo cubriremos de nieve y no podrán encontrarlo. Vive solo en el monte, ah, nadie lo buscará, creerán que se ha ido también», dijo papá. Ella se acercó y lo rodeó de todas aquellas piñas. Un muñeco roto en solo un segundo.

Se quedó ahí, de pie bajo aquellas nubes albas, mientras papá borraba las huellas, hundía las manos en la sangre congelada de Henry. Intentaba deshacerla, se le desmenuzaba entre los dedos, apenas se diluía en la blancura desvaída de la nieve. Ella no podía soportar más el color rosado; se quitó una de las botas, la llenó de nieve y la echó sobre él.

Un segundo, eso había bastado.

Y ya no tenía remedio, no se podía volver atrás.

Papá colocó algunas ramas de pino delante del muñeco roto, lo intentó cubrir de nieve. La tomó del brazo, «ah, ah, no te preocupes, pequeña y querida Hazel, encontraremos alguien que te merezca», y la condujo a la confortable y caliente casa de Pasadena mientras el ocaso comenzaba a teñir de púrpura el cielo, las nubes, toda la montaña.

Luego, papá se acordó de la bici, regresó al monte y la escondió cerca de la losa, entre aquellos árboles que la noche volvía grises.

Se lo contaron todo a mamá. Ella preparó bizcocho de canela, porque eso confortaba al más angustiado del mundo, y se dispuso con premura a hacer las maletas.

Partieron hacia Las Vegas.

Nunca supieron nada más.

Hasta que su padre recibió aquella carta con esa oferta tan buena de empleo, se habían acordado de él, sí, estaba orgulloso. Decidió regresar y acabó cayendo por el mismo sitio en un solo segundo, ¿no había sido una enorme casualidad?

403

# Años luz

*E*l universo es un enorme vacío en el que lo raro es la materia. El gas se atrae, se une, se combina en esas escasas anomalías que son las estrellas. Están tan lejos las unas de las otras que sus distancias se miden tomando la longitud que recorre la luz en un año (la luz, lo más rápido que puede existir, se mueve a trescientos mil kilómetros por segundo). Algunas están tan lejos que cuando su aliento luminoso impregne de negro las placas fotográficas tomadas por algún astrónomo, ya habrán muerto. Qué contradicción, ¿no? ¿Se puede morir así, después de emitir un trazo de luz casi infinito?

Fue el seis de octubre de 1923, al acabar la observación nocturna en el monstruo de cien pulgadas.

Hubble se percató nada más ver la placa. En ella, la nebulosa de Andrómeda parecía un enorme ojo oscuro rodeado por un millón de puntitos negros. Habían tardado solo cuarenta minutos en tomarla. Blur ya no se sorprendía de la extraordinaria memoria de ese hombre: no necesitaba consultar ninguna otra placa para, de un vistazo, distinguir lo que antes no estaba, lo que había cambiado.

Escribió tres N al lado de tres estrellas que no había visto antes: tres novas.

Pero ese mismo día, cuando estudiaban la placa en el edificio de Pasadena, Blur, Milt y Hubble se dieron cuenta. Al observar placas anteriores de Andrómeda, sí, las que había tomado Shapley, las que tomaron Henry y Gant, las que tomaba ella misma cada otoño, lo descubrieron. De las tres, la más pequeña, la más alejada del centro de la nebulosa de Andrómeda, ya aparecía en alguna placa, no era una nova. Hubble tachó la N de nova y bajo ella anotó: VAR!

Lo habían hallado.

Una estrella variable en Andrómeda.

Tardaron varias semanas en completar la curva de su luz. La vieron tan pálida que apenas dejaba rastro en la placa, observaron cómo su brillo iba aumentando poco a poco y (al cabo de treinta y un días) comenzaba a descender de nuevo.

La estudiaron hasta que Hubble estuvo seguro de poder aplicar la fórmula que Henrietta Leavitt había descubierto once años antes.

Esa mañana, la biblioteca del edificio de Pasadena olía al tabaco de pipa que Hubble solía fumar. Milt y Blur caminaban alrededor de las mesas centrales, se acercaban a la ventana, echaban un ojo a todos aquellos libros mientras Hubble hacía los cálculos.

—Voy a salir un momento a tomar el aire —susurró Blur a Milt—. No soporto la tensión.

El cielo estaba despejado, pero el sol de invierno no alcanzaba a entibiar las calles de Pasadena. Se acercó al aparcamiento. Cada vez que dejaba la Harley en él se acordaba de Paul Allen. En realidad, siempre estaba presente en sus pensamientos. Se veían cada vez que podían, pero eso era dos o tres veces al año, a lo sumo. Sí, era demasiado poco. Pero no encontraba una salida, una solución. No quería quedarse calculando, y ella no podía acreditar nada, ningún tipo de formación. En Harvard las mujeres estaban haciendo avances con las becas Pickering destinadas expresamente para ellas. Se hablaba de que una mujer, Cecilia Payne, iba a poder doctorarse en Astronomía. La primera mujer que lo haría, qué orgullo, sí, las cosas parecían estar cambiando.

Alguien corría hacia ella. Se dio la vuelta. Milt agitaba su sombrero en la mano.

—¡Blur! ¿No me oyes? No sé por qué me extraño, nunca lo hace. ¡Blur! Lo hemos logrado. ¡Un millón! ¡Está a un millón de años luz!

A Ellie le dio un vuelco el corazón. Un millón de años luz. Eso era... era... una distancia imposible. De repente el universo se había vuelto enorme, casi infinito.

—¿Estás seguro? —alcanzó a susurrar con su voz ronca.

—Ha repetido varias veces el cálculo. Hay otros universos-isla, Blur. La Vía Láctea es solo una más en un universo extraordinario, mucho más grande de lo que ni tan siquiera podíamos imaginar.

Estrellas, nebulosas, cometas, planetas, luz, oscuridad. Uno, dos, miles de universos-isla en medio de una nada casi infinita.

Enorme. Un vacío enorme y negro, ¿qué es más real, el mar o la isla, la negrura o la luz?


Esa noche no subió al Observatorio Monte Wilson. No le tocaba trabajar, así que decidió acercarse a la casa de South Pasadena a echar un vistazo, hacía ya casi un mes que no se pasaba por ella.

Tuvo que detener la moto varias yardas antes de llegar, porque las piernas comenzaron a temblarle, y no, no podía; debía quitarse el casco, las gafas, debía respirar hondo, porque no creía que fuera una casualidad.

Un precioso Buick D-45 blanco y negro estaba aparcado delante de la casa.

Se acercó empujando la moto, despacio. Quizá sí era casualidad, quizá pertenecía a alguno de los vecinos. Dejó la Harley en el garaje y se acercó a la puerta.

Estaba abierta.

Entró en la casa.

—¿Eleanor?

Solo él la llamaba así. Eleanor.

Lo tenía delante, sentado en uno de los sillones, la miraba con esa expresión de sorpresa al verla vestida de hombre, como si aún no se creyera lo que escondía bajo el traje.

—¿Eres tú de verdad? —preguntó ella.

—Tampoco yo me lo creo. —Se levantó y se acercó, la tomó de la barbilla, inhaló el mismo aire que ella. La echaba tanto de menos que a veces creía ahogarse en su cama vacía.

La necesitaba, ya. Le quitó la chaqueta, el chaleco, la camisa, todo, una vez más fue desenrollando las vendas que le cubrían el pecho, una vez más intentó borrar con sus labios las huellas que el tejido dejaba en él. Siempre retornaría a ella, aunque los separara un millón de años luz. Se sentó en el sillón de nuevo con ella entre los brazos, si pudiera nunca la soltaría, la… emanaba tanto calor, lo abrasaba, ya no podía pensar en nada más que en su piel brillante y blanca, como la de la luna.

Al cabo de un rato se vistieron de nuevo. Hacía frío, aunque Paul había encendido el fuego. Ellie añadió un par de troncos más, se acercó a la cocina y regresó con dos latas de sopa.

—¿Te apetece? Tengo hambre.

—¡Claro! Comamos algo.

Así tomaría fuerzas para exponerle la propuesta que traía.

Durante la cena, Ellie le relató el hallazgo de la estrella variable en Andrómeda, los nuevos datos que habían descubierto. Paul se fue poniendo cada vez más serio, no, estaba seguro de que no aceptaría, nunca podría competir con Hubble y esos telescopios del Monte Wilson.

—Parece que no te alegras —comentó Ellie—. ¿No te das cuenta? ¡Es increíble!

—Por supuesto, lo es. Lo habéis logrado por fin, sabíamos que esos telescopios iban a hacer historia.

—Aún no podemos publicarlo, al menos hasta que hagamos algunas comprobaciones más. No digas nada, porque Hubble quiere escribirle a Shapley una carta con toda la investigación —en 1921 Shapley abandonó el Monte Wilson para ejercer de director en Harvard, tal como pretendía.

—No te preocupes, guardaré el secreto.

—¿Qué te pasa, Paul? ¿Hay algún problema?

—No es un problema lo que hay. Es… En fin, es… —No lo aceptaría, seguro.

—Vamos, suéltalo.

—Harvard va a trasladar el Observatorio Boyden a Sudáfrica. ¿Te suena Bloemfontein?

—No, no me suena.

—Me lo imaginaba.

—¿Ese observatorio no estaba en Arequipa?

—Las condiciones meteorológicas de Sudáfrica son mucho mejores. En fin… me han propuesto que dirija el observatorio, me…

Ellie se quedó sin habla. El corazón le latía tan fuerte en el pecho que Paul podía oírlo.

407

—¿Te vas… a Sudáfrica? ¿Y Maia?

—Quiere venir conmigo.

—Pero… pero… ¡es una locura! ¿Sudáfrica? ¿No había un lugar más lejano?

Ellie se levantó y comenzó a caminar por la sala. Sudáfrica. No volvería a verlo en mucho tiempo, Boston estaba lejos, pero Sudáfrica… estaba a años luz.

—Eso no es todo. Habrá… bueno… varios telescopios. Las condiciones de observación son muy buenas, con muchos días despejados. Pero no es el Monte Wilson, no, no lo es. Está ese… el telescopio Bruce, tiene veinticuatro pulgadas, y habrá otro de trece, por el amor de Dios, Eleanor, ¡estoy intentando decirte que quiero que vengas conmigo!

Ellie se detuvo de repente. Delante de la puerta que conducía a la cocina. Se giró hacia él, enfadada.

—¡No! Y no me puedo creer que estemos teniendo esta conversación otra vez.

Paul notó cómo una gota de sudor le caía por la frente, le bajaba por la cara.

—No te estoy proponiendo que ejerzas de esposa, sino de astrónoma. Podrás ser lo que eres, pero sin el disfraz. Bueno, también de esposa, lo reconozco, pero…

—¿Cómo?

—Puedo llevarme a mi mujer. Si ella trabaja, mejor que mejor. No es el Monte Wilson, no tendremos esos espejos que devoran la luz, pero estaremos en el hemisferio sur, tú y yo bajo las preciosas Nubes de Magallanes. Tendrás esos telescopios para ti, aunque sean más pequeños podremos hacer miles de placas, podremos… ¡Oh, Eleanor, ven conmigo!

Ellie se acercó a la ventana y miró arriba, en dirección a la montaña. Desde South Pasadena el cielo parecía nublado, pero quizás en la cumbre las constelaciones de invierno, el Can Mayor, el gigante Orión, dibujarían sus siluetas en la noche despejada. No faltaba mucho para que se ocultaran bajo el horizonte oeste dejando paso a otras estrellas, Spica, Arcturus, a la constelación de Leo con Régulus, su brillante corazón azul.

Henry. Su mellizo, su mitad.

—¿Qué te parece, Henry? Te encantaría viajar al hemisferio sur, ¿verdad? —susurró—. Desde allí se ve una porción de cielo que no conocemos. La preciosa Cruz del Sur. Esas conste-laciones de nombres raros y modernos, Microscopium, Quilla, Fornax. El Centauro entero, ¿quieres que vaya? ¿Quiero yo ir?

Al cabo de un rato se giró hacia Paul Allen y se sentó de nuevo frente a él. La observaba expectante, nervioso, con una ceja alzada y la otra no.

La respuesta fue breve, ninguno de los dos necesitó más.

—Sí.

FIN

# A hombros de gigantes

$C$omo dijo Newton, y tantos científicos brillantes hasta llegar a Stephen Howkins, vemos más lejos porque nos alzamos a hombros de gigantes. Y esto vale para cualquier campo del conocimiento, incluida la literatura.

A mí me encanta observar las hogueras del cielo, como llama Ckumu a las estrellas. Me fascinaba la astronomía incluso antes de que Paúl, mi compañero de vida, compartiera conmigo sus vastos conocimientos sobre el tema y, sobre todo, su poesía. Aún recuerdo la tarde en que me leyó un artículo sobre Milton Humason, el mulero. Su historia es el germen de esta novela. Humason, desde niño, tuvo claro que quería vivir en el monte Wilson. Solo fue un día al instituto, el primero de curso. Desde la ventana de la clase veía la montaña, el lugar donde quería estar. De manera que lo dejó todo y partió a la cumbre. Comenzó como botones del hotel, y luego mintió sobre su edad para trabajar con las mulas que subían cada día al observatorio los suministros y las piezas de los telescopios. Se enamoró de Helen Dowd, la hija del ingeniero jefe, que le puso como condición para casarse que dejara las mulas y se buscara un trabajo serio. Como amaba a Helen, Milton trabajó una temporada en la granja de su familia (donde, con la ley seca, escondería el alambique en el que destilaba su «licor de montaña»). Cuando se inauguró la cúpula del cien pulgadas, su suegro le ofreció el puesto de conserje. Lo aceptó de inmediato y se mudó al monte acompañado por Helen y el hijo de ambos. Milton pronto progresó, era muy hábil arreglando y manejando los delicados instrumentos de la cima. Con los años, y a pesar de su falta de formación académica, acabó siendo el principal colaborador y amigo de Edwin Hubble, el astrónomo que cambió nuestra percepción del universo.

El mayor Hubble, como le solían llamar, llegó al Monte Wilson tras pasar unos meses en la Gran Guerra, aunque nunca llegó a combatir. Él, al contrario que Shapley, pensaba que el universo era grande y complejo, con varios universos-isla, como entonces llamaban a las galaxias, y se empeñó en demostrarlo. Con la ayuda de Humason, fotografiaba el cielo noche tras noche a través del cien pulgadas, hasta que encontró esa pequeña estrella variable en Andrómeda y, de repente, el universo multiplicó su tamaño hasta hacerse casi infinito. A finales de los años veinte, estudiando otras galaxias, se percató de que su luz experimentaba un corrimiento hacia el rojo, como el efecto Doppler predice que pasa cuando algo se aleja, lo que le hizo llegar a la conclusión de que el universo se expande. En 1931, Einstein visitó el Monte Wilson para comprobar de primera mano los nuevos descubrimientos. Gracias a ello reconoció que su constante cosmológica era errónea y la eliminó de sus fórmulas que, sin ella, ya predecían un universo en expansión (hay estudios que afirman que Milena Maric, su primera esposa y gran matemática, fue coautora de sus teorías).

Grace, la mujer que al conocer a Hubble en la biblioteca de Pasadena pensó que se había encontrado con un dios sacado del Olimpo, enviudó. No tardó mucho en casarse con aquel astrónomo alto y apuesto. Su casa se convirtió en lugar de encuentro para las mentes más brillantes del país, y fue la acompañante extraoficial de Einstein en su visita al Monte Wilson.

A Harlow Shapley, que llevaba trabajando en el observatorio desde 1914, no le gustaba Hubble, ni entendía que se empeñara en hablar con acento inglés a pesar de que había nacido en Missouri como él, ni que se vistiera de militar para observar. Pero sí le gustaban las hormigas, y empleó parte de su tiempo en estudiar si su velocidad dependía de la temperatura ambiente. Tampoco compartían teorías, ya que Shapley pensaba que solo existía un universo-isla: la Vía Láctea. En 1921, logró conseguir el puesto de director en Harvard, donde comenzó a permitir que las mujeres firmaran sus propios trabajos. Ellas lo llamaban su «querido director».

George Ellery Hale fue el fundador del observatorio. Lo dirigió hasta que le cedió el puesto a Walter Sydney Adams. Buscaba fondos de forma incansable (a pesar de sus frecuentes dolores de cabeza y de su insomnio) para proyectos que entonces parecían imposibles, como un telescopio de cien pulgadas. Ni tan siquiera George Ritchey, el óptico, pensaba que fuera factible. No contento con eso, años más tarde, proyectó el telescopio de doscientas pulgadas del Monte Palomar, aunque murió una década antes de que viera su primera luz.

Ferdinand Ellerman, astrónomo solar, colaboró con Hale durante largos años en el diseño y desarrollo de los instrumentos del Monte Wilson. De vez en cuando se vestía de vaquero, y le encantaba impresionar a los visitantes subiendo en el pequeño ascensor de la torre del ciento ciencuenta pulgadas y encendiendo su pipa con los rayos del sol.

En *Las hogueras del cielo*, he intentado ser lo más fiel posible a la historia de todos ellos y la del observatorio (teniendo en cuenta que Ellie y Henry, Paul Allen y Oliver Gant, y por supuesto la familia Brown, son personajes de ficción). Sus logros cambiaron nuestra percepción del universo y, por ende, de nosotros mismos.

Y qué decir de las mujeres, olvidadas por una historia narrada en masculino. Los descubrimientos de Shapley o Hubble en el Monte Wilson no hubieran sido posibles sin el trabajo de las calculadoras de Harvard, el apodado «Harén de Pickering». Con Williamina Fleming, Antonia Maury y Annie Jump Cannon estudiando y catalogando las magnitudes de las estrellas hasta lograr que se reconociera su método para clasificarlas, y Henrietta Leavitt formulando su «relación período-luminosidad» de las variables Cefeidas. Una de las calculadoras, Margaret Harwood, fue la primera mujer a la que se le permitió echar una ojeada por el telescopio de sesenta pulgadas del Monte Wilson (que no por el cien), en 1924, ya con Adams como director.

Recomiendo visitar la página web del observatorio: https://www.mtwilson.edu. Cuando comencé a escribir la novela, era muy escueta, pero durante todo el 2017 y 2018, debido al centenario del cien pulgadas, se ha ido reformando y completando, y ahora contiene mucha información del presente y del pasado del observatorio.

413

Hay un montón de artículos que he consultado para documentarme. Y de libros, de los cuales destaco:

*The Muleskinner and the Stars*, de Ronald Voller.

*Harlow Shapley - Biography of an Astronomer: The Man Who Measured the Universe*, de Doug West.

*El universo de cristal*, de Dava Sobel.

*Guía para observar las estrellas*, de F. Pérsico Barberán.

*Manual de los cielos y sus mitos*, de Geoffrey Cornelius.

*Atlas de las constelaciones*, de Susanna Hislop y Hannah Waldron.

*Homo-toda la historia*, varios autores (gracias, Toni, por el préstamo).

Tengo un agradecimiento especial para quienes me han acompañado de cerca en este largo proceso de creación: mi familia, mi prima Lola Fidalgo, mis lectoras cero Rosa Temprano y Maribel Martín. Mi agente (qué paciencia), mi editora.

414

Y a vosotros y vosotras, gracias por leer esta historia en la que me he dejado tanto corazón. Espero que os haya hecho disfrutar y que os haya suscitado curiosidad por lo que hay ahí arriba, esa belleza que nos solemos perder. Un abrazo.

Este libro utiliza el tipo Aldus, que toma su nombre
del vanguardista impresor del Renacimiento
italiano, Aldus Manutius. Hermann Zapf
diseñó el tipo Aldus para la imprenta
Stempel en 1954, como una réplica
más ligera y elegante del
popular tipo
Palatino

*Las hogueras del cielo*
se acabó de imprimir
un día de otoño de 2020,
en los talleres gráficos de Liberdúplex, s. l. u.
Crta. BV-2249, km 7,4. Pol. Ind. Torrentfondo
Sant Llorenç d'Hortons (Barcelona)